KNAUR

Von Pierre Martin sind bereits erschienen:
Madame le Commissaire und der verschwundene Engländer
Madame le Commissaire und die späte Rache
Madame le Commissaire und der Tod des Polizeichefs
Madame le Commissaire und das verschwundene Bild
Madame le Commissaire und die tote Nonne

Über den Autor:
Hinter dem Pseudonym Pierre Martin verbirgt sich ein Autor, der sich mit Romanen, die in Frankreich und Italien spielen, einen Namen gemacht hat. Für seine Hauptfigur Madame le Commissaire hat er sich eine neue Identität zugelegt. Seine Krimis um die Kommissarin Isabelle Bonnet wurden zu Bestsellern.

PIERRE MARTIN

Madame le Commissaire

und der tote Liebhaber

EIN PROVENCE-KRIMI

KNAUR

Besuchen Sie uns im Internet:
www.knaur.de

FSC
www.fsc.org
MIX
Papier aus verantwortungsvollen Quellen
FSC® C083411

Originalausgabe Juni 2019
Knaur Taschenbuch

Ein Imprint der Verlagsgruppe
Droemer Knaur GmbH & Co. KG, München

Redaktion: Dr. Gisela Menza
Covergestaltung: ZERO Werbeagentur, München
Coverabbildung: © FinePic/shutterstock.com
Satz: Adobe InDesign im Verlag
Druck und Bindung: CPI books GmbH, Leck
ISBN 978-3-426-52198-4

4 5 3

1

Sie erinnerte sich genau an Docteur Lambarts letzte Worte. *Tout va bien* hatte er gesagt, alles wird gut. Dann wurde sie in den Operationssaal geschoben …

Damals konnte sie nicht sicher davon ausgehen, dass sich die optimistische Annahme des Arztes bestätigen würde. Bei einem chirurgischen Eingriff an der Wirbelsäule, bei dem es darum ging, einen Bombensplitter zu entfernen, waren Zweifel angebracht.

Tout va bien? Isabelle saß unter Platanen in einem Liegestuhl und lächelte versonnen vor sich hin. Der Arzt hatte recht behalten, alles war gut verlaufen. Sein Glück, denn sonst hätte sie ihm eine Kugel in den Kopf gejagt. Na ja, nicht wirklich. Aber aus dem versprochenen Tanz, den er als Prämie für ihre Wiederherstellung eingefordert hatte, wäre nichts geworden. Jetzt hatte er ein Tänzchen gut. Es hatte keine Eile damit – aber sie würde ihr Versprechen halten. Das war sie ihm schuldig.

Und jetzt? Jetzt entspannte sie sich auf einer grün umrankten Terrasse bei Saint-Rémy in den provenzalischen Alpilles – und hatte in den letzten vier Wochen nichts Besseres zu tun gehabt, als wieder fit zu werden. Sie hatte sich für einen Reha-Aufenthalt in einer *Clinique de réhabilitation* entschieden.

Das war ihr nicht leichtgefallen, denn eigentlich mochte sie solche Kliniken nicht. Sie umgab sich ungern mit Menschen, die alle auf irgendeine Weise lädiert waren. So was schlug schon unter normalen Umständen aufs Gemüt. Erst recht, wenn es einem selber nicht so toll ging.

Aber sie hatte sich überreden lassen. Und im Rückblick war es genau die richtige Entscheidung gewesen. Zu Beginn ihrer Rehabilitation war sie noch an Krücken gegangen. Heute konnte sie auf der Treppe zum *Salle à manger* wieder zwei Stufen auf einmal nehmen. Wo sich der Lift befand, hatte sie schon fast vergessen.

Warum lag sie dann gerade stinkefaul im Liegestuhl? Weil das Reha-Programm beendet war? Weil keine Übungen oder Anwendungen mehr anstanden und sie morgen entlassen wurde? Das war kein hinreichender Grund, träge vor sich hin zu dösen.

Auf Isabelles Schoß lag eine Broschüre, die sie sich an der Rezeption geholt hatte. In ihr wurden die Schönheiten von Saint-Rémy gepriesen, so die charmante Altstadt mit den vielen Boutiquen, Cafés und Galerien. Auch gebe es Museen, die man sich unbedingt anschauen sollte. Zum Beispiel das Musée des Alpilles oder das Musée Estrine. Natürlich hatte sie keines besucht und auch sonst nicht viel gesehen, denn der straffe Tagesablauf in der *Clinique de réhabilitation* ließ für solche Extratouren kaum Zeit.

Sie hatte vom Monastère Saint-Paul-de-Mausole gelesen. Dort war Vincent van Gogh ein Jahr in der Nervenheilanstalt untergebracht, nachdem er sich im Absinth-Rausch einen Teil seines linken Ohres abgeschnitten hatte. Isabelle lächelte. Sie war Kriminalkommissarin und von Natur aus misstrauisch. Nach ihrer Theorie hatte sich van Gogh nicht selbst verstümmelt, vielmehr wurde ihm sein Ohr im Streit von seinem Freund

Paul Gauguin abgetrennt. Van Gogh hatte sich danach stark blutend in ein Bordell gerettet, wo er verarztet wurde. Für diesen Tathergang gab es einige Indizien. Leider war dieser Fall, gut hundertdreißig Jahre später, nicht mehr aufzuklären. Schade, die Aufgabe hätte sie gereizt.
Wie auch immer, Saint-Rémy hatte van Gogh zu großartigen Bildern inspiriert. Zum Beispiel hatte er den ummauerten »Irrenhausgarten« gemalt. Eine Kopie hing in ihrem Krankenzimmer. Wie man gerade dieses trübsinnige Bild für eine Rehaklinik auswählen konnte, war ihr ein Rätsel. In der Mitte stand eine mächtige Pinie, der ein Teil abgesägt war. Sozusagen zwangsamputiert. Keine gute Symbolik.
Der Kontrast zum Garten ihrer Rehaklinik könnte nicht größer sein. Isabelle sah sich um. Ein gepflegter Rasen, akkurat geschnittene Hecken. Platanen, Palmen, Orangenbäume und Magnolien. Ein Teich und ein sanft plätschernder Wasserfall. Eine Idylle. Friedlich und beschaulich. Aber nicht ihr Ding. Sie fand wildromantische Gärten viel schöner. Urwüchsig und naturbelassen. Gerne auch ein wenig verwildert. Halt wie das richtige Leben. Da war auch nicht alles vollkommen und frei von jedem Makel. Nein, wirklich nicht.
Isabelle überlegte, dass sie die nächsten Stunden zu ihrer freien Verfügung hatte. Zumindest van Gogh könnte sie zum Abschied ihre Reverenz erweisen. In der Broschüre stand, dass es zwischen dem Monastère und dem historischen Zentrum von Saint-Rémy eine *Promenade dans l'univers van Gogh* gab. Entlang dieses Weges habe der Maler viele seiner Motive gefunden. Diese seien auf insgesamt neunzehn Schautafeln abgebildet. Isabelle gab sich einen Ruck und stand auf. Schluss mit der Lethargie. Sie würde einen Spaziergang machen und auf den Spuren des Meisters wandeln.

Mit den Schwertlilien *Les iris* hatte der Weg begonnen und mit dem Mittagsschlaf *La Méridienne* im historischen Ortszentrum seinen Abschluss gefunden. Jetzt saß Isabelle vor dem prächtigen Rathaus auf der Place Jules Pellissier – unter Platanen und roten Sonnenschirmen. Sie trank eine eisgekühlte *menthe à l'eau.* Sie mochte diesen giftgrünen, mit Wasser verdünnten Pfefferminzsirup. Zugegeben, noch lieber wäre ihr ein Glas Wein gewesen. Aber bis morgen würde sie noch durchhalten, dann hätte sie während der ganzen Reha keinen Tropfen Alkohol getrunken. Ein schöner Nebeneffekt. In Fragolin wäre ihr das nie gelungen. Da wurde ihr in Jacques' Bistro der Rosé ungefragt auf den Tisch gestellt. Ob van Gogh in seiner »Irrenanstalt« Wein bekommen hatte? Nun, seinen geliebten Absinth ganz sicher nicht.

Von Vincent van Gogh schweiften ihre Gedanken zu ihrem eigenen Leben. Sie dachte über die Umstände nach, die sie von Paris in die Provence verschlagen hatten. »Umstände« war eine allzu harmlose Umschreibung für eine Bombe, die vor Jahren am Arc de Triomphe mehrere Menschen in den Tod gerissen hatte. Sie selbst war nur knapp mit dem Leben davongekommen. In der Folge hatte sie ihren hochrangigen Job als Kommandantin einer geheimen Antiterroreinheit an den Nagel gehängt – um fortan als einfache *Madame le Commissaire* im verschlafenen Fragolin zu leben. Dort leitete sie ein kleines Kommissariat der *Police nationale.* Isabelle musste schmunzeln. Zu leiten gab es nicht viel, denn sie hatte nur einen einzigen Mitarbeiter: Sous-Brigadier Jacobert Apollinaire Eustache. Der war zwar ziemlich verschroben, gelegentlich strapazierte er auch ihre Nerven, aber sie hatte ihn gern. Sie freute sich darauf, ihn wiederzusehen.

Vor vier Wochen hatte er sie nach Saint-Rémy chauffiert. Zuvor war sie nach der Operation und dem damit verbundenen

Klinikaufenthalt für eine Woche in Fragolin gewesen. Dort hatte sie einiges zu regeln gehabt – bevor es zur Reha ging.
Die wichtigste Maßnahme hatte ihr Privatleben betroffen. Isabelle mochte es nicht, Entscheidungen auf die lange Bank zu schieben. Das brachte erst recht nichts, wenn man sie mit dem Herzen und im Kopf längst getroffen hatte. Gleichwohl war es ihr nicht leichtgefallen, mit Thierry zu reden – und mit ihm Schluss zu machen!
Thierry Blès war der Bürgermeister von Fragolin. Sie waren ein Paar. Ein Paar *gewesen!* Im Krankenhaus hatte sie viel Zeit zum Nachdenken gehabt. Dabei war ihr klar geworden, dass ihre Beziehung keine Perspektive mehr hatte. Wie sagte man? Sie hatte sich emotional von ihm entfernt! Natürlich hatte er sie besucht, sogar mehrere Male. Er hatte auch Blumen mitgebracht, leider die falschen, aber das war egal. Es gab gute Gründe für ihre Trennung, die sie hätte erklären können. Aber was brachte das? Das brachte Thierry nichts – und ihr selbst half es auch nicht. Deshalb hatte sie auf lange Vorreden verzichtet und ihn kurz und knapp vor vollendete Tatsachen gestellt. Das war sicher hart, aber am besten so. Romantisches Gesülze war bei Trennungen fehl am Platz. Auch sonst hielt sie nicht viel davon.
Eines musste man Thierry lassen, er hatte nicht herumgejammert, sondern ihre Entscheidung ertragen wie ein Mann. Eine Erklärung wäre, dass ihr Trennungswunsch für ihn nicht überraschend kam. Thierry war sensibel. Sicher hatte er längst gespürt, dass sie in ihrer Beziehung nicht mehr glücklich war.
Sie hatten sich versprochen, einander weiterhin mit Respekt zu begegnen, nicht schlecht übereinander zu reden und einen freundschaftlichen Umgang zu pflegen. Die Zukunft würde zeigen, ob sie es schafften. Sie hoffte es sehr. Schon deshalb, weil es in Fragolin unmöglich war, sich aus dem Weg zu gehen. Eigentlich hatten sie keine andere Option.

Isabelle hatte durchaus schöne Erinnerungen an ihre gemeinsame Zeit. Als sie von Paris in die Provence gekommen war, hatte ihr Thierry geholfen, sich in die Dorfgemeinschaft zu integrieren. Er hatte ihr die provenzalische Lebensart nähergebracht und die Kunst des Savoir-vivre. Dafür würde sie ihm für immer dankbar sein.

Was hatte ihr der Arzt im Krankenhaus gesagt? *Tout va bien!* Er hatte das auf die Operation bezogen. Isabelle lächelte. Warum nicht darüber hinaus? Zum Beispiel für ihr weiteres Leben? Alles wird gut? Leider eine unrealistische Annahme, das wusste sie selber am besten. Aber sie könnte ja mal den Versuch machen, daran zu glauben. Jedenfalls für die nächste Zukunft. *Tout va bien?* Doch, das wäre schön.

Saint-Rémy ist nicht nur ein Städtchen, das mit van Gogh in Verbindung gebracht wird, sondern auch der Geburtsort von Nostradamus, dessen mystische Vorhersagen noch heute viele Menschen in ihren Bann ziehen. Isabelle war keine Frau, die an Prophezeiungen glaubte. Auch würde sich bei Nostradamus wahrscheinlich keine Weissagung finden, die sich auf ihre ganz persönliche Zukunft anwenden ließe. Wenn es aber eine gäbe, dann müsste sie anders lauten. Statt dem hoffnungsvollen »Tout va bien« *wohl eher:* »Des nuages sombres se lèvent à l'horizon«, *am Horizont ziehen dunkle Wolken auf. Aber wie gesagt: Isabelle glaubte nicht an Prophezeiungen. Und was hätte es geholfen? Das Schicksal nimmt seinen Lauf und ist nur schwer zu beeinflussen. Zudem ist es oft gut, wenn man nicht weiß, was auf einen zukommt.*

2

Dass ihr Privatleben trotz der vollzogenen Trennung von Thierry Blès immer noch Überraschungen bereithielt, zeigte sich am nächsten Morgen. Eigentlich sollte Apollinaire sie in Saint-Rémy abholen. Ausdrücklich nicht mit einem blau-weißen Einsatzfahrzeug der *Police nationale,* sondern mit ihrem privaten Renault. Das war eine begründete Vorsichtsmaßnahme, denn Apollinaire liebte es, völlig grundlos und entgegen allen Vorschriften mit Blaulicht und Sirene durch die Gegend zu kurven. Da war er wie ein kleines Kind. Dann aber kam es anders, denn es mischte sich ein gewisser Rouven Mardrinac ein, mit dem sie eine Beziehung pflegte, die sich nur schwer in Worte fassen ließ. *Liaison* traf es vielleicht am besten. Eine Liebesbeziehung, die durch große Pausen und räumliche Distanz charakterisiert war. Diese resultierte daher, dass Rouven Mardrinac ein milliardenschwerer Kunstsammler und Bonvivant war, der ständig auf der Welt umherreiste. Wenn sie sich trafen, dann nicht in Fragolin – schon aus Rücksicht auf Thierry, der zwar von ihrer *ménage à trois* wusste, sie aber nach Möglichkeit verdrängte. Oft flüchteten sie auf Rouvens Jacht Dora Maar, die mal vor Saint-Tropez vor Anker lag, mal vor Sardinien kreuzte oder vor Saint-Barthélemy in der Karibik.

Was das mit ihrer Abholung in Saint-Rémy zu tun hatte? Rouven Mardrinac hielt sich gerade in Paris auf, wo es im Centre Georges-Pompidou eine *Exposition d'art* gab, bei der er unabkömmlich war. Aber er hatte ihr mitgeteilt, dass sein Chauf-

feur unterwegs sei und pünktlich bei der Rehaklinik vorfahren werde. Widerstand zwecklos. Falls sein Fahrer unverrichteter Dinge zurückkäme, würde er fristlos entlassen.
Isabelle hatte lächeln müssen. Rouven konnte sehr überzeugend sein. Und so hatte sie Apollinaire abgesagt und saß jetzt im Fond eines alten Bentley, der nach Leder roch und Rouvens teuren Zigarren, und ließ sich über Landstraßen von Saint-Rémy nach Fragolin kutschieren. Sie kannte den Wagen und auch den Chauffeur. Der hatte nur kurz mit ihr gesprochen, schwieg jetzt aber distinguiert, sodass sie über die Absurdität ihres Daseins nachdenken konnte. In einem Bentley-Oldtimer, der so aussah, als stamme er aus der Garage des Buckingham Palace, war sie ganz sicher fehl am Platz. Entsprechend fühlte sie sich auch nicht wirklich wohl in ihrer Haut. Lieber fuhr sie in ihrem klapprigen Renault, bei dem die Hinterachse polterte und eine Radkappe fehlte. Neben sich ein Korb mit einem frischen Baguette und ihren Badesachen. Mit Sand an den nackten Füßen und Salz in den noch feuchten Haaren. Das war ihre Welt.
Und doch ließ sie sich von Rouven immer wieder in ein anderes Universum entführen. Für Stunden, für Tage, manchmal für Wochen. War sie schizophren? Sie musste lachen. Und wenn schon, dann war sie halt ein wenig verhaltensgestört. Es konnte einem Schlimmeres passieren. Man durfte nur nicht seine Wurzeln vergessen und was einem wirklich wichtig war im Leben. Darauf kam es an. Wenn man das schaffte, durfte man sich auch mal kleine Extravaganzen erlauben. So wie diese Fahrt in einem dahingleitenden Bentley.
Im Innenspiegel sah Isabelle, dass der Fahrer ihr einen verwunderten Blick zuwarf. Ach so, sie hatte gerade laut gelacht. Er sah, dass es ihr gut ging, und stellte keine Fragen.
Platanen und Pinien zogen vorbei. Olivenhaine und Weinberge. Und blauviolette Lavendelfelder. Das Klischee der Pro-

vence gab es wirklich. Natürlich war die Szenerie nicht durchgängig von makelloser Harmonie. Aber es lag an einem selbst, was man zu sehen bevorzugte. Am heutigen Tag hatte sich Isabelle entschieden, nur die schönen Seiten der Provence wahrzunehmen.

Die Fahrt verlief ohne Zwischenfälle. Kleine Staus waren obligatorisch und nicht der Rede wert. Es kam vor, dass sie kurz wegnickte. Sie nahm einen Anruf von Rouven entgegen, der sich nach ihrem Wohlergehen erkundigte und für sein Fernbleiben entschuldigte. Er hoffe, es sei alles zu ihrer Zufriedenheit. Der Fahrer habe Anweisung, bei einem Restaurant ihrer Wahl zu halten und die Rechnung zu begleichen.

Isabelle lehnte lachend ab. Erstens könne sie ihr Essen gerade noch selber bezahlen, und zweitens habe sie keinen Hunger.

Rouven machte sie amüsiert darauf aufmerksam, dass man Hunger nicht mit Appetit verwechseln dürfe – und dass es im Fond des Bentley eine Bar mit alkoholischen Getränken gebe. Bei diesen sei es ähnlich: Man könne von ihnen trinken, ohne dass man Durst verspüre.

Isabelle vergegenwärtigte sich, dass die Reha vorbei war. Also war der Vorschlag mit der Bar gar nicht mal so abwegig.

Rouven hatte noch eine schlechte Nachricht: Er könne sie leider in den nächsten Tagen nicht sehen, weil er bereits heute Abend nach New York fliegen müsse. Dort gebe es bei Sotheby's eine herausragende Auktion mit Bildern von Cézanne, Chagall und Matisse. Da dürfe er nicht fehlen.

Die Nachricht, dachte Isabelle, war entgegen seiner Annahme alles andere als schlecht. Sie wollte sich ganz entspannt wieder in Fragolin einleben. Sie sehnte sich nach dem dörflichen Trott, nach den vertrauten Gesichtern und ihrer kleinen Dachterrasse. Nach dem *plat du jour* auf der Schiefertafel vor

Jacques' Bistro. Nach einem *petit vin* mit ihrer Freundin Clodine im *Café des Arts*. Und sie freute sich auf ihren Assistenten Apollinaire und seine skurrilen Einfälle.
Isabelle erteilte Rouven Absolution und wünschte ihm eine erfolgreiche Reise. Er solle sich bei der Auktion nicht ruinieren, sagte sie scherzhaft, wohl wissend, dass das nur schwer möglich war. Sie dankte ihm erneut für den Chauffeur-Service. Und sie sagte, dass er sich nach seiner Rückkehr melden solle.
Das sei selbstverständlich, erwiderte er, denn er müsse sie persönlich in Augenschein nehmen und sich von ihrer Genesung überzeugen. Es gebe einige Bewegungsübungen, die er zur Kontrolle gerne mit ihr durchführen würde.
Isabelle lachte und meinte, dass er jetzt besser nicht weiterreden solle.
»*Pourquoi pas, ma chérie?* Warum nicht?«
»Weil ich dich schon verstanden habe. Pass auf dich auf. Noch einen schönen Tag, mein lieber Rouven. *Bonne journée!*«

Vor Fragolin ging es über viele Kilometer auf enger und kurviger Straße durch die Wälder des *Massif des Maures*. Entsprechend langsam waren sie unterwegs. Wenn ein anderes Auto entgegenkam, passten sie mit dem schweren Bentley kaum vorbei. Mit ihrem kleinen Renault könnte sie doppelt so schnell fahren, aber sie hatte keine Eile. In Gedanken war sie ohnehin schon in Fragolin angelangt. Sie wusste, dass sie dort Thierry begegnen würde. Wahrscheinlich schneller, als ihr lieb war, denn ihr Kommissariat war im *Hôtel de ville* untergebracht, im Rathaus, wo naturgemäß auch Thierry als Bürgermeister residierte. Obwohl sie augenblicklich keinen Fall zu bearbeiten hatten, hielt sich ihr Assistent Apollinaire ganz sicher an seine Arbeitszeiten. Er vertrat die Auffassung, dass gerade in Phasen des Nichtstuns ein Höchstmaß an Disziplin gefordert war. Alternativ sei eine totale Verlotterung zu befürchten und ein Niedergang der kognitiven Fähigkeiten. So oder so ähnlich pflegte er sich auszudrücken. Weshalb er ganz bestimmt im Büro war, wo sie sich von ihm auf den neuesten Stand bringen lassen wollte. Isabelle musste lächeln. Auf den neuesten Stand wovon? Ihr Kommissariat hatte keinen definierten Verantwortungsbereich und war vom Tagesgeschäft schon deshalb befreit, weil für alle Delikte in Fragolin die örtliche Gendarmerie zuständig war. Isabelle bekam ihre Aufträge von höherer Stelle, meist unmittelbar von Maurice Balancourt in Paris, der als graue Eminenz der *Police nationale* direkt dem Innenminister unterstellt war. An der Tür hatte Apollinaire ein Schild befestigt: *Commission spéciale*. Das traf es ganz gut. Ihre *commission* war so speziell, dass keiner wusste, wofür sie zuständig war – nicht einmal sie selbst. Das war ein besonderes und hoch einzuschätzendes Privileg.

3

Die Begegnung mit Thierry erfolgte noch früher als von ihr erwartet. Er kam gerade aus Clodines Laden *Aux saveurs de Provence* und stolperte ihr direkt vor die Füße. Sie hatte sich zuvor vom Chauffeur am Ortsrand an der Place Général de Gaulle absetzen lassen, aus Gründen der Diskretion. Es musste ja nicht jeder Rouvens Bentley sehen. Mit dem Rucksack über den Schultern war sie unterwegs zu ihrer Wohnung, wo sie sich erst mal frisch machen wollte, um anschließend im Kommissariat nach dem Rechten zu sehen. Na ja, und da passierte es. Thierry verhielt sich ganz normal. Er begrüßte sie mit zwei Küsschen auf die Wangen. So, wie er es mit jeder Freundin und guten Bekannten im Ort tun würde. Aber eben nicht auf den Mund – das war der Unterschied.

»Schön, dass du wieder da bist«, sagte er mit leicht belegter Stimme.

Ihrem Gefühl nach meinte er es ehrlich. Er mochte sie offenbar noch immer.

Sie ihn ja auch. Halt nur anders als früher.

»Ich freue mich auch. Vier Wochen sind eine lange Zeit.«

»Du hast keine Krücken mehr? *C'est merveilleux.*«

»Ja, das ist großartig. Morgen fange ich wieder mit dem Joggen an.«

»Wirklich? So gut geht's dir schon?«

War sie, dachte sie, da nicht gerade etwas vorlaut gewesen. Ob das mit dem Joggen wirklich klappte, müsste sich erst noch herausstellen. Aber über eine kürzere Strecke sollte es funktionieren.

»Hätte ich gewusst, dass du schon so fit bist, hätte ich dich für heute Nachmittag beim Boule eingeplant«, sagte er.
Hätte er wirklich? Oder flunkerte er sie gerade an? Das Boule-Spiel auf dem Platz vor dem Rathaus war eine Besonderheit, denn daran durfte nur teilnehmen, wer in Fragolin geboren war. Zudem waren in der Partie mit dem Bürgermeister traditionell keine Frauen zugelassen. Mit einer Ausnahme: Madame le Commissaire zählte zur Stammmannschaft. Dieses erkämpfte Sonderrecht würde sie nicht aufgeben, Thierry hin oder her. Ob er sie eingeplant hatte, interessierte sie nicht.
»Ich spiele mit«, entschied sie.
»Aber wir sind ... Was ich sagen will ...«, stammelte er. »Also, das ist jetzt ganz schlecht, weil wir schon ...«
»Du willst sagen, ihr seid schon komplett?« Isabelle zuckte mit den Schultern. »Kein Problem, dann spielen wir halt keine klassische Triplette, sondern ausnahmsweise mit zwei Mannschaften zu je vier Spielern.«
Thierry sah sie fassungslos an. Normalerweise war er es, der in Fragolin bestimmte, wo es langging.
»Dann wären wir ja zu acht?«, stellte er stockend fest.
Na bitte, mit dem Rechnen klappte es noch.
»Falls uns dann ein Spieler fehlen sollte, spiele ich für zwei«, machte Isabelle einen konstruktiven Vorschlag. Es ging ums Prinzip. Das hier war eine kleine Machtprobe, und sie würde nicht nachgeben, so viel stand fest. Das war eine Frage der Ehre.
»Ach, noch was«, sagte sie. »In Zukunft spielen wir beide nicht mehr in einem Team, sondern gegeneinander. *D'accord?*«
Sie hatte Thierry noch selten so konsterniert dreinblicken sehen. Eigentlich noch nie. Isabelle unterdrückte ein Grinsen. Fast tat er ihr leid. Aber er hatte es sich selber zuzuschreiben. Er hatte in der Vergangenheit einige Fehler gemacht, darunter einen gravierenden, und diesen gleich mehrfach.

»Äh, natürlich bin ich einverstanden«, sagte er.
»Wunderbar. Jetzt muss ich heim. Wir sehen uns später auf dem Bouleplatz. *Au revoir.*«
Ohne ihn eines weiteren Blickes zu würdigen, wandte sie ihm den Rücken zu und setzte ihren Weg fort. Dabei bemühte sie sich um einen möglichst dynamischen Schritt. Sie konnte förmlich spüren, wie er ihr verdattert hinterhersah. Ob er zurück in Clodines Laden ging, um sich von ihr trösten zu lassen? Nein, das wohl nicht. Thierry legte großen Wert auf ein souveränes Auftreten. Schließlich war er der Bürgermeister, da gab man sich keine Blöße. Aber gerade eben hatte sie ihn überrumpelt. Darauf war er nicht vorbereitet gewesen. Das kurze Geplänkel hatte ihr eine klammheimliche Freude bereitet. Jedenfalls war ihre erste Begegnung mit Thierry entschieden besser verlaufen als befürchtet. Fast schon beschwingt eilte sie mit ihrem Rucksack über das holprige Kopfsteinpflaster durch die Altstadt. Sie hatte Sneakers an. Für Fragolin war das das richtige Schuhwerk. Dennoch sah man fast täglich Touristinnen, die mit hochhackigen Schuhen umherstaksten. Im günstigsten Fall brach ihnen nur ein Absatz ab. Wenn es dumm lief, brachen sie sich den Knöchel.

In ihrer Dachwohnung angekommen, öffnete sie erst mal alle Läden und Fenster. Sie zog sich aus und warf ihre Klamotten aufs Bett. Dann nahm sie eine lange Dusche. Am Schluss drehte sie auf kalt. Eine Minute hielt sie es aus. Ohne sich abzutrocknen und nackt, wie sie war, lief sie die Wendeltreppe hinauf zu ihrer kleinen Terrasse. Diese war nicht einsehbar. Und selbst wenn, wäre es ihr egal. Sie lebte in Südfrankreich – da war man nicht prüde. Isabelle fuhr sich durch die nassen Haare. Sie hob die Arme in den azurblauen Himmel und streckte sich. *Je suis de retour, je suis là …*, juchzte sie. Ich bin wieder da!

4

Eine knappe Stunde später betrat Isabelle das Rathaus von Fragolin, wo im Erdgeschoss ihr Kommissariat untergebracht war. Die Büros von Thierry Blès befanden sich in den Stockwerken darüber. In der Eingangshalle des *Hôtel de ville* gab es eine kleine Gemäldegalerie mit den früheren Bürgermeistern. Vor einem Porträt blieb sie stehen. Sie entbot dem streng dreinblickenden Herrn einen stillen Gruß. Auf einem Messingschild stand sein Name: Maire Frédéric Bonnet. Sie konnte sich an ihren Vater kaum mehr erinnern. Er war ums Leben gekommen, als sie noch ein kleines Mädchen war. Aber das war eine andere Geschichte, daran wollte sie heute nicht denken. Sie hauchte ihrem Vater einen Kuss zu, dann setzte sie ihren Weg fort. Am Ende des Gangs hörte sie aufgeregte Stimmen. Als sie näher kam, sah sie die hoch aufgeschossene Gestalt Apollinaires, der sie wie so häufig an eine hagere Vogelscheuche erinnerte – allerdings eine mit gebügelter Uniform. Er befand sich in einer hitzigen Diskussion mit Madeleine, die im Rathaus putzte. Apollinaire standen die Haare wirr zu Berge, was bei ihm freilich der Normalfall war. Madeleine hatte vor Empörung einen roten Kopf. Dann rauschte sie davon. Er sah ihr feixend hinterher. Sich Isabelle zuwendend, deutete er einen militärischen Gruß an und hieß sie herzlich willkommen.

Geradezu galant öffnete er ihr die Tür zum Kommissariat und bat sie, einzutreten. Eine nette Geste. Sie kam sich vor wie eine Besucherin, dabei war das ihr Arbeitsplatz. Nun ja, wenn es

irgend ging, arbeitete sie woanders. Und momentan gab es gar nichts zu tun.
Mitten im Büro stand Apollinaires Flipchart, auf dem er üblicherweise mit großer Begeisterung Grafiken anlegte, die bei der Aufklärung von Kriminalfällen helfen sollten, die jedoch mit fortschreitender Entwicklung so kryptisch wurden, dass nur noch er sie verstand, wenn überhaupt.
Heute aber hatte er das Flipchart mit Blumengirlanden dekoriert und mit dickem Filzstift einen Willkommensgruß draufgeschrieben: *Une cordiale bienvenue! Vous m'avez manqué!*
Isabelle war gerührt. Apollinaire hieß sie also nicht nur herzlich willkommen, sondern er hatte sie auch vermisst. Schriftlich niedergelegt in großen, fetten Lettern auf seinem heiß geliebten Flipchart. Sie nahm einen roten Filzstift und schrieb darunter: *Merci, mon Apollinaire. Je suis heureuse de vous revoir!* Ja, sie war tatsächlich froh, ihn wiederzusehen. Schon aus egoistischen Erwägungen, denn hätte es damit nicht geklappt, wäre sie wohl bei der Operation draufgegangen. Keine erstrebenswerte Alternative.
Apollinaire strahlte. Isabelle warf routinemäßig einen Blick auf seine verschiedenfarbigen Strümpfe. Rot und blau. Für seine Verhältnisse geradezu konservativ. Doch in Kombination mit einer Uniform der *Police nationale* völlig indiskutabel – aber von ihr toleriert. Das Farbenspiel seiner Strümpfe gehörte zu seiner Persönlichkeit.
An der Wand hing ein großes Bild von Charles de Gaulle. Apollinaire hatte es in den ersten Tagen ihrer Zusammenarbeit aufgehängt. Sie erinnerte sich noch an ihren Hinweis, dass de Gaulle schon lange tot sei und an dessen Stelle laut Dienstanweisung ein Porträt des aktuellen Präsidenten der Republik gehöre. Was hatte Apollinaire geantwortet? Auch das wusste sie noch genau. Dass de Gaulle den Räumen Autorität verlei-

he, hatte er gesagt, und dass er nie das Bild eines amtierenden Präsidenten aufhängen würde, das provoziere nur Widerspruch. Außerdem müsse man es häufig auswechseln.

Isabelle ließ den Blick weiter durchs Kommissariat schweifen. Auf der Fensterbank stand ihr Kaktus, den sie von der Forstbehörde übernommen hatten, die vorher in diesen Räumen ihren Sitz hatte. Der Kaktus sah aus wie immer. An ihm schien die Zeit vorüberzugehen. Seine stoische Gelassenheit war bewundernswert.

»Gab's ein Problem mit Madeleine?«, fragte Isabelle, auf das Streitgespräch im Flur zurückkommend.

»Nein, nicht wirklich. Die Diskussion führen wir jede Woche. Irgendwann wird sie nachgeben und es richtig machen.«

Isabelle zog fragend eine Augenbraue nach oben.

»Es geht um das Toilettenpapier«, erläuterte Apollinaire. »Es ist wissenschaftlich erwiesen, dass die Klopapierrolle nicht zur Wand, sondern mit der Abreißkante zum Nutzer zeigen muss. Begründen lässt sich das mit der Rotationsenergie und dem Drehmoment. Sie hat also vorwärts zu hängen. Madeleine legt auf unserer Toilette das Klopapier immer umgekehrt ein. Nur um mich zu ärgern. Und wenn ich es ändere, macht sie es wieder rückgängig. Diese Impertinenz macht mich rasend.«

Isabelle schüttelte lachend den Kopf. »Ist nicht Ihr Ernst? Über so was können Sie sich aufregen?«

Apollinaire grinste. »Nicht wirklich. Das ist eher ein Spiel.«

»Ich fürchte, Sie sind beruflich nicht ausgelastet. Was haben Sie eigentlich die letzten Wochen gemacht?«

»Ich habe mich bei Commandant Richeloin eingeschleimt«, antwortete Apollinaire.

Richeloin war der Chef der *Police nationale* für das Département Var und hatte seinen Sitz in Toulon. Vor Kurzem hatte man ihn vom *Capitaine* zum *Commandant* befördert. Theoretisch war er ihr vorgesetzt, praktisch hatte er ihr nichts zu sagen, weil sie einen Sonderstatus genoss und ihre Anweisungen direkt aus Paris erhielt. Das wurmte ihn gewaltig. Aber er hatte sich damit abgefunden – nicht zuletzt deshalb, weil sie ihm bereitwillig die Bühne überließ, wenn es darum ging, Ermittlungserfolge der Presse zu präsentieren.

»Ich habe seine Datenbank, die den Professionalisierungsgrad einer Sumpfschnecke hatte und entsprechend langsam war, auf Vordermann gebracht. Das konnte ich online von hier erledigen. Ich bin gestern damit fertig geworden.«

Isabelle nickte zustimmend. Damit hatte er sich in der Tat bei Richeloin »eingeschleimt«. Apollinaire war zwar ein erklärter Gegner jeglicher Computertechnik, er verfluchte sie und hielt sie für eine Ausgeburt des Teufels, aber gleichzeitig verstand er es meisterhaft, mit ihr umzugehen. Ein scheinbarer Widerspruch, über den er nur lachen konnte. Es sei eine alte Samurai-Weisheit, dass man die Listen seines Gegners kennen müsse, um sie zum eigenen Vorteil zu nutzen. Was er genau damit meinte, war ihr nicht klar. Ihr reichte es völlig zu wissen, dass ihn mit der Informations- und Datenverarbeitung eine Hassliebe verband. In diesem Fall hatte Richeloin seinen Nutzen daraus gezogen. Das war sicher besser, als wenn sich Apollinaire weiter in so gravierende Menschheitsfragen wie der Rollrichtung von Toilettenpapier hineingesteigert hätte.

Auf ihrem Schreibtisch entdeckte sie einige Briefumschläge, die sich in den letzten Wochen angesammelt hatten. Viele waren es nicht. Wer schickte ihr schon Post? Außerdem sortierte Apollinaire alles aus, was ihm überflüssig erschien. Sie würde die Korrespondenz später durchsehen – und vermutlich das meiste gleich in den Papierkorb entsorgen. Der oberste Briefumschlag fiel ihr dennoch ins Auge. Und zwar deshalb, weil jemand bei ihrer Anschrift mit dickem Rotstift eine Korrektur

vorgenommen hatte. Der Brief war an »Madame *la* Commissaire Isabelle Bonnet« adressiert. Das *la* war durchgestrichen und durch *le* ersetzt. Jetzt hieß es »Madame *le* Commissaire«. Sie zeigte Apollinaire den Umschlag und sah ihn fragend an.
»Waren Sie das?«
»*Naturellement,* Madame. Wie Sie wissen, habe ich sehr fortschrittliche Ansichten …«
Sie musste lächeln. Das Gegenteil war wohl eher richtig.
»… aber mit der Geschlechtergleichstellung kann man es wirklich übertreiben. Seit ich mich erinnern kann, heißt es zum Beispiel Madame *le* Président oder Madame *le* Ministre. Logischerweise auch Madame *le* Commissaire. Ich halte das für keine Diskriminierung, sondern im Gegenteil für eine Respektsbekundung. *C'est comme ça!*«
Sie lächelte amüsiert. »Das wird aber heute mehrheitlich anders gesehen. Nicht nur Feministinnen kritisieren, dass die französische Sprache stark männlich geprägt ist.«
»Ich weiß. Es gibt sogar eine Dienstanweisung, die dazu anhält, in der Anrede bei Frauen in früheren Männerpositionen das *le* durch *la* zu ersetzen.« Apollinaire tippte sich mit dem Zeigefinger gegen die Schläfe. »Die haben doch alle einen Vogel. Als ob wir sonst keine Probleme hätten.«
Isabelle fand es witzig, dass er sich bei diesem Thema so in Rage reden konnte. Weshalb sie ihm auch nicht widersprach, wenngleich sie seine Ansicht nicht teilte.
Apollinaire deutete auf das Bild von Charles de Gaulle an der Wand. »*Mon Général* hätte sich über so etwas nie den Kopf zerbrochen.«
Vermutlich nicht, dachte sie, aber de Gaulle war schon vor einem halben Jahrhundert gestorben.
»Madame, darf ich Sie was fragen?«
»Na klar.«

»Für mich und für jeden hier in Fragolin und soviel ich weiß bei der gesamten *Police nationale* bis hinauf nach Paris sind Sie als Madame *le* Commissaire bekannt. Dabei würde ich es gerne belassen. Sind Sie damit einverstanden?«
Tatsächlich hatte er recht. Isabelle konnte sich nicht erinnern, dass sie je jemand als Madame *la* Commissaire angesprochen hatte. Nun könnte sie sich die Frage stellen, warum das so war. Sie hielt sich für eine durchaus weibliche Erscheinung, was keine Einbildung war, sondern ihr von balzenden Männern ebenso regelmäßig wie überflüssigerweise bestätigt wurde. Also konnte es nur an ihrem selbstbewussten, oft als dominant empfundenen Auftreten liegen. Sie zeigte gerne klare Kante. Daran würde sie auch in Zukunft nichts ändern.
»Ich hab kein Problem damit«, antwortete sie mit einem Lächeln. »Mit Madame *le* Commissaire kann ich mich durchaus identifizieren. Dennoch müssen Sie anders adressierte Briefe nicht korrigieren.«
»Sehr wohl, Madame. Da bin ich erleichtert.«
Isabelle überlegte, womit sie ihren Assistenten in den nächsten Tagen beschäftigen sollte, damit er auf keine weiteren dummen Gedanken kam. Sie würde sich nach einem neuen Fall umsehen müssen. Zur Abwechslung musste es ja nichts Schlimmes sein. Irgendein schnuckliges kleines Verbrechen, bei dem die lieben Kollegen nicht weiterkamen und die Aufklärung deshalb gerne ihr überließen. Oder Maurice Balancourt in Paris hatte mal wieder einen Sonderauftrag für sie. Man würde sehen. *On verra!*

5

Die Partie Boule brachte sie ohne Zwischenfälle hinter sich. Um genau zu sein, spielten sie Pétanque, das war die südfranzösische Variante des traditionsreichen Kugelspiels. Auf diese Unterscheidung wurde in Fragolin viel Wert gelegt. Thierry hatte mit Lucas, dem früheren Friedhofsgärtner von Fragolin, einen Ersatzmann aufgegabelt, sodass sie statt der üblichen Triplette eine Quadrette spielten. Lucas war nicht mehr der Jüngste und etwas aus der Übung. Außerdem hatte er seine Brille vergessen. Thierrys Pech, dass er in seiner Mannschaft spielte. Weshalb Isabelle mit ihrem Team locker gewann. Sie selbst trug nicht viel zum Erfolg bei, aber das machte nichts. Viel wichtiger war ihr, dass sie überhaupt wieder spielen konnte und dass sie mit von der Partie war. Mit Thierry gab es keinen Stress. Anfänglich waren sie wohl beide etwas verkrampft, aber diese Anspannung legte sich schnell im weiteren Verlauf. Und gegen Ende wurden wieder die üblichen Späße gemacht. Das Spiel stimmte Isabelle hoffnungsvoll. Sowohl, was ihre gesundheitliche Wiederherstellung betraf, denn sie hatte keine Schmerzen, als auch im Hinblick auf ihr zukünftiges Leben in Fragolin – mit einem Thierry, der sich mit der neuen Situation zumindest nach außen abgefunden hatte und sich um ein entspanntes Miteinander bemühte. Ihr war klar, dass es schwierig war, eine Liebesbeziehung in eine Freundschaft zu transformieren. In der Vergangenheit hatte das bei ihr nie funktioniert. Allerdings hatte sie es auch nie versucht. Warum auch? Eine Trennung war eine Trennung.

Punkt. Es waren nach ihrer Beobachtung ohnehin eher die Männer, die von einer Freundschaft mit einer Ex träumten. Sie selbst hatte dieses Bedürfnis nie verspürt. Aber mit Thierry Blès war es etwas anderes. In einer Millionenmetropole wie Paris konnte man sich aus dem Weg gehen, in Fragolin war das unmöglich. Sie würden sich tagtäglich begegnen. Folglich war es überlebensnotwendig, nett zueinander zu sein. Und wenn sich daraus entgegen aller Lebenserfahrung eine Freundschaft entwickeln sollte – nun denn, sie hatte nichts dagegen.

Am Abend saß Isabelle mit ihrer Freundin Clodine auf der Terrasse von Jacques' Bistro. Vorneweg aßen sie eine *soupe au pistou,* eine provenzalische Gemüsesuppe. Danach gab es als Tagesgericht *lapin farci à la tapenade,* Kaninchen mit Tapenade gefüllt. Köstlich. Im Glas einen kühlen Rosé. Isabelle lächelte beglückt. Spätestens jetzt war ihre Reha vorbei. Definitiv. Weil Clodine, wie es ihre Art war, fast ohne Unterlass redete, konnte sich Isabelle zurücklehnen und die provenzalische Leichtigkeit des Seins genießen. Gleichzeitig erfuhr sie alles, was sich in den letzten Wochen in Fragolin zugetragen hatte. Im Detail und fantasievoll ausgeschmückt. Clodine war eine Meisterin des gepflegten Tratsches. Sie konnte auch dann viel erzählen, wenn im Grunde überhaupt nichts vorgefallen war. Isabelle hörte nur mit halbem Ohr zu. Dass mit Michou die Katze der alten Apothekerin verschwunden war, fand sie zwar betrüblich, weckte aber ihr Interesse nicht wirklich. Der Dorfpfarrer habe sich einen Knöchel verstaucht, könne aber weiter die Beichte abnehmen. Und in der alten Bastide am Waldrand, die so lange leer gestanden hatte, sei ein durchaus interessanter, aber etwas verlotterter Typ eingezogen. Ein Maler, dessen Bilder offenbar keiner kaufen wolle. Also leider eine gescheiterte Existenz, die sich die Miete wahrscheinlich nicht lange

werde leisten können. Ab und zu komme er in den Ort, um Lebensmittel zu kaufen und im *Café des Arts* eine *noisette* zu trinken, einen Espresso mit einem Kännchen warmer Milch. Es sei ihr noch nicht gelungen, ihn in ein Gespräch zu verwickeln. Er sei wohl etwas introvertiert. Oder schwul? Clodine zuckte mit den Schultern. Selber schuld. Dabei könne sie ihm anbieten, für ihn als Aktmodell zu posieren. Das habe sie zwar noch nie gemacht, aber ganz bestimmt habe sie Talent dafür.
Isabelle winkte lachend ab. Das könne sie gleich vergessen. Clodine könne doch nicht länger als eine Minute ruhig sitzen. Ihr fehle also eine entscheidende Voraussetzung für die Arbeit eines Kunstmodells.
Sie kamen nicht dazu, das Thema zu vertiefen, denn Jasmin gesellte sich zu ihnen. Eine ehemalige Novizin, die im Verkauf von Clodines Laden half. Sie war von dunkler Hautfarbe und konnte Männern den Kopf verdrehen, obwohl sie aufgrund schlimmer Erlebnisse genau das zu vermeiden versuchte.
Als kurz darauf Thierry vorbeikam, hatte Clodine den idiotischen Einfall, ihn zu fragen, ob er sich dazusetzen wolle. Isabelle hätte sie dafür erwürgen können. Denn natürlich folgte er Clodines Einladung. Drei »einsame« Frauen übten auf ihn eine unwiderstehliche Anziehungskraft aus. Isabelle fragte sich, ob es Clodine schon geschafft hatte, ihn zu verführen? Jetzt, wo er wieder verfügbar war? Sie hatte den Eindruck, dass er sich mehr für Jasmin interessierte. Egal, es machte ihr nichts aus.

6

Mit dem Mistral verbinden sich in der Provence viele Redensarten. So fürchtet der Volksmund, dass Kinder, die beim Sturmwind gezeugt wurden, dem Schwachsinn anheimfallen könnten. Mit *le calme avant la tempête* ist die Ruhe vor dem Sturm gemeint, die gerade beim Mistral trügerisch sein kann. Bei wolkenlosem tiefblauem Himmel und glasklarer Sicht setzt plötzlich ein aus dem Rhônetal kommender Wind ein, der sich rasch zu einem Orkan steigert, der über Tage an den Fensterläden rüttelt und auf der See die Wellen peitscht, der Kopfschmerzen und Schlafstörungen verursacht und empfindliche Gemüter schier in den Wahnsinn treibt. Weshalb der Mistral in der Provence auch *vent du fada* genannt wird, der Wind, der einen verrückt macht. Zu napoleonischen Zeiten konnte einem Mörder die Todesstrafe erlassen werden, wenn ihm der Mistral den Geist verwirrt hatte. So abwegig war das nicht.

Beim Mistral verhielt es sich wie im Leben: Ein ruhiger Tag von ausgesuchter Schönheit konnte heuchlerisch sein und falsche Erwartungen wecken. Seltsamerweise musste Isabelle genau daran denken, als sie an ihrem Lieblingsstrand auf einer Bastmatte lag und sich nach dem Schwimmen von der Sonne trocknen ließ. Mit dem Mistral hatte sie schon schlimme Erfahrungen gemacht. Für die nächsten Tage aber war keiner angekündigt. Warum kam ihr dann die Ruhe vor dem Sturm in den Sinn – *le calme avant la tempête?* Dafür gab es keinen Grund. In der vorangegangenen Nacht hatte sie tief und

traumlos geschlafen. Am Morgen war sie auf ihrer üblichen Laufstrecke zur Chartreuse gejoggt. Nicht weit, aber ohne Probleme und voller Zuversicht. Apollinaire hatte sie für heute freigegeben. Er konnte also auch nichts anstellen. Ihr Auto war auf Anhieb angesprungen. Und sie hatte einen Parkplatz gleich in der Nähe der Treppe gefunden, die hinunter an den versteckten Strand führte.
Isabelle drehte sich auf den Bauch, schloss die Augen und machte den Versuch, an nichts zu denken. An nichts Gutes, an nichts Schlechtes, an rein gar nichts. Das war alles andere als leicht, aber irgendwann schaffte sie es – dann schlief sie ein.

Am frühen Abend fuhr sie zurück nach Fragolin. Mit heruntergedrehten Scheiben, salzverkrusteten Haaren – und einem Sonnenbrand auf dem Rücken. Ihre finsteren Gedanken an einen aufziehenden Sturm hatte sie verscheucht. Isabelle hatte keine spirituelle Ader, und an Vorahnungen glaubte sie schon gleich gar nicht. Sie zögerte. Oder doch? Vor dem Bombenattentat am Arc de Triomphe hatte sie eine innere Unruhe verspürt. Ganz so wie heute Vormittag. Unsinn, das war Einbildung.
Isabelle schaltete das Autoradio ein. Gerade lief ein Chanson, das sie kannte. Sie sang laut mit. Vor ihr bummelte ein Kleintransporter. Bei nächster Gelegenheit hupte sie und setzte zum Überholen an. Gerade noch rechtzeitig erkannte sie, dass ein Auto entgegenkam. Viel zu schnell. Sie brach den Überholvorgang ab. Was war denn das für ein Idiot?
Sekunden später wusste sie, wer der Idiot war. Niemand anders als Thierry. Ihre überraschten Blicke trafen sich. Dann war er vorbei.
Sie atmete tief durch. Ihr schoss durch den Kopf, dass das ein schlagzeilenträchtiger Unfall geworden wäre. Der ehrenwerte

Bürgermeister von Fragolin rammt den Wagen einer Kommissarin der *Police nationale*. Frontalzusammenstoß von zwei frisch Getrennten. *Mon Dieu.* Gott sei Dank war alles gut gegangen.
Als sie erneut zum Überholen ansetzen wollte, kam schon wieder ein Raser entgegen. Diesmal handelte es sich um ein Motorrad. Waren denn heute Abend lauter Verrückte unterwegs?
Wo hatte Thierry so schnell hingewollt? Zu dieser Zeit? Am Abend pflegte er sich normalerweise nicht mehr zu hetzen. Wenn irgend möglich ließ er es gemütlich ausklingen. Na egal, heute hatte er es jedenfalls eilig. Der Grund ging sie nichts an. Thierry konnte tun und lassen, was er wollte. Nur sollte er nicht andere Verkehrsteilnehmer gefährden.

7

Nach einer unruhigen Nacht, in der sie lange keinen Schlaf gefunden hatte, erwachte Isabelle am nächsten Morgen schweißgebadet. Sie wühlte sich aus dem Bett und riss die Fenster auf. Nein, kein Mistral. Draußen wehte nur ein leises Lüftchen. Alles war still und friedlich. Warum war sie dann so gerädert? Hatte sie von gestern einen Sonnenstich? Quatsch, natürlich nicht.

Isabelle ging ins Bad und duschte. Danach fühlte sie sich besser. In einer gläsernen Pressstempelkanne brühte sie einen Kaffee auf. Der Duft weckte ihre Lebensgeister. Dazu ein Glas frisch ausgepresster Orangensaft. Und ein aufgebackenes Croissant. Das Ganze auf einem Tablett hinauf auf ihre kleine Dachterrasse balanciert. Am blauen Himmel segelten kleine Wolken wie Wattebäusche in Richtung Meer. Irgendwo zwitscherte ein Vogel. Eine Postkartenidylle. Oder eine Illusion? Aber das, dachte Isabelle, war kein Widerspruch, denn jede scheinbare Idylle war eine beschauliche Verklärung, bei der störende Elemente einfach ausgeblendet wurden. Wie zum Beispiel der Karren, der gerade unten durch die Gasse geschoben wurde. Es lag an ihr, das rumpelnde Geräusch zu überhören. Oder der angetrocknete Vogelschiss auf ihrem Frühstückstisch. Oder die Farbe, die von ihrem schmiedeeisernen Geländer blätterte. War das eine Beeinträchtigung? Nein, es gehörte dazu. Und so war es schön. All das hatte sie während ihrer Reha in Saint-Rémy vermisst. Das Croissant, das nicht frisch aus der *Boulangerie* kam und trotzdem lecker schmeckte. Der

Kaffee, der heute zu stark war. Das Glas mit dem Orangensaft, das schon leer war. *Vivre le moment présent!* Den Augenblick genießen – und zwar so, wie er war. Das hatte sie von Thierry gelernt. Wie er ihr überhaupt die provenzalische Lebensart und die Leichtigkeit des Seins nähergebracht hatte. Dafür schuldete sie ihm Dank. Er hatte einer gehetzten und traumatisierten Karrierepolizistin aus Paris gezeigt, was unter *l'art de vivre* zu verstehen war. Und dass es sich lohnte, diese gelassene Kunst des Lebens zu erlernen. Was nicht bedeutete, dass man keine ehrgeizigen Ziele verfolgte und im Beruf erfolglos war. Thierry demonstrierte, dass beides zur selben Zeit möglich war. Er war ein viel beschäftigter Anwalt und ein respektierter Bürgermeister.
Ihr fiel auf, dass sie schon wieder an Thierry dachte. Sie musste lächeln. Offenbar war es gar nicht so leicht, diesen Schwerenöter aus ihrem Gefühlsleben zu verdrängen. Vielleicht sollte sie mehr an seine Schattenseiten denken, dann würde es ihr nicht so schwerfallen? Schattenseiten? Viele waren es nicht, aber manche eben doch, die sie zu tolerieren nicht bereit war. Vielleicht gab es sogar einige mehr, von denen sie nichts wusste? Wie auch immer, es interessierte sie nicht mehr. Sollte er damit glücklich werden.

Als sie das Haus verließ, hatte sie bis zu diesem Zeitpunkt weder Radio gehört noch die Nachrichten im Frühstücksfernsehen gesehen. Ihr Handy war noch im Offline-Modus. Sie erwartete keine Anrufe, daher hatte sie sich den Luxus gegönnt, während der Nacht und am Morgen nicht erreichbar zu sein. Sie hatte vergessen, es wieder zu aktivieren. Also machte sie sich völlig unbeschwert auf den Weg durch die Altstadt von Fragolin zum Kommissariat im *Hôtel de ville*. Schon bald spürte sie, dass irgendwas nicht stimmte. Eine undefinierbare bleierne Stille lag über dem Ort. Die Bewohner bewegten sich wie in Zeitlupe, oder sie standen in kleinen Gruppen zusammen und unterhielten sich mit gedämpften Stimmen und ernsten Gesichtern. Isabelle schritt an ihnen vorbei und wunderte sich, dass keiner grüßte. Stattdessen wurden ihr verstohlene Blicke zugeworfen. Obwohl sie also merkte, dass etwas in der Luft lag, kam sie nicht auf die Idee, jemanden zu fragen. Spätestens im Büro würde sie von Apollinaire ins Bild gesetzt, wenn denn wirklich etwas vorgefallen war. Vielleicht bildete sie sich das gerade nur ein?

Doch sie musste nicht so lange warten. Clodine hatte sie durch das Schaufenster ihres Ladens gesehen und kam herbeigestürzt. Sie hatte ein verheultes Gesicht und umklammerte Isabelle.

»O wie schrecklich«, stammelte sie unter Tränen. »Ich kann es noch gar nicht glauben.«

Isabelle schob sie behutsam zurück. »Was kannst du nicht glauben?«, fragte sie.

Clodine schlug entsetzt die Hände vors Gesicht. »O mein Gott, du weißt es noch nicht, oder?«

Isabelle hatte Clodine schon häufig im Zustand völliger Auflösung erlebt, auch bei nichtigen Anlässen. Aber das heute war was anderes. Es musste was wirklich Schlimmes passiert sein.

»Sag schon, was ist los?«

»Thierry, unser Thierry …«, fing sie an. Dann musste sie so heftig schluchzen, dass sie nicht weiterreden konnte.

Isabelle, die gelernt hatte, schlechte Nachrichten gefasst aufzunehmen, spürte, wie sie blass wurde. Spontan dachte sie an gestern Abend, als ihr Thierry mit dem Auto viel zu schnell entgegengekommen war.

»Hatte Thierry einen Verkehrsunfall?«, fragte sie.

»Nein, keinen Verkehrsunfall … aber er ist tot.«

Isabelle stockte der Atem. Thierry war tot? Das konnte nicht wahr sein. Doch, natürlich konnte es das. Sie wusste aus Erfahrung, wie schnell das Leben ausgeknipst werden konnte, dass es von einem Moment auf den anderen vorbei war. Aber doch nicht Thierry?

Wieder klammerte sich Clodine an sie. Sie schien sich nur mit Mühe auf den Beinen halten zu können. Eine absurde Situation, denn eigentlich hatte sie gerade selber Probleme, nicht das Gleichgewicht zu verlieren.

»Wenn es kein Verkehrsunfall war, wie ist er dann ums Leben gekommen?«

»Es ist so grausam, ich vermag es mir gar nicht vorzustellen …«

Erneut verhinderte ein Heulkrampf, dass sie weitersprach.

Isabelle verlor die Geduld. »Du sollst es dir nicht vorstellen, sag mir bloß, was passiert ist!«

»Er wurde ermordet. Ihm wurde die Kehle durchgeschnitten.«

8

Eine halbe Stunde später saß Isabelle in ihrem Büro. Sie hatte Mühe, ihre Fassung zu bewahren. Doch es gelang ihr, keine Träne zu vergießen. Trennung hin oder her, mit Thierry war ein Mensch auf grausame Weise aus dem Leben geschieden, der ihr sehr nahegestanden und ihr viel bedeutet hatte. Den sie vielleicht sogar mal geliebt hatte. Und jetzt war er tot. Er war nicht an einem Herzinfarkt gestorben oder mit dem Auto verunglückt – man hatte ihn bestialisch ermordet.

Apollinaire hatte den Fernseher eingeschaltet. Auf einem Nachrichtenkanal lief gerade eine Sondersendung: *Meurtre cruel du maire de Fragolin.* Zu sehen war eine Reporterin, die mit ihrem Mikrofon am Hafen von Sanary-sur-Mer stand, einem pittoresken Küstenort westlich von Toulon. Sie interviewte einen Sportbootfahrer, der in den frühen Morgenstunden Thierrys Leiche am Ende eines Quais entdeckt hatte. *Égorgé* – mit durchgeschnittener Kehle. Sachdienliche Hinweise konnte er natürlich keine geben. Außer, dass die Blutlache sehr groß gewesen sei. Das Statement eines Polizeisprechers wurde eingeblendet. In knappen Worten schilderte er, dass die Identität des Opfers schnell festgestellt werden konnte, schon deshalb, weil Thierry Blès seine Ausweispapiere bei sich hatte. Als ungefähre Tatzeit nannte er die Stunden kurz vor oder nach Mitternacht. Genauer könne man das noch nicht sagen. Es gebe bislang weder Zeugen, noch habe man zum derzeitigen Zeitpunkt einen Tatverdächtigen. Die Ermittlungen würden von der *Police nationale* in Toulon geleitet. Für den Nachmittag sei eine Pressekonferenz angesetzt, bei der Commandant Richeloin den aktuellen Stand zusammenfassen werde.

Isabelle stand auf und lief im Büro hin und her. Mit Blick aus dem Fenster sah sie, wie die Fahne vor dem Rathaus auf halbmast gesetzt wurde. Ein Übertragungswagen eines Fernsehsenders fuhr vor. *Merde*, jetzt ging das los. Weil es aus Sanary-sur-Mer nicht viel zu berichten gab, stürzten sich die Medien offenbar auf Fragolin und das berufliche und private Umfeld des Bürgermeisters. Isabelle griff zum Telefon und bat die Gendarmerie, Beamte abzustellen, die ungebetene Besucher am Betreten des Rathauses hinderten. Darüber hinaus schlug sie vor, Thierrys private Villa zu bewachen. Es solle Reporter geben, denen nichts heilig sei.

Apollinaire zog sich die Uniformjacke an.

»Bis die Gendarmerie kommt, spiele ich den Zerberus«, sagte er.

»*Bonne idée*, kann ja nicht lange dauern.«

Tatsächlich war die Gendarmerie nur wenige Straßenzüge entfernt. Aber die Kollegen waren nicht die Schnellsten.

Als Nächstes telefonierte Isabelle mit Clodine. Sie schärfte ihr ein, keine Interviews zu geben. Auch wenn es ihr schwerfalle. Es gehe darum, Thierrys Ansehen zu bewahren. Irgendwelche unbedachten Äußerungen würden rasch zu Geschichten aufgebauscht, die ebenso peinlich wie falsch wären.

»Und noch was«, sagte Isabelle.

»Ja?«

»Wenn du irgendjemandem was von mir und Thierry erzählst, dann kündige ich die Freundschaft.«

»Das erfahren die Journalisten sowieso.«

»Mag sein, aber nicht von dir.«

»Ich versprech's!«

»Am besten, du sperrst für heute deinen Laden zu«, schlug Isabelle vor.
»Das mache ich bestimmt nicht«, protestierte Clodine, zwar noch immer mit gebrochener Stimme, aber dennoch entschieden. »Ich stelle alle Auslagen auf die Straße, meine wunderbaren Seifen, die Plakate und Postkarten, meine bedruckten T-Shirts. Vielleicht komme ich ins Fernsehen.«
Einerseits war Clodine völlig am Boden zerstört, ging es Isabelle durch den Kopf, andererseits dachte sie ans Fernsehen. Zu verstehen war das nur, wenn man Clodine und ihre Sprunghaftigkeit kannte. Deshalb musste man ihr Verhalten nicht gutheißen. Aber zu ändern war es auch nicht.
Kaum hatte sie ihr Gespräch mit Clodine beendet, da klingelte ihr Telefon. Commandant Richeloin war dran. Erst mal kondolierte er Isabelle. Er wusste, dass die beiden ein Paar waren. Dass sie sich vor Kurzem getrennt hatten, wusste er nicht. Es gab keinen Grund, es ihm zu sagen. Richeloin fragte, ob sie irgendwelche Informationen habe, die ihm bei der Aufklärung dieses unfassbaren Verbrechens helfen könnten.
»Nein, habe ich nicht«, antwortete Isabelle wahrheitsgemäß.
»Habe ich auch nicht erwartet. Aber hätte ja sein können.«
»Gibt es schon sachdienliche Hinweise?«, stellte Isabelle eine Gegenfrage.
Richeloin hüstelte verlegen. Offenbar war es ihm peinlich, zuzugeben, dass er noch im Dunkeln tappte. Der Schluss lag nahe, denn sonst hätte er sie nicht völlig diffus nach »irgendwelchen Informationen« gefragt.
»*Malheureusement non,* leider nein«, bestätigte er ihre Vermutung. »Es gibt keine Zeugen, und auch sonst haben wir bislang nicht viel herausbekommen. Aber ich habe meine fähigsten Leute vor Ort, und wir geben unser Bestes, das verspreche ich Ihnen. Sie können sich auf uns verlassen.«

Schwang da die Sorge mit, sie könnte in Sanary auftauchen und sich in die Ermittlungen einmischen? Da konnte er beruhigt sein, das würde sie ganz gewiss nicht tun.
»Davon bin ich überzeugt, *mon Commandant*«, sagte sie. »Ich darf Sie bitten, mich auf dem Laufenden zu halten.«
»*Bien sûr,* ist doch selbstverständlich.«

Aus dem Fenster sah Isabelle, wie die Gendarmerie mit zwei Motorrädern und einem Einsatzfahrzeug vor dem Rathaus auftauchte. Unter Blaulicht und mit Sirenengeheul. Zu Fuß wären sie schneller gewesen. Sie ahnte, was im Kopf ihres Kommandeurs vorgegangen war: Wenn die Gendarmerie schon mit dem Fall nichts zu tun hatte, wollte sie wenigstens einen fernsehtauglichen Auftritt hinlegen. Prompt wurden die Polizisten bei ihrer Aktion gefilmt. Ob sie es bis in die Nachrichten schafften, würde Capitaine Briand höchstpersönlich kontrollieren.
Isabelle eilte aus dem Kommissariat. Im Flur kam ihr Apollinaire entgegen, der seine Mission erfüllt hatte. Sie lief die große Marmortreppe hinauf in den ersten Stock zum Büro des Bürgermeisters. Dort traf sie Angélie Racasse an, die Sekretärin und persönliche Assistentin von Thierry, und Marcel Perrin, den Vizebürgermeister. Angélie, die immer perfekt geschminkt war, hatte ein mit Wimperntusche tränenverschmiertes Gesicht. Sie schluchzte und zitterte. Marcel Perrin dagegen hatte sich unter Kontrolle, doch war auch ihm die Betroffenheit anzusehen. Isabelle nahm Angélie schweigend in die Arme. Dann ergriff sie Marcel Perrins Hände, der diese lange festhielt – auch ihm fehlten die Worte.
»Es ist unfassbar«, flüsterte Angélie.
»*Oui, c'est incroyable*«, bestätigte Marcel Perrin. Er sah Isabelle fragend an. »Können Sie sich erklären, wer ein Motiv haben könnte, unseren Thierry Blès umzubringen?«

Sie schüttelte den Kopf. »Natürlich nicht. Ich habe gerade mit Commandant Richeloin telefoniert. Es gibt bislang keine Hinweise.« Sie machte eine Pause. »Vielleicht war es gar kein zielgerichteter Mord?«, fuhr sie fort. »Denkbar wäre, dass Thierry aus Zufall Opfer einer Bluttat geworden ist. Womöglich war er einfach zur falschen Zeit am falschen Ort? Es könnte ein Raubüberfall gewesen sein? Oder er hat Streit mit einem betrunkenen Nachtschwärmer bekommen? Es ist vieles denkbar.«
Isabelle glaubte nicht wirklich an ihr soeben geäußertes Szenario, dass Thierry Opfer einer willkürlichen Bluttat geworden sein könnte. Sie hatte quasi nur laut gedacht, um diese prinzipielle Möglichkeit nicht außer Acht zu lassen.
Doch Angélie stieg sofort darauf ein. »Da draußen laufen so viele Wahnsinnige herum«, stellte sie fest. »Ganz bestimmt hatte es niemand auf Thierry persönlich abgesehen, dazu war er viel zu beliebt.«
Marcel Perrin rieb sich das Kinn. »Ein Zufallsopfer? Ja, das ist gut möglich. Allerdings ist Sanary ein friedliches Fischerdörfchen und keine Banlieue von Paris oder Marseille«, gab er zu bedenken. »Wer rechnet dort schon mit einem Messerangriff?«
Isabelle gab ihm in Gedanken recht. Aber nur, was die Wahrscheinlichkeit betraf, in Sanary-sur-Mer Opfer eines unmotivierten Gewaltverbrechens zu werden. Diese war sicherlich gering. Doch die Statistik half demjenigen nichts, den es trotzdem traf. Andererseits hatte man Thierry die Kehle durchgeschnitten. So etwas passierte nicht einfach so, das war radikal. Sie würde in Ruhe über psychologische Rückschlüsse nachdenken müssen, die sich aus diesem Tathergang ergeben könnten.
»Was hat Thierry eigentlich in Sanary-sur-Mer gewollt?«, fragte Isabelle. »Hatte er dort einen Termin? Oder war es was Privates?«

Angélie zog ein Taschentuch aus dem Ärmel und schnäuzte sich.

»Woher soll ich das wissen?«

»Immerhin waren Sie seine Sekretärin«, sagte Isabelle. Gleichzeitig erschrak sie, mit welcher Selbstverständlichkeit sie soeben die Vergangenheitsform gewählt hatte. Immerhin *waren* Sie seine Sekretärin. Die Sprache spiegelte das Leben – hart und unerbittlich.

»Ich hab keine Ahnung. Ursprünglich wollte er gestern Abend mit Clodine und Jasmin zum Essen gehen. Er hatte in Jacques' Bistro einen Tisch reserviert. Dann hat sich kurzfristig der Termin in Sanary-sur-Mer ergeben.« Sie sah Marcel Perrin fragend an. »Wann hat er davon erzählt? Das war am Vormittag, oder?«

Der Vizebürgermeister nickte. »Ja, so gegen elf Uhr. Angélie und ich hatten uns gerade hingesetzt, um ein Protokoll durchzusprechen, da kam Thierry vorbei und hat Angélie gebeten, den Termin um achtzehn Uhr mit Alain abzusagen, weil er nach Sanary müsse.«

»Wer ist Alain?«

»Alain ist der Chef der *pompiers volontaires,* der freiwilligen Feuerwehr.«

»Aber Thierry hat nicht gesagt, warum er so plötzlich nach Sanary musste?« Isabelle blickte zwischen Angélie und Perrin hin und her. »Hat er Sanary zuvor je erwähnt? In welchem Zusammenhang auch immer?«

»Nein, hat er nicht. Da bin ich mir ganz sicher«, sagte Perrin.

»Steht was in seinem Terminkalender?«

Angélie schüttelte den Kopf. »Er hatte nur Alain eingetragen und wieder durchgestrichen.«

Isabelle kam zu dem Schluss, dass es keinen Sinn machte, weiter nachzuforschen. Das würden sehr bald ihre Kollegen aus

Toulon erledigen. Von Richeloin würde sie später erfahren, was dabei herauskam.

»Sie werden wahrscheinlich bald von der *Police nationale* hören«, sagte Isabelle, um Angélie darauf vorzubereiten. »Die Kollegen werden das Gleiche fragen und noch einiges mehr.«

Angélie sah sie mit großen Augen an. »Warum das? Die *Police nationale,* das sind doch Sie?«

Das war nett formuliert und entsprach wohl der Wahrnehmung in Fragolin. Hier stand sie wohl tatsächlich stellvertretend für die *Police nationale*. Zusammen mit Apollinaire. Zu einem anderen Zeitpunkt hätte sie Angélies Einschätzung amüsiert. Aber nicht heute, da würde ihr nichts und niemand ein Lächeln entlocken.

»Die Ermittlungen werden vom *Commissariat central* in Toulon geleitet«, erklärte Isabelle. »Ich bin außen vor.«

Sie atmete tief durch. Sie war froh, dass es so war. Aber außen vor, nein, das war sie nicht. Ganz im Gegenteil.

9

Isabelle verließ das Rathaus über eine Hintertür. Dort standen die Müllcontainer und das Fahrrad des Hausmeisters. Die Fernsehleute warteten vor dem Haupteingang auf ihre Opfer. Es gelang ihr, sich unbemerkt zu entfernen. Vorher hatte sie noch länger mit Apollinaire gesprochen. Er akzeptierte, dass sie für den Fall nicht zuständig waren. Obgleich es ihm außerordentlich schwerfiel, denn erstens stellte er die Kompetenz ihrer Kollegen aus Toulon infrage, und zwar grundsätzlich und aufgrund seiner Berufserfahrung vor Ort. Zweitens seien sie gegenüber Thierry Blès moralisch in der Pflicht. Und drittens könne er nicht wider seine Natur handeln und angesichts dieser Tragödie die Hände untätig in den Schoß legen. Genau das aber verlangte sie von ihm. Wohl wissend, dass er sich über ihre Anweisung heimlich hinwegsetzen und zumindest am Computer Recherchen anstellen würde.

Sie lief zum Laden *Aux saveurs de Provence* und traf dort auf Clodine und Jasmin. Sie hatten einige Auslagen auf die Straße gestellt, vor allem die Tische mit den Seifen und einen Ständer mit Postkarten, waren mit der Arbeit aber nicht fertig geworden, offenbar weil sie emotional dazu nicht in der Lage waren. Clodine verbarg ihre verheulten Augen hinter einer dunklen Sonnenbrille und sortierte mit fahrigen Händen Säckchen mit provenzalischen Kräutern. Jasmin saß apathisch auf einem Hocker und starrte vor sich hin. Isabelle ahnte, was in ihr vorging. Jasmin hatte in ihrem früheren Leben viel Leid erfahren müssen, dann ihren Frieden unter Nonnen gesucht – aber nicht gefunden, weil das Verbrechen auch vor Klostermauern keinen Halt macht. Jetzt hatte sie in Fragolin mit Isabelles Hilfe einen erneuten Anlauf gewagt, mit dem Ziel, zurück in ein friedvolles Leben zu finden. Wo sonst könnte das besser gelingen als hier im Hinterland der Provence? Im *Massif des Maures,* wo die Uhren scheinbar langsamer gingen und die dörfliche Gemeinschaft das Gefühl von Geborgenheit und Sicherheit suggerierte. Ihr selbst war es ja nicht anders ergangen, als sie von Paris nach Fragolin »geflüchtet« war. Doch jetzt hatte Jasmin erfahren müssen, dass die Realität einen immer wieder einholt. Eine Oase des Friedens gibt es nicht, sie ist eine Schimäre – sowohl hier in Fragolin als auch in einem malerischen Fischerort namens Sanary-sur-Mer.

Nach einer stummen Umarmung, wobei nicht klar war, wer hier wen bemitleidete, fragte Isabelle, ob sie ursprünglich gestern mit Thierry zum Abendessen verabredet gewesen waren.

Clodine nickte. »Ja, um acht Uhr, in Jacques' Bistro. Du hättest doch nichts dagegen gehabt, oder?«

»Warum sollte ich? Ich hätte Thierry einen netten Abend mit euch gegönnt.« Nach einer kurzen Pause schob sie leise hinterher: »Vor allem wäre er dann noch am Leben.«

»Stimmt, das wäre er. Aber er hat abgesagt. Und jetzt ist er tot.«

»Hat er einen Grund genannt?«

Clodine sah Jasmin fragend an. »Nein, hat er nicht, oder?«

»Nicht wirklich, er hat nur gesagt, er müsse zu einer wichtigen Besprechung nach Sanary.«

»Jedenfalls hat sich Thierry tausendmal entschuldigt, er wäre untröstlich. Du kennst ja seine charmante Art, da kann man ihm nicht böse sein.«

Stimmt, man *konnte* ihm nicht böse sein. Jedenfalls nur selten. Nun, zumindest was den Ort betraf, hatte Thierry die Wahr-

heit gesagt. Vielleicht auch im Hinblick darauf, dass es sich um eine »Besprechung« handelte? Wobei er diesen Begriff schon immer sehr flexibel ausgelegt hatte. Im Zweifelsfall fiel auch eine Weinprobe unter Freunden darunter.
Wichtiger Termin? Besprechung? Sanary? Isabelle fragte sich, warum sie sich überhaupt dafür interessierte. Ging es sie etwas an? Vor wenigen Minuten noch hatte sie Apollinaire klargemacht, dass der Mord an Thierry nicht in ihre Zuständigkeit fiel. Dessen ungeachtet versuchte sie gerade herauszufinden, was es mit Thierrys Termin auf sich hatte. War das inkonsequent? Nein, war es nicht, denn diese Frage drängte sich einfach auf. Außerdem konnte sie nicht aus ihrer Haut. Mit den Ermittlungen wollte sie dennoch nichts zu tun haben. Sie fürchtete, dass ihre Nerven nicht mitspielen würden.
Isabelle verabschiedete sich von den beiden und machte sich auf den Heimweg. Sie lief mit gesenktem Kopf, weil sie niemanden sehen und vor allem nicht angesprochen werden wollte. Die Treppen zu ihrer Wohnung rannte sie hoch. Sie atmete tief durch, als die Tür hinter ihr ins Schloss fiel. Sie streifte ihre Schuhe ab und schleuderte sie durch den Raum. Dann lief sie ins Schlafzimmer und warf sich bäuchlings aufs Bett. Sie konnte nicht mehr länger an sich halten – sie fing an, bitterlich zu weinen.

Eine Stunde später saß sie mit geröteten Augen auf ihrer kleinen Dachterrasse. Die toughe Isabelle Bonnet, ehemals Leiterin einer auf Terrorabwehr spezialisierten Kommandoeinheit, die noch nie eine Träne vergossen hatte. Anlässe dafür hätte es genug gegeben, aber sie hatte sich eine eiserne Disziplin antrainiert. Nur so hatte sie es als erste Frau in diesem Job ganz nach oben geschafft. Nach außen immer eiskalt. Wie es in ihrem Inneren aussah, ging niemanden etwas an.

Isabelle hatte sich einen Cognac eingegossen. Normalerweise würde sie ihn im bauchigen Glas schwenken und genussvoll an ihm riechen. Heute kippte sie ihn einfach weg.
Sie gestand sich ein, dass sie sich verändert hatte. Die Zeiten einer *Madame le Commandant* waren lange vorbei und kamen ihr vor wie aus einem anderen Leben. Ihr neues Dasein in der Provence hatte den kalten Panzer aufgebrochen und sie empfindsamer gemacht. Vielleicht auch weiblicher, doch, ganz sicher sogar. Zu dieser Wandlung, dachte Isabelle, hatte Thierry keinen geringen Beitrag geleistet. Er hatte ihr gezeigt, worauf es im Leben wirklich ankam – nämlich auf die schönen Momente und darauf, dass man diese als solche erkannte und mit allen Sinnen zu genießen verstand. Der Geruch von Lammkoteletts auf dem Grill und das Funkeln des Weines im Glas. Das Salz auf den Lippen nach einem Bad im Meer. Das Schaukeln auf seinem alten Fischerboot – in seinen Armen. Schade, dass es am Schluss mit ihnen nicht mehr geklappt hatte. Das tat weh, jetzt, wo er nicht mehr da war.
Isabelle, die ihr Handy auf stumm geschaltet hatte, sah auf dem Display, dass sie einen Anruf aus Paris bekam, von ihrer Freundin Jacqueline. *Mon Dieu,* jetzt wusste sie es also auch schon. Nach kurzem Zögern nahm sie das Gespräch entgegen.
»Isabelle, ich habe es gerade erst erfahren«, begann Jacqueline ohne lange Vorrede. »Was für eine Tragödie, *quelle tragédie.* Ich kann es kaum glauben. Lass dich umarmen, meine liebe Isabelle.«
»Danke, aber ich bin nicht seine Witwe«, sagte Isabelle spröder, als es in ihrer Absicht lag.
Jacqueline, die sie gut kannte, ging erst gar nicht darauf ein. »Thierry war ein netter Mann«, sagte sie. »Ich habe ihn gemocht, und ich weiß, dass er dir nicht gleichgültig war. Ist doch völlig natürlich, dass dich sein Tod ins Herz trifft.«

Ins Herz? War das so? Isabelle dachte an die Tränen, die sie vergossen hatte, und daran, dass sie gerade das zweite Glas Cognac geleert hatte. Jacqueline hatte recht, Thierrys Tod hatte sie getroffen. Warum sollte sie es nicht zugeben?

»Ich stehe wie unter Schock. Anfänglich konnte ich noch klar denken, aber jetzt schwimmt mir alles davon. So kenne ich mich überhaupt nicht.«

»Lass es einfach zu. Und sei froh, dass du zu diesen Gefühlen fähig bist. Früher hättest du nicht mal mit der Wimper gezuckt. In manchen Momenten warst du mir richtig unheimlich.«

»Das sagst du mir jetzt? Ganz schön spät.«

»Warst trotzdem meine Freundin.«

»Danke dir dafür. Woher weißt du überhaupt ...?«

»Von Thierrys Tod? Die Meldung kommt sogar in den nationalen Nachrichten. Kein Wunder, Thierry war immerhin Bürgermeister, wenngleich Fragolin nicht der Nabel der Welt ist, aber das fällt nicht ins Gewicht. Denn dass man einem angesehenen *maire* zu nächtlicher Stunde die Kehle durchschneidet, in einem hübschen und friedfertigen Fischerort wie Sanary-sur-Mer, ist eine Topmeldung. Du verstehst, wie ich das meine?«

»Ja, das verstehe ich, ist aber makaber. Als Politiker hat es Thierry nie in die überregionalen Schlagzeilen geschafft. Dazu musste er sich erst umbringen lassen.«

»Soll ich zu dir kommen? Brauchst du seelischen Beistand?«

»Natürlich nicht. Ich komm schon klar. Wie ich schon sagte: Ich bin nicht seine Witwe.«

»Die Ermittlungen leitet Richeloin. Hoffentlich strengt er sich an. Sonst steigt ihm der Alte aufs Dach.«

Der Alte? Das war ihr Chef: Maurice Balancourt, die graue Eminenz der *Police nationale*. Jacqueline hütete sein Vorzimmer.

»Apropos, wie geht es ihm?«, fragte Isabelle.
Maurice Balancourt war für sie wie ein väterlicher Freund. Er hielt große Stücke auf sie und konnte es immer noch nicht glauben, dass sich Isabelle mit einem Leben als *Madame le Commissaire* in der französischen Provinz zufriedengab. Er unternahm regelmäßig Versuche, sie wieder zurück nach Paris in eine hohe Kommandoposition zu locken.
»Er hat sich von seiner Gallenblasenoperation prächtig erholt. Er nebelt sein Büro wie früher mit Zigarren ein und geht mit dem Innenminister einmal die Woche zum Mittagessen. Dazu trinkt er seinen geliebten Pomerol. Und beim Golf hat er am Wochenende ein Birdie gespielt.« Jacqueline lachte. »Sonst noch Fragen?«
»Er wird uns alle überleben.«
»Ich soll dich von ihm grüßen. Er sitzt gerade im Geheimdienstausschuss und kann nicht telefonieren. Aber er wird sich morgen bei dir melden.«
»Grüß ihn zurück. Und sag ihm, sein Anruf hat keine Eile. Mir geht's gut.«
»Das glaubst du doch selber nicht.«
Doch, das glaubte sie. Zwar war das für den Moment gelogen, aber sie kannte sich gut genug, um zu wissen, dass sie bald wieder in der Spur war. Dazu brauchte sie nicht einmal ein drittes Glas Cognac. Eher was zu essen. Ihr Kühlschrank war leer. An normalen Tagen würde sie bei Jacques' Bistro vorbeischauen und sich von der Schiefertafel etwas aussuchen. Aber heute war kein normaler Tag. Sie wollte nicht unter Menschen.
Isabelle rief bei Apollinaire im Kommissariat an und bat ihn, im *Café des Arts* ein belegtes Baguette zu besorgen und es ihr nach Hause zu bringen.
»Mit *jambon* oder *fromage*«, fragte er umgehend. Apollinaire legte großen Wert auf exakt formulierte Dienstanweisungen.

Da war er ein Pedant – um sich dann doch nicht an die Vorgaben zu halten.
»Egal, auch mit beidem und vielleicht mit etwas Salat.«
»*D'accord,* Madame. Ich bin unterwegs.«
Sie pflegte Apollinaire sonst nicht mit privaten Wünschen zu behelligen, sie war jemand, der grundsätzlich für sich selbst sorgte, doch gerade ging es nicht anders.

10

Die Pressekonferenz wurde live im Fernsehen übertragen. Isabelle saß bei halb geschlossenen Fensterläden in ihrem Wohnzimmer und wartete auf das Statement von Commandant Richeloin. Schon vor seinen ersten Worten sah sie ihm die Aufregung an. Er nestelte nervös am Hemdkragen und korrigierte wiederholt den Sitz seines Krawattenknotens. Normalerweise genoss er es, sich mit stolzem Lächeln vor Journalisten zu präsentieren. Doch da konnte er mit Erfolgsmeldungen aufwarten – nicht selten deshalb, weil Isabelle den öffentlichen Auftritt scheute und es bereitwillig ihm überließ, sich im Glanz ihrer Arbeit zu sonnen. Wenn sie das Zucken in seinem Gesicht und die zappelige Körpersprache richtig deutete, hätte er auf die heutige Pressekonferenz gerne verzichtet. Folglich lag der Schluss nahe, dass er nichts Positives zu berichten hatte. Positiv im Sinne, dass es erste Ermittlungsergebnisse gab oder gar einen konkreten Tatverdacht.
Richeloin saß hinter einem langen Tisch, auf dem mehrere Mikrofone der verschiedenen Radioanstalten und Fernsehsender standen. Neben ihm Docteur Franell von der Toulouner Rechtsmedizin und auf der anderen Seite Sergeant Poullin, der wohl eher als Staffage gedacht war. Isabelle kannte ihn und wusste, dass seine Kompetenz als Polizist im umgekehrten Verhältnis zu seinem guten Aussehen stand.
Richeloin räusperte sich – laut und vernehmlich direkt in die Mikrofone. Dann begann er mit den harten Fakten, also mit dem Namen des Opfers, den Umständen des Leichenfunds und der

Herbeiführung des Todes durch einen von hinten geführten Schnitt durch die Kehle des honorablen *Monsieur le Maire* Thierry Blès. Docteur Franell übernahm das Wort und ergänzte seine Ausführungen mit einigen pathologischen Details, die ebenso unappetitlich waren wie wenig aufschlussreich. Als einziger Trost blieb, dass Thierry wohl nicht hatte leiden müssen. Aufgrund der Durchtrennung der beiden großen Halsschlagadern mittels eines scharfkantigen Werkzeuges, erklärte Franell, sei es zu einem massiven Blutaustritt gekommen und dadurch zu einer unmittelbaren Sauerstoff-Unterversorgung des Gehirns. Bei dieser einer Schächtung vergleichbaren Tötung könne von einer weitgehenden Schmerzfreiheit ausgegangen werden.

Isabelle fand, dass diese eingehende Schilderung nichts in einer TV-Übertragung zu suchen hatte. Docteur Franell war ein ausgezeichneter Wissenschaftler, aber die Pathologie war nicht dazu da, die Sensationsgier der Medien und die Lust am Gruseln zu befriedigen.

Gott sei Dank machte jetzt wieder Richeloin weiter. In knappen Worten legte er den Stand der Ermittlungen dar. Der Bericht fiel kurz aus, denn viel gab es nicht mitzuteilen. Es gebe keine Zeugen der Tat, es sei bislang nicht bekannt, warum sich Monsieur Blès in Sanary aufgehalten habe und ob er alleine gewesen sei. Die Spurensicherung habe am Tatort und am Leichnam vielfältiges gentechnisches Material sichergestellt, das allerdings in der aktuellen Situation nicht weiterhelfe, weil es ja noch keinen Tatverdächtigen gebe, den man auf diese Weise überführen könnte.

Richeloin, dachte Isabelle, hatte die Genanalysedatenbank der *Police nationale* vergessen. Hier war die DNA unter anderem von Trieb- und Serientätern gespeichert. Nicht alle saßen hinter Gittern. Natürlich würden die genetischen Spuren mit der Datenbank abgeglichen. Er hätte es zumindest erwähnen können.

Als Nächstes kam Richeloin auf die Überwachungskameras in Sanary zu sprechen. Die Auswertung der Aufzeichnungen sei noch am Laufen, habe aber bei erster Prüfung keine Anhaltspunkte ergeben. Der Bereich am Hafen, wo man am Ende des Quai du Levant Monsieur Blès' Leichnam gefunden habe, sei von den Kameras ohnehin nicht erfasst.
Richeloin schien schwer Luft zu bekommen und lockerte seinen Hemdkragen. Im Rathaus von Fragolin, so fuhr er mit kratziger Stimme fort, wisse man nichts von irgendwelchen Drohungen gegenüber dem Bürgermeister. Er sei allgemein sehr beliebt gewesen und habe zwar politische Gegner gehabt, aber keine wirklichen Feinde, die ihm nach dem Leben hätten trachten können. Nicht auszuschließen sei deshalb, dass Monsieur Blès Opfer eines unmotivierten Gewaltakts geworden sei, dass er also zum Beispiel von einem geistig gestörten Täter ermordet worden sei, der ihm zufällig über den Weg gelaufen sei. Die Ermittlungen gingen in alle Richtungen. Er habe seine besten Leute auf den Fall angesetzt und verspreche eine schnellstmögliche Aufklärung dieses unfassbaren Verbrechens.
Der Commandant räusperte sich. Damit seien seine Ausführungen beendet, mehr könne er zum derzeitigen Augenblick nicht sagen. Wobei er um Verständnis bitte, dass aus ermittlungstechnischen Gründen einige Informationen nicht an die Öffentlichkeit gegeben würden, um den Fahndungserfolg nicht zu gefährden.
Isabelle schüttelte leise den Kopf. Sie war sich sicher, dass das gerade eine faule Ausrede war. Richeloin hatte keine ermittlungstechnisch relevanten Informationen. Die *Police nationale* tappte hilflos im Dunkeln. Und er hatte es fertiggebracht, genau diesen Eindruck zu vermitteln.
»Gibt es noch Fragen?«, sagte Richeloin in die Runde. Man sah ihm an, dass er das Gegenteil erhoffte. Aber die Journalis-

ten, die sich in dem viel zu kleinen Raum drängten, taten ihm diesen Gefallen nicht.
»Was ist mit der Tatwaffe? Wurde sie gefunden? Gibt es darauf Fingerabdrücke?«
»Die Tatwaffe, ähm.« Richeloin riss wieder an seinem Hemdkragen. »Also, die Tatwaffe, sie konnte bislang nicht gefunden werden.«
»Liegt sie vielleicht im Hafenbecken?«
»Noch heute werden zwei Taucher den Meeresboden absuchen.«
»Warum erst jetzt?«
Gute Frage, dachte Isabelle.
Richeloins Gesicht lief rot an. »Weil wir nicht alles gleichzeitig machen können.«
Schlechte Antwort!
»Nächste Frage bitte.«
»Könnte es sich um einen besonders rabiat ausgeführten Raubüberfall handeln?«, wollte ein Fernsehreporter wissen.
»Diese theoretische Möglichkeit ist nicht auszuschließen.«
»Entschuldigen Sie, geht's vielleicht etwas konkreter? Was ist mit seiner Brieftasche, mit seiner Uhr? Wurde er ausgeraubt?«
»Ach so, ja. Ähm. Also besser, nein. Was ich sagen will, er wurde nicht beraubt. Jedenfalls hatte er noch seine Brieftasche bei sich mit einigen Hundert Euro Bargeld. Und auch seine nicht billige Armbanduhr.«
»Warum nicht gleich. Muss man Ihnen alles einzeln aus der Nase ziehen?«, reagierte der Reporter aufgebracht. Die Stimmung im Raum verschlechterte sich zusehends. Richeloin geriet unter Druck.
In der letzten Reihe hob einer die Hand. »Stimmt es, dass Monsieur Blès auch seinen Autoschlüssel noch einstecken hatte?«

»Woher wollen Sie das wissen?«, blaffte Richeloin zurück.
»Bitte antworten Sie auf meine Frage. Also, stimmt das mit dem Autoschlüssel? Und wenn ja, wie erklären Sie das?«
»Ja, der Autoschlüssel wurde in seiner Hosentasche gefunden. Und nein, ich erkläre dazu gar nichts.«
»Monsieur Blès hatte ein schönes Auto. Ich hätte mir den Schlüssel geschnappt und es geklaut.«
»So, hätten Sie das? Dann sollten wir Sie wohl in Polizeigewahrsam nehmen, damit Sie keine Straftat begehen.«
»Wäre besser, Sie finden den Mörder.«
»Was ist mit seinem *portable?* Konnten Sie seine Handydaten auslesen?«
Richeloin, der offenbar eine Atempause benötigte, deutete auf Sergeant Poullin, der neben ihm saß und bislang nur dümmlich gelächelt hatte.
»Seine Handydaten? Nun, das ist insofern schwierig, als er kein Handy bei sich hatte. Oder es wurde ihm entwendet.«
»Ich denke, es war kein Raubüberfall?«
»Also ich bitte Sie«, mischte sich Docteur Franell ein. »Wegen eines Handys wird doch keinem die Kehle durchgeschnitten.«
»Eine interessante Hypothese«, kommentierte ein Journalist spöttisch, »aus dem tiefen Erfahrungsschatz der *Police nationale*.«
»Die Verbindungsdaten bekommen Sie doch vom Netzbetreiber, oder?«
Richeloin sah sich wieder in der Lage zu sprechen. »Natürlich, und wir werden diese sorgfältig auswerten. Davon können Sie ausgehen. Aber wenn es ein geistesgestörter Gewalttäter war, werden uns diese nicht weiterhelfen.«
»Jetzt reiten Sie nicht immer auf einem geistesgestörten Gewalttäter herum«, kam ein Zwischenruf. »Das ist doch eine faule Ausrede, weil die Polizei keine konkrete Spur hat.«

Richeloin verlor die Beherrschung. »Was sind denn Sie für ein Idiot?«, raunzte er den Reporter an. »Monsieur Blès' Leiche wurde erst heute Morgen gefunden, da können wir Ihnen doch nicht nach wenigen Stunden einen Täter auf dem silbernen Tablett präsentieren.«

Ups. Das stimmte zwar, aber es war ein grober Ausrutscher, einen Medienvertreter vor laufender Kamera als Idioten zu bezeichnen.

»Wer hier der Idiot ist, muss sich erst noch herausstellen«, kartete der Reporter nach.

»Das habe ich überhört.«

Ein anderer Journalist hob die Hand und meldete sich mit einer vermeintlich unverfänglichen Frage zu Wort. »Ich hätte gerne noch einige Informationen zur Person des Mordopfers. Sie sagten, Monsieur Blès war in seinem Heimatort sehr beliebt. Das scheint zu stimmen, denn bei der letzten Bürgermeisterwahl hat er zweiundachtzig Prozent der Stimmen bekommen. War Monsieur Blès verheiratet? Hatte er Kinder?«

Isabelle bekam eine Gänsehaut. Jetzt wurde es privat. Hoffentlich verweigerte Richeloin die Antwort.

Das tat er zwar, aber anders als erwartet. »Jetzt habe ich langsam die Schnauze voll«, erregte er sich. »Das hier ist eine Pressekonferenz der *Police nationale,* um die Medien über den Tathergang und den aktuellen Stand der Ermittlungen zu informieren. Fragen der Klatschpresse werden grundsätzlich nicht beantwortet.«

Oje, schon wieder über das Ziel hinausgeschossen. Wie sich herausstellte, war der fragende Journalist von einer seriösen, überregionalen Tageszeitung. Und er beharrte auf seiner Frage.

»Monsier Blès war unverheiratet, er lebte alleine, und soviel ich weiß hatte er keine Kinder«, antwortete Richeloin. »Darüber hinaus bekommen Sie von mir zur Person des Mordopfers keine Auskunft. Das fällt unter den Schutz der Privatsphäre und ist ermittlungstechnisch irrelevant.«

Isabelle atmete auf. Zwar hatte Richeloin erneut ein unglückliches Bild abgegeben, aber es gehörte wirklich nicht zu den Aufgaben der *Police nationale,* Auskünfte zum privaten Umfeld eines Mordopfers zu geben. Erst recht nicht, wenn sie selbst dabei ins Spiel kommen könnte. Der tote Bürgermeister und die Kommissarin … Das oder Ähnliches hoffte sie nie zu lesen.

Weil es nicht sofort eine weitere Frage gab, nutzte Richeloin die entstandene Pause geistesgegenwärtig und erklärte die Pressekonferenz kurzerhand für beendet.

»Merci et au revoir.«

Er stand auf und verließ schnaubend den Raum. Sergeant Poullin schenkte den Journalisten noch ein verlegenes Lächeln, dann folgte er ihm. Docteur Franell ließ sich von einem Pressevertreter in ein persönliches Gespräch verwickeln. Vielleicht gab er ihm ein Interview? Hoffentlich riss wenigstens er sich am Riemen.

Isabelle wartete nicht darauf, ob sich der Fernsehsender, den sie eingeschaltet hatte, zu einer abschließenden Kommentierung veranlasst sah. Sie nahm die Fernbedienung und schaltete aus. Dann saß sie eine Weile fast regungslos da und starrte vor sich hin. Viel Neues hatte sie nicht erfahren – außer der Tatsache, dass die Pressekonferenz ein ziemliches Fiasko war. Commandant Richeloin hatte sich miserabel präsentiert. Dass es zu diesem frühen Zeitpunkt noch keine konkreten Ermittlungsergebnisse gab, war ja völlig normal, nur durfte sich ein hochrangiger Repräsentant der *Police nationale* von der Presse weder provozieren noch sich vorführen lassen wie ein Schuljunge, der seine Hausaufgaben nicht gemacht hatte. Das war inakzeptabel.

11

Den nächsten Morgen begann sie ganz bewusst mit ihren üblichen Ritualen. Dazu zählten Fitnessübungen am offenen Fenster. Nach ihrer Operation und der Reha hatte sie noch keine Gelegenheit gehabt, ihren alten Rhythmus wiederzufinden. Dass sie es gerade heute versuchte, hatte einen therapeutischen Hintergedanken. Denn sich körperlich zu betätigen half über trübsinnige Gedanken hinweg. Weshalb sie auch ihre Joggingstrecke in Angriff nahm, die durch den Wald zu einer alten Chartreuse führte. Nach zehn Minuten drehte sie um. Ganz so leistungsfähig war sie nun doch noch nicht. Aber immerhin, ein Anfang war gemacht. Anschließend nahm sie eine eiskalte Dusche. Und wenig später, noch mit nassen Haaren, lief sie zum *Café des Arts,* um dort ein kleines Frühstück zu sich zu nehmen. Ein noch warmes Croissant, einen frisch ausgepressten *jus d'orange* und nach dem Orangensaft einen *café au lait.* Dazu als Morgenlektüre die regionale Tageszeitung *Var-Matin.* Wobei Letzteres keine gute Idee war, denn natürlich wurde die Titelseite von einem großen Foto von Thierry beherrscht. Die Überschrift lautete: *Meurtre cruel de Thierry Blès, maire de Fragolin.* Auf dem Bild sah er ihr direkt in die Augen. Seine Mundwinkel umspielte ein leises Lächeln, das für ihn typisch war. Für einen Moment fragte sie sich, warum sie sich von ihm getrennt hatte. Dann fiel es ihr wieder ein. Vielleicht wären sie wieder zusammengekommen? Nein, das war ein sentimentaler Gedanke, der an der Realität vorbeiging. Isabelle war eine Frau, die zu ihren einmal getroffenen

Entscheidungen stand. Sie machte grundsätzlich keine Rückzieher. Diese Blöße gab sie sich nicht. Also hätte sie auch zu Thierry nicht mehr zurückgefunden, da konnte er noch so charmant lächeln – wie auf diesem gut ausgewählten Foto.
Isabelle überflog den Artikel. Er enthielt keine Neuigkeiten. Und er war insofern diskret, als Thierrys Privatleben ausgespart wurde. Eine Freundin wurde nicht erwähnt, auch keine verflossene. Nur Richeloin bekam sein Fett weg. Der Commandant der *Police nationale* habe in einer Pressekonferenz die Beherrschung verloren und sei sichtlich überfordert.
Isabelle blickte auf und entdeckte einen schlaksigen Mann, der zum Café geschlendert kam. Er hatte schulterlange blonde Haare, war braun gebrannt, trug eine dunkle Sonnenbrille, eine weiße, verknitterte Leinenhose mit aufgeknöpftem Hemd darüber und an den Füßen Espadrilles aus Stoff. Sein Alter war schwer zu schätzen. Vielleicht Anfang vierzig? Von Christie, der Bedienung, wurde er herzlich begrüßt wie ein Stammgast. Allerdings hatte ihn Isabelle noch nie gesehen. Was nur einen Schluss zuließ: Der Mann war in der Zeit ihrer Abwesenheit nach Fragolin gekommen. Sie erinnerte sich, dass Clodine von einem Maler erzählt hatte, der in die Bastide am Waldrand gezogen war. Eine »gescheiterte Existenz«, dessen Bilder offenbar keiner kaufen wollte, der gelegentlich das *Café des Arts* aufsuchte, um dort eine *noisette* zu trinken. Etwas verlottert sei er, hatte Clodine gesagt, und er sei an ihr nicht interessiert. Weil das nach ihrer Selbsteinschätzung kaum möglich sein konnte, unterstellte sie ihm eine ausgeprägte Introvertiertheit. Auch könnte es sein, dass er schwul war.
Isabelle sah, wie er mit Christie plauderte. Einen besonders verschlossenen Eindruck machte er nicht. Womöglich entsprach Clodine nicht seinem präferierten Frauentyp? Schwul war er ihrer Einschätzung nach auch nicht. Wie auch immer,

dass es sich um den Maler handelte, stand für Isabelle außer Frage. Die Farbkleckser auf seiner Hose lieferten den letzten Beweis. Auch bekam er von Christie eine *noisette* serviert, einen Espresso mit einem Kännchen warmer Milch.

Isabelle hatte den Eindruck, dass die beiden über sie sprachen. Jedenfalls schauten sie kurz zu ihr hin. Dann beugte sich Christie zu ihrem Gast und erzählte ihm etwas – mit ernster Miene. Sie konnte sich denken, worum es ging. Der Mann beobachtete sie aus dem Augenwinkel.

Isabelle beschloss zu gehen. Sie legte das abgezählte Geld in die Holzschale auf dem Tisch, rief der Bedienung beim Aufstehen ein flüchtiges *bonne journée* zu und machte sich auf den Weg zum Rathaus.

Sie kam am kleinen Matisse-Museum vorbei, das Thierry Blès im letzten Jahr ins Leben gerufen hatte. Sie warf einen Blick auf die Gedenktafel neben dem Eingang: *La maison de Rosalie Grasson. La danseuse de Henri Matisse.* Sie erinnerte sich, wie Thierry bei der feierlichen Eröffnung des Museums diese Gedenktafel unter dem Beifall der geladenen Gäste enthüllt hatte. Er war damals sehr stolz gewesen. Vielleicht sollte man auf der Tafel einen Zusatz anbringen? *Fondée par Thierry Blès.* Das wäre eine schöne Geste. Sie nahm sich vor, den Vizebürgermeister darauf anzusprechen – in einigen Wochen, es hatte keine Eile.

Die Trikolore vor dem Rathaus war auf halbmast gesetzt. Der Übertragungswagen des Fernsehsenders war verschwunden. Es gab also keinen Grund, sich durch die Hintertür ins *Hôtel de ville* zu schleichen. Außerdem war Isabelle fest entschlossen, keine Ausflüchte mehr zu suchen. Thierry war tot, das war tragisch, aber sie würde damit klarkommen. In ihrem Leben waren schon viele Menschen auf gewaltsame Weise gestorben, auch solche, die ihr sehr nahegestanden hatten. Angefangen bei ihren Eltern, die in ihrem Auto einem Attentat zum Opfer gefallen waren, bis hin zu den Kollegen und Freunden in ihrer Antiterroreinheit, die beim Bombenattentat am Arc de Triomphe gestorben waren. Sie hatte geschafft, damit fertigzuwerden. In der Psychologie gab es den Begriff der Resilienz. Damit war die seelische Widerstandsfähigkeit angesichts von Schicksalsschlägen gemeint. Manche Menschen schafften es, Katastrophen und traumatische Erlebnisse, an denen andere zerbrachen, an sich abprallen zu lassen. Therapeuten der *Police nationale* hatten ihr einen hohen Grad an Resilienz attestiert. In ihrer früheren Tätigkeit war dieser auch dringend erforderlich gewesen.

Und heute? Isabelle stellte fest, dass ihre Widerstandskraft nicht mehr so groß war wie früher. Anders war ihr gestriger Zusammenbruch, als sie sich heulend aufs Bett geworfen hatte, nicht zu erklären. Sie schämte sich nicht dafür. Warum auch? Außerdem hatte sie niemand dabei beobachtet. Doch jetzt war sie darüber hinweg. Glaubte sie jedenfalls. Nein, natürlich nicht über Thierrys Tod, aber über den ersten Schock. Sie drückte den Rücken durch und betrat das Rathaus durch die Eingangshalle, wo die Porträts der früheren Bürgermeister an der Wand hingen. Darunter ihr Vater. Mitten im Raum stand eine Staffelei mit einem großen Schwarz-Weiß-Bild von Thierry. Davor ein Tisch mit einem aufgeschlagenen Kondolenzbuch. Gerade trugen sich zwei ältere Dorfbewohner ein. Isabelle schluckte und ging weiter. Zweifellos würde sie in der nächsten Zukunft fortwährend mit Thierrys Tod konfrontiert werden. Auch mit der Trauer und dem Beileid. Und das war gut so.

Beim Betreten des Kommissariats vermisste sie auf den ersten Blick ihren Assistenten. Sie war es gewohnt, Apollinaire in den ungewöhnlichsten Positionen vorzufinden. So lehnte er schon mal im Kopfstand an der Wand, mit heruntergerutschten Hosenbeinen und rotem Kopf. Das tat er regelmäßig, um Mangeldurchblutungen im Hirn vorzubeugen, auch entlaste es die Lendenwirbelsäule und stoppe nach seiner Überzeugung frühzeitigen Haarausfall. Alternativ lag er gerne ausgestreckt auf dem Schreibtisch, was gut für die Bandscheiben sei und die Entspannung fördere. Doch heute entdeckte sie ihn unter dem Tisch mit dem Drucker. Von ihm waren nur seine langen Beine zu sehen – und seine Socken, die er wie immer unterschiedlich, aber aus Gründen des Mitgefühls in Schwarz und Grau gewählt hatte.

»*Salut*, Apollinaire. Welchen Vorteil versprechen Sie sich von dieser Liegeposition?«

Statt einer Antwort schlug er erst mal mit dem Kopf gegen die Tischplatte.

»Autsch.«

Dann robbte er auf dem Rücken hervor und kam mühsam auf seine langen Beine, um sie schließlich zu begrüßen.

»*Bonjour*, Madame. Ich habe Sie noch nicht erwartet.« Er fuhr sich durch die Haare und strich die Hose glatt. »Bitte entschuldigen Sie meinen derangierten Zustand. Ich habe gerade unseren Drucker neu verkabelt.«

Sie sah auf einen Karton neben dem Gerät.

»Was haben Sie vor?«, fragte sie.

»Ich habe einen Druckauftrag übernommen. Will sagen, ich habe mich bereit erklärt, dem Büro des Bürgermeisters, sprich der beklagenswerten Angélie, beim Versand der Trauerkarten zu helfen. Sie hat mir die Adressen gegeben, und ich bedrucke die Umschläge. Dazu bedarf es erstens einer stabilen Stromzufuhr und zweitens eines funktionierenden Einzugs, wobei Größe, Dicke und Klappenform der Kuverts zu berücksichtigen sind.«

»Die Umschläge mit der Hand zu beschriften wäre schöner.«
»Da haben Sie völlig recht, Madame, aber dazu sind es zu viele. Außerdem habe ich eine Schreibschrift installiert, die einen sehr persönlichen Eindruck macht.« Er runzelte die Stirn. »Sie sind hoffentlich damit einverstanden, dass ich diese kleine Amtshilfe leiste?«
»Selbstverständlich bin ich das. Ich schau auch nur kurz im Büro vorbei und bin dann gleich wieder weg. Gibt's was Neues?«
»Sie meinen im Zusammenhang mit Thierrys Tod? Nein, nichts. Ich habe erst vor zehn Minuten mit Toulon telefoniert. Es gibt keine neue Spur.«
»Keine neue Spur? Eine alte gibt's ja auch nicht«, stellte Isabelle fest, an die gestrige Pressekonferenz denkend.
»*Vous avez raison*. Es gibt weder eine alte noch eine neue Spur. Die Kollegen sind schwer am Schleudern. Richeloin tyrannisiert sie und brüllt in der Gegend rum.«
»Wahrscheinlich bekommt er Druck von oben.«
»Und er hat die Presse im Nacken. Wie auch immer, es ist weiter völlig unklar, was in jener Nacht passiert ist.«
»Was glauben Sie?«
Er zuckte mit den Schultern. »Ich glaube grundsätzlich gar nichts. Glauben ist was für den Gottesdienst. Ich dagegen folge den Prinzipien der Kausalität und Rationalität. In den kleinen und in den großen Dingen des Lebens. Solange die näheren Umstände ungeklärt sind, bewegt sich jede Theorie im Bereich der Ungewissheit.«
Diese Antwort war ein typischer Apollinaire. Aber Isabelle stimmte ihm zu. Auch sie orientierte sich grundsätzlich an Fakten. Freilich ließen sich aus diesen Hypothesen entwickeln, was für die polizeiliche Arbeit sogar zwingend nötig war. Doch im Falle Thierrys schien es bislang keine relevanten

Fakten zu geben. Also gab es auch keine Möglichkeit, irgendwas zu glauben.

»Madame, ich hätte da noch eine Frage.«

Er sprach nicht weiter. Auch so eine Eigenart. Um herauszufinden, welche Frage er stellen wollte, musste man ihn anschubsen.

»Die wäre?«

»Obwohl Angélie Thierrys Sekretärin war und sie ihn gut kannte, ist ihr nicht bekannt, ob er Verwandte hatte. Die Eltern leben nicht mehr, das weiß sie. Wen muss man verständigen? Gibt es Geschwister, Onkel, Tanten?«

Das war eine gute Frage und eine seltsame zugleich. Denn ihr wurde bewusst, wie wenig sie von seiner Familie wusste. Sein Vater, der auch als Anwalt gearbeitet hatte, war schon relativ jung einem Herzschlag erlegen. Und seine Mutter war vor wenigen Jahren gestorben. Geschwister gab es nicht, das wüsste sie. Aber weitere Verwandte? Keine Ahnung. Allzu nahe konnten sie ihm nicht gestanden haben, sonst hätte er sie mal erwähnt. Thierry war zwar in Fragolin geboren und aufgewachsen, aber seine Familie stammte aus Arles. Dort hatte er nach seinem Jurastudium in Paris in einer Anwaltskanzlei gearbeitet, bevor er wieder zurück nach Fragolin gekommen war, um sich hier als Rechtsanwalt niederzulassen. Ach so, fast hätte sie es vergessen, in Arles war er für einige Jahre verheiratet gewesen. Den Namen seiner Ex-Frau kannte sie nicht. Jedenfalls waren sie geschieden. Und er war kinderlos.

»Ich weiß auch nicht, wen man verständigen müsste«, antwortete Isabelle. »Meines Wissens gibt es keine nahen Verwandten.«

»Das werde ich so weitergeben.« Er kratzte sich am Kopf. »Im Übrigen kann man davon ausgehen, dass etwaige periphere Verwandte von Thierrys Tod aus den Medien erfahren haben. Seine Ermordung macht makabrerweise jede Verlautbarung obsolet.«

Sie nickte. »Traurig, aber wahr.«
»Heute Abend gibt es eine außerordentliche Sitzung des *Conseil municipal* unter Leitung unseres Vizebürgermeisters Marcel Perrin. Im Gemeinderat werden die Trauerfeierlichkeiten besprochen. Es ist eine Art Staatsbegräbnis geplant.«
»Staatsbegräbnis? Ihnen ist schon klar, wie klein unser Ort ist?«
»Nun ja, dann halt ein dörfliches Staatsbegräbnis«, korrigierte er. »Fragolin möchte von seinem Bürgermeister mit einer würdevollen Gedenkfeier Abschied nehmen. Ich finde, das ist das Mindeste, was wir noch für ihn tun können.«
Sie fand es bemerkenswert, dass das jemand sagte, der aus Toulon stammte und erst seit Kurzem in Fragolin lebte, sich aber bereits mit dem Ort identifizierte. Thierry war hier wirklich eine herausragende Persönlichkeit gewesen. Natürlich hatte er nicht nur Freunde gehabt, wie auch, schließlich hatte er als Anwalt gearbeitet. Zudem gab es politische Widersacher, die ihm sein Amt als Bürgermeister missgönnten oder nicht mit allen Projekten einverstanden waren. Doch er wurde allgemein respektiert. Das war, wenn man so wollte, seine Lebensleistung.
Isabelle sah auf ihren Schlüsselbund. Nicht zum ersten Mal am heutigen Tag. Sie wusste nicht, ob es richtig war, aber sie hatte noch was vor.
»Ich klinke mich mal für einige Stunden aus«, sagte sie. »Bin aber über mein *portable* immer erreichbar. Sollte es bei den Ermittlungen was Neues geben, rufen Sie mich bitte an.«
»Sie können sich auf mich verlassen.«
»Ich weiß.« Ihre Lippen umspielte ein Lächeln. »Und stecken Sie die Umschläge richtig herum in den Drucker!«
Er nickte ganz ernsthaft. »O ja, das ist eine potenzielle Fehlerquelle. Ich werde darauf achten.«

12

Hatte sie überlegt, ob es richtig war? Ja, das hatte sie. Und nein, das war es natürlich nicht. Jedenfalls war es nicht gut für ihre Stimmung – und vielleicht war es genau deshalb eben doch richtig. Isabelle saß auf dem Sofa im Wohnzimmer von Thierrys Villa, zu der sie noch den Schlüssel hatte. Sie hatte die Terrassentüren geöffnet und hing ihren Erinnerungen nach. Wie viele Abende und Nächte hatte sie in diesem Haus verbracht? Welchen Wein hatten sie getrunken und welche Musik gehört? Sie glaubte Thierry zu hören, wie er in der Küche hantierte. Er war ein großartiger Koch gewesen. Ihr stieg der Duft von Rosmarin in die Nase, von Thymian und Oregano. Seine Spezialität waren marinierte Lammkoteletts.

Sie vermied es, hinauf ins Bad zu gehen oder ins Schlafzimmer. Sie wollte sich nicht zu viel zumuten. Das Erdgeschoss war schwierig genug. Es tat in der Seele weh, hier zu sein. Und doch war es ihr wichtig. Isabelle hielt es für einen großen Fehler, Gedanken und Gefühle zu verdrängen. Das brachte nichts. Stattdessen musste man sie zulassen, sich sogar mit ihnen konfrontieren, das war man ihnen schuldig. Erst recht, wenn es durchweg positive Erinnerungen waren, die sie mit diesem Haus verband. Sie hatten hier nur schöne Zeiten verlebt, sogar sehr schöne.

Natürlich wäre es genauso falsch, die Gründe zu verdrängen, die zu ihrer Trennung geführt hatten. Sie hatten sich als Liebespaar sukzessive voneinander entfernt. Das war ein schleichender Prozess gewesen, zunächst ohne konkreten Anlass.

Den gab es später, als er sie mit einer anderen Frau betrog. Doch sogar das hätte nicht zum Bruch führen müssen. Sie selbst hatte ja mit Rouven eine Beziehung mit einem zweiten Mann, der allerdings die meiste Zeit nicht da war – und von dem Thierry wusste. Genau das war der entscheidende Punkt: Isabelle spielte mit offenen Karten, und Thierry war damit einverstanden gewesen. Umgekehrt hatte Thierry sie angelogen und seine Affäre zu verheimlichen versucht. Das machte den Unterschied. Isabelle hasste es, hinters Licht geführt zu werden.

Und jetzt? Jetzt saß sie alleine in Thierrys schönem Haus und würde alles dafür geben, wenn sie die Gelegenheit bekäme, ihm zu verzeihen. Hauptsache, er wäre wieder da und am Leben. Aber zu spät.

Sie stand auf und ging hinüber zum Kaminsims mit den aufgestellten Bilderrahmen. Thierry war zu sehen auf seinem Kutter. Lachend und mit einem gefangenen Fisch. Ein Foto als Kind mit seinen Eltern. Dann ein Bild Arm in Arm mit Nicolas Sarkozy, dem früheren Präsidenten. Thierry als junger Mann auf einem schweren Motorrad. Und ein Foto … von ihr. Isabelle schluckte. Er hatte es noch nicht weggestellt und in einer Schublade versteckt – oder weggeschmissen. Noch nicht. Isabelle war gerade auf dem Weg zum Kühlschrank, um sich was zum Trinken zu holen, da klingelte ihr Handy. Apollinaire? Gab es was Neues aus Toulon? Auf dem Display sah sie, dass der Anruf aus Paris kam, von ihrer Freundin Jacqueline.

»Hallo, meine liebe Isabelle, *comment ça va?*«

»Wie soll's mir gehen? Mir ging's schon mal besser.«

»Der Alte will dich sprechen. Hast du gerade Zeit?«

»Für Maurice habe ich immer Zeit, weißt du doch.«

»Dann verbinde ich. Pass auf dich auf. *Bisou,* Küsschen.«

Dass jetzt Maurice Balancourt in der Leitung war, hörte sie schon daran, dass er sich erst mal kräftig räuspern musste. Wahrscheinlich hatte er gerade noch an seiner Zigarre gezogen. *»Bonjour, chérie«*, begrüßte er sie herzlich und vertraut wie immer. Er durfte das. Sie kannten sich schon ewig – und er war glücklich verheiratet. Außerdem war Maurice Balancourt längst im Rentenalter. Seinen Job behielt er trotzdem. Die *Police nationale* war ohne ihn nicht denkbar. »Tut mir leid, das mit Thierry Blès. Ich weiß, du hast ihn gemocht.«
»Danke, Maurice. Am Schluss war unsere Beziehung etwas getrübt …«
»Auch das weiß ich«, unterbrach er sie, »aber ihr habt euch mal sehr nahegestanden, das vergisst man nicht. Also noch mal, es tut mir leid für dich und ich hoffe, dass du gut darüber wegkommst. *Mes sincères condoléances!*«
»Danke dir.«
»Von Jacqueline habe ich erfahren, dass du deine Reha in Saint-Rémy gut überstanden hast, das freut mich, *chérie*.«
»Ich bin wieder fit wie ein Turnschuh.«
Das war zwar übertrieben, aber sie war auf dem Weg dahin.
»Dich haut eben nicht so schnell was um, schon gleich nicht so ein lächerlicher Bombensplitter an der Wirbelsäule …« Balancourt bekam einen Hustenanfall.
Isabelle konnte nicht anders, sie musste lachen. »Dich haut auch nicht so schnell was um, du überstehst sogar deine widerlichen Zigarren.«
»Widerlich? Willst du mich beleidigen?«, reagierte er in gespielter Empörung. »Ich beziehe meine Cohibas direkt aus Kuba. Fidel Castro hat sie fast täglich geraucht und ist neunzig Jahre alt geworden. Für mich sind Zigarren ein Lebenselixier. Da fällt mir ein, auch Winston Churchill ist neunzig geworden.«
»Ich wünsche dir nur das Beste, das weißt du.«

»Gut, dann hätten wir das geklärt. Schlimm genug, dass mir Jacqueline und meine Frau damit ständig in den Ohren liegen. Fang du nicht auch noch an, mir meine Zigarren ausreden zu wollen!« Balancourt räusperte sich, aber diesmal wohl eher, um einen Themenwechsel einzuläuten. So gut kannte sie ihn. »Hast du gestern im Fernsehen Richeloins Pressekonferenz gesehen?«, fragte er.

»Ja, habe ich. Bis zum bitteren Ende.«

»Eine einzige Katastrophe. Da geben wir Geld für Kampagnen aus, um das Image der *Police nationale* zu verbessern, und dann kommt dieser unglückselige Richeloin daher und blamiert uns bis auf die Knochen.«

»Ganz so schlimm war es auch nicht«, sagte sie zu ihrer eigenen Überraschung. Irgendwie tat ihr der Commandant leid.

»Doch, war es, sogar noch schlimmer. Er ist auf der ganzen Linie überfordert, sowohl, was den Umgang mit den Medien betrifft, als auch in seiner Polizeiarbeit. In Toulon scheint gerade alles drunter und drüber zu gehen. Ich habe mir gerade einen aktuellen Bericht geben lassen. Eine einzige Katastrophe. Die angekündigte zweite Pressekonferenz für heute Nachmittag habe ich absagen lassen.«

Das, dachte Isabelle, war eine kluge Entscheidung.

»Es gibt also noch keine heiße Spur, richtig?«

»Nein, nur haarsträubende Vermutungen, die jeder rationalen Basis entbehren. Mit solchen Hirngespinsten kann und darf man nicht an die Öffentlichkeit gehen.«

Jeder rationalen Basis entbehren? Genauso hatte sich Apollinaire ausgedrückt. Ihr kleiner, aber groß gewachsener Sous-Brigadier lag viel mehr auf Maurice' Linie als der hochrangige Commandant des Département Var in Toulon. Gerade wollte sie Maurice nach den »Hirngespinsten« befragen, die sie dennoch interessierten, da sprach er schon weiter.

»Angesichts der Situation habe ich zwei Entscheidungen getroffen. Erstens stelle ich Richeloin vorübergehend eine qualifizierte Pressesprecherin zur Seite, die bereits aus Paris nach Toulon unterwegs ist. Ich habe Richeloin einen Maulkorb verpasst. Gegenüber der Presse hat er vorläufig Redeverbot. Dieser Sergeant Poullin ist sowieso nicht befugt, was zu sagen. Und Docteur Franell von der Rechtsmedizin muss sich in Zukunft mit der Pressereferentin abstimmen.«

Wow, Maurice war ein Mann der Tat. Und wenn er sich über was ärgerte, dann flogen die Fetzen.

»Richeloin wird's verkraften«, sagte Isabelle. »So kann er sich mehr auf seine Arbeit konzentrieren.«

»Interessiert mich nicht, ob er es verkraftet. Die *Police nationale* ist kein Samariterverein. Damit komme ich zu meiner zweiten Entscheidung. Ich werde Richeloin den Mordfall Thierry Blès entziehen und eine Sonderkommission unter anderer Führung etablieren.«

Jetzt war Isabelle nun doch überrascht. Dass Maurice so weit gehen würde, hätte sie nicht gedacht. Erst recht nicht so schnell. Der Mord lag kaum sechsunddreißig Stunden zurück. Man konnte Richeloin keinen Vorwurf machen, wenn er noch nichts vorzuweisen hatte. Solide Polizeiarbeit brauchte ihre Zeit. Das wusste auch Maurice, also musste er über weitere Hinweise verfügen, die ihn an Richeloins Kompetenz zweifeln ließen.

»Eine Sonderkommission unter anderer Führung«, wiederholte sie seine letzten Worte. »Wer soll das machen?«

Das folgende Räuspern interpretierte sie als Zeichen der Verlegenheit. »Ich möchte meinen besten Mann darauf ansetzen«, antwortete er, »ich brauch nur noch seine Zustimmung.«

»Seine Zustimmung? Du kannst ihn doch einfach abkommandieren.«

Maurice Balancourt hüstelte. Isabelle wurde misstrauisch.

»Ihn abkommandieren? Nicht bei der Person, die ich im Auge habe, und erst recht nicht bei diesem Fall.«

Ihr dämmerte, wen er meinte. Maurice hatte sie schon früher als »seinen besten Mann« bezeichnet.

»Du musst gar nicht weitersprechen«, sagte sie. »Das kannst du vergessen. Kommt nicht infrage.«

»Warum nicht? Du bist die Idealbesetzung …«

»Du meinst wohl eher die ideale Fehlbesetzung. Erstens bin ich noch nicht fit …«

»Du hast gerade das Gegenteil behauptet. Übrigens sehr zu meiner Freude.«

»… zweitens bin ich befangen.«

»*Chérie,* entschuldige, dass ich widerspreche. Eine Befangenheit wäre zum Beispiel gegeben, wenn ein Polizeibeamter mit einem potenziell Tatverdächtigen sympathisiert oder ihm nahesteht. Eine emotionale Beziehung zu einem Mordopfer fällt nicht darunter, ganz im Gegenteil.«

Isabelle musste ihm recht geben. Ihre spontanen Gegenargumente griffen nicht.

»Selbst wenn ich wollte, in Fragolin kann ich keine Sonderkommission auf die Beine stellen, ich habe nur Apollinaire.«

Sie hatte den Satz noch nicht ausgesprochen, da wusste sie, dass ihn Maurice gleich zerpflücken würde.

»*O chérie,* ihr zwei seid die effektivste Sonderkommission, die ich kenne. Soll ich dir die Fälle aufzählen, die ihr schon aufgeklärt habt? Außerdem kannst du so viele Leute anfordern, wie du willst. Und du hast vollen Zugriff auf die Abteilungen in Toulon. Du bekommst von mir eine *carte blanche*. Wo ist das Problem?«

»Richeloin wird mir Knüppel in den Weg werfen.«

»Wenn er das tut, versetze ich ihn in den vorzeitigen Ruhestand. Und weil er das weiß, wird er es schön bleiben lassen und brav mit dir kooperieren.«

Isabelle atmete einige Male tief durch. Maurice hatte sie wieder einmal auf dem falschen Fuß erwischt. Darauf war sie nicht vorbereitet gewesen. Jacqueline hatte sie nicht gewarnt. Während des Gesprächs war sie in Thierrys Wohnzimmer hin und her gelaufen. Jetzt stand sie wieder vor dem Kamin mit den Bildern. Thierry auf seinem Kutter. Als Kind mit seinen Eltern. Auf dem Motorrad … Es kam ihr vor, als ob er einen Appell an sie richten würde. Mach es! Finde meinen Mörder! Oder wollte er sie im Gegenteil davon abhalten? Lass die Finger weg! Wühle nicht in meiner Vergangenheit, suche nach keinen schwarzen Flecken in meinem Leben! Behalte mich so in Erinnerung wie gerade!

Verdammt, was sollte sie tun? Und wäre sie seelisch überhaupt stabil genug? Denn natürlich war sie entgegen Maurice' Argumentation befangen. Würde sie bei einem Tatverdächtigen nüchtern und objektiv ermitteln, oder würde sie emotional überreagieren und sich von Rachegedanken leiten lassen? Wie konnte sie das wissen?

Wieder hüstelte Maurice. Er hatte eine Weile geschwiegen, weil er ihr Zeit zum Nachdenken gab.

»*Alors, chérie,* darf ich davon ausgehen, dass du den Fall übernimmst?«

»Nein, kannst du nicht«, sagte sie leise, aber doch so deutlich, dass er es verstand.

»Es ist zu deinem Besten«, ließ er nicht locker. »Glaub mir. Du möchtest doch auch, dass Thierry Blès' Mörder gefunden wird. Keiner weiß mehr über das Mordopfer als du. Du lebst in dem Ort, wo er Bürgermeister war. Dein Kommissariat sitzt in seinem Rathaus. Möchtest du, dass irgendwelche naseweisen Polizisten in Thierrys Vergangenheit herumschnüffeln? Möchtest du, dass sie in Fragolin Befragungen durchführen und eine Atmosphäre des Misstrauens schaffen?«

»Muss ja nicht sein«, entgegnete sie. »Der Mord hat in Sanary stattgefunden und mit Fragolin womöglich nichts zu tun. Genauso wenig mit seiner Vergangenheit oder seinem Leben. Ich will mich nicht an Richeloins Spekulationen beteiligen, aber vielleicht war es wirklich irgendein durchgeknallter Psychopath, der Thierry die Kehle durchgeschnitten hat?«

»Könnte sein, aber solange man das nicht weiß, muss in alle Richtungen ermittelt werden. Das muss ich dir doch nicht erklären.«

Maurice hatte recht, das musste er ihr nicht erklären. Sie hatte nur nach Gegenargumenten gesucht. Doch die gab es nicht. Freilich konnte sie einfach Nein sagen, ohne jegliche Begründung. Oder vielleicht nur mit jener, dass sie diesen Job emotional nicht packen würde. Maurice würde es akzeptieren.

Ein Windhauch schlug die Terrassentür zu. Isabelle zuckte zusammen. Sie war nicht spirituell, und erst recht glaubte sie nicht an irgendwelche Zeichen. Vielleicht noch aus dem Jenseits? Die Terrassentür ging wieder auf, der weiße Vorhang blähte sich wie ein Segel. Im Bilderrahmen hielten die Eltern den kleinen Thierry an den Händen …

»Normalerweise würde ich dir Bedenkzeit geben«, sagte Maurice. »Aber leider duldet die Entscheidung keinen Aufschub. Ich setze in jedem Fall eine Sonderkommission ein. Wenn du es nicht machst, muss ich jemand anderen suchen.«

Jetzt zog Maurice die Daumenschrauben an. Das mochte sie nicht, und er wusste das. Wenn er es trotzdem tat, dann deshalb, weil er es für richtig hielt. Er hatte es ein Leben lang gut mit ihr gemeint. Manches Mal schien ihr, dass er sie besser kannte als sie sich selbst.

»Meinst du wirklich, ich schaffe das?«, fragte sie fast kleinlaut.

»Nein, ich *meine* es nicht, ich *weiß* es. Also?«

Sie gab sich einen Ruck. »*D'accord,* ich mach's. Hoffentlich enttäusche ich dich nicht.«
»*Chérie,* ich küsse dich. Wirst sehen, das war die richtige Entscheidung. Ist die beste Therapie für dich. Und ich hab ein Problem weniger.«
»Warten wir ab. Wann geht's los? Wann sagst du es Richeloin?«
Maurice schaffte es, gleichzeitig zu husten und zu lachen. »Er weiß es schon.«
»Du altes Ekel, sag bloß, du hast ihm schon vor unserem Gespräch …?«
»Natürlich habe ich das. Ich wollte keine Zeit verlieren.«
»Und wenn ich abgelehnt hätte?«
»Hast du aber nicht. So, und jetzt ist mir die Zigarre ausgegangen, das passiert mir nur selten. Übrigens, Richeloin erwartet dich heute Nachmittag um vier Uhr zu einem Übergabegespräch. Vielleicht ist meine Pressereferentin auch schon da, dann kannst du sie gleich kennenlernen.« Er kicherte. »*Bonne chance,* meine liebe Isabelle. *Au revoir.*«

13

Noch eine Stunde später saß sie wie gelähmt in Thierrys altem Lehnstuhl, den sie mal zusammen auf dem Antiquitätenmarkt von Isle-sur-la-Sorgue gekauft hatten. Ihr Blick ging ins Leere. Ihr wirbelten gleichzeitig tausend Gedanken durch den Kopf, aber irgendwie blockierten sie sich gegenseitig, und sie schaffte es nicht, sich auf einen einzigen zu konzentrieren. Im Ergebnis fühlte sie sich einerseits überdreht, andererseits wie paralysiert. Natürlich war ihr klar, worauf ihre konfuse Verfassung zurückzuführen war. Maurice Balancourt hatte sie mit seinem Anruf herbeigeführt und mit seiner verrückten Entscheidung, dass ausgerechnet sie den Mord an Thierry aufklären sollte. Warum hatte sie zugestimmt? Weil sie Maurice grundsätzlich keine Bitte abschlagen konnte? Oder weil sie im tiefsten Inneren genau das wollte – nämlich das Schwein finden und zur Strecke bringen, das Thierry die Kehle aufgeschlitzt hatte. Hätte sie es geschafft, die Hände untätig in den Schoß zu legen und die Arbeit ihren Kollegen zu überlassen? Ganz sicher nicht. So gut kannte sie sich. Auch ohne offiziellen Auftrag hätte sie eigene Ermittlungen angestellt und wäre damit zwangsweise Richeloin und seinen Leuten in die Quere gekommen. Das hätte Ärger gegeben. So gesehen hatte Maurice ihr mit seiner Entscheidung einen Gefallen getan. Gleichzeitig hatte er sein eigenes Personalproblem gelöst, jedenfalls hoffte er das. Ob er gut daran getan hatte, würde die Zukunft erweisen. Es lag an ihr, ihn nicht zu enttäuschen. Ihn nicht und auch nicht sich selbst. Sie warf einen

Blick in Richtung Kaminsims mit den Fotos. Thierry hatte zwar nichts mehr davon, wenn sie seinen Mörder zur Strecke brachte – aber auch er würde es wohl von ihr erwarten. Also gab es noch jemanden, den sie nicht enttäuschen sollte.
Wenn das so war, dann machte es wenig Sinn, träge herumzusitzen. Sie sollte ihren Hintern aus dem Lehnstuhl schwingen und das Projekt angehen. Was hatte Maurice gesagt? Richeloin würde sie heute Nachmittag zu einem Übergabegespräch erwarten. Seine Laune konnte sie sich vorstellen. Mal sehen, ob er tat, was Maurice erwartete: nämlich klein beigeben. So wirklich glaubte sie nicht daran.

Als sie das Kommissariat betrat, stand Apollinaire vor seinem geliebten Flipchart. Aber er schlug das Deckblatt so schnell herunter, dass sie nicht erkennen konnte, woran er arbeitete.
»Sind Sie mit den Briefumschlägen für die Trauerkarten fertig?«, fragte Isabelle.
»Selbstverständlich. Alles erledigt und sehr zur Zufriedenheit von Angélie und dem Vizebürgermeister.«
»Das freut mich. Was gibt's sonst Neues?«
Er legte den Kopf zur Seite und sah sie mit schiefem Blick an.
»Das fragen Sie mich? Erlauben Sie mir, dass ich die Frage retourniere. Was gibt's Neues?«
Isabelle runzelte die Stirn. Warum schaute Apollinaire so komisch? Und weshalb beantwortete er ihre Frage nicht?
»Sagen Sie bloß, Sie wissen es schon?«
Auf seinem Gesicht machte sich ein verlegenes Grinsen breit.
»*Oui,* Madame, jedenfalls wenn Sie darauf anspielen, dass Balancourt Richeloin vom Fall abgezogen und die Ermittlungen Ihnen übertragen hat. Ja, das weiß ich, aber nicht viel mehr.«
»Und woher?«

»Es ließ sich nicht vermeiden. Erstens habe ich immer noch Freunde in Toulon, und von denen habe ich erfahren, dass Richeloin heute früh einen Tobsuchtsanfall bekommen und mit der Kaffeetasse nach einem Mitarbeiter geworfen hat. Aber er hat nicht getroffen.«

»Und zweitens?«

»Jacqueline hat angerufen und mich gebeten, unser Faxgerät zu überprüfen. Sie müsse uns Berge von Unterlagen schicken. Auch die Mailbox ist mittlerweile voll mit Protokollen der Spurensicherung, mit einem vorläufigen Autopsiebericht und einer Dienstanweisung von Balancourt, die die Einrichtung einer Sonderkommission unter Ihrer Leitung anordnet.«

Isabelle schluckte. Spätestens jetzt war klar, dass es kein Zurück gab. Maurice hatte keine Zeit verloren und bereits alles in die Wege geleitet. Doch das hätte sie sich denken können, das machte er immer so.

»Nun, dann sind Sie ja bestens informiert«, stellte sie fest. »Und wissen wahrscheinlich schon mehr als ich.«

»Ich hab die Unterlagen nur überflogen. Ist ein ziemliches Durcheinander und weist erhebliche Lücken auf.«

Isabelle sah ihren Assistenten ernst an. »Sie sollten wissen, dass ich nicht darauf gedrängt habe, diesen Fall zu übernehmen. Ganz im Gegenteil habe ich mich gesträubt. Ich wollte nicht … und eigentlich will ich immer noch nicht.«

Er nickte. »Das ist mir klar. Sie standen Thierry viel zu nahe. Ich denke, es wird nicht immer leicht für Sie sein.«

Er hatte recht, es würde gewiss nicht immer leicht sein. Angefangen beim Termin heute Nachmittag um vier Uhr. Sie sah auf die Uhr. Sie war gut in der Zeit und könnte noch zu Mittag essen. Es war nicht empfehlenswert, Richeloin mit nüchternem Magen aufzusuchen.

»Ich muss nachher zu einem Übergabegespräch nach Toulon«, sagte sie. »Aber auch das wissen Sie wahrscheinlich schon?«
»Ja, das wird vermutlich keine Freude.«
»Wollen Sie mich begleiten?«
Apollinaire schüttelte sich wie ein nasser Hund. »Wenn es vermeidbar ist, würde ich mich gerne drücken. Zudem wäre ich Ihnen keine große Hilfe. Der Commandant ließe mich eh nicht zu Wort kommen. Ein Sous-Brigadier hat in seiner Gegenwart zu schweigen.«
»Da sehen Sie mal, wie gut Sie es bei mir haben. Hier dürfen Sie so viel reden, wie Sie wollen. Im Idealfall verstehe ich sogar, was Sie meinen.«
Er sah sie empört an. »Madame, ich bitte Sie, ich bin doch immer um eine klare Ausdrucksweise bemüht. Zugegeben ist es gelegentlich nicht leicht, die Kapriolen meines Verstandes in Worte zu fassen, aber meistens gelingt es mir ganz gut. Finden Sie nicht?«
»Doch, doch ... meistens! Andere Frage: Was haben Sie gerade am Flipchart gemacht?«
»Ich habe versucht, mir einen ersten Überblick zu verschaffen und den aktuellen Erkenntnisstand schematisch darzustellen.«
»Kann ich mal sehen?«
»Ist aber noch im Entstehen begriffen ...«
»Trotzdem.«
Apollinaire ging zum Flipchart und schlug es auf.
Für die Überschrift hatte er drei Großbuchstaben gewählt: R. I. P. Das stand für »Rest in peace«, Ruhe in Frieden.
Apollinaire merkte an, dass er persönlich die lateinische Sprache bevorzuge: »Requiescat in pace«. Oder besser noch auf Französisch: *»Repose en paix«*.
Das machte keinen Unterschied. Isabelle empfand diese Betitelung als ausgesprochen beklemmend. Und sie war hier völlig

fehl am Platz. R. I. P. – das war etwas für einen Grabstein, hatte aber nichts auf einem Flipchart zu suchen. Natürlich sollte Thierry in Frieden ruhen, aber dazu mussten sie erst mal seinen Mörder finden.

Apollinaire sah sie von der Seite an. »Das mit dem R. I. P. war kein guter Einfall, oder?«

»Mir wäre lieber, Sie schreiben ganz nüchtern: *Meurtre de Thierry Blès*. So, wie wir das immer machen. Ohne Sentimentalitäten.«

Isabelle sah auf die konzentrischen Kreise, die Apollinaire gezogen hatte. So ging er meistens vor. In der Mitte stand der Name des Mordopfers. Der erste Kreis umfasste sein direktes Umfeld mit all seinen privaten Kontakten. Namen waren noch keine vermerkt, ihr eigener müsste ganz sicher an prominenter Stelle stehen. In diesem *cercle intérieur*, der sich weitgehend auf Fragolin beschränkte, gab es wahrscheinlich keinen Tatverdächtigen, aber befragt mussten sie alle werden. War jemandem etwas aufgefallen? Hatte Thierry vielleicht doch erwähnt, dass er bedroht wurde? Das war die übliche Routine. Auch die obligatorische Frage, wo sich die betreffende Person zur Tatzeit befunden hatte. Der nächste Kreis umfasste Thierrys berufliche und nicht so engen Kontakte. Einige Namen hatte Apollinaire schon notiert. Anwaltskollegen, Bürgermeister aus Nachbarorten ... Die Liste würde lang werden. Zielführend war das nicht. Und wen wollte Apollinaire in den nächstgrößeren Kreis aufnehmen? Alle Einwohner des Département Var?

»Ich kenne Ihre Vorliebe für Charts«, sagte sie, »aber zum jetzigen Zeitpunkt macht das wenig Sinn. Können Sie zuklappen und zur Seite stellen. Stattdessen könnten Sie, während ich in Toulon bin, alle uns bereits vorliegenden Berichte genauer durchsehen. Vielleicht fällt Ihnen was auf? Und wenn noch

Zeit bleibt, können Sie mit der Recherche beginnen, an welchen Projekten Thierry aktuell gearbeitet hat, sowohl als Bürgermeister als auch im Zuge seiner anwaltschaftlichen Tätigkeit. Mich würde interessieren, ob es da brisante Themen oder Fälle gibt, von denen ich nichts weiß.«

»Wir sollten uns nicht nur auf die Gegenwart beschränken. Mordmotive können auch aus der Vergangenheit resultieren«, merkte Apollinaire an.

»Da haben Sie wohl recht, Sie können gerne auch einen Blick in die Vergangenheit werfen.«

»Aktuelle Fälle, aber auch mit Blick in die Vergangenheit …«, wiederholte er. Das war auch so eine Marotte. Als ob er sich sonst nicht merken könnte, was sie gerade besprochen hatten.

»So, und jetzt zeigen Sie mir mal, was uns bislang vorliegt. Was uns Jacqueline so alles geschickt hat.«

»Aus Toulon ist auch einiges gekommen.«

»Ich möchte das Material schnell durchsehen. Dann gehe ich zu Jacques was essen und mach mich anschließend auf den Weg.«

»Bonne route«, wünschte er ihr schon mal. »Gute Fahrt … und gute Nerven.«

»Ja, die kann ich brauchen.« Und nach kurzem Nachdenken: »Ich hab noch eine Bitte. Zwar sind wir offiziell für den Fall zuständig, aber ich möchte nicht, dass das publik wird.«

Er sah sie ratlos an. »Wie soll das gehen?«

»Weiß ich auch nicht. Das möchte ich mit der Pressereferentin besprechen. Hoffentlich ist sie schon da. Mein Vorschlag wäre, dass nicht kommuniziert wird, wer die neu geschaffene Sonderkommission leitet. Natürlich denkt jeder, dass sie bei der *Police nationale* in Toulon angesiedelt ist. Dagegen spricht ja nichts, ganz im Gegenteil. Dann können wir in Ruhe unsere

Arbeit machen und so tun, als ob wir der Sonderkommission zuarbeiten würden.«

Apollinaire wiegte den Kopf hin und her. »Das könnte funktionieren«, sagte er dann. »Das versteht jeder. Schließlich sitzen wir in Fragolin, ist also nur logisch, dass wir unsere Kollegen unterstützen. Ansonsten können wir uns ganz blöd stellen.«

»Sich blöd zu stellen überlasse ich Ihnen.«

»Sehr wohl, Madame. Ist mir ein Vergnügen.«

14

Für die Fahrt nach Toulon nahm Isabelle das einzige Polizeifahrzeug, das ihnen zur Verfügung stand. Apollinaire hatte es mal dem Amtsvorgänger von Commandant Richeloin fast unter dem Hintern weggestohlen und für ihr Kommissariat akquiriert. Der weiß-blaue Citroën machte äußerlich einen etwas ramponierten Eindruck, war aber eine ausgesprochene Rakete, weil er früher von der Drogenfahndung bei Verfolgungsjagden eingesetzt wurde und über einen entsprechend hochgezüchteten Motor verfügte. Die Sitze waren etwas verschlissen, aber technisch funktionierte alles einwandfrei – sogar das Blaulicht, das sie freilich nur selten benötigten. Isabelle mochte dieses Auto, nicht nur, weil sie gerne schnell fuhr, sondern weil sie sich mit dem Gefährt irgendwie seelenverwandt fühlte. Auch sie wurde gerne unterschätzt. Jacqueline behauptete, sie sei ein Wolf im Schafspelz. *Un loup déguisé en agneau!* Das war natürlich Unsinn, fast schon eine Beleidigung. Denn ihr Auftreten war nicht das eines Schafes. Nun ja, sie war eine Frau, das verleitete manche Männer, die noch in alten Rollenklischees verhaftet waren, sich in ihr zu täuschen. Das änderte sich spätestens dann, wenn sie in den Angriffsmodus schaltete. Wenn sie wollte, konnte sie ausgesprochen durchsetzungsfähig sein und einschüchternd. Doch nur, wenn es die Situation erforderte, sonst hielt sie sich gerne zurück. So gesehen lag Jacqueline vielleicht doch nicht so falsch. Isabelle verstellte ihren Innenspiegel und betrachtete sich. Sie sah entschieden besser aus als ihr alter Polizeiwagen.

Sah man mal von der Narbe auf ihrer Schläfe ab. Sie war keine gestylte Schönheit aus einem Hochglanzmagazin, dem Himmel sei gedankt. Aber zu Minderwertigkeitskomplexen gab ihr Aussehen keinen Anlass, das wusste sie. Sonst würden ihr nicht so oft Männer eindeutige Blicke zuwerfen. Die meisten trauten sich nicht an sie ran, einige aber doch. So Thierry, den sie in Fragolin kennengelernt und der sie mit seinem Charme erobert hatte. Oder Rouven, der ein Ego und Auftreten wie ein Gorilla hatte, aber gleichzeitig überaus einfühlsam sein konnte. Und jetzt? Thierry war tot. Und Rouven war wie so oft irgendwo auf dem Planeten unterwegs. Wahrscheinlich wusste er noch gar nichts vom Mord an Thierry. Ganz sicher wusste er es nicht, denn sonst hätte er sich längst gemeldet.
Isabelle stellte den Spiegel zurück, setzte ihre Pilotenbrille auf und konzentrierte sich auf die Straße. Sie widerstand der Versuchung, das Blaulicht anzuwerfen und Gas zu geben. Dem Leben konnte man nicht davonfahren. Und es machte wenig Sinn, zum Termin mit Richeloin zu früh zu kommen.

Ohne größere Staus erreichte sie das Hauptkommissariat der *Police nationale* in der Avenue Jean Moulin. Das festungsähnliche Gebäude war an Hässlichkeit kaum zu überbieten. Sie fuhr in eine Seitenstraße und parkte, wo es nur für Polizeifahrzeuge erlaubt war. Vor dem Haupteingang, über dem in den blau-weiß-roten Nationalfarben *Hôtel de Police* stand, holte sie tief Luft. Dann ging sie die Stufen hinauf, zeigte ihren Ausweis und machte sich auf den Weg zu Richeloins Büro.
Auf ihr Klopfen schallte ihr ein kräftiges *Entrez!* entgegen. Der Commandant erhob sich hinter seinem mächtigen Schreibtisch und ging ihr entgegen. Sein Lächeln war verkrampft, aber immerhin versuchte er es.
Die Begrüßung fiel förmlich aus.

»Ich schlage vor, wir gehen ins Besprechungszimmer«, sagte er. »Dort warten bereits Docteur Franell und Sergeant Poullin auf uns. Und diese Schnepfe …« Richeloin räusperte sich. »Entschuldigen Sie, ich meinte natürlich, dass dort auch meine neue Pressereferentin auf uns wartet, die vor einer halben Stunde aus Paris eingetroffen ist.«

Isabelle nahm Richeloin am Arm und hielt ihn fest. Noch waren sie ungestört in seinem Büro.

»Bevor wir rübergehen, sollten wir was klären«, sagte sie. »Ich kann Ihnen nicht verdenken, dass Sie von der aktuellen Situation wenig begeistert sind …« Sie konnte förmlich sehen, wie ihm der Hals anschwoll.

»Wenig begeistert?«, schnaufte er. »Ich könnte kotzen.«

»… aber ich habe sie mir nicht ausgesucht, das können Sie mir glauben. Balancourt hat mich dazu verdonnert, den Job zu übernehmen. Ich wollte nicht, aber was soll ich machen?«

»Balancourt, Balancourt … Ich kann seinen Namen nicht mehr hören.«

Weil Richeloin von ihrer besonderen Beziehung wusste, vermied er es, sich abfälliger zu äußern, was er sonst zweifellos getan hätte.

»Nun haben wir genau zwei Möglichkeiten«, sagte Isabelle. Sie sah ihm fest in die Augen. »Entweder Sie akzeptieren die Situation und wir kooperieren, so schwer es Ihnen auch fällt. Oder wir gehen auf Konfrontation. Mir ist es egal. Ihre Entscheidung!«

Er kniff die Augen zusammen. »Ihnen ist es egal?«

»Natürlich. Ich will nur wissen, woran ich bin. Dann können wir ins Besprechungszimmer gehen.«

Richeloin knirschte mit den Zähnen. »Okay, dann wähle ich die Konfrontation. Rechnen Sie keine Sekunde damit, dass ich mehr tue als unbedingt notwendig. Und wenn ich kann, werde ich Ihre Ermittlungen torpedieren und kalt lächelnd zuschauen, wie Sie gegen die Wand laufen und sich eine blutige Nase holen.«

Klare Ansage! Isabelle lächelte kalt. Der Commandant war ein testosterongesteuerter Idiot. In der Vergangenheit hatte er gelernt, gut mit ihr auszukommen. Und seine Karriere hatte davon profitiert. Sehr unwahrscheinlich, dass er es sonst in Toulon auf den Chefsessel geschafft hätte. Nur weil er gerade stinksauer war, setzte er alles aufs Spiel. Denn an einem zweifelte Isabelle keine Sekunde: Wenn hier einer gegen die Wand laufen und sich eine blutige Nase holen würde, dann war er es. Dafür würde sie sorgen. Solche Machtspielchen waren zwar überflüssig wie ein Kropf, aber bislang war sie noch immer als Sieger daraus hervorgegangen.

»Dann wäre alles geklärt«, sagte sie. »Jetzt sollten wir zur Besprechung. Würden Sie bitte vorausgehen.«

Er schien überrascht, dass sie so beherrscht reagierte. Was hatte er erwartet? Dass sie in Tränen ausbrach? Richeloin war wirklich ein Schwachkopf.

Er ging vor ihr den Gang entlang. Richeloin hatte ihr, dachte sie, gerade einen Gefallen getan, hatte er sie doch aus der Trauer um Thierry herausgerissen und auf den harten Boden der Realität zurückgeholt. Dort kannte sie sich aus. Ab jetzt würde sie sich auf den Fall konzentrieren und ihre Arbeit machen. So wie immer. Ohne Gefühlsduseleien. Das würde nicht immer klappen, das wusste sie, aber sie würde es schaffen.

Vor einer Tür mit der Aufschrift *Salle de conférence* blieb Richeloin stehen. Er hatte schon die Klinke in der Hand, dann drehte er sich langsam um.

Er sah sie nachdenklich an. »Ich habe es mir anders überlegt«, erklärte er mit belegter Stimme. »Vergessen Sie, was ich gesagt habe. Ich entscheide mich für die Kooperation. Einverstanden?«

Isabelle zog eine Augenbraue nach oben. Dieser Sinneswandel kam überraschend.

»Warum sollte ich einverstanden sein?«

»Weil ich Sie darum bitte. Mit mir ist vorhin der Gaul durchgegangen. Ich hab's nicht so gemeint.«

»Doch, das haben Sie.«

Richeloin räusperte sich verlegen. »Tut mir leid. Also, was ist?«

Er hielt ihr die ausgestreckte Hand hin. Offenbar war ihm auf dem kurzen Weg zum Besprechungszimmer bewusst geworden, dass er den Machtkampf mit ihr verlieren würde.

»Meinen Sie es ehrlich? Kein doppeltes Spiel?«

»*Je promets,* ich versprech's!«

Isabelle zögerte kurz, dann schlug sie ein. Sie ließ nicht gleich wieder los und drückte fest zu. Sie hatte seine Hand so erwischt, dass es ihm wehtat. Sie hatte diesen Griff früher oft geübt. Es freute sie immer wieder, wenn Männer Probleme hatten, ihm mit gequältem Lächeln standzuhalten. Richeloin versuchte, keine Miene zu verziehen.

»Also, meinetwegen«, sagte sie. »Auf eine friedliche Zusammenarbeit.«

»Wir schaffen das.« Irgendwie klang seine Stimme gequält.

Sie ließ seine Hand los. »Das will ich Ihnen auch geraten haben.«

15

Sie bemerkte, dass sich Richeloin beim Betreten des Besprechungszimmers die rechte Hand rieb. Oft waren es kleine Dinge, die einen erfreuten.

Am runden Konferenztisch saßen Docteur Franell von der Rechtsmedizin mit einem Assistenten, außerdem Sergeant Poullin – und die »Schnepfe« aus Paris, die zukünftig für die Presse zuständig war und Schlimmeres verhindern sollte. Die Pressereferentin erhob sich, ging auf Isabelle zu und umarmte sie.

»Hallo, Isabelle, schön, dich wiederzusehen.«

»Chantal, du? Der Alte hat vergessen mir zu sagen, wen er geschickt hat.«

»Er hat's bestimmt nicht vergessen, er wollte dich überraschen.«

»Ist ihm gelungen.«

»Die Damen kennen sich?«, fragte Richeloin konsterniert.

»Sieht ganz so aus, oder?«, antwortete Isabelle mit spöttischem Unterton.

»Wir haben schon öfter in Paris zusammengearbeitet, ist aber länger her«, erklärte Chantal.

»Na wunderbar, dann kann ja nichts schiefgehen«, stellte er fest.

Wenn er sich da mal nicht täuschte, dachte Isabelle. Sie selbst würde mit Chantal Lefèvre keine Probleme bekommen, das war klar. Aber er ganz bestimmt. Nämlich dann, wenn er sie so herablassend behandelte, wie das gegenüber Untergebenen seine Art war, erst recht bei jenen, die weiblichen Geschlechts waren. Er bevorzugte Damen, die ihm den Kaffee brachten und dabei nett mit den Augen klimperten. Darüber hinaus nahm er sie nur selten ernst. Isabelle hatte sich seine Anerkennung durch ihre Arbeit erworben. Und aufgrund ihrer beruflichen Vorgeschichte, die er andeutungsweise kannte und ihm Respekt abnötigte. Wahrscheinlich nahm er sie mittlerweile gar nicht mehr als Frau wahr, sonst käme sein männlich dominiertes Weltbild ins Wanken. Mit Chantal würde er es nicht leicht haben. Sie sah zwar gut aus und konnte mit freundlichem Gesicht geschliffen reden, aber der äußere Eindruck täuschte. Das würde er schneller merken, als ihm lieb war.

Isabelle begrüßte Docteur Franell, den sie in der Vergangenheit als kompetenten Rechtsmediziner schätzen gelernt hatte. Auch seinem Kollegen gab sie die Hand. Sergeant Poullin grüßte sie nur flüchtig, was kein Versehen war. Seine Anwesenheit hielt sie für überflüssig.

Sobald sie alle am Tisch saßen, machte Richeloin den Versuch, die Sitzung zu eröffnen und wie selbstverständlich die Leitung zu übernehmen. »*Bonjour, Mesdames et Messieurs, la raison de notre rencontre …*«

Isabelle und Chantal warfen sich einen amüsierten Blick zu. Zwischen den beiden stand nur die Frage im Raum, wer ihn gleich unterbrechen und ihm das Zepter aus der Hand nehmen würde. Isabelle nickte Chantal unmerklich zu. Es war ihr lieber, wenn sie den Part übernahm. Wie sich herausstellen sollte, hatte sie das sowieso vor.

»Vielen Dank für Ihre freundliche Begrüßung«, fiel ihm Chantal prompt ins Wort. »Der Grund für unser Treffen ist allgemein bekannt. Also können wir gleich konkret werden. Punkt eins auf der Tagesordnung …«

»Welche Tagesordnung?«, schnaufte Richeloin. »Außerdem habe ich Ihnen gar nicht das Wort erteilt.«
Isabelle konnte sich ein Schmunzeln nicht verkneifen. Ein Elefant im Porzellanladen hätte sich nicht besser bei einer neuen Kommunikationschefin einführen können, die ihm nach seinem desaströsen Fernsehauftritt von der Generaldirektion vor die Nase gesetzt worden war.
»Ich Ihnen auch nicht«, konterte Chantal kühl. »Die Tagesordnung liegt vor Ihnen auf dem Tisch und ist uns vor einer halben Stunde aus Paris gemailt worden. Wenn Sie genau hinschauen, werden Sie neben dem Stichwort *modération* meinen Namen finden.«
Richeloin bekam nervöse Zuckungen. Er setzte sich seine Lesebrille auf und nahm die Tagesordnung zur Hand, die er zuvor übersehen hatte. Isabelle warf auch einen Blick darauf und fand Chantals Angabe bestätigt. Richeloin hatte tatsächlich nicht die Gesprächsführung, sondern eine gewisse Chantal Lefèvre, die über ein *Diplôme national* in Psychologie verfügte. Ihm war seine Fassungslosigkeit anzusehen. Dass die Dame einen Hochschulabschluss hatte, gab ihm den Rest.
Chantal lächelte süffisant. »Nachdem das geklärt ist, können wir weitermachen. Gemäß Punkt eins der Tagesordnung möchte ich kurz darlegen, wie die Verantwortungsbereiche laut Anweisung der Generaldirektion neu geregelt werden. Selbstverständlich bleibt Commandant Richeloin oberster Polizeichef des Département Var und in seinen Zuständigkeiten und Befugnissen unbeschnitten. Mit zwei Ausnahmen. Erstens: Alle Verlautbarungen nach außen, sei es gegenüber der Presse oder allgemein gegenüber der Öffentlichkeit, werden vorübergehend von mir koordiniert und wahrgenommen. Dies betrifft nicht nur den Fall des ermordeten Bürgermeisters von Fragolin, sondern die Kommunikation der *Police nationale* in

Toulon generell. Hier werden neue Strukturen entwickelt und zudem Schulungen des Personals angesetzt. Zweitens …« Chantal machte eine kurze Pause und warf Isabelle einen raschen Blick zu. »Zweitens wird der Mordfall Thierry Blès einer neu geschaffenen Sonderkommission übertragen, die von Isabelle Bonnet geleitet wird und ihren Sitz in Fragolin hat. Selbstverständlich wird auch Isabelle ihre Presseverlautbarungen mit mir abstimmen.« Chantal lächelte. »So, wie ich sie kenne, wird ihr das nicht schwerfallen, weil sie sich sowieso am liebsten abschottet und mit der Presse nichts zu tun haben möchte.«

»Ich auch nicht«, grummelte Richeloin. »Mit der Presse bin ich durch. Dem nächsten Journalisten, der mir in die Quere kommt, gebe ich einen Tritt in den Hintern.«

Das wird sich spätestens dann ändern, dachte Isabelle, wenn es irgendwann mal wieder Erfolgsmeldungen zu verkünden gibt. Dann würde Richeloin geradezu sehnsüchtig um die Aufmerksamkeit der gerade so Gescholtenen buhlen.

»Isabelle, möchtest du dazu was sagen?«, fragte Chantal.

Ja, das wollte sie. Sie erinnerte sich an ihr Gespräch mit Apollinaire.

»Mein Vorschlag wäre, dass wir nach außen zwar die Einrichtung einer Sonderkommission kommunizieren, aber nicht, dass ich sie leite. Offiziell fällt sie in die Zuständigkeit der *Police nationale* in Toulon. Damit würde auch der Eindruck vermieden, dass man den Fall Commandant Richeloin weggenommen hat.«

»Ist aber so«, schnaufte er.

Sie sah ihn zweifelnd an. Hatte er nicht kapiert, dass das zu seinem Vorteil war?

»Um aber meine Polizeiarbeit gegenüber Dritten zu legitimieren«, fuhr sie fort, »gehöre ich der Sonderkommission an und arbeite ihr von Fragolin zu. Wäre das in Ordnung?«

Bei Richeloin schien der Groschen gefallen.
»Doch, das wäre sehr in Ordnung«, stellte er plötzlich fest.
Chantal nickte Isabelle zu. »So etwas Ähnliches habe ich von dir erwartet. Du fliegst wie immer am liebsten unter dem Radar. Doch, so können wir das machen. Aber das ändert nichts daran, dass du die Sonderkommission leitest und dir auch der gesamte Polizeiapparat hier in Toulon zur Verfügung steht.«
»Natürlich«, bestätigte Isabelle. Daran sollte erst gar kein Zweifel aufkommen. Vor allem nicht bei Richeloin, der sich offenbar nun doch mit seiner neuen Rolle abgefunden hatte. Da ihm der äußere Schein schon immer am wichtigsten gewesen war, dürfte er es so sehen, dass er mit einem blauen Auge davonkam. Genau genommen hatte er es sogar ausgesprochen gut getroffen. Er musste sich um nichts mehr kümmern, denn für die Arbeit war im aktuellen Fall Isabelle zuständig. Und gegenüber der Presse war er auch aus der Schusslinie, denn das machte Chantal. Es war eben alles eine Frage der Perspektive.
»Gut, kommen wir zum nächsten Punkt der Tagesordnung«, übernahm Chantal wieder die Regie. »Commandant Richeloins Bericht zum aktuellen Stand der Ermittlungen.«

16

Von Toulon war es nicht weit nach Sanary-sur-Mer. Über den Boulevard Général Leclerc auf die A50, dann abzweigen auf die Route de la Seyne. Keine halbe Stunde. Weshalb Isabelle nach der Besprechung beschloss, Chantals Einladung auf ein Glas Wein ein anderes Mal wahrzunehmen und stattdessen dem Schauplatz des Verbrechens einen kurzen ersten Besuch abzustatten. Sie hatte nicht die Absicht, irgendwelche Ermittlungen anzustellen oder Gespräche zu führen. Sie fuhr als private Isabelle Bonnet dorthin, nicht als Kommissarin der *Police nationale*. Es war ihr ein emotionales Anliegen, am Ort des Geschehens von Thierry Abschied zu nehmen. Dabei war ihr klar, dass der Abschied länger dauern und dass es noch viele Abschiede geben würde.
Auf der Fahrt telefonierte sie mit Apollinaire, um ihm die wesentlichen Ergebnisse der Unterredung mitzuteilen. Und sie gab ihm einige Aufträge, die vordringlich zu erledigen waren. Für morgen Vormittag setzte sie die erste Sitzung der Sonderkommission Thierry Blès an. Ein hochtrabender Name für ein denkbar kleines Team. Es bestand vorläufig nur aus ihr und Apollinaire. Sie hatte auch nicht die Absicht, es zu vergrößern. Wenn sie Hilfe brauchten, würden sie diese in Toulon abrufen.
In Sanary-sur-Mer angekommen, wollte sie ihr Auto spontan am Parking du Port abstellen, wie ein ganz normaler Besucher. Dann fiel ihr ein, dass sie in einem Polizeiauto saß. Da sah es komisch aus, wenn sie ein Parkticket löste. Außerdem konnte sie es tatsächlich einfacher haben. Also ignorierte sie die Ab-

sperrung mit dem Schild *Sauf services autorisés* und fuhr auf den Boulevard d'Éstienne d'Orves, wo sie am Straßenrand parkte – im absoluten Halteverbot mit gelb markiertem Bordstein. Sie stieg aus und lief die wenigen Meter zum alten Hafen, vorbei an Alleebäumen und Palmen, an einem verspielten Pavillon und einem antiken zweistöckigen Kinderkarussell.
Isabelle war schon mal in Sanary-sur-Mer gewesen, doch das war lange her, und sie konnte sich nicht mehr so genau erinnern. Hierher also war Thierry an seinem letzten Abend gefahren. Sanary? Den Ort hatte er nie erwähnt. Was also hatte er hier gesucht? Mit wem hatte er sich getroffen? Gab es irgendeine besondere Beziehung zu diesem Ort?
Doch Isabelle wollte all die unbeantworteten Fragen, von denen es viele gab, für den Moment zurückstellen. Deshalb war sie nicht hier. In einer Brasserie namens *La Marine* nahm sie an einem kleinen Bistrotisch Platz und bestellte ein Glas Rosé. Wie oft hatte sie mit Thierry in einem Bistro gesessen und Rosé getrunken? Oder bei ihm zu Hause auf der Terrasse? Oder auf seinem alten Kutter? Es waren fast immer schöne Momente gewesen. Sie würden nicht wiederkommen. Ihr fiel ein Zitat ein, das sie von Thierry kannte: *Le souvenir est le seul paradis dont nous ne puissions être expulsés.* »Die Erinnerung ist das einzige Paradies, aus dem wir nicht vertrieben werden können.« Von wem diese Lebensweisheit stammte, wusste sie nicht mehr. Aber es war viel Wahres dran. Erinnerungen konnten einem im Unterschied zu materiellen Gütern nicht weggenommen werden, sie blieben einem – leider auch die schlimmen Erfahrungen, aber die waren hier nicht gemeint. Für Thierry war es Teil seiner Lebensphilosophie gewesen, schöne Erinnerungen »zu sammeln«. Sie hätten, so seine Erklärung, zudem den unschätzbaren Vorteil, dass sie mit größerem zeitlichem Abstand immer schöner wurden, weil die Er-

innerung dazu neigt, Dinge zu verklären und negative Begleiterscheinungen auszublenden. Auch in diesem Punkt hatte er recht gehabt. Ebenso mit seiner Schlussfolgerung, dass ein gelebtes Leben viel wertvoller war als ein tolles Auto in der Garage oder eine Luxusjacht. Sobald man eines dieser Statussymbole erworben hatte, verlor es sofort an Wert – ideell und materiell. Weshalb man nicht zu sehr danach streben sollte.

Isabelle trank von ihrem Rosé und ließ es zu, dass ihre Gedanken auf Reisen gingen. Thierrys These wurde allenfalls von einem Mann wie Rouven Mardrinac widerlegt. Der hatte alle Statussymbole, die man sich vorstellen konnte, aber er hatte nie nach ihnen gestrebt, sie waren ihm qua Geburt in die Wiege gelegt. Und er maß ihnen keine Bedeutung bei. Was natürlich leichtfiel, wenn man über alle denkbaren Privilegien verfügte. Doch am glücklichsten war auch er, wenn er mit nackten Füßen im Sand am Meer saß, einen alten Strohhut auf dem Kopf – und mit einem *verre de vin* in der Hand. Sie hob ihr Glas: *Santé, Rouven! Et salut Thierry, mon ami!*

Obgleich Thierry also schöne Momente am höchsten eingestuft hatte, setzte sie ihre Gedanken fort, war natürlich auch er nicht abgeneigt gewesen, finanziell einigermaßen erfolgreich zu sein. Das Bürgermeisteramt brachte da wohl weniger, aber mit seiner Tätigkeit als Anwalt dürfte er gut verdient haben. Seltsamerweise hatten sie fast gar nicht über seine Mandate und Projekte gesprochen. Jetzt aber würde sie sich dafür interessieren. Sie *musste* sich sogar dafür interessieren, sehr sogar, denn es waren viele Szenarien denkbar, auch solche, die mit seiner Arbeit zu tun hatten.

Isabelle beobachtete die Passanten. Vorwiegend waren es wohl Touristen. Aber natürlich waren auch Einheimische darunter, denn Sanary-sur-Mer hatte rund sechzehntausend Einwohner. Das wusste sie seit ihrer Besprechung heute Nachmittag. Auch

dass die Gemeinde zu Ollioules im Arrondissement Toulon zählte.
Ihr Blick fiel auf einen Mast, der genau gegenüber neben einer Palme stand – mit einer Überwachungskamera. Schon zuvor hatte sie einige entdeckt, nicht viele, aber immerhin. Bei ihrem Meeting in Toulon waren diese zur Sprache gekommen. Allerdings habe die Auswertung der Videoaufzeichnungen, so Richeloin, nichts von Belang ergeben. Das mochte so sein, musste aber nicht stimmen. Sie nahm sich vor, die Videos noch mal selber anzusehen. Laut Richeloin sei Thierry nirgends zu erkennen. Vielleicht für einen Fremden, aber nicht für sie. Sie wusste, wie sich Thierry bewegte. Sie kannte seine Körpersprache.
Isabelle zahlte, stand auf und schlenderte am Hafenbecken entlang. Neben Sportschiffen schaukelten kleine provenzalische Fischerboote im Wasser. Die traditionsreichen *pointus* waren bunt bemalt und liebevoll restauriert.
Sie hatte es lange hinausgezögert, aber jetzt zog sie es doch zum Ort des Geschehens. Am Hafen gab es viele Stege, die hier *pannes* genannt wurden. Aus dem Untersuchungsprotokoll wusste sie, wo sie zu suchen hatte. Sie ging an den Schiffen der Berufsfischer vorbei, wo Netze zum Trocknen oder Flicken ausgebreitet waren. Dann bog sie rechts ab auf den Quai du Levant, der den Hafen zum Meer begrenzte. Langsam lief sie über die geteerte Mole bis zur Stelle, wo sie sich mit schweren aufeinandergeschichteten Felsbrocken fortsetzte, die an einem grünen Leuchtfeuer endeten.
Am Boden und auf den Steinen waren Blutspuren zu sehen und die Umrisszeichnung der Spurensicherung. Ein Fischer hatte mittendrauf einen geflochtenen Fangkorb abgestellt. Das war wie eine Botschaft: Was immer hier auch passiert ist, es ist vorbei! Das Leben geht weiter. Der Tote war niemand von uns. Der Täter auch nicht. Lasst uns in Frieden!

Isabelle verharrte still und gedachte Thierry. Sie sah eine Weile stumm über das Wasser. Dann schloss sie die Augen. Wäre sie gläubig, würde sie jetzt ein Gebet sprechen.
Die Schiffssirene eines einlaufenden Fährbootes riss sie aus ihrer stillen Andacht.
Wieder fiel ihr Blick auf die Umrisszeichnung, die ihr wie ein makabrer letzter Gruß vorkam. Der Tatort befand sich genau am Übergang von der gepflasterten Mole zu den aufgeschichteten Felsen, über die man weiter vor bis zum Leuchtfeuer gelangen könnte. In dunkler Nacht sicherlich wenig empfehlenswert, weil man nicht sah, wo man hintrat. Zwischen den Gesteinsbrocken waren Spalten und tiefe Löcher.
Es blieb nicht aus, dass sie sich vorstellte, wie Thierry hier von hinten angegriffen wurde. Viel Gegenwehr hatte er wohl nicht geleistet. Zu dieser vorläufigen Einschätzung war jedenfalls der Rechtsmediziner Franell gelangt. Zwar habe der Tote leichte Hämatome an den Oberarmen, die von einer Umklammerung herrühren mochten, aber vermutlich sei sehr schnell der todbringende Schnitt durch die Kehle erfolgt. Es gebe kaum eine andere Art des Tötens, die radikaler sei, denn sie habe nur ein Ziel: das Opfer umzubringen. Docteur Franell hatte den Kehlschnitt mit einem entschlossenen Stich ins Herz verglichen, aber der sei erstens mit anatomischen Risiken behaftet und zweitens nicht annähernd so blutrünstig. Interessanterweise sei der Kehlschnitt bei Anglern gebräuchlich, um gefangene Fische zu töten, hatte er hinzugefügt, oder bei der Schlachtung von Tieren … dann aber mit Blick auf Isabelle nicht weitergesprochen. Nun war sie nicht zart besaitet, aber auf eine detaillierte Beschreibung hatte sie tatsächlich verzichten können. Noch dazu wäre dieser Exkurs nicht zielführend gewesen. Der Hinweis auf die Tötung von Fischen war es womöglich aber schon. Jedenfalls in dieser Umgebung.

Von einer zufälligen Begegnung konnte man am hinteren Ende des Quais wohl kaum ausgehen. Zumindest nicht gegen Mitternacht. Mit wem war er hier gewesen? Oder hatte er sich mit jemandem verabredet? Aber warum gerade hier?
Sie dachte noch eine Weile nach, dann trat sie den Rückweg an, vorbei an verriegelten Zugängen auf die Bootsstege: *Accès interdit.* Zutritt verboten! Isabelle stieg gerade über ein Netz, als sie einen entgegenkommenden Polizisten sah. Er trug die Uniform der örtlichen Gendarmerie und machte einen aufgebrachten Eindruck.
Er wedelte mit den Armen und blaffte sie an.
»Schauen Sie sofort, dass Sie wegkommen. Das Betreten dieses Steges ist per Polizeidekret untersagt. Ich hätte gute Lust, eine Geldstrafe zu vollstrecken.«
Isabelle, die wie immer zivile Kleidung trug, sah ihn konsterniert an. Eine Geldstrafe vollstrecken? Was war denn das für eine verquere Formulierung?
»Ja, Sie müssen gar nicht so blöd gucken«, fuhr er aufgeregt fort. »Es verstößt gegen Sitte und Anstand, sich am Tod eines Menschen zu ergötzen und aus purer Sensationslust den Tatort zu besichtigen.«
Nun, da hatte er sogar recht. Offenbar waren schon viele Neugierige auf den Quai gepilgert, um zu sehen, wo dieser Bürgermeister, von dem sie vorher noch nie gehört hatten, so grausam ermordet wurde. Trotzdem war sein Auftritt irgendwie grotesk. Außerdem hatte sie kein Schild gesehen, das das Betreten des Steges unter Strafe stellte. Und erst recht kein gelbes Absperrband, wie es eigentlich üblich war.
Sie könnte ihm jetzt ihren Polizeiausweis unter die Nase halten und auf seine gestammelte Entschuldigung warten.
»Was für ein Tatort?«, fragte sie stattdessen blauäugig. »Ist hier was passiert?«

»Tun Sie nicht so ahnungslos. Und jetzt fordere ich Sie zum letzten Mal auf, diesen Steg unverzüglich zu verlassen.«

»Das hätte ich schon längst, wenn Sie nicht im Weg stehen würden.«

Das Gesicht des Gendarmen lief rot an.

Sie schob sich an ihm vorbei und ging ihres Weges. Er maulte irgendwas hinterher. Aber er hatte nicht versucht, sie festzuhalten. Das hätte sie ihm auch nicht geraten.

Als sie Minuten später ihr Auto erreichte, entdeckte sie beim Einsteigen, dass ihr der Gendarm nachgelaufen war. Jetzt stand er auf der anderen Straßenseite und sah mit offenem Mund zu ihr herüber. Sicher hätte er sich gefreut, sie beim Falschparken zu erwischen. Genau das hatte sie getan. Dumm nur, dass es sich um ein Fahrzeug der *Police nationale* handelte. Was jetzt wohl in seinem Kopf vorging?

Auf der Fahrt zurück nach Fragolin stoppte sie noch an ihrem kleinen versteckten Lieblingsstrand, um eine Runde zu schwimmen. Einmal mehr zahlte sich aus, dass ihr Polizeiwagen wahrscheinlich der einzige im Département war, der im Kofferraum neben schusssicheren Westen immer auch eine Badetasche hatte.

17

Nach einer Nacht, in der sie erst spät zu Bett gegangen war, dann aber erstaunlich gut geschlafen hatte, obwohl es ja viele Dinge gab, die ihr hätten durch den Kopf gehen können, und einem schnellen Frühstück im *Café des Arts* betrat sie das Rathaus. Im Foyer lag immer noch das Kondolenzbuch auf. Weil gerade niemand da war, ging sie hin und blätterte durch die Seiten. Ihr schien, dass sich bereits halb Fragolin eingetragen hatte. Zum Teil mit liebevollen, fast rührenden Worten des Abschieds. Andere wie der Vizebürgermeister Marcel Perrin zollten Thierry vor allem Respekt und dankten ihm für seine Arbeit in seinem Amt. Und der alte Jules aus ihrer Pétanque-Mannschaft kündigte an, Thierry bald im Jenseits Gesellschaft zu leisten, wo es hoffentlich einen Bouleplatz gebe und sie ihre Partien fortsetzen könnten.

Isabelle entschied, vorläufig nichts reinzuschreiben. Sie würde das erst tun, wenn das Kondolenzbuch nach den Trauerfeierlichkeiten geschlossen wurde – als letzten Eintrag, der nicht dazu gedacht war, von allen anderen gelesen zu werden.

Isabelle betrat das Kommissariat, wie immer gespannt, in welcher Situation sie ihren Assistenten vorfinden würde. Heute ertappte sie ihn weder bei irgendwelchen skurrilen gymnastischen Übungen noch bei Reparaturarbeiten unter dem Tisch. Stattdessen war er damit beschäftigt, ihren Kaktus auf der Fensterbank zu gießen. Er tat dies hoch konzentriert aus einem Reagenzglas. Wie sie wusste, hatte er für ihren *Pilosocereus chrysostele* am Computer ein »Feuchtigkeitszuführungsprogramm« angelegt, das strengen wissenschaftlichen Kriterien genügte. Denn allzu häufig, so seine Argumentation, würden Kakteen aus Unkenntnis übergossen. Auf diese ignorante Weise könne man genügsamen Stachelgewächsen den Garaus machen. Selbst der pH-Wert des Wassers wurde von Apollinaire bestimmt, um ja nichts falsch zu machen. Selbstverständlich wurde jede »Feuchtigkeitszuführung« mit allen Parametern und auf den Milliliter genau im Computer vermerkt. Ihr niedlicher kleiner Kaktus ertrug es mit stoischem Gleichmut. Er sah immer gleich aus.

»*Bonjour,* Madame«, begrüßte er sie. Und mit Blick aufs Flipchart: »Es ist alles vorbereitet.«

Eine neue Seite war aufgeschlagen, mit der nüchternen Überschrift *Meurtre de Thierry Blès.* So, wie sie sich das gewünscht hatte. Darunter war noch alles blank, vor allem gab es keine kryptischen Kreise, auch keine Pfeile, die kreuz und quer gingen. Offenbar wartete er auf ihre Anweisungen.

Sie legte die mitgebrachte Mappe mit all den Unterlagen, die sie in Toulon bekommen hatte, auf den Tisch.

»Machen Sie sich keine falschen Hoffnungen, da steht nichts drin, was wir nicht schon online bekommen hätten.«

Während sie zur Kaffeemaschine ging und sich eine Tasse eingoss, berichtete Apollinaire, dass er erste Recherchen angestellt habe. Leider habe sich kein Verdachtsmoment ergeben, den man mit Fug und Recht als solchen bezeichnen könne. Damit wolle er sagen, dass sich alles im Bereich der spekulativen Unschärfe bewege.

Isabelle nickte. So konnte man es ausdrücken. Auch sie hatte sich bis spät in der Nacht mit den Protokollen beschäftigt und nichts gefunden, was – mit Apollinaires Worten – über den Bereich der »spekulativen Unschärfe« hinausging. Allerdings taten sich viele Fragen auf, die es jetzt abzuarbeiten galt.

Isabelle setzte sich auf den Schreibtisch und schlug die Beine übereinander.

»Okay, fangen wir an. Welche Szenarien sind denkbar?«

»Definitiv mehrere«, antwortete Apollinaire. »So könnte Thierry Zufallsopfer eines Raubmordes geworden sein. Oder er könnte aus purem Unglück einem gewalttätigen Psychopathen begegnet sein. Nach dem Schema: Zur falschen Zeit am falschen Ort.«

Zur falschen Zeit am falschen Ort? Dieselben Worte, dachte Isabelle, hatte sie gegenüber Angélie und Marcel Perrin im Bürgermeisterbüro gewählt. Was sie nicht richtiger machten. Auch Richeloin hatte mit dieser Ansicht bei der Pressekonferenz Hohn und Spott geerntet.

»Gegenargumente?«

»Thierry hatte noch seine Brieftasche bei sich und seine Autoschlüssel, das spricht gegen einen Raubmord. Auch ist die Verhältnismäßigkeit der Mittel nicht gegeben. Was gegen einen streitbedingten Totschlag im Affekt spricht.«

Ein Schnitt durch die Kehle war grundsätzlich nicht »verhältnismäßig«. Dennoch hatte er recht, das sah sie genauso.

»Ich habe mir gestern den Tatort angesehen«, sagte sie. »Ich kann mir kaum vorstellen, dass Thierry um Mitternacht einfach so auf dem Quai spazieren ging. Und erst recht nicht, dass er dort völlig grundlos von einem Verrückten überfallen wurde. Trotzdem können Sie diese Möglichkeit auf Ihrem Chart festhalten. Der Vollständigkeit halber.«

»Hoffen wir, dass es sich anders verhält«, bemerkte Apollinaire. »Zufallstäter kommen oft davon, weil es keinen Bezug zum Opfer gibt.«

Stimmt. Aber ganz sicher nicht in diesem Fall. Isabelle hatte sich geschworen, Thierrys Mörder zu finden. So oder so.
»Was ist mit der gentechnischen Analyse?«, fragte sie.
»Ich habe erneut einen Abgleich mit allen verfügbaren DNA-Pools im In- und Ausland durchgeführt. Fehlanzeige.«
»Ich hab's befürchtet.«
»Darüber hinaus habe ich unsere Verbrechensdateien durchforstet. Es gibt keine ungeklärten Fälle, bei denen einem Opfer die Kehle durchgeschnitten wurde. Also scheidet auch ein Serientäter aus.«
»Zumindest auf den ersten Blick«, merkte sie an.
»Und jetzt?«
»Wir müssen uns die Videoaufzeichnungen aus Sanary anschauen.«
»Und Zeugenbefragungen vor Ort durchführen.«
»Zeugen gibt es laut Bericht keine«, schränkte sie ein, »jedenfalls keine der Tat. Aber Befragungen müssen wir dennoch durchführen. Zum Beispiel müssen wir mit dem Bedienungspersonal in den verschiedenen Restaurants und Bars sprechen, mit den Berufsfischern und Sportanglern.«
»Das haben schon unsere Kollegen gemacht, aber offenbar nur stichprobenartig.«
»Okay, dann werden wir es eben systematisch machen. Dafür holen wir uns ein paar fähige Mitarbeiter aus Toulon.«
»Fähige Mitarbeiter?« Apollinaire zog eine Grimasse. »Das wird schwierig.«
»Natürlich gibt es die«, blieb Isabelle mit Ernst bei der Sache.
»War ein Scherz. Ich kenne sogar einige. Soll ich sie ansprechen?«
»Machen Sie das. Wir sind befugt, alle personellen und technischen Ressourcen von Toulon in Anspruch zu nehmen.«
»Mit dem größten Vergnügen.«

»Ich möchte den Kollegen aber persönlich Anweisungen geben, bevor wir sie losschicken.«
»Geht klar.«
Apollinaire stand vor dem Flipchart und überprüfte die ersten Eintragungen, die er mit Filzstift vorgenommen hatte. Er hatte zwei Spalten angelegt. Eine trug die Überschrift *Personnes à vérifier*. Unter den »zu überprüfenden Personen« standen bislang nur drei Namen, die genau genommen keine waren. »1. Raubmörder (extrem unwahrscheinlich). 2. Paranoider Zufallstäter (dito). 3. Serientäter (keine Anhaltspunkte).«
Alle drei Positionen machten wenig Sinn, denn wie sollte man jemanden überprüfen, den man nicht kannte? Trotzdem konnte man es als Gedankenstütze so stehen lassen. Genau genommen war nur die Überschrift verkehrt.
Die zweite Spalte hatte als Titel *Liste des choses à faire*. Er hätte auch »To-do-Liste« schreiben können, aber Apollinaire war kein Freund von Anglizismen. Darunter hatte er bislang notiert: »1. Videoaufzeichnungen prüfen. 2. Befragungen vor Ort.«
Er legte den Kopf zur Seite und dachte nach. »Thierry hatte sein Auto auf dem Parkplatz Esplanade abgestellt«, konstatierte er. »In einer Reihe ganz nah am Hafen.«
»Ich weiß. Es wurde bereits kriminaltechnisch untersucht, ohne Ergebnis. Es kann in Toulon abgeholt werden.«
»Ich rede mit Angélie«, sagte er. »Die kann das in die Wege leiten. Ist eigentlich schon abzusehen, wann Thierrys Leichnam freigegeben wird? Marcel Perrin will das wissen, wegen der Trauerfeier.«
»Wir bekommen morgen Bescheid. Das Bürgermeisterbüro wird direkt verständigt.«
Isabelle dachte nach. »Thierry hatte kein Hotelzimmer gebucht. Also wollte er nicht über Nacht bleiben. Im Auto hat sich auch keine Reisetasche befunden.«

»Ja, das ist merkwürdig. Wahrscheinlich hat er nicht damit gerechnet, dass es so spät wird.« Apollinaire kratzte sich am Kinn. »Bleibt die Frage, was er in Sanary wollte?«

»Ja, das ist die entscheidende Frage. Wir brauchen seinen Computer und auch den Laptop von zu Hause. Wir müssen alle seine E-Mails und Adressverzeichnisse checken, einfach alles, das hat oberste Priorität.«

»Computer und E-Mails checken«, wiederholte Apollinaire. »Oberste Priorität, selbstverständlich.«

Auf dem Flipchart ergänzte er entsprechend die Spalte mit der *Liste des choses à faire*.

»Ich lasse mir von Angélie Thierrys Terminkalender geben«, sagte sie.

»Da steht für den Abend nichts drin.«

»Trotzdem.«

Isabelle, die immer noch auf dem Tisch saß, wippte mit den Beinen und runzelte die Stirn. »Thierrys Handy ist weg und nicht mehr am Netz«, sagte sie. »Das irritiert mich. Seine Brieftasche wurde nicht geklaut, obwohl Geld und Kreditkarten drin waren. Auch nicht sein Auto. Aber man hat sein Handy entwendet und ausgeschaltet. Das passt nicht ins Bild.«

»Oder es ist ins Wasser geflogen.«

»Richtig, aber dort ist es nicht. Der Meeresgrund am Quai wurde von Tauchern abgesucht. Weder Handy noch Tatwaffe.«

»Seltsam.«

»Direkt angrenzend sind große Felsbrocken aufgeschichtet«, erinnerte sich Isabelle, »mit tiefen Spalten und Löchern. Was dort verschwindet, würde man auch nie mehr finden.«

»Außer man trägt das alles ab.«

»Das wäre eine Großbaustelle. Auf einen vagen Verdacht hin? Das ist nicht machbar.«

»Aber vielleicht kann man mit einer Endoskop-Kamera die Hohlräume untersuchen?«
»Keine schlechte Idee.«
»Ich werde das umgehend in die Wege leiten und höchstpersönlich überwachen.«
Na klar, so was machte ihm Spaß.
»Was machen die Verbindungsdaten vom Netzbetreiber?«, fragte sie.
»Kommen heute Nachmittag.«
»Spät genug.«
Andererseits aber auch früh genug. Jetzt ging es erst mal darum, die Gedanken zu ordnen.
»Okay, nächster Punkt«, fuhr sie fort. »Thierry hatte Alkohol im Blut, nicht viel, aber doch. Und er hat zu Abend eine Bouillabaisse gegessen, das konnte Docteur Franell zweifelsfrei feststellen, mit Garnelen und Miesmuscheln.«
Apollinaire sah sie ungläubig an. »Mit Garnelen und Miesmuscheln? So genau? Fehlt nur noch, dass Franell dem Autopsiebericht das komplette Rezept für die Bouillabaisse beifügt. Mit Thymian und Lorbeer, aber zu wenig Safran. Und abgelöscht mit Pastis.«
Isabelle konzentrierte sich auf die Sache. »Bleibt die Frage, wo und mit wem Thierry zu Abend gegessen hat.«
»Also war er doch in einem Restaurant, und zwar in einem mit Bouillabaisse auf der Speisekarte.«
Isabelle zuckte mit den Schultern. »Ich fürchte, eine Bouillabaisse gibt es in Sanary in fast jedem Lokal. Außerdem können wir nicht selbstverständlich davon ausgehen, dass er in Sanary zu Abend gegessen hat. Vielleicht war er vorher woanders?«
Apollinaire zupfte sich am Ohrläppchen. »Warum werden die Fragezeichen immer mehr statt weniger?«

»Weil das anfangs immer so ist, das wissen Sie doch.«
»Stimmt schon, aber es könnte ja mal anders sein.«
»Steht in den Protokollen, wann Thierry auf den Parkplatz gefahren ist? Das müsste doch anhand des Parktickets festzustellen sein.«
Er schüttelte den Kopf. »Nein, ich kann mich nicht erinnern.«
»Ich auch nicht. Wäre aber wichtig. Dann wüssten wir nämlich, ob er von Fragolin direkt nach Sanary gefahren und demnach dort gegessen hat oder ob er unterwegs einen Stopp eingelegt hat.«
»Parkplatz, Uhrzeit, alles klar. Ich kümmere mich darum.«
»Wir wissen, wann mir Thierry mit dem Auto entgegengekommen ist. Von hier nach Sanary fährt man eine gute Stunde. Schauen wir mal, ob der Zeitplan passt.«
»Sagten Sie nicht, dass er ziemlich schnell gefahren ist, als ob er es eilig hätte?«
Sie nickte. »Jedenfalls fuhr er schneller als gewöhnlich.«
»Eine Einladung zu einer Bouillabaisse wäre für Thierry Grund genug, sich zu beeilen.«
Fast musste sie schmunzeln. Tatsächlich war Thierry ein Feinschmecker gewesen, der für ein gutes Essen keinen Umweg scheute und wohl auch mal aufs Gaspedal drückte.
Isabelle massierte sich mit den Zeigefingern die Schläfen. Kopfschmerzen hatte sie keine, aber allzu vieles bereitete ihr Kopfzerbrechen. Das tat auch nicht gut.
»Lassen Sie uns die Perspektive wechseln«, sagte sie mehr zu sich selbst als zu Apollinaire. Wie sie überhaupt die meiste Zeit eine Art Selbstgespräch führte, doch das fiel leichter, wenn man laut sprach und ein Gegenüber hatte. Wenn diese Person dann sogar eigene Gedanken einbrachte oder Antworten auf Fragen gab, die sie noch gar nicht gestellt hatte, dann war es noch besser. »Was ist bei Ihren Recherchen herausge-

kommen?«, fragte sie. »Sie sprachen vorhin vom Bereich der spekulativen Unschärfe.«
Er runzelte die Stirn. »Recherchen? Spekulative Unschärfe? Ach so, natürlich. Darf ich vorausschicken, dass ich dabei von folgenden Fragen ausgegangen bin: Hatte Thierry persönliche Feinde? Oder gab beziehungsweise gibt es gewaltbereite politische Gegner? War er in seiner anwaltschaftlichen Tätigkeit aktuell mit brisanten und konfliktträchtigen Fällen befasst?« Er holte kurz Atem. »Und was ist mit der Vergangenheit? Gab es zurückliegende Ereignisse oder Vorkommnisse, aus denen sich ein Mordmotiv ableiten lässt?«
Isabelle musterte ihren Assistenten. Die Haare standen ihm wild zu Berge, ein Hemdärmel war hochgekrempelt, der andere nicht, den Filzstift steckte er abwechselnd hinters Ohr oder er kaute darauf herum. Wahrscheinlich hatte er bald schwarze Zähne, wenn er nämlich vergaß, die Kappe draufzusetzen. Apollinaire war ein seltsamer Zeitgenosse. Er war fleißig, gewissenhaft, gelegentlich verwirrt, mal begriffsstutzig, dann wieder genial. Kurzum: Er war großartig. Und er war ihr ans Herz gewachsen.
Sie lächelte leise. »Ganz schön viel auf einmal.«
»In der Tat. Natürlich konnte ich in der Kürze der Zeit keine umfassenden Ermittlungen anstellen, ich bin noch mittendrin. Aber ich habe erste Gespräche geführt und vor allem im Internet und in Zeitungsarchiven gestöbert.«
Letzteres konnte Apollinaire gut. Er hatte früher in Toulon im Archiv gearbeitet. Und er liebte es, im Internet herumzusurfen. Dabei ließ er sich auch von Firewalls nur selten aufhalten. Sie zu knacken war eine heimliche Leidenschaft von ihm. Dagegen tat er sich bei persönlichen Gesprächen mit leibhaftigen Menschen schwer. Deren »Algorithmen« waren ihm häufig fremd und für ihn schwer zu entschlüsseln.
»Und?«

»Dass Thierry privat keine Feinde hatte, wissen Sie selber am besten.«
»Richtig. Wenn Thierry jemanden nicht mochte, dann hatte er zu ihm keinen privaten Kontakt. Ganz einfach.«
»Davon bin ich ausgegangen. Natürlich hatte unser Bürgermeister im politischen Lager Gegner, vor allem im überregionalen Bereich, wo er ja für seine Partei verschiedene Funktionen ausgeübt hat. Aber auch da gab es auf den ersten Blick keine persönlichen Fehden. Thierry war ein Mann, der auf Ausgleich bedacht war.«
»Ja, das war er«, bestätigte sie nachdenklich. »Um es also kurz zu machen: Ihre Recherchen haben nichts ergeben, richtig?«
»Vielleicht doch, obwohl ein Zusammenhang mehr als unwahrscheinlich ist …«
»Apollinaire, jetzt machen Sie es nicht so spannend.«
»Wie ich gerade sagte, gab es bei Thierry auf den ersten Blick keine persönlichen Fehden, auf den zweiten aber schon.«
Im Gespräch mit Apollinaire brauchte man gelegentlich die Geduld eines Zen-Meisters. Sie nickte auffordernd, um ihn zum Weitersprechen zu animieren.
»Es gibt einen Grundstücksspekulanten«, fuhr er schließlich fort, »dem Thierry die Umwidmung eines Naturschutzgebietes in Bauland verweigert hat. Der hat ihn daraufhin wüst beschimpft, auch in Zeitungsinterviews. Der Bürgermeister von Fragolin sei ein starrsinniger Fortschrittsgegner und Ökofreak, den man am besten mit seinem Kompost entsorgen sollte. So oder so ähnlich hat er sich ausgedrückt.«
Sie sah ihn überrascht an. »Das ist heftig. Warum habe ich davon nichts mitbekommen?«
»Weil das einige Jahre her ist, da waren wir beide noch nicht in Fragolin.«
»Okay, ich versteh. Aber Thierry als Ökofreak zu bezeichnen ist ein Witz. Und ein Fortschrittsgegner war er ganz bestimmt

auch nicht, ganz im Gegenteil. Doch er hatte den Erhalt der Natur im Auge, das war ihm ein Anliegen.«

»In das Projekt war ein Investor involviert«, erklärte Apollinaire, »der danach nur knapp an der Pleite vorbeigeschrammt ist.«

Isabelle machte eine wegwerfende Handbewegung. »Sein Pech.«

Apollinaire runzelte die Stirn. »Warum erzähle ich das, wenn der Vorfall schon länger zurückliegt?«

Genau das hatte sie sich soeben auch gefragt.

»Ja, warum?«

»Weil die beiden ganz aktuell einen zweiten Anlauf unternehmen, die Umwidmung durchzubringen. Mit neuen Argumenten – und einem alten Gegner: Thierry! Offenbar hat er wieder mit allen Mitteln versucht, das Projekt zu verhindern.« Apollinaire räusperte sich. »Jetzt tut er es nicht mehr«, stellte er lakonisch fest.

»Nein, das tut er nicht mehr«, wiederholte sie leise. Sie kannte die Thematik. Vergleichbare Fälle sorgten in der Provence mit schöner Regelmäßigkeit für Schlagzeilen. Meist war viel Geld im Spiel und die Atmosphäre zwischen den Parteien vergiftet. »Aber deshalb schneidet man keinem die Kehle durch«, stellte sie fest, »das ist viel zu brutal, das passt nicht zusammen.«

»Passt nicht«, wiederholte Apollinaire mit zerfurchter Stirn. »Viel zu brutal. Das stimmt.«

»Trotzdem werde ich mir die beiden mal vorknöpfen. Wie sind ihre Namen?«

»Der eine heißt Stephane Mathieu, der andere Didier Fabron.«

»Haben wir ihre Adressen?«

»Ja, beide haben ihre Büros in Cannes.«

»Nobel, nobel.«

»Soll ich die zwei Pappnasen …«

»Pappnasen?«
»Ja, so schauen sie aus. Wie gelackte Pappnasen. Was ich fragen wollte: Soll ich ihre Namen unter *Personnes à vérifier* auf unsere Liste setzen?«
Sie nickte. »Tun Sie das!«
Apollinaire zückte seinen Filzstift und ging zum Flipchart.
»Jetzt bin ich erst mal auf die Verbindungsdaten von Thierrys Handy gespannt«, sagte sie.
»Ja, ich auch. Handys sind zwar eine Geisel der Menschheit«, konstatierte er, »aber ermittlungstechnisch sind sie ein Segen.« Nach einer kurzen Pause schob er eine geistige Eingebung hinterher. »Und sie haben dazu geführt, dass eine gebräuchliche Tötungsmethode im Aussterben begriffen ist.«
Sie sah ihn verständnislos an.
»Na ja, was ich sagen will ... Nun, nicht die Handys allein haben dazu geführt, sondern die Tatsache, dass es heute allgemein fast nur noch drahtlose Telefone gibt. Früher war es doch gang und gäbe, dass jemand mit dem Telefonkabel erdrosselt wurde. Das geht heute nicht mehr mangels Verbindungskabel. Der technische Fortschritt hat also auch seine guten Seiten.«
Isabelle hatte gelernt, nicht auf jeden von Apollinaires Gedanken einzugehen.
»Und wir brauchen dringend die Videos von den Überwachungskameras in Sanary«, sagte sie stattdessen. »Ich habe sie in Toulon angefordert. Sie werden uns online überspielt.«
Apollinaire schlug mit der Hand nach einer Fliege. Natürlich verfehlte er sie. »Das wär's dann, oder? Ich meine, für den Augenblick.«
»Im Wesentlichen schon. Denke ich jedenfalls. Am Nachmittag sehen wir weiter.« Sie rutschte vom Tisch und streckte sich. »Ich schau oben kurz bei Angélie im Bürgermeisterbüro

vorbei, anschließend bin ich bei Jacques im Bistro. Soll ich Ihnen was zum Essen mitbringen?«

»*Non merci*. Shayana hat mir ein selbst gebackenes Kurkumabrot eingepackt, nach einem tunesischen Rezept und bestrichen mit Harissa, einer superscharfen Würzpaste. Hoffentlich bekomme ich davon keine Atembeschwerden.«

»Sie werden es überstehen.«

Er zog eine Grimasse. »Meist habe ich größere Probleme mit den zeitlich verzögerten Folgeerscheinungen am anderen Ende meines Verdauungstraktes …«

»So genau will ich es nicht wissen.«

18

Das Gespräch mit Angélie im Bürgermeisterbüro dauerte nicht lange. Thierrys Sekretärin gab sich zwar sichtlich größte Mühe, alles Notwendige zu erledigen, aber sie tat dies mit bebenden Händen und flatternden Nerven. Bereitwillig rückte sie Thierrys Terminkalender heraus. Fast schien sie froh, ihn loszuwerden. Seinen Anblick könne sie nur schwer ertragen, sagte sie. Ein Terminkalender, in den nie mehr Termine eingetragen würden. Angélie schnäuzte sich. Wie schrecklich. Und so endgültig.

Zum Abschied umarmten sie sich. Es war nicht klar, wer hier wen tröstete. Angélie schien es nötiger zu haben. Aber das war ein Trugschluss, nur konnte Isabelle ihre Trauer besser überspielen.

Auf dem Weg zu Jacques' Bistro machte sie einen Bogen um Clodines Laden. Sie war nicht in der Stimmung, mit ihr zu reden. Am Ende wollte auch sie getröstet werden. Oder sie plapperte über alles hinweg, was sie gerade ebenso wenig brauchen konnte.

Isabelle bekam den letzten freien Tisch. Von der Tageskarte wählte sie eine *Salade de pamplemousse et crevettes, sauce aurore*. Grapefruit und Crevetten? Offenbar hatte Jacques heute seinen kreativen Tag.

Während sie auf das Essen wartete, schaute sie in Thierrys Terminkalender. Dass es am Abend seines Todes keinen Eintrag gab, wusste sie schon. Den Termin mit Alain, dem Chef der freiwilligen Feuerwehr, hatte er durchgestrichen. Das ursprünglich geplante Essen mit Clodine und Jasmin hatte er gar nicht erst notiert. Beim Zurückblättern stieß sie immer wieder auf ihren eigenen Namen. Zum Beispiel hatte er ihren Operationstermin notiert. Oder eine Einladung zum Grillen und vor Monaten einen Konzertbesuch in Aix-en-Provence. Es war ein beklemmendes Gefühl. Wie eine Zeitreise. Zurück in ein Leben, in dem sie eine Rolle gespielt hatte. Sie für ihn und er für sie.

Isabelle checkte Thierrys Termine für die nächsten Tage und Wochen. Viele waren es nicht, aber einige doch. Zum Beispiel hatte er für den Nachmittag nach seinem Tod einen Termin mit JBD eingeplant. JBD? Sie blätterte zurück und stellte fest, dass sich Thierry schon einige Male mit diesen drei Buchstaben getroffen hatte. Sie hatte keine Ahnung, wer oder was sich dahinter verbergen könnte. Isabelle nahm ihr Handy und rief bei Angélie an. Doch auch sie hatte keine Idee. Im Adressverzeichnis gebe es niemanden mit diesen Initialen, und eine Firma, die so heiße, sei ihr auch nicht bekannt.

Obgleich es keinen echten Grund gab, interessierte es Isabelle, wer sich hinter JBD verbarg. Denn sie interessierte sich prinzipiell für alles. Ob es unwichtig war, konnte man erst hinterher beurteilen. Sie überlegte, dass JBD auch eine Frau sein könnte. Thierry hatte Affären, das wusste sie. Aber er wäre nicht so dumm, einen Frauennamen in einem Kalender zu vermerken, in dem auch Angélie Eintragungen vornahm. Mit etwas Fantasie ließe sich aus jeder amourösen Beziehung ein Mordmotiv konstruieren. Und Isabelle hatte viel Fantasie.

Sie war mit Jacques' kreativem Tagesgericht gerade fertig und wartete auf ihr Dessert, da kam ein groß gewachsener, schlaksiger Mann zum Bistro geschlendert. Sie kannte ihn schon. Das war der Maler, von dem Clodine berichtet hatte. Wieder hatte er eine verknitterte weiße Leinenhose an, darüber ein Hemd mit hochgekrempelten Ärmeln. Die langen Haare hatte er heute zum Pferdeschwanz gebunden. Er nahm die Sonnenbrille ab und blickte sich um. Das Lokal war immer noch bis auf den letzten Tisch belegt. Denise, die Bedienung, eilte auf ihn zu und begrüßte ihn strahlend mit Wangenküsschen. Clodine würde sich wundern. So scheu, wie von ihr gedacht, war der Maler wohl doch nicht. Was aber nichts an der Situation änderte, dass auch Denise für ihn keinen Platz hatte. Isabelle sah aus dem Augenwinkel, wie sie zu ihrem Tisch deutete. Das war keine gute Idee. Zwar war bei ihr noch ein Stuhl frei, aber sie legte keinen Wert auf Gesellschaft. Gott sei Dank schüttelte er verneinend den Kopf. Seine Ablehnung empfand sie als netten Wesenszug. Doch Denise ließ sich von ihrer Idee nicht abbringen und lief zu ihr.

»Madame, bitte entschuldigen Sie. Ich brauch noch einen Platz für einen neuen Stammgast. Würde es Sie stören, wenn er sich zu Ihnen an den Tisch setzt?«

Genau das, dachte Isabelle, war der Fall: Es würde sie stören! Dann fiel ihr ein, dass sie bei Gelegenheit sowieso mit ihm sprechen wollte. Sie wusste nicht viel von ihm, er war erst seit Kurzem im Ort – und jetzt war der Bürgermeister tot. Zu neunundneunzig Komma neun Prozent gab es keinen Zusammenhang, aber die verbleibenden null Komma eins Prozent bedurften der Abklärung.

Isabelle zuckte mit den Schultern. »Wenn sonst nichts frei ist, meinetwegen«, antwortete sie, etwas unfreundlicher im Ton als beabsichtigt. Aber Denise sollte zukünftig nicht noch mal auf die Idee kommen, ihr Gäste an den Tisch zu setzen.

Denise gab ihm ein Zeichen zu kommen. Er zögerte und sah sich erneut um, ob nicht doch woanders ein Platz frei wäre. Warum wollte er nicht zu ihr an den Tisch? Weil Clodine recht hatte und er scheu war? Oder störte es ihn, dass sie bei der Polizei war? Oder hatte es was damit zu tun, dass er von ihrer Beziehung zu Thierry wusste? Oder ein wenig von allem zugleich? Isabelle hob die Hand und winkte ihm auffordernd zu. Der Bann war gebrochen. Er machte sich auf den Weg.

»*Pardon,* Madame. Ich hoffe, es ist Ihnen wirklich recht?«, begrüßte er sie mit einem verlegenen Lächeln.

»Nun nehmen Sie schon Platz«, antwortete sie. »Das nächste Mal sollten Sie eine halbe Stunde später kommen, da wird meistens was frei.«

Auwei, auch das war spröder ausgefallen als beabsichtigt.

»Danke, ich werde Ihren Rat beherzigen.« Er reichte ihr die Hand. »Ich darf mich vorstellen, mein Name ist Nicolas Sausquebord.«

»Isabelle«, sagte sie, »Isabelle Bonnet.«

»Enchanté de faire votre connaissance!«

Er war erfreut, sie kennenzulernen? Dieser Nicolas mochte ein verlotterter und erfolgloser Künstler sein, aber er wusste sich zu benehmen. Und er hatte eine angenehme Stimme.

Er sah sie an – und schwieg. Das war irritierend. Jeder andere würde versuchen, eine Unterhaltung in Gang zu bringen. Er war tatsächlich etwas speziell.

Denise servierte ihr das Dessert, *Tarte Tropézienne.* Und Nicolas bestellte wie sie zuvor *Salade de pamplemousse et crevettes.* Ein *pichet de vin rouge,* einen kleinen Krug Rotwein, hatte ihm Denise bereits unaufgefordert hingestellt. Er schien tatsächlich schon so was wie ein Stammgast zu sein. Auch bei Jacques, nicht nur im *Café des Arts.*

»Darf ich Ihnen ein Gläschen einschenken?«, fragte er.

Isabelle hatte bislang nur Wasser getrunken. Warum zur Abwechslung mal keinen Roten?

»Nein danke«, lehnte sie dennoch ab.

»Ich will Ihnen mein Mitgefühl ausdrücken«, erklärte er unvermittelt. »Mir wurde gesagt, dass Sie Thierry Blès sehr nahegestanden haben.«
Statt einer Antwort nickte sie. Dann probierte sie von der *Tarte*. Sie war köstlich. Aber sie schmeckte ihr heute dennoch nicht.
»Sie kannten unseren Bürgermeister?«, fragte sie.
»Ja, er hat mir die Bastide vermittelt, die ich gemietet habe. Er war sehr hilfsbereit.«
»Thierry persönlich hat Ihnen die Bastide vermittelt?«, wunderte sich Isabelle. »Das gehörte eigentlich nicht zu seinen Aufgaben.«
Nicolas lächelte. »Ich weiß. In meinem Fall hat er freundlicherweise eine Ausnahme gemacht.«
»Sie sind Maler?«
»Ja, jedenfalls male ich ein wenig.«
»Aber nicht als Hobbymaler wie so viele hier in der Provence, sondern professionell, richtig?«
Er nickte. »Das ist mein Selbstverständnis. Aber wo ist der Unterschied?«
»Ein Hobbymaler ist nicht so gut«, versuchte sie eine Erklärung.
»Muss nicht sein, vielleicht ist er sogar besser.«
»Aber er kann nicht davon leben.«
»Das ist sowieso schwierig.«
»Verkaufen Sie viel?«, fragte sie.
Er sah sie zögernd an. Clodine hatte angedeutet, dass er als Maler keinen Erfolg hatte. War er verlegen? War es ihm peinlich?
»Warum wollen Sie das wissen?«
»Es interessiert mich.«
»Vincent van Gogh konnte zu Lebzeiten nur wenige Bilder verkaufen. Andere Künstler, deren Werke heute Höchstpreise

erzielen, haben kein einziges verkauft. Ein wahrer Künstler lässt sich davon nicht unterkriegen. Er lebt für seine Passion. Und er stirbt dafür.«

»Also verkaufen Sie nicht viele Bilder«, schlussfolgerte sie.

Ihre direkte Art schien ihn zu stören. »Da haben Sie recht«, gab er dennoch eine Antwort, »ich verkaufe nur sehr wenige.«

»Dann sind Sie als Maler auch nicht allzu bekannt?«, machte sie unverdrossen weiter.

»Nein, mich kennt kein Mensch.«

»Tut mir leid.«

»Muss es nicht. Ich komme damit klar.«

»Hauptsache, Sie können sich die Miete für die Bastide leisten.«

Er sah sie seltsam an. »Vorübergehend geht es«, sagte er nach einer Weile.

Mit einem Lächeln versuchte sie die Situation zu entkrampfen. »Bitte entschuldigen Sie, dass ich so indiskret gefragt habe.«

»Kein Problem, ist ja Ihr Beruf.«

»Sie wissen …?«

»Ja, natürlich. In Fragolin weiß das jedes Kind.«

Isabelle nahm Denise, die gerade vorbeikam, ein leeres Weinglas vom Tablett.

»Jetzt können Sie mir doch einen Schluck eingießen.«

»Mit dem größten Vergnügen. Nun, wo Sie alles von mir wissen.«

»Tu ich das?«

»Fast alles. Fehlt nur noch die Information, dass ich alleine lebe, weil es keine Frau mit mir aushält. Und dass ich jeden Tag gerne eine Stunde spazieren gehe.«

Nun, dachte Isabelle, war es wirklich gut. Sie hatte ihn ein wenig ausgehorcht, das war okay – und es war der Preis dafür, dass er an ihrem Tisch Platz nehmen durfte.

»Kommen Sie mich doch mal besuchen«, schlug er vor. »Würde mich freuen.«

»Zeigen Sie mir dann Ihre Bilder?«

»Nein, ganz sicher nicht.« Er legte den Kopf zur Seite und schmunzelte. »Höchstens das aktuelle, an dem ich gerade arbeite. Damit Sie mir meinen Beruf glauben und mich nicht für einen Bankräuber halten.«

»Das eine schließt das andere nicht aus. Aber einverstanden, ich komm mal vorbei.«

Er hob das Glas. »*À bientôt,* auf bald.«

19

Zurück im Büro, wollte sie eigentlich Nicolas googeln, nur so, aus Neugier. Wie war doch gleich sein Nachname? Sausquebord? Das hörte sich komisch an, wie ausgedacht. Doch sie kam nicht dazu, weil Apollinaire sie mit einem wedelnden Blatt Papier begrüßte.

»Die Handydaten sind da, ich habe sie ausgedruckt und bereits durchgesehen.«

»Und?«

»Er hat am betreffenden Nachmittag nur einmal telefoniert, und zwar mit Clodine, wahrscheinlich, um das Abendessen abzusagen.«

»So ein Mist. Vom Festnetz in seinem Büro hat er auch nicht telefoniert, das wissen wir. Auf welche Weise hat er sich dann aber in Sanary verabredet?«

»Die Antwort ist einfach ...«

»Ich weiß. Und ich habe es befürchtet. Er wird sich mit Textnachrichten verständigt haben. Das hat Thierry häufig gemacht, auch mit mir.«

»An die Verbindungsdaten der Messaging-Dienste kommen wir nicht ran, keine Chance.«

»Was für ein Glück, dass sein Handy weg ist«, sagte sie zerknirscht.

Das war ironisch gemeint. Aber Apollinaire nahm den Satz für bare Münze. Er sah sie ratlos an.

»Warum ist das ein Glück? Versteh ich nicht.«

»Nicht für uns, mein lieber Apollinaire, sondern für Thierrys

Mörder. Das erklärt, warum sein Handy verschwinden musste.«

Er schlug sich an die Stirn. »Ach so, alles klar. Was des einen Unglück, ist des anderen Glück.«

So konnte man es auch ausdrücken.

»Ich habe mir von Angélie Thierrys Computer aus dem Büro geben lassen«, sagte Apollinaire. »Ich gehe gerade seine Mails durch und sein Adressverzeichnis, vielleicht kommen wir auf diese Weise weiter.«

»Okay, sobald Sie fertig sind, möchte ich mir die Dateien auch mal ansehen. Bislang haben Sie nichts Auffälliges gefunden, oder?«

»Nein, sonst hätte ich es erwähnt.«

Hätte er es erwähnt? Das war so selbstverständlich nicht, deshalb hatte sie gefragt. Apollinaire vergaß gelegentlich, ihr das Wichtigste mitzuteilen, und kam erst auf Umwegen und mit entsprechender Verzögerung darauf.

»Keine Drohbriefe oder dergleichen?«

Er schüttelte verneinend den Kopf. *»Rien, rien du tout.«*

»War sein Computer passwortgeschützt?«, fragte sie wie nebenher und ohne besonderen Grund.

»Ja, aber Angélie kannte das Passwort.«

»Wie lautet es?«

Apollinaire wurde rot und hüstelte verlegen. »Das müssen Sie nicht wissen, ich habe es deaktiviert.«

Jetzt hatte er sie neugierig gemacht.

»Ich will es trotzdem wissen.«

»Nun, das Codewort ist Ihr Vorname.«

Sie sah ihn verständnislos an. »Wessen Vorname?«

Apollinaire deutete auf sie. »Wie ich schon sagte, es ist *Ihr* Vorname: Isabelle.«

Sie spürte einen Kloß im Hals. Da hatte Thierry doch tatsächlich … *Sie* war sein Passwort. Und er hatte es nach ihrer Tren-

nung nicht sofort aus Wut gelöscht. Fast empfand Isabelle so etwas wie Rührung. Warum *fast?* Sie konnte es sich ruhig eingestehen, sie war tatsächlich ein wenig ergriffen.
»Übrigens ist Thierry ohne größere Umwege nach Sanary gefahren«, stellte Apollinaire fest.
Sie war froh, dass er zum nächsten Thema sprang.
»Das geht aus der Ankunftszeit auf dem Ticket vom Parking Esplanade hervor«, fuhr er fort. »Ich habe die Fahrzeit von Ihrer Begegnung auf der Landstraße mit der Uhrzeit am Zielort subtrahiert … Nein, was ich sagen will …«
»Sie haben es schon gesagt. Er ist direkt hingefahren.«
»Ganz genau, und er hat nicht gebummelt.«
»Gut, dann wissen wir das auch.«
»Des Weiteren habe ich die Kollegen in Toulon ausgewählt und dienstverpflichtet. Sie wissen schon, die die Befragungen in Sanary durchführen sollen.«
»Sollen sich morgen früh um neun Uhr für ein Briefing per Videoschaltung bereithalten.«
»Wird prompt erledigt, *mon Général.*«
Tatsächlich warf er einen kurzen Blick zu Charles de Gaulle an der Wand. Fehlte nur noch, dass er salutierte.
Hatte Apollinaire sich gerade an ihrem knappen Ton gestört? Nun, dann konnte sie es auch nicht ändern.

20

Den Abend verbrachte Isabelle auf ihrer Dachterrasse. Alleine – nur in Gesellschaft mit ihrem Laptop und mit einer angebrochenen Flasche Wein. Sie knabberte Chips, die sie in eine Avocadocreme dippte. Zunächst holte sie nach, was sie schon im Büro vorgehabt hatte. Sie forschte im Internet nach Nicolas Sausquebord. Schnell stellte sie fest, dass er ihr nicht seinen vollen Namen genannt hatte. Eigentlich hieß er Nicolas de Sausquebord und entstammte einem alten, fast ausgestorbenen und verarmten Adelsgeschlecht. Was seine höflichen Umgangsformen erklärte. Ansonsten fand sie alles bestätigt. Auch dass er als Maler ziemlich erfolglos war. Seine letzte Ausstellung lag über zehn Jahre zurück. Es gab keine Galerie, die ihn vertrat. Und die einschlägigen Kunstmagazine und das Feuilleton ignorierten ihn völlig. Fast tat er ihr leid. Aber was hatte er gesagt? »Ein wahrer Künstler lässt sich davon nicht unterkriegen. Er lebt für seine Passion. Und er stirbt dafür.« Es war ihm zu wünschen, dass er irgendwie über die Runden kam und vielleicht doch mal die Anerkennung bekam, die sich wohl jeder Maler ersehnte. Nicht erst wie van Gogh nach seinem Tod. Obwohl er also frustriert sein musste, ließ er sich das nicht anmerken, vielmehr machte er einen entspannten Eindruck. Das nahm sie für ihn ein.

Fragte sich, woran es lag, dass sich niemand für seine Bilder interessierte. Waren sie so hässlich? Oder hatte er Motive, die abstoßend waren? Nicolas de Sausquebord hatte auf sie nicht den Eindruck gemacht, als ob er perverse Fantasien hätte.

Doch da konnte man sich täuschen. Warum wollte er ihr seine Bilder nicht zeigen? Nur das aktuelle, an dem er gerade arbeitete. Vielleicht gab der Blick darauf eine Erklärung? Isabelle beschloss, seine Einladung anzunehmen und ihn bald in seiner Bastide zu besuchen. Der Mann interessierte sie – aus verschiedenen Gründen.

Eine Stunde später saß sie immer noch auf ihrer Terrasse. Im Westen hatte sich der Himmel von der untergehenden Sonne rosarot gefärbt. Sie hörte das Zirpen von Grillen. Oder waren das Zikaden? Thierry hätte den Unterschied gewusst.

Thierry, Thierry … Isabelle scrollte durch die Videoaufzeichnungen der Überwachungskameras in Sanary-sur-Mer. Wie schon Apollinaire festgestellt hatte, waren sie von schlechter Qualität und erfassten zudem nur sehr vereinzelte und begrenzte Blickwinkel. So konnte man beim Bankomat der *Crédit Mutuel* nur erkennen, wer gerade Geld abhob. Thierry war nicht darunter.

Am Quai du Levant, wo Thierry umgebracht wurde, gab es keine Videoüberwachung. Das hatte schon Apollinaire herausgefunden. Wäre auch zu schön gewesen.

Etwas besser waren die Aufzeichnungen der Kamera, die sie schon von ihrem Tisch in der Brasserie *La Marine* bemerkt hatte. Schräg oben vom Mast konnte man die Menschen sehen, die über den Quai Charles de Gaulle flanierten. Von diesen Masten gab es in Sanary mehrere, nur ergaben sie kein zusammenhängendes Bild – und Gesichter waren schon gleich gar nicht zu erkennen.

Isabelle nahm sich viel Zeit. Sie goss sich ein weiteres Glas Wein ein und knabberte Chips mit Avocadocreme. Ihre Chance war, dass sie Thierry auch an der Körperhaltung und am Gang erkennen würde. Nur durften ihr vor Müdigkeit nicht

die Augen zufallen – was ihr mit fortschreitender Stunde schwerer fiel. Immer tiefer rutschte sie in ihren Stuhl.
Dann passierte es. Von einer Sekunde auf die andere war sie wieder hellwach. Sie stoppte die Aufzeichnung und richtete sich auf. Sie spulte ein kurzes Stück zurück und startete erneut. Kein Zweifel, der Mann, der von rechts ins Bild kam, war Thierry. Unverkennbar. Leider war er nur kurz zu sehen, dann verschwand er wieder aus dem Blickwinkel der Kamera. Zurück, vor, zurück, stopp, wieder vor. Er war eindeutig ohne Begleitung unterwegs. Er lief nicht übertrieben schnell, aber doch so, als ob er ein Ziel hätte. Im Schlendermodus war Thierry anders unterwegs.
Isabelle hatte einen Stadtplan, in den die Kamerapositionen eingetragen waren. Sie versuchte sich zu orientieren. War das die Rue Louis Blanc? Nein, wohl eher der Boulevard Courbet. Doch, ganz sicher sogar. Boulevard Courbet in westlicher Richtung. Uhrzeit? *Merde,* genau bei dieser Kamera war die Einblendung ausgefallen. Aber es war noch nicht richtig dunkel, also wohl eher früh am Abend.
Gab es im weiteren Verlauf des Boulevards eine andere Kamera? Oder in einer angrenzenden Straße? Fehlanzeige. Also würde sie nicht herausfinden, wo Thierry hingewollt hatte. Umgebracht wurde er am Quai du Levant. Das war die entgegengesetzte Richtung, folglich musste er irgendwann zurückgekommen sein. Ob erneut über den Boulevard Courbet oder auf einem anderen Weg, ließ sich feststellen. Sie spulte die Aufzeichnung nach vorne. Zu dumm, dass die Zeitangaben fehlten. Aber die Menschen auf der Straße wurden weniger. Einige Lichter gingen aus.
Bingo. Da war er wieder. Diesmal kam Thierry von links. Erneut ohne Begleitung. Sein Schritt machte trotz der fortgeschrittenen Stunde keinen müden Eindruck. Vielmehr wirkte

er ausgesprochen munter, geradezu beschwingt. Wieder spulte sie vor und zurück, mal im normalen Tempo, dann in Zeitlupe, sie stoppte mehrfach, und sie zoomte auf ihn zu, was nichts brachte. Wurde er verfolgt? Nein, auch das nicht. Als Nächstes kam ein küssendes Liebespaar ins Bild.
Stellte sich also erstens die Frage, wo er den Abend verbracht hatte. Und zweitens, ob er gerade auf direktem Weg zu seinem geparkten Auto unterwegs war oder ob er noch eine Verabredung hatte – am Hafen, auf dem Quai du Levant. Eine Verabredung, die ihn das Leben kosten sollte.
Isabelle klappte den Laptop zu, lehnte sich zurück und schloss die Augen. Ihre Videorecherche war also erfolgreich gewesen – und sie hatte nichts gebracht. Nun ja, immerhin wusste sie jetzt, dass Thierry in Sanary alleine unterwegs gewesen war und dass er in fußläufiger Entfernung irgendwo im westlichen Teil der Altstadt den Abend verbracht hatte. Und dass er auf dem Rückweg guter Dinge gewesen war. Aber das war's. Nicht mehr, aber auch nicht weniger.
Es wurde Zeit, zu Bett zu gehen. Müde genug war sie … und ganz bestimmt nicht mehr willens, ein Telefonat entgegenzunehmen. Dass sie genau das dann aber doch tat, lag in der Person des Anrufers begründet. Zu dieser späten Stunde konnte nur jemand anrufen, der wieder einmal in einer anderen Zeitzone weilte und es gewohnt war, darauf keine Rücksicht zu nehmen. Ihr Glück, dass Rouven nicht um drei Uhr morgens durchklingelte. Das war eine seiner leichtesten Übungen.
»Meine liebe Isa, ich habe es gerade erfahren«, sagte er anstelle einer Begrüßung. »Thierry ist tot? Ich kann es gar nicht glauben. Ich umarme dich.«
Letzteres war schwer möglich. Wahrscheinlich befand er sich am anderen Ende der Welt.
»Wie geht's dir?«, fragte er.

Seine sonore Stimme tat gut. Aber was sollte sie ihm auf diese Frage antworten? Schließlich wusste sie selber nicht, wie es ihr gerade ging.
»Geht schon«, sagte sie. »Über den ersten Schock bin ich weg.«
»Geht schon? Hoffentlich stimmt's.«
»Doch, doch, ist so.« Und nach einer kurzen Pause: »Ich freue mich über deinen Anruf.«
»Ich hätte mir einen anderen Anlass gewünscht.«
»Ich auch.«
»Thierry und du, ihr seid euch sehr nahegestanden.«
»Ja, das stimmt. Daran ändern auch die Probleme nichts, die wir am Schluss miteinander hatten.«
Rouven wusste von ihrer Trennung, warum sollte sie es nicht ansprechen?
»Ich hab ihn gemocht. Und ich hab ihn beneidet …«, sagte er.
»Beneidet? Wofür?«
»Für die viele Zeit, die er mit dir verbringen durfte.«
Sie beschloss, darauf nicht näher einzugehen. Es war ihre Entscheidung gewesen, in Fragolin zu bleiben und nicht Rouvens unstetes Leben zu teilen. Dafür hatte es viele Gründe gegeben. Die Person Thierry war nicht der Ausschlag. Auch das wusste Rouven, wie er vieles von ihr wusste – aber nicht alles.
»Von wo rufst du an?«, fragte sie.
»Von Buenos Aires. Die Kunstmesse hier ist die wichtigste Lateinamerikas. Ich bin gerade einem Galeristen aus Paris begegnet. Der hat mir von Thierrys Ermordung erzählt. Ich bin aus allen Wolken gefallen.«
»Es kam hier in allen Nachrichten«, erklärte sie. »Es kommt nicht so oft vor, dass einem Bürgermeister die Kehle durchgeschnitten wird.«

»Ja, auch das hat er mir erzählt. Wie grausam. Wer macht denn so was?«
»Das weiß ich noch nicht.«
»Das weißt *du* noch nicht? Sag bloß, du leitest die Ermittlungen?«
»Ja. Ich wollte nicht …«
»Kann ich verstehen.«
»Aber Balancourt hat mich überredet.«
»Der alte Maurice … Ich weiß nicht, ob das ein guter Einfall war.«
»Dachte ich erst auch nicht, aber mittlerweile glaube ich schon. Ich will das Schwein erwischen, das Thierry umgebracht hat. Ich könnte die Hände nicht untätig in den Schoß legen.«
»Ja, erwisch das Schwein und exekutier ihn.«
»Ich bring ihn hinter Gitter«, präzisierte sie. Leise ergänzte sie: »Hoffentlich!« Womit sie zweierlei zum Ausdruck brachte. Erstens die Hoffnung, den Täter zu erwischen. Und zweitens, dass sie ihn wirklich hinter Gitter brachte – und nicht das passierte, was Rouven gerade angedeutet hatte. Sie hoffte, dass sie die Beherrschung aufbrachte, Thierrys Mörder keine Kugel in den Kopf zu jagen.

21

Rouvens später Anruf hatte dazu geführt, dass sie trotz ihrer Müdigkeit lange nicht hatte einschlafen können. Zu vieles gleichzeitig war ihr durch den Kopf gegangen. Aber irgendwann hatte es doch geklappt. Mit dem Ergebnis, dass sie beim Briefing am nächsten Morgen ziemlich gerädert war. Vom Büro in Fragolin aus gab sie per Videoschaltung dem Team in Toulon Anweisungen. Vier Männer und zwei Frauen der *Police nationale* würden gleich im Anschluss nach Sanary-sur-Mer fahren, um dort systematische Befragungen durchzuführen. Isabelle teilte ihnen mit, dass sie Thierry auf einem Video der Überwachungskameras entdeckt habe, und zwar auf dem Boulevard Courbet. Er sei am frühen Abend in westlicher Richtung gelaufen und einige Stunden später wieder zurückgekommen. Vor allem auf diesen Bereich sollten sie sich konzentrieren und herausfinden, ob jemand gesehen habe, wo Thierry hingegangen sei und/oder wo er sich hätte aufhalten können. Gebe es da Restaurants, Bars? Man wisse, dass er am Abend eine Bouillabaisse gegessen habe. Mit dieser Information müsse man doch weiterkommen. Darüber hinaus sei die ganze Altstadt von Sanary abzugrasen, namentlich der Bereich rund um den Hafen und da wiederum mit besonderem Fokus auf den Quai du Levant. Falls dort Angler anzutreffen seien, müssten diese unbedingt befragt werden. Geangelt werde am *vieux port* wahrscheinlich fast rund um die Uhr. Auch in der Nacht, mit Stirnlampen. Das kenne sie von anderen Häfen. Nicht zu vergessen die Berufsfischer. Von ihnen müsse jeder

Einzelne befragt werden. Ihre Boote lägen unweit des Quai du Levant am Pier der Place de la Liberté. Dort seien auch die Bänke aufgebaut, wo sie am Morgen ihren Fang verkaufen würden. Dragon, Honey Maru, Saint Joseph, Gallus … das seien einige Namen von Schiffen, die sie in Erinnerung habe. Vermutlich liefen sie irgendwann in der Nacht aus, wobei ihr Weg zwangsweise am Leuchtfeuer des Quai du Levant vorbeiführe. Dass einer von den Fischern etwas beobachtet habe, sei gut möglich. Bei ihnen solle man hartnäckig bleiben, denn dieser Menschenschlag sei oft mundfaul und verschlossen. Außerdem sei ihnen vielleicht gar nicht bewusst, dass sie etwas gesehen hatten, was wichtig sein könnte. Das sei häufig so. Man müsse Zeugen oft erst mit der Nase darauf stoßen. Blieben noch die *pannes*, die vom Quai abführten, also die mit Gittertoren abgeriegelten Stege, wo die Sportboote lagen. Die seien vermutlich in der Nacht verwaist gewesen. Aber eine Vermutung sei keine Gewissheit. Vielleicht habe jemand auf seinem Boot geschlafen und sei um Mitternacht noch an Deck gesessen? Auch das gelte es zu überprüfen. Ach so, am Anfang des Quais gebe es noch einige Bootsverleiher, aber von denen sei in der Nacht wohl kaum mehr einer vor Ort gewesen.
Alles klar? Noch Fragen?

Mit einigen Tassen Kaffee kam Isabelle immer besser in Schwung. Sie führte ein längeres Telefonat mit Docteur Franell, der seine forensische Untersuchung abgeschlossen hatte. Neue Erkenntnisse habe er leider keine, aber er habe die am Leichnam isolierten DNA-Spuren eindeutig verschiedenen Personen zugeordnet. Eine von ihnen sei mit größter Wahrscheinlichkeit Monsieur Blès' Mörder. Sobald sie einen Tatverdächtigen habe, solle sie ihm dessen DNA bringen, dann könne er ihr sagen, ob sie den Richtigen am Haken habe.

Das, dachte sie, war eine ermutigende Aussage. Aber ganz so einfach war es nun doch nicht. Die DNA allein wäre kein Beweis, denn die betreffende Person könnte ja zuvor mit Thierry zu Abend gegessen und ihn zum Abschied umarmt haben.

Ihr fielen die Immobilienspekulanten Mathieu und Fabron ein. Apollinaire hatte bei den Herren für den späteren Nachmittag einen Gesprächstermin vereinbart und ihren Besuch angekündigt. In Mathieus Büro in Cannes. Ohne Angabe von Gründen. Man würde sehen. Allzu optimistisch war sie nicht.

Sie sah auf die Uhr. Um zwölf Uhr würde aus Toulon Chantal eintreffen, die Pressereferentin, die Richeloin einen Maulkorb verpasst hatte. Sie wolle Isabelles bemerkenswertes Kommissariat kennenlernen, hatte sie gesagt, und sich über den Stand der Ermittlungen informieren. Nun, Letzteres wäre ebenso telefonisch gegangen. Aber auch Chantal hatte ein neugieriges Wesen.

Ihr Besuch kam für den heutigen Tag denkbar ungelegen. Die Autofahrt von Fragolin nach Cannes würde eineinhalb bis zwei Stunden dauern. Viel Zeit hatte sie also nicht für sie.

Gerade wollte sie aufbrechen, um sich bis zu Chantals Eintreffen erneut in Thierrys Haus umzusehen, da schlug Apollinaire mit der Faust auf den Tisch. Und zwar so heftig, dass der Becher mit seinen Schreibstiften umkippte und diese zu Boden fielen.

»*C'est incroyable*«, stieß er hervor. »Unglaublich, einfach unglaublich.«

Mit dem Kopf steckte er fast im Monitor seines Computers. Es war ihr ein Rätsel, wie er aus dieser Entfernung etwas erkennen oder gar lesen konnte.

»Was ist passiert?«, fragte sie.

Ohne den Blick abzuwenden, hob er seine Hand. Er bat um Geduld. »*Un moment, s'il vous plaît.*«

Beim Lesen wackelte er mit dem Kopf. Er hackte auf der Tastatur herum und machte sich Notizen.

Isabelle ging derweil zum Fensterbrett und begutachtete ihren Kaktus. Der sah jeden Tag gleich aus. Und Gefühlsausbrüche kannte er nicht.

Schließlich gab Apollinaire ein pfeifendes Geräusch von sich. Wie bei einem Luftballon, dem man die Luft abließ. Im gleichen Maße fiel die Anspannung von ihm ab. Er lehnte sich schlaff zurück und ließ seine langen Arme zu Boden baumeln.

»Falscher Alarm«, sagte er. »Er kann's nicht gewesen sein.«

»Wer bitte kann es nicht gewesen sein?«

»Louis Boucher.«

»Sollte ich den Namen kennen?«

»Nein, natürlich nicht. Ich kannte ihn bis gerade eben auch nicht. Aber dann bin ich auf diesen Artikel gestoßen und fürchterlich erschrocken.«

»Das habe ich bemerkt.«

»Sie wollen wissen, warum ich erschrocken bin? Natürlich wollen Sie das wissen. Vor sieben Jahren, also vor Ihrer Zeit und damit auch vor meiner, hat ein Pyromane in den Wäldern von Fragolin Feuer gelegt. Es ist zu einem schlimmen Brand gekommen, der von den *pompiers* erst nach Tagen unter Kontrolle gebracht werden konnte. Fast hätte es unsere Chartreuse erwischt ...«

Isabelle kannte den dortigen Wald vom Joggen. Tatsächlich waren noch überall Spuren des Feuers zu sehen.

»Der Brandstifter wurde gefasst. Ein arbeitsloser ehemaliger Schweißer namens Louis Boucher. Als gegnerischer Anwalt hat Thierry ein psychiatrisches Gutachten, das dem Täter eine verminderte Schuldfähigkeit attestierte, angefochten. Er hat sich mit Leidenschaft für die Höchststrafe eingesetzt. Wer in den Wäldern Fragolins Feuer lege, müsse die ganze Härte des Gesetzes spüren, so seine Argumentation. Da gebe es null Toleranz. Offensichtlich hat Thierry diesen Boucher im Kreuzverhör schwer in die Mangel genommen. Nach der Urteilsverkündung hat Boucher noch im Gerichtssaal gerufen, dass er Thierry am liebsten die Gurgel durchschneiden würde.«

Isabelle hob ungläubig die Augenbrauen. »Wirklich? Das hat er gerufen? Die Gurgel durchschneiden?«

»Ja, wortwörtlich, dafür habe ich gleich mehrere Quellen.«

»Und wo ist dieser Boucher im Augenblick?«

»Im Gefängnis. Er wurde zu zwölf Jahren ohne Bewährung verurteilt. Er kann es also nicht gewesen sein.«

Isabelle atmete auf. Fast war sie erleichtert. Nicht auszudenken, wenn Thierry einem verurteilten Brandstifter zum Opfer gefallen wäre, der seine Tat zuvor sogar angekündigt hatte. Angesichts der emotional aufgeladenen Situation hatte ihn im Gerichtssaal wahrscheinlich niemand ernst genommen. Drohungen sollte man aber immer ernst nehmen.

Auch wenn dieser Boucher im Gefängnis saß und folglich als Täter ausschied, konnten sie ihn nicht einfach ignorieren. Die Gurgel durchschneiden? Genau das war jetzt geschehen. Thierry war weder erschlagen worden, noch hatte man ihn erschossen oder niedergestochen. Nein, jemand hatte ihm die Gurgel durchgeschnitten. Genauso, wie es Boucher gerufen hatte.

»Finden Sie heraus, wo der Mann einsitzt!«, sagte sie.

Apollinaire fuhr sich durch die Haare. »Schade eigentlich, es wäre so einfach gewesen.«

»Zu einfach, mein lieber Apollinaire, viel zu einfach. Meine innere Stimme sagt mir, dass der Fall deutlich komplizierter ist und uns noch viel Kopfzerbrechen bereiten wird.«

Er machte ein überraschtes Gesicht. »Sie hören auf Ihre innere Stimme? Das hätte ich nicht gedacht. Ich habe Sie bislang immer als analytisch-rationalen Menschen wahrgenommen.«
»Ersetzen Sie die ›innere Stimme‹ durch Intuition und Lebenserfahrung, das trifft es besser.«

Thierrys Haus war nicht weit entfernt. Sein privater Laptop lag auf dem Schreibtisch in seinem Arbeitszimmer. Sie versuchte ihn zu starten. Ohne Passwort ging das nicht. Sie biss sich auf die Unterlippe. Nicht aus Ratlosigkeit, sondern aus Verlegenheit. Dann gab sie zögerlich ihren Vornamen ein: I-s-a-b-e-l-l-e. Zur Bestätigung die Returntaste. Bling. Die Startseite öffnete sich mit einem verspielten Willkommensgruß: *»Bonjour, Thierry! À votre service!«*
Isabelle setzte sich hin und verschaffte sich einen ersten Überblick. Die E-Mails schienen mit jenen auf seinem Bürocomputer identisch, auch die Adressdateien. Offenbar waren die Rechner synchronisiert. Welche Webseiten hatte er als Letztes aufgerufen? Das ließ sich nicht feststellen, denn Thierry hatte den Browserverlauf gelöscht. Dass er so vorsichtig war, hätte sie nicht gedacht. Zu bedeuten hatte es aber nichts.
Isabelle öffnete Thierrys Ordner mit den Bildern. Wieder musste sie zuvor eine kleine psychologische Hemmschwelle überwinden. Mit den Fotos drang sie ganz eindeutig in seine Privatsphäre vor. Doch bis vor Kurzem war sie selber Teil seiner »Privatsphäre« gewesen. Und als Polizistin war sie es gewohnt, hinter die Kulissen zu blicken. Bei Thierry erwies sich ihre Indiskretion als unverfänglich. Er war kein großer Fotograf gewesen. Viele Bilder waren ihm von anderen geschickt worden, zum Beispiel von ihm selbst als Wahlkampfredner oder bei irgendwelchen öffentlichen Auftritten. Und ... natürlich gab es Fotos, auf denen sie beide gemeinsam drauf waren.

Zum Beispiel mit einer Flasche Champagner nach einem gewonnenen Boule-Turnier. Schließlich auch welche, die nur sie zeigten. Als sich Isabelle nackt beim Sonnen auf seinem Kutter entdeckte, beschloss sie spontan, dieses »Beweismittel« zu vernichten. Es gab noch einige andere Fotos zu ihrer Person, die sie löschte. Ohne besonderen Grund, doch diese Bilder gingen niemanden etwas an.
Isabelle öffnete noch einige andere Dateien, die aber alle einen unverfänglichen Eindruck machten, dann schaltete sie den Laptop aus und klappte ihn zu. Sie würde ihn mitnehmen und sich bei nächster Gelegenheit noch einmal genauer mit ihm beschäftigen. Sie stand auf und lief nachdenklich durchs Haus. Wer das wohl erben würde? Seltsamerweise hatte sie daran bislang noch gar nicht gedacht. Von einem Testament wusste sie nichts, wobei anzunehmen war, dass er eines hatte. Für einen Rechtsanwalt eine Selbstverständlichkeit. Thierry hatte keine nahen Verwandten gehabt. Die Eltern waren tot, Geschwister hatte er keine – und Kinder auch nicht. Nur eine geschiedene Frau aus der Zeit, in der er in Arles gelebt hatte. Das war ewig her. Zu ihr hatte er keinen Kontakt mehr und auch nie von ihr gesprochen. Isabelle kannte nicht einmal ihren Namen. Jedenfalls hatte sie mit der Scheidung ihr Erbrecht verloren. Wer also erbte Thierrys Haus und sein Vermögen?
Sie kam am Kaminsims mit den Bilderrahmen vorbei. Genau hier hatte sie gestanden, als Balancourt angerufen und sie mit seinem Ermittlungsauftrag überrumpelt hatte. Erneut sah sie sich die Fotos an. Dass darunter eines von ihr war, störte sie nicht, verstärkte aber ihre Melancholie.
Zögernd näherte sie sich der Treppe, die in den ersten Stock führte. Bei ihrem ersten Besuch nach Thierrys Tod hatte sie sich gescheut hinaufzugehen. Warum? Weil das der ganz per-

sönliche Bereich des Hauses war, der Besuchern normalerweise verwehrt blieb. Sie selbst hatte mit Thierry viel Zeit in dieser Etage verbracht. Schöne Stunden – und noch schönere.

Oben angelangt, fand sie ein Dachfenster offen stehen. Sie schloss es und ging zunächst ins Bad. Keine gute Idee, denn hier roch es nach seinem Rasierwasser. Gerüche konnten stärker und intensiver als andere Sinne Erinnerungen wecken. Fast schien es ihr, als ob Thierry noch da wäre … nicht körperlich, aber seine Aura …

Im Flur gab es ein ächzendes Geräusch. Ihre Großmutter, bei der sie in Lyon aufgewachsen war, hatte behauptet, dass die Seele nach dem Tod eines Menschen ihre Zeit brauche, das Zuhause zu verlassen. In dieser Zeit könne man die Dielen knarzen hören, Türen gingen plötzlich auf, und Schränke gäben seltsame Töne von sich. Das waren Gespenstergeschichten, aber als Kind hatte sie daran geglaubt.

Isabelle näherte sich dem Schlafzimmer. Sie hielt kurz inne, dann trat sie ein. Das Bett war nicht gemacht und so aufgewühlt, wie er es am Morgen seines Todestages verlassen hatte. Die Bettwäsche war ihr vertraut, sie hatten sie mal zusammen in Aix-en-Provence gekauft. Isabelle zwang sich, keine romantischen Erinnerungen aufkommen zu lassen.

Auf dem Nachtkästchen entdeckte sie ein Buch, das Thierry offenbar gerade gelesen hatte. Der Titel: *Sanary et les intellectuels allemands* – Sanary und die deutschen Intellektuellen. Sie kniff die Augen zusammen. Sanary? Seine aktuelle Bettlektüre spielte genau in jenem Ort, in dem er umgebracht wurde. Das war fast ein wenig unheimlich. Oder hatte es was zu bedeuten?

Die deutschen Intellektuellen … Was hatte Sanary-sur-Mer mit deutschen Intellektuellen zu tun? Und seit wann interessierte sich Thierry für dieses Thema?

Erst jetzt las sie die Unterzeile – »1933–1941«. Nun verstand sie sein Interesse noch weniger. Sie beschloss, das Buch mitzunehmen.
Als Nächstes tat sie etwas völlig Irrationales: Sie machte Thierrys Bett! Dabei war sie kein ordentlicher Mensch. Sie fühlte sich wohler, wenn nicht alles perfekt aufgeräumt war. Und bei ihrem Bett zu Hause konnte es schon mal passieren, dass es abends noch so zerwühlt war wie am Morgen beim Aufstehen.
Abschließend breitete sie über Thierrys Bett die Tagesdecke aus. Nach einem kurzen Blick des Abschieds trat sie den Rückzug an. Zurück aus dem Schlafzimmer, aus den Privatgemächern des ersten Stocks, aus ihren Erinnerungen, die Treppe hinunter ins Erdgeschoss …
Dort atmete sie einige Male tief durch. Mit Blick auf die Uhr stellte sie fest, dass bis zu Chantals Eintreffen noch etwas Zeit blieb. Sie öffnete die Terrassentür und setzte sich in den Schatten unter der Pergola.
Sie brauchte einige Minuten, um ihre Gedanken von den Erinnerungen auf Thierrys Buch zu lenken.
Der Titel: *Sanary et les intellectuels allemands. 1933–1941.*
Sie las den Klappentext und anschließend das Vorwort auf den ersten Seiten.
Danach verstand sie wenigstens, worum es ging. Nach der Machtübernahme der Nationalsozialisten waren im Dritten Reich offenbar viele deutsche Intellektuelle, vornehmlich Literaten, an die französische Mittelmeerküste nach Sanary geflohen. Augenscheinlich hatte es dort schon zuvor eine Künstlerkolonie gegeben. Jedenfalls sei dieses kleine Fischerdorf für kurze Zeit »die Hauptstadt der deutschen Literatur« gewesen. Es folgte eine lange Liste: Thomas Mann, Bertolt Brecht, Lion Feuchtwanger, Ludwig Marcuse, Stefan Zweig,

Franz Werfel, Erwin Piscator ... Die meisten Namen sagten ihr nichts, aber im deutschsprachigen Raum waren das offenbar alles Berühmtheiten. Nun, Thomas Mann war ihr natürlich ein Begriff. Wie sie las, war den meisten Literaten später die Flucht nach Amerika gelungen. Diejenigen, die weniger Glück hatten, seien vom Vichy-Regime ins berüchtigte Internierungslager *Les Milles* bei Aix-en-Provence deportiert worden.
Isabelle schlug das Buch zu und dachte nach. Wie kam es, dass Thierry ausgerechnet dieses Buch las? Zu einem geschichtlichen Thema, von dem sie nicht wusste, dass es ihn je interessiert hatte. Das sich mit einem Ort befasste, wo er zu Tode kommen sollte. Zufall? Isabelle glaubte nicht an Zufälle.

22

Chantal verspätete sich, was Isabelle in zeitliche Nöte brachte, denn den Termin in Cannes wollte sie unbedingt wahrnehmen. Schließlich waren Mathieu und Fabron bislang die einzigen Menschen, von denen sie wusste, dass sie mit Thierry im Streit lagen. Gleichwohl war seine Gegnerschaft zu ihrem Immobilienprojekt kein hinreichender Grund, ihn umzubringen. Jemandem die Kehle durchzuschneiden brauchte ein ungleich stärkeres Motiv. Sollte man jedenfalls meinen – wissen konnte man es nicht.

Während sie im Kommissariat auf Chantal wartete, bekam sie einen Anruf von Angélie, die sie bat, kurz hinauf ins Bürgermeisterbüro zu kommen. Sie habe etwas Merkwürdiges entdeckt.

Oben angekommen erfuhr sie, dass sich Thierry seine Bankauszüge auf althergebrachte Art per Post ins Büro schicken ließ, auch die privaten. Und es gehörte zu Angélies Aufgaben, diese in einem Ordner abzulegen, den Thierry in einer Schreibtischschublade aufbewahrte.

»Normalerweise schaue ich mir seine privaten Bankauszüge nicht an«, sagte Angélie. »Monsieur Blès konnte sich zu jeder Zeit auf meine Diskretion verlassen.«

»Ich weiß, er hat große Stücke auf Sie gehalten.«

Angélie kamen vor Rührung die Tränen. »Schön, dass Sie das sagen.« Sie zog ein Taschentuch aus dem Ärmel und tupfte ihre Wangen trocken.

»Was ist es, das Sie entdeckt haben?«, fragte Isabelle. Und mit

Blick auf den Bankauszug, den Angélie zur Hand genommen hatte: »Stimmt was nicht mit seinen Finanzen?«
»Doch, natürlich stimmt alles. Monsieur Blès war in Gelddingen sehr konservativ. Er war mit seinem Konto nie im Minus, keinen einzigen Tag, seit ich für ihn arbeite.«
Isabelle fragte sich, wie Angélie das wissen konnte, wenn sie seine Bankauszüge doch nie anschaute.
»Aber jetzt ist er doch im Minus?«, half ihr Isabelle auf die Sprünge.
»Nein, sein Guthaben reichte für die dreißigtausend Euro aus, die er abgehoben hat.«
Isabelle sah Thierrys Sekretärin überrascht an.
»Er hat dreißigtausend Euro von seinem privaten Konto abgehoben? Wann war das?«
Angélie reichte ihr den Bankauszug. »Schauen Sie selbst!«
Tatsächlich. Dreißigtausend Euro, bar ausgezahlt am Tag seines Todes.
»Wissen Sie, wofür er das Geld gebraucht hat?«, fragte Isabelle.
»Keine Ahnung. So viel Geld hat er sonst nie cash abgehoben. Deshalb ist es ja so merkwürdig.«
Da hatte Angélie recht. »Merkwürdig« war stark untertrieben.
»Wo könnte er das Geld aufbewahrt haben? Im Bürgermeisterbüro gibt's doch sicher einen Safe?«
»Den gibt es, natürlich. Aber da sind die dreißigtausend nicht drin.«
»Hatte er sonst ein Geheimversteck?«
»Nein, hatte er nicht. Seine Schubladen im Schreibtisch habe ich alle durchgesehen, da ist das Geld auch nicht.«
Blieb als Möglichkeit sein Zuhause. Aber dort hatte Thierry keinen Safe, das wusste sie. Und eine so große Summe bewahrte man nicht in einem alleinstehenden Haus unter der Wäsche auf. Dreißigtausend Euro? Das, dachte Isabelle, war

kein Pappenstiel. Zahlungen in dieser Größenordnung machte man heute nicht mehr cash. Kein Mensch machte das – außer es sollte keiner davon wissen. Zum Beispiel das Finanzamt. Aber in Steuerdingen war Thierry immer überaus korrekt gewesen. Das konnte es nicht sein. Wofür also? Wofür …?

Isabelle sah Angélie konzentriert an. »Halten Sie es für möglich, dass Thierry Blès erpresst wurde?«, fragte sie.

Angélie langte sich entsetzt an die Brust. »Erpresst? Um Gottes willen. Glauben Sie wirklich?«

»Ich glaube gar nichts. Das wäre nur eine naheliegende Erklärung, deshalb frage ich Sie.«

»Von einer Erpressung weiß ich nichts. Womit sollte man ihn auch erpressen? Mein Chef hat sich nie etwas zuschulden kommen lassen.«

Schön, dass Angélie eine so gute Meinung von Thierry hatte. Aber konnte man es wissen? Auch ohne Vorsatz war schnell etwas passiert, was man lieber vergessen würde … zumal als Bürgermeister, der für seine Wiederwahl eine weiße Weste brauchte.

Eine weitere Möglichkeit wäre, dass Thierry eine Schmiergeldzahlung geleistet oder jemanden bestochen hatte. Doch nicht nur Angélie hatte eine hohe Meinung von Thierry, auch sie selbst war von seiner Integrität überzeugt – zumindest was seine politische Arbeit betraf.

Wie auch immer, Isabelle resümierte, dass Thierry wenige Stunden vor seinem Tod dreißigtausend Euro bei sich hatte, dass er nach Sanary-sur-Mer gefahren war, wahrscheinlich mit dem Geld – und dass es nach seinem Tod nicht mehr da war. Also hatten die Scheinchen an jenem Abend den Besitzer gewechselt. Entweder in gutem Einvernehmen oder gegen seinen Willen auf die radikalstmögliche Weise …

23

Cannes ist nicht Sanary. Der Kontrast könnte kaum größer sein. Zwar liegen beide Orte am Meer, aber *La Grande Bleue* ist schon fast die einzige Gemeinsamkeit. Sanary hat sich den Charme eines Fischerdorfes bewahrt, mit hübschen Häusern und verwinkelten Gassen, mit einer palmengesäumten Uferpromenade, die bescheiden ist und von vielen Cafés gesäumt. Dagegen das mondäne Cannes mit der weltberühmten Croisette, mit prachtvollen Hotels und exklusiven Designershops; und mit einem Filmfestival, das regelmäßig für eine hohe Dichte an Stars und Starlets sorgt.

Für Isabelle war der Gegensatz besonders drastisch, denn gestern erst war sie noch in Sanary-sur-Mer gewesen und am kleinen Hafen entlanggeschlendert, und heute näherte sie sich von der Autobahn kommend auf dem verkehrsinfarktgefährdeten Boulevard Carnot dem Zentrum einer turbulenten Tourismusmetropole.

Auf dem Beifahrersitz saß Chantal Lefèvre. Das war so nicht geplant gewesen, aber die Pressereferentin war so spät in Fragolin eingetroffen, dass keine Zeit mehr für längere Gespräche blieb. Chantal hatte ihr Kommissariat besucht und Apollinaire kennengelernt, der ihr zur Begrüßung aus unerfindlichen Gründen einen linkischen Handkuss gab. Das hatte er noch nie gemacht. Gegenüber einer Beamtin der *Police nationale* war diese Geste völlig abwegig, auch wenn Chantal keine Uniform trug und das Auftreten einer Dame aus besserer Gesellschaft hatte. Isabelle würde ihn bei Gelegenheit fragen, was

er sich dabei gedacht hatte. Vermutlich nicht viel. Immerhin hatte er Chantal ein amüsiertes Lächeln entlockt.
Isabelle war mit Chantal hinauf ins Bürgermeisterbüro gegangen und hatte sie mit Thierrys Sekretärin Angélie Racasse bekannt gemacht. Danach ein schneller Rundgang durch Fragolin und ein noch schnelleres Mittagessen bei Jacques.
Isabelle hatte ihr erklärt, dass sie zu einer Befragung dringend nach Cannes müsse und eigentlich schon zu spät dran sei. Was Chantal mit einem sehr praktischen Vorschlag gekontert hatte: Sie begleite Isabelle einfach, dann hätten sie im Auto ausreichend Gelegenheit, sich zu unterhalten.
So kam es, dass sie sich knapp zwei Stunden später zu allen relevanten Themen ausgetauscht hatten. Auch zu den weniger relevanten, wie sich Isabelle lächelnd eingestand. Chantal hatte sie nach allen Regeln der Kunst ausgehorcht und dabei nicht nur ihr gesundheitliches und seelisches Wohlbefinden hinterfragt, sondern auch besonderes Interesse an ihrem Privatleben gezeigt. Dass Isabelle nur preisgegeben hatte, wozu sie bereit war, verstand sich von selbst. Im Gegenzug war Isabelle nun auf dem neuesten Stand, was sich in Paris so alles auf den höheren Etagen der *Police nationale* abspielte. Da gab es garstige Intrigen und unappetitliche Machtkämpfe. Isabelle war froh, dass sie damit nichts mehr zu tun hatte. Ihr genügte es völlig zu wissen, dass Maurice Balancourt als graue Eminenz ungefährdet über allem schwebte. An ihn traute sich keiner heran.
Natürlich hatten sie auch über Richeloin gesprochen, der gute Miene zum bösen Spiel machte und mit eingefrorenem Lächeln durch die Gänge des Hauptkommissariats in Toulon schlich. Noch lieber verschanzte er sich in seinem Büro, wo er offenbar die Stunden zählte, bis Chantal nach Paris zurückbeordert würde. Aber das werde dauern, sagte sie. Erst müsse sie seinen Laden kommunikativ auf Vordermann bringen.

Die nächste Pressekonferenz? Die sei für übermorgen angesetzt. Isabelle wunderte sich, dass die Medien so lange ruhig hielten.

Das sei kein Problem, erklärte Chantal, denn zweimal am Tag gingen kurze Presseverlautbarungen raus, außerdem habe sie mit den wichtigsten Journalisten persönliche Hintergrundgespräche geführt und ihnen das Gefühl vermittelt, dass sie die Ersten seien, die etwas erführen.

Isabelle warf Chantal einen erstaunten Blick zu.

»Was bitte erzählst du denen?«, fragte sie. »Und was steht in den Presseverlautbarungen? Wir tappen doch noch völlig im Dunkeln.«

Chantal lächelte. »Das genau ist die Kunst. Etwas zu sagen, wo es nichts zu sagen gibt. Aber das geht natürlich nur für kurze Zeit. Ich hätte nichts dagegen, wenn du mir bis zur Pressekonferenz Futter geben könntest. Ich brauche ein paar handfeste Informationen und irgendwelche Ermittlungsergebnisse.«

»Bis übermorgen? Ich kann dir nichts versprechen.«

»Was ist mit den beiden Typen, die du gleich triffst?«

»Stephane Mathieu und Didier Fabron?« Isabelle zuckte mit den Schultern. »Das sind zwei Immobilienspekulanten, die mit allen Tricks naturgeschütztes Gebiet in Bauland umwandeln wollen. Thierry hat sich dem entgegengestellt. Woraufhin sich Mathieu zu der Äußerung hat hinreißen lassen, man solle den Bürgermeister von Fragolin, den er fälschlicherweise für einen Ökofreak hielt, am besten mit seinem Kompost entsorgen.«

»Eine ernst zu nehmende Morddrohung hört sich anders an.«

»Meine ich auch. Dennoch will ich den beiden mal auf den Zahn fühlen. Und weil ich gerade nichts Besseres zu tun habe, mache ich das selbst.«

»Hast du was dagegen, wenn ich zum Gespräch mitkomme?«
»Kannst du gerne machen.«
»Aber ich kann in der Zeit auch zum Shoppen gehen, falls dir das lieber ist.«
Isabelle lächelte. »Das könnte teuer werden. Du kommst also besser mit. Aber erwarte dir nichts von diesem Termin. Eine Pressemitteilung springt dabei wohl kaum raus.«

Das Büro von Stephane Mathieu befand sich gleich hinter der Croisette in der Rue Napoléon. Es gab in Cannes schlechtere Adressen, aber kaum bessere.
Apollinaire hatte Mathieu und seinen Geschäftspartner Fabron aufgrund ihrer Fotos im Internet als »gelackte Pappnasen« bezeichnet. Isabelle musste ein Lächeln unterdrücken, als sie mit Chantal das Besprechungszimmer betrat, wo sie von den beiden erwartet wurden. Apollinaires Personenbeschreibung traf den Nagel auf den Kopf. Mathieu und Fabron sahen genauso aus, wie man sich erfolgreiche Immobilienhaie vorstellte, die vom noblen Cannes aus ihre Geschäfte machten und ansonsten dem schönen Leben zugetan waren. Wobei die »Pappnasen« seltsam dämlich guckten, was immerhin amüsant war. Denn mit allem hatten sie wohl gerechnet, aber offenbar nicht mit zwei solchen Polizistinnen. Chantal war modisch gekleidet, wie sie das von Paris gewohnt war. Weil sie einen Schuhfimmel hatte, trug sie schwarze Plateau-Pumps. Dass sie von Christian Louboutin stammten, erkannten die modeaffinen Herren sicher aufgrund der roten Sohle. Für das Kopfsteinpflaster in Fragolins Altstadt waren sie denkbar ungeeignet gewesen, aber zu Cannes passten sie perfekt. Und Isabelle? Sie war sozusagen der provenzalische Gegenentwurf, weil sie so aussah, als ob sie gerade von der Plage Pampelonne käme. Sie hatte verwaschene Jeans an und trug an den bloßen Füßen Ledersandalen. Die wa-

ren immerhin von Belarbi in Saint-Tropez. Ob die beiden das erkannten, war ihr so was von egal. Isabelle schob die dunkle Pilotenbrille ins Haar und hielt den beiden ihren Polizeiausweis entgegen. Sie registrierte, dass Mathieu von ihrem schweren Totenkopfring abgelenkt wurde, den sie heute Morgen in ihrem Nachtkästchen entdeckt und sich an den Mittelfinger gesteckt hatte. Dann fiel sein Blick auf ihre Taucheruhr, die sie mal von Rouven geschenkt bekommen hatte und entsprechend teuer war. Jetzt kannte er sich gar nicht mehr aus. Seinem Partner Fabron schien es kaum besser zu ergehen, er nestelte nervös an seinen Manschetten.

»Dürfen wir Platz nehmen?«, fragte Isabelle, weil die beiden irgendwie erstarrt schienen. Weder wussten sie, was die Polizei von ihnen wollte, noch hatten sie mit diesem »Spezialeinsatzkommando« gerechnet.

Mathieu erwachte als Erster aus seiner Schockstarre. »Aber natürlich, bitte setzen Sie sich. Dürfen wir Ihnen was zu trinken anbieten?«

»Wie wäre es mit Champagner?«, schlug Fabron vor.

Eigentlich war die Situation witzig. Uneigentlich hatte Isabelle keine Lust darauf.

»Wir sind nicht zum Vergnügen hier«, antwortete sie brüsk.

Mathieu räusperte sich. Fabron sah verlegen auf seine Fingernägel.

»Wir führen Ermittlungen im Zusammenhang mit dem Mord an Thierry Blès durch«, fuhr sie fort.

Fabron zuckte kaum merklich zusammen.

»Ein schreckliches Unglück …«, sagte Mathieu.

»Das war kein Unglück«, korrigierte sie ihn.

»Nein, natürlich, das war es nicht. Mir fällt es schwer, die richtigen Worte zu finden.«

»Warum?«

»Nun, weil, ich weiß auch nicht …«
Isabelle beschloss, ihm auf die Sprünge zu helfen. Dabei konnte es nicht schaden, ihn gleich aus der Reserve zu locken.
»Weil Sie sich eigentlich freuen, habe ich recht?«
Mathieu sah sie empört an. »Freuen? Über den Tod eines Menschen? Das ist eine dreiste Unterstellung.«
Bravo, es hatte geklappt.
»Wir sind ehrlich entsetzt«, stammelte Fabron, »das können Sie uns glauben.«
Ehrlich entsetzt? Die beiden machten den Eindruck, als ob das sogar stimmen würde. Aber vielleicht waren sie nur gute Schauspieler?
»Mag ja sein, aber sein Tod spielt Ihnen in die Karten. Monsieur Blès war der vehementeste Gegner eines Ihrer Immobilienprojekte. Jetzt haben Sie freie Bahn.«
Mathieu kniff die Augen zusammen. Spätestens jetzt schien er zu begreifen, woher der Wind wehte.
»Sie wollen uns doch nicht ernsthaft unterstellen, dass wir etwas mit Monsieur Blès' Tod zu tun haben könnten?«
»Ich unterstelle gar nichts, aber denkbar wäre es. Deshalb sind wir hier.«
Mathieu warf einen Blick zu Chantal, die dem Gespräch bisher schweigend gefolgt war.
»Welche Rolle spielen Sie dabei?«, fragte er. »Sind Sie die Chefin oder was?«
Chantal lächelte amüsiert. »*Mais non,* die Chefin *ist Madame le Commissaire,* sie leitet die Ermittlungen. Ich bin die begleitende Psychologin und mache mir gerade ein Bild von Ihnen.«
Gut gekontert. Psychologin? Das stimmte sogar. Mathieu und Fabron warfen sich einen verunsicherten Blick zu.
»Das hätten wir also geklärt«, sagte Isabelle. Und weil sie schnell auf den Punkt kommen wollte, schoss sie gleich die

entscheidende Frage ab. »Wo haben Sie sich zur Tatzeit aufgehalten? Ich hoffe für Sie, dass Sie ein hieb- und stichfestes Alibi haben.«

Mathieu japste nach Luft. »Zur Tatzeit? Ein Alibi? Mitten in der Nacht?«

»Sie wissen also, wann Thierry Blès ermordet wurde?«

»Natürlich, kam ja in den Nachrichten.«

»Ich war im Bett, zusammen mit meiner Frau«, sagte Fabron. »Meine Schnecke kann das bezeugen.«

Schnecke? Ach so, damit meinte er seine Frau.

Mathieu zeigte sich weniger kooperativ. »Ich hätte gute Lust, die Aussage zu verweigern und Sie wegen übler Nachrede zu belangen.«

Das war lustig. Eine polizeiliche Befragung mit übler Nachrede zu verwechseln zeugte von einem hohen Maß an Verwirrung.

Isabelle sah ihn herausfordernd an. »Tun Sie mir den Gefallen«, sagte sie. »Ich liebe solche Spielchen.«

Fabron gab Mathieu einen Stoß. »Mach keinen Scheiß, jetzt sag schon, wo du warst.«

»Meinetwegen. Ich war im Palais des Festivals, im Spielcasino Barrière.«

»Na bitte, geht doch. Wie lange?«

»Bis weit nach Mitternacht.« Er zog eine Grimasse. »Ich hätte früher gehen sollen, dann hätte ich nicht so viel Geld verloren.«

»Zeugen?«

»*En masse,* die Croupiers am Roulette, die Bardame, die Toilettenfrau …«

Okay, das war ein gutes Alibi. Sie konnte davon ausgehen, dass es der Überprüfung standhielt. Da war Fabron mit seiner »Schnecke« weniger gut aufgestellt, aber sie konnte sich kaum

vorstellen, dass dieser weichgespülte Macho einem Mann die Kehle durchschnitt.
Isabelle ärgerte sich, dass sie nach Cannes gefahren war. Den Ausflug hätte sie sich sparen können. Mit diesen beiden »gelackten Pappnasen« war sie auf dem falschen Trip. Sie hatte von Anfang an nicht wirklich daran geglaubt. Trotzdem wollte sie den Job ordentlich zu Ende bringen. Docteur Franell von der Rechtsmedizin hatte gesagt, er könne den Täter anhand seiner DNA überführen.
»Wenn Sie kooperieren, sind Sie uns schon wieder los«, sagte Isabelle.
»Nichts lieber als das«, grummelte Mathieu.
Das war amüsant, denn noch vor wenigen Minuten waren die beiden Herren entzückt gewesen.
»Ich benötige von Ihnen für die kriminaltechnische DNA-Analyse eine Speichelprobe.«
»Kommt nicht infrage«, empörte sich Mathieu.
»Aber Sie sind doch unschuldig, damit wäre es bewiesen.«
»Sind wir dazu verpflichtet?«
»Nein, die Speichelprobe erfolgt auf freiwilliger Basis.«
Fabron nickte. »Ich mach's. Was muss ich tun?«
Isabelle holte zwei Probekits hervor.
»Mit dem Wattestäbchen machen Sie einen Abstrich Ihrer Mundschleimhaut. Das tut nicht weh und dauert nur wenige Sekunden.«
Mathieu schaute Isabelle misstrauisch an. »Ein Missbrauch ist ausgeschlossen, oder?«
»Wie meinen Sie das?«
Er kratzte sich am Hals. »Also, es kann nicht sein, dass meine DNA zum Beispiel für einen Vaterschaftstest herangezogen wird?«
Isabelle konnte nicht anders, sie musste lachen.

»Sie haben Sorgen. Nein, ganz sicher nicht.«
»Okay, dann bin ich auch dabei. Aber anschließend möchte ich von Ihnen nie mehr was hören.«
Sie zog eine Augenbraue nach oben und sah ihn spöttisch an. »Das kann ich Ihnen nicht versprechen. Es könnte ja sein, dass Sie einen Auftragskiller beschäftigt haben.«
»Ich glaube, jetzt ticken Sie endgültig aus.«

Eine halbe Stunde später saßen Isabelle und Chantal an der Croisette auf der Terrasse vom Carlton und tranken den Champagner, den sie von Mathieu und Fabron nicht bekommen hatten, nicht hatten bekommen wollen. Frei nach der Maxime, dass Frauen keine Männer brauchten, um Champagner zu trinken. Das Carlton war Chantals Idee gewesen. Isabelles Geschmack war weniger exklusiv – aber sie war flexibel. Wer einen Rouven Mardrinac zum Freund hatte, musste es sein.
Chantal wollte wissen, ob sie ihre Befragungen immer so direkt führte. Isabelle lachte. Nein, wenn es nötig sein sollte, könne sie noch viel direkter fragen. Aber im Ernst: Aus irgendwelchen Gründen habe sie bei den beiden Typen Lust darauf gehabt, sie ein wenig zu provozieren. Außerdem komme man auf diese Weise schneller ans Ziel. Dennoch sei sie sehr im Zweifel, dass Mathieu und Fabron mit Thierrys Ermordung etwas zu tun hätten. Die Verhältnismäßigkeit der Mittel sei nicht gegeben. Wäre Thierry mit einem Auto überfahren worden. Okay, das könne sie sich vorstellen, vor allem bei einem hitzköpfigen Charakter wie Mathieu. Aber ihn in eine Falle zu locken und ihm brutal die Kehle durchzuschneiden, nein, das passe nicht. Außerdem sei Mathieus Alibi bestimmt wasserdicht. Und Fabron sei wahrscheinlich wirklich bei seiner »Schnecke« gewesen.

Was mit dem »Auftragskiller« sei, von dem Isabelle gesprochen habe, fragte Chantal.

Isabelle ließ sich mit der Antwort Zeit. Sie trank vom Champagner und dachte nach. Warum hatte sie das gesagt? Um die beiden zu schocken? Oder weil sie persönlich ihre letzte Begegnung mit einem gedungenen Mörder noch nicht verarbeitet hatte? Diese lag noch nicht so lange zurück – und fast wäre sie dabei draufgegangen …

Chantal schnippte vor Isabelles Gesicht mit den Fingern. »Hallo, aufwachen.«

»Pardon, ich war gerade mit meinen Gedanken woanders.«

»Habe ich gemerkt. Also, wie ernst hast du das mit dem Auftragskiller gemeint?«

»Was Mathieu und Fabron als mögliche Auftraggeber betrifft? Nicht wirklich. Aber wäre natürlich möglich. Und grundsätzlich? Ja, auch die Tötung gegen Bezahlung ist eine realistische Option. Obgleich die Ausführung der Tat dagegenspricht. Jemandem die Kehle durchzuschneiden erfordert eine maximale körperliche Nähe. Profis arbeiten dagegen eher aus der Distanz. Auch psychologisch, denn sie haben ja eine emotionale Distanz zum Opfer, die sie sich bewahren wollen.«

»Interessant, das habe ich mir so noch nie überlegt. Also würdest du einen Auftragsmörder ausschließen?«

Isabelle lächelte. »Das fragst du mich für deine Pressekonferenz? Muss ich mir die Antwort jetzt genau überlegen?«

Chantal prostete ihr zu. »Natürlich, ich nehme dich beim Wort.«

»Wie gesagt, der Tathergang spricht gegen eine Tötung gegen Bezahlung. Was aber kein Ausschlusskriterium ist, denn auch Auftragsmörder handeln nicht immer rational. Häufig haben sie eine militärische Ausbildung, manche sind traumatisiert, andere auf Nahkampf trainiert. Grundsätzlich ist also alles denkbar. Wobei Auftragsmorde vor allem in der organisierten Kriminalität vorkommen. Bislang liegen uns keine Erkenntnisse vor, dass sich Thierry Blès mit mafiösen Strukturen angelegt hat. Aber natürlich ermitteln wir auch in diese Richtung.«

»Das hast du schön formuliert. Könnte ich so eins zu eins in einem Kommuniqué abdrucken. Magst du nicht doch mit zur Pressekonferenz kommen?«

Isabelle schüttelte sich. »Ganz bestimmt nicht. Außerdem habe ich keine Zeit. Hast ja gerade selber miterlebt, dass wir noch keine heiße Spur haben.«

Chantal spielte mit dem Champagnerglas. Sie hob den Blick und sah Isabelle in die Augen. »Jetzt mal unter uns. Du hast vielleicht keine heiße Spur, aber doch sicher einen Verdacht.«

»Einen Verdacht? Nein, habe ich nicht. Aber mir geht so einiges durch den Kopf, das schon. Ich habe die Enden einiger Fäden in der Hand, von denen ich nicht weiß, ob sie irgendwo hinführen oder wie sie sich verknüpfen lassen.«

»Aber du willst mir nicht sagen …?«

Isabelle lächelte. »Nein, will ich nicht. *Santé!*«

24

Als Isabelle am nächsten Morgen in Richtung Chartreuse joggte, dachte sie über die Geschehnisse des gestrigen Tages nach. An die zurückliegende Nacht wollte sie dagegen weniger denken, denn da hatte sie viel wach gelegen und dummes Zeug geträumt. Träumte man, wenn man wach lag? Na egal, jedenfalls war ihr viel durch den Kopf gegangen. Beim Joggen passierte das ohnehin. Mit dem Vorteil, dass das Gehirn besser durchblutet war. Ihren Besuch bei Mathieu und Fabron in Cannes hatte sie längst abgehakt. Das war ein Schlag ins Wasser gewesen. Natürlich würde sie deren Namen nicht von Apollinaires Liste streichen, aber sie konnten eingeklammert werden. Sich mit ihnen intensiver zu beschäftigen war in der jetzigen Phase reine Zeitverschwendung.

Sie begrüßte einen Mönch, der ihr gemessenen Schrittes von der Chartreuse entgegenkam. Sie kannten sich schon. Der Glaubensbruder sagte, dass er sich freue, sie bei so guter Gesundheit zu sehen. Während ihrer kurzen Konversation lief Isabelle auf der Stelle. Dann wünschte sie ihm einen schönen Tag. Und er ihr Gottes Segen. Den konnte sie brauchen. Vor allem wäre ihr an einer göttlichen Eingebung gelegen.

Was hatte sie gegenüber Chantal angedeutet? Dass sie mehrere Fäden in der Hand halte, von denen sie nicht wisse, wo sie hinführten. Welche »Fäden« hatte sie gemeint? Besser hätte sie von Mosaiksteinchen gesprochen, die in der Gegend herumkullerten und zu keinem Bild passten. Eines trug das rätselhafte Kürzel JBD und fand sich einige Male in Thierrys Terminkalender. Was oder wer verbarg sich dahinter? Dann die dreißigtausend Euro, die Thierry am Tag seines Todes von seinem Konto abgehoben hatte. Was oder wen wollte er damit bezahlen? Wurde er erpresst? Die Barabhebung war die bislang größte Auffälligkeit. Aber mit diesem Mosaiksteinchen konnte man nichts anfangen, solange man nicht mehr darüber wusste. Nächste Frage: Wo hatte Thierry in Sanary-sur-Mer seine Bouillabaisse gegessen, und vor allem, mit wem? In wessen Gesellschaft hatte er die letzten Stunden vor seiner Ermordung verbracht? Am Boulevard Courbet war er von einer Videokamera erfasst worden, dahinter verlor sich seine Spur. Noch hatte sie keine Rückmeldung von dem Team, das in Sanary auf Recherche war. Weshalb der Schluss nahelag, dass sie bislang nichts gefunden hatten. Apropos Sanary: Hatte es was zu bedeuten, dass Thierry als Letztes ein Buch über den Ort und seine Geschichte als Zufluchtsort für deutsche Exilanten gelesen hatte? Sie spürte, dass es einen Zusammenhang gab, dass es ihn geben musste. Aber welchen?

Isabelle, die auf ihrer Strecke jeden Tag ein Stück weiter lief, drehte um. Dabei fiel ihr Blick auf die Spuren, die ein Waldbrand hinterlassen hatte. Seit gestern wusste sie, wer ihn gelegt hatte: ein Pyromane namens Louis Boucher. Thierry hatte dafür gesorgt, dass er zu einer hohen Haftstrafe verurteilt wurde. Noch im Gerichtssaal hatte Boucher gerufen, dass er Thierry am liebsten die Gurgel durchschneiden würde. Das war unheimlich. Aber er saß hinter Gittern.

Wieder zu Hause angekommen, nahm Isabelle auf der Treppe immer zwei Stufen auf einmal. Das ging ganz locker und verursachte wie auch das Joggen keine Schmerzen. Wie lange war ihre Operation her? Und die Reha in Saint-Rémy? Sie musste sich glücklich schätzen, dass es ihr so gut ging. Dass es ihr *körperlich* so gut ging, schränkte sie ein.

Isabelle zog ihre Joggingklamotten aus und ging unter die Dusche. JBD, JBD ... Die drei Buchstaben wollten ihr nicht aus dem Kopf gehen. Stand das Kürzel für eine Frau? Isabelle konnte nicht anders, sie musste daran denken, dass Thierry in Paris mal eine Affäre mit einer Frau hatte, von der sie nur wusste, dass sie dunkelhäutig war. Und dass er später mit derselben Frau erneut eine Nacht verbracht hatte, und zwar in Nizza im Hotel Negresco. Das war noch nicht so lange her. Thierry hatte sich ein Lügenmärchen ausgedacht, um Isabelle seine Liebschaft zu verheimlichen. Dabei hätte er ganz offen mit ihr darüber reden können, aber das war ein anderes Thema.

JBD, JBD ...?

Jacqueline, die in Paris bei Balancourt im Vorzimmer saß, hatte den Namen von dieser Frau herausgefunden. Damals, kurz nach jener Nacht im Negresco. Thierrys Freundin hatte ordnungsgemäß im Hotel eingecheckt und ihr Zimmer mit Kreditkarte bezahlt. So viel wusste sie. Aber als Jacqueline ihr den Namen nennen wollte, hatte sie abgelehnt. Sie hatte nicht wissen wollen, wer die Frau war. Es reichte völlig, dass es sie gab.

Doch jetzt gab es eine neue Situation. Ob sie wollte oder nicht, sie musste Thierrys Umfeld ausforschen. JBD ...? Waren das die Initialen jener Frau?

Isabelle hatte sich nur schlampig abgetrocknet und lief nackt durch ihre Wohnung. Auf dem Boden hinterließ sie feuchte Fußabdrücke. Sie tunkte ein Croissant in ihren Frühstückskaffee. Dann griff sie zum Telefon und wählte Jacquelines Nummer.

»*Bonjour, chérie,* schon bei der Arbeit?«

»Der Alte ist auch schon da. Maurice hat fünf Tageszeitungen auf dem Tisch und ärgert sich darüber, dass er später eine wichtige Besprechung hat. Dabei wäre schönstes Golfwetter. Willst du ihn sprechen?«

»Vielleicht später, ich wollte zunächst mit *dir* reden. Kannst du dich noch an Thierrys Freundin erinnern, du weißt schon …?«

»Die aus dem Negresco? Deren Namen du nicht wissen wolltest?«

»Ganz genau. Jetzt interessiert er mich doch. Kannst du ihn für mich raussuchen?«

»Muss ich nicht, ihren Namen weiß ich auswendig.«

»Wirklich? Du hast ihn dir gemerkt?«

»Ist nicht schwierig. Kauf dir die neue *Paris Match*. Da ist ein Foto von ihr drin.«

Isabelle verschluckte sich fast am Kaffee. »Ist sie prominent?«

»Sie selbst ist es vielleicht nicht so sehr, aber ihr Mann.«

»Nun sag schon, wie heißt sie?«

»Ich mach's spannend. Als Thierry mit ihr in Paris befreundet war, hieß sie noch Faduma Subeeda. Ihr Vater stammte aus Somalia. Sie hat als Fotomodell gearbeitet …«

»Demnach ist sie nicht hässlich«, rutschte es Isabelle heraus.

»Nein, das ist sie nicht. Frauen aus Somalia gelten als besonders schön.«

»Das freut mich für Thierry, im Nachhinein.«

Auch das war ihr einfach so rausgerutscht. Hatte sie das ehrlich gemeint? Irgendwie schon, denn sie hätte sich schwerer damit getan, wenn Thierry sie mit einer hässlichen Ente hintergangen hätte.

»Sie hat Anfang letzten Jahres geheiratet. Jetzt heißt sie Faduma Clement-Gauthier.«

»Clement-Gauthier? Willst du damit sagen, dass sie mit Clement-Gauthier verheiratet ist?« Das war eine dämliche Frage.
»Also, mit jenem Clement-Gauthier?«, präzisierte sie.
»Ganz genau. Mit Claude Clement-Gauthier, dem bekannten Politiker, Mitglied der Nationalversammlung, Präsident des Fußballvereins …«
Isabelle hörte nicht weiter zu. Folglich hieß Thierrys Geliebte jetzt Faduma Clement-Gauthier. Ihre Initialen passten nicht zu JBD, auch nicht die ihres Mädchennamens. Mit diesem Verdacht war sie also ins Leere gelaufen. Dafür gab es eine andere Information, die allerdings ohne Belang war, sie aber privat interessierte.
»Sagtest du gerade, dass die beiden Anfang letzten Jahres geheiratet haben?«
»*Oui, oui, chérie.* Ich kann ahnen, was du gerade denkst. Demnach war Faduma in jener Nacht im Negresco eine verheiratete Frau? Du hast recht. Wie gesagt, sie hat sogar mit ihrem richtigen Namen eingecheckt. Aber wir leben in Frankreich, da kommt so was vor.«
»Ja, das tut es. Und das mag ich an unserem Land.«
Das war nicht gelogen. Isabelle liebte die Freiheit des Seins.
»Ist aber was anderes, wenn es einen selber trifft«, stellte Jacqueline fest.
»Ich bin darüber hinweg«, sagte Isabelle. »Schon längst.«
»Warum wolltest du dann plötzlich ihren Namen wissen?«
»Weil in Thierrys Terminkalender immer wieder das Kürzel JBD auftaucht. Auch am Tag nach seinem Tod. Das hätte ja seine Geliebte sein können, ist es aber nicht.«
»Jedenfalls nicht *diese* Geliebte. JBD? Ich verstehe, dass dich das interessiert. Könnte im Zusammenhang mit Thierrys Tod stehen …«
»Könnte oder auch nicht. Wir haben bislang nicht viele Spuren,

eigentlich gar keine, also müssen wir jedem kleinsten Hinweis nachgehen.«
»Viel Glück dabei. Willst du noch mit dem Alten sprechen?«
»Wäre gut, oder?«
»Ja, das wäre es, ich verbinde.«

»Hallo, *chérie*«, wurde sie von Maurice Balancourt in gewohnter Vertraulichkeit begrüßt. »*Tu vas bien?* Geht's dir gut?«
»Eine ehrliche Antwort?«
»Ich bitte darum.«
»Mir würde es besser gehen, wenn ich mit dem Mordfall weiterkäme.«
»Das wird schon noch«, beruhigte er sie. »Wie gefällt dir die Pressereferentin, die ich Richeloin interimsweise zur Seite gestellt habe?«
Isabelle lachte. »Zur Seite? Du hast ihm Chantal vor die Nase gesetzt. Wie du weißt, kenne ich sie gut. Ich bin also mehr als einverstanden.«
»Das freut mich. Sie hält dir der Presse gegenüber den Rücken frei. Fühle dich also nicht unter Druck gesetzt. So was wie gestern in Cannes kann passieren.«
»Du weißt von dem Termin?«
»Schon vergessen, ich weiß alles.«
Das war eine Marotte von Maurice. Er spielte gerne den Allwissenden. Oft verblüffte er sie tatsächlich damit, heute fiel die Erklärung leicht: Er hatte mit Chantal telefoniert.
»Das war eine Routinebefragung …«
»Natürlich, so was muss sein. Und es ist völlig normal, dass dabei nichts rauskommt. Was macht dein Team in Sanary? Schon irgendwelche Erkenntnisse?«
Er wusste also auch das.

»Noch nicht«, antwortete sie, obwohl sie sich gar nicht mal sicher war. Noch hatte sie keinen Bericht. Aber diese Blöße wollte sie sich nicht geben.

»Ja, habe ich schon gehört«, bestätigte er.

»Warum hast du mich dann gefragt?«

»Um auf Nummer sicher zu gehen. Meine Informationsquellen sind nicht immer die zuverlässigsten.«

Maurice bekam einen Hustenanfall, aber einen vergleichsweise leichten. Und erst jetzt. Er war auf dem Weg der Besserung.

25

Auf dem Weg ins Büro kaufte sie die Tageszeitung *Var-Matin* – und die Illustrierte *Paris Match*. Sie zügelte ihre Neugier und klemmte sich beides unter den Arm. Als sie bei der Bank vorbeikam, bei der Thierry sein Konto hatte, ging sie kurz entschlossen hinein. Die Filiale war klein, es gab nur einen Schalterbeamten. Sie kannten sich.

Isabelle fragte, ob Thierry die dreißigtausend Euro am Tag seines Todes bei ihm abgehoben habe. Er schaute sie verunsichert an. Offenbar musste er überlegen, ob diese Auskunft unter das Bankgeheimnis fiel. Was natürlich nicht zutraf, denn Isabelle wusste ja bereits von dieser Barauszahlung, sie kannte sogar die genaue Summe. Also konnte er es auch bestätigen. Was er denn auch tat.

Ob Thierry einen Grund genannt habe, wofür er das Geld benötige, fragte sie.

Wieder zögerte der Schalterbeamte. Dass ihm die Antwort dann doch leichtfiel, lag daran, dass Thierry keinen Verwendungszweck angegeben hatte. Er habe sich die Geldscheine in einen Umschlag stecken lassen und diesen dann lächelnd eingeschoben. Er sei freundlich und zuvorkommend wie immer gewesen. Aber wofür das Geld bestimmt sei, nein, das habe Monsieur Blès nicht gesagt. Und natürlich habe er nicht gefragt.

Schade, aber es war ein Versuch wert gewesen. Hätte ja sein können. Isabelle bedankte sich und setzte ihren Weg zum Rathaus fort. Um Clodines Laden machte sie erneut einen Bogen. Sie war nicht in der Stimmung, mit ihr zu plaudern.

Im Büro angekommen, traf sie Apollinaire geordnet und gesittet am Schreibtisch an. Nun ja, relativ für seine Verhältnisse. Die gelockerte Krawatte hatte er nach hinten über die rechte Schulter geworfen. Hinter jedem Ohr steckte ein Bleistift. Einen dritten hatte er quer im Mund. Und er hatte einen roten Kopf. Das immerhin war ungewöhnlich, denn normalerweise war Apollinaire blass wie Dracula. Außer er machte gerade einen Kopfstand, was heute nicht der Fall war.

»*Bonjour,* Apollinaire. Geht es Ihnen nicht gut?«

Er nahm den Bleistift aus dem Mund, stellte fest, dass beide Ohren schon besetzt waren, steckte ihn in die Brusttasche und begrüßte sie.

»*Salut,* Madame, danke der Nachfrage, ich bin beschwerdefrei.«

»Sie sehen aber nicht so aus.«

»Doch, doch, körperlich bin ich völlig intakt. Nervlich dagegen etwas angegriffen, das muss ich zugeben.« Apollinaire verdrehte die Augen. »Ich habe vor Kurzem eine verstörende Nachricht erhalten, die auf nüchternen Magen schwer zu verkraften ist.«

»Sie haben noch nicht gefrühstückt?«

»Zu wenig, Madame, viel zu wenig. Aber ich konnte ja nicht ahnen …«

»Was konnten Sie nicht ahnen?«

»Sie erinnern sich an Louis Boucher?«

»Der im Wald Feuer gelegt hat? Ich habe erst heute früh beim Joggen an ihn denken müssen. Man sieht im Wald noch immer Spuren des Brandes. Was ist mit ihm?«

»Nun, wie soll ich es Ihnen am besten sagen? Also, um es kurz zu machen …« Apollinaire räusperte sich. »Um es also auf den Punkt zu bringen: Dieser Boucher sitzt nicht wie angenommen im Gefängnis. Er wurde wegen guter Führung vorzeitig entlassen.«

Isabelle schluckte. Das war tatsächlich eine »verstörende Nachricht«. Gelinde gesagt. Immerhin hatte Boucher noch im Gerichtssaal verkündet, dass er seinem Ankläger am liebsten die Gurgel durchschneiden würde. War es denkbar, dass …? Nun, denkbar war grundsätzlich alles, sogar dass jemand so verrückt war, eine quasi aktenkundige Drohung in die Tat umzusetzen. Gleichwohl fiel es ihr schwer, das zu glauben. Es erging ihr ähnlich wie bei den »gelackten Pappnasen« in Cannes – ein rabiat ausgeführter Mord passte nicht zu ihnen. Dennoch konnte man sich nicht sicher sein, erst recht nicht bei einem triebgesteuerten Feuerteufel.

»Wo ist er jetzt? Wissen wir, wo er sich aufhält?«

Er sah sie erstaunt an. »Sie reagieren so gefasst? Mich beunruhigt zutiefst, dass dieser Verrückte wieder auf freiem Fuß ist.«

»Beruhigend ist es nicht«, stimmte sie ihm zu. »Aber wir sollten uns hüten, vorschnelle Schlüsse zu ziehen.«

Apollinaire beugte sich vor und fuhr mit dem Finger über den Monitor seines Computers. »Also, da steht, dass Louis Boucher vorübergehend bei seiner Schwester in Marseille wohnt. Die Adresse ist bekannt. Da steht auch, dass Boucher ein Musterhäftling war. Er ist im Gefängnis zum Islam konvertiert und betet fünfmal am Tag Richtung Mekka.«

Isabelle überlegte, ob sie unverzüglich ins Auto springen und nach Marseille fahren sollte. Ein Gedanke, den sie gleich wieder verwarf. Es brachte nichts, wie ein aufgescheuchtes Huhn in der Gegend herumzuhetzen. Gestern Cannes, heute Marseille. Das war blinder Aktionismus und hielt sie von der eigentlichen Arbeit ab – und vom Nachdenken. Eine erste Überprüfung Bouchers könnte durch Kollegen vor Ort erfolgen. Vor allem galt es herauszufinden, ob Boucher für die Tatzeit ein Alibi hatte. Auch brauchten sie eine DNA-Probe. Dann würde man weitersehen. Wichtig aber war, dass er ihnen nicht durch die Maschen schlüpfte.

Apropos DNA-Probe: Jene von Mathieu und Fabron hatte Chantal mitgenommen, die noch gestern Abend zurück nach Toulon gefahren war. Dabei hatte Apollinaire für sie ein Zimmer in der *Auberge des Maures* reserviert gehabt. Aber sie wolle ihre »Schulklasse« bei der *Police nationale* nicht zu lange alleine lassen, hatte sie argumentiert. Sonst komme noch jemand auf dumme Einfälle.

»Ich rufe in Marseille an«, erklärte Isabelle. »Dort kenne ich einen ehemaligen Kollegen aus Paris. Der soll sich Boucher vorknöpfen.«

Apollinaire nickte. »Gut so. Dann verlieren wir keine Zeit.« Er machte eine Pause und sah sie nachdenklich an. »Wenn Sie mir die Bemerkung gestatten«, sagte er, »freue ich mich zu sehen, dass Sie sich zunehmend mit dem Delegationsprinzip anfreunden und nicht immer alles alleine machen wollen.«

»Nein, die Bemerkung sei Ihnen nicht gestattet«, erwiderte sie mit einem Lächeln. Dabei hatte er recht – bis zu einem gewissen Grad.

Bevor sich Apollinaire entschuldigen konnte, was ja gar nicht nötig war, erkundigte sie sich nach der Befragung in Sanary.

Er bestätigte, was schon Balancourt angedeutet hatte. Das Team habe wirklich mit jedem gesprochen, nach eigener Aussage sogar mit dem Hund der Dorfprostituierten, aber dabei sei nichts herausgekommen. Niemand könne sich an Thierry erinnern. Wo er die Bouillabaisse gegessen haben könnte, sei unklar. Jenseits des Boulevard Courbet hätten sie sogar bei Häusern geklingelt und die Anwohner befragt.

Sogar? Genau das, dachte Isabelle, hatte sie von den Polizisten erwartet.

Außerdem hätten weder die Berufsfischer etwas gesehen, fuhr Apollinaire fort, noch die Hobbyangler. Und am Quai du Levant habe auch kein Wassersportler auf seinem Boot geschlafen, geschweige denn etwas beobachtet – *rien, rien du tout.* Die Aktion sei ein völliger Schlag ins Wasser. Es tue ihm leid, dies sagen zu müssen.

War sie enttäuscht? Nicht wirklich – aber ein klein wenig doch.

Bei den alten Griechen sei der Überbringer schlechter Nachrichten geköpft worden, sagte Isabelle. Aber in ihrem Falle genüge es völlig, wenn Apollinaire so gütig sei, einen frischen Kaffee zu machen.

Die Illustrierte *Paris Match* zählte nicht zu ihrer üblichen Lektüre. Die Tageszeitung *Var-Matin* schon eher, aber mehr der Pflicht gehorchend. Natürlich fanden sich auch in der heutigen Ausgabe gleich mehrere Beiträge über Thierry Blès. Sie reichten von einem rührseligen Nachruf eines ehemaligen Studienkollegen bis hin zu den geplanten Trauerfeierlichkeiten, deren Termin noch nicht genau feststand. Die Tätersuche der Polizei wurde nur in einem kleinen Artikel behandelt, ohne ein Wort der Kritik – wohl ein Erfolg von Chantals Journalistenpflege.

Isabelle legte die Tageszeitung zur Seite. Lange genug hatte sie den Blick in das Promimagazin *Paris Match* hinausgezögert. Sie musste nicht lange blättern. Ziemlich weit vorne stieß sie auf eine längere Bildstrecke, die die Hautevolee auf einem Galaempfang in Paris zeigte. Die Wichtigen, die Schönen und die Reichen der sogenannten feinen Gesellschaft. Rausgeputzt wie beim Filmfestival in Cannes. Gleich auf der ersten Seite: der Politiker Claude Clement-Gauthier mit seiner »wunderschönen Gattin« Faduma. Isabelle legte den Kopf zur Seite

und kniff die Augen zusammen. Einverstanden, das musste der Neid ihr lassen, die »wunderschöne Gattin« war wirklich recht ansehnlich. Sie trug ein bodenlanges rotes Kleid, figurbetont und seitlich geschlitzt fast bis zur Hüfte. Der Ausschnitt, na ja, auch nicht übel. Jedenfalls genauso, wie es sich Männer wohl erträumten. Und ihr Gesicht? Es war unfair, dass sie auf ihr Gesicht als Letztes einging, denn natürlich hatte sie als Erstes wahrgenommen, dass diese Faduma nicht nur schön war, sondern auch sympathisch rüberkam. Soweit man das auf einem Foto beurteilen konnte. Faduma war dunkelhäutig, natürlich, das wusste sie schon. Was hatte Jacqueline gesagt? Ihr Vater stammte aus Somalia. Ihr fiel die Frau des verstorbenen Musikers David Bowie ein, die sah auch unverschämt gut aus und stammte ebenfalls aus Somalia. Jacqueline hatte recht, von dort kamen schöne Frauen. Und mit einer von ihnen hatte Thierry ein Verhältnis gehabt. Fast war sie stolz auf ihn. Wenn schon, denn schon! Er hätte ihr von Faduma erzählen sollen, sie hätte es verstanden. Isabelle lächelte. Was nicht bedeutete, dass sie es toleriert hätte. Nein, das wohl eher nicht. Er hatte also eine Liebschaft mit Faduma in Paris gehabt, damals war sie noch ledig gewesen. Dann hatte sie den Politiker Claude Clement-Gauthier kennengelernt und geheiratet. Keine schlechte Partie. Sicherlich besser als Thierry, jedenfalls unter gesellschaftlichen und finanziellen Gesichtspunkten.
Isabelle kam sich vor wie eine Voyeurin. Eigentlich hatte sie nur die Initialen von Thierrys Geliebter wissen wollen, weil es da diesen ominösen Eintrag JBD in seinem Kalender gab, und jetzt schaute sie sich Fadumas Fotos an. Völlig grundlos. Rein aus Neugier. So kannte sie sich gar nicht.
Claude Clement-Gauthier war ein weißhaariger Mann von durchaus imposanter Statur. Auf einem Foto gingen sie über

den roten Teppich, er im Smoking und mit selbstbewusstem Lächeln. Auf einem anderen sah man, wie die beiden nach der Party in seine Limousine stiegen. Auch erkannte man den Chauffeur, der ihnen zu Diensten war. Vor allem aber sprang Isabelle das Datum ins Auge. Was für ein makabrer Zufall … Der Galaempfang hatte in Paris genau an jenem Abend stattgefunden, an dem Thierry in Sanary-sur-Mer seine letzte Bouillabaisse gegessen hatte, um dann zu später Stunde seinem Mörder zu begegnen.

26

Am 10. Mai 1940 begann Hitlers Offensive gegen Frankreich. Der Angriff ging als »Blitzkrieg« in die Geschichtsbücher ein. Kaum sechs Wochen später kam es am 22. Juni zum Waffenstillstand von Compiègne. Während Paris und der gesamte Norden Frankreichs nunmehr unter deutscher Militärverwaltung standen, behielt der Süden zunächst seine Unabhängigkeit. Die unbesetzte Zone wurde von der Vichy-Regierung unter Marschall Pétain verwaltet, die allerdings schon bald mit Deutschland kollaborierte – gegen die französische Résistance und zunehmend auch gegen die jüdische Bevölkerung. Im November 1942 wurde auch der freie Teil Frankreichs, die zone libre, *von den Deutschen besetzt. Im Hafen von Toulon versenkte sich die französische Flotte selbst, um zu verhindern, dass die Schiffe in die Hände des Feindes fielen. Formal blieb die Vichy-Regierung im Amt, faktisch handelte es sich um ein Marionetten-Regime. Am 15. August 1944 erfolgte mit der Operation Dragoon die Invasion der Alliierten in Südfrankreich – gut zwei Monate nach dem D-Day in der Normandie. Am 25. August 1944 zog Charles de Gaulle in das befreite Paris ein …*

Isabelle saß am späten Nachmittag im Schatten einer Markise auf der Terrasse des *Café des Arts* und las in Thierrys Buch *Sanary et les intellectuels allemands. 1933–1941.* Natürlich kannte sie die Eckdaten der französischen Geschichte während des Zweiten Weltkriegs. Dazu hätte es nicht der Zusammenfassung auf den ersten Seiten gebraucht. Aber interessant war das Kapitel trotzdem. So wurde ihr wieder ins Gedächtnis gerufen, wo die Alliierten 1944 angelandet waren, nämlich an den schönsten Stränden rund um Saint-Tropez. Wer dachte heute daran, der dort Urlaub machte, sich in der Sonne aalte und im Meer schwamm? Genau dort, wo heute Liegestühle und Sonnenschirme standen, wo Fische gegrillt, wo ausgiebig gefeiert und Rosé und Champagner getrunken wurden, waren 1944 auf tausenddreihundertsiebzig Landungsbooten jene Divisionen angelandet, die Frankreich vom Süden her befreiten.

Dahinter bis zum Horizont eine Armada von Flugzeugträgern, Schlachtschiffen, Kreuzern und Zerstörern. Aus der Luft unterstützt von fünftausend Flugzeugen. Es fiel schwer, sich das vorzustellen. Isabelle, die gerne ausgedehnte Strandspaziergänge machte, kannte die *Plage du débarquement* bei La Croix-Valmer. Sie erinnerte wenigstens im Namen an die Invasion. Tatsächlich war diese nicht nur hier erfolgt, sondern zeitgleich an fast allen großen Stränden zwischen Saint-Raphaël und Le Lavandou.

Isabelle bestellte einen *p'tit verre,* ein kleines Glas Weißwein. Sie dachte über einen anderen Abschnitt nach, den sie gerade gelesen hatte. Da kamen die Geschehnisse Fragolin noch viel näher. Sie hatte nicht gewusst, dass im *Massif des Maures* alliierte Fallschirmjäger abgesetzt wurden mit dem Auftrag, von den Höhen die Truppenbewegungen an der Küste zu observieren. Tatsächlich konnte sie von ihrer kleinen Dachterrasse das ferne Meer sehen. Ein seltsames, fast beklemmendes Gefühl beschlich sie.

Isabelle stellte fest, dass sie vom eigentlichen Thema abgekommen war. Eigentlich ging es in Thierrys Buch um die deutschen Intellektuellen, die sich nach der Machtergreifung Hitlers im

Jahre 1933 nach Südfrankreich in Sicherheit gebracht hatten. Viele von ihnen waren Juden. Zunächst konnten sich die »Exilliteraten«, wobei sich auch Philosophen, Musiker und Maler unter ihnen befanden, an der blauen Küste sicher fühlen, mit der Vichy-Regierung ab 1940 aber nicht mehr. Jetzt verstand sie, warum das Buch in der Unterzeile den Zeitraum von 1933 bis 1941 nannte. Thomas Mann, Bertolt Brecht, Lion Feuchtwanger, Stefan Zweig … die meisten von ihnen hatten sich rechtzeitig nach Amerika abgesetzt. Blieb das Rätsel, warum sich die Schriftsteller ausgerechnet den kleinen Fischerort Sanary-sur-Mer für ihr Exil ausgesucht hatten? Und es stellte sich die Frage, warum Thierry ein Buch zu diesem Thema gelesen hatte? Ein Buch über Sanary? Sie hatte das unbestimmte Gefühl, dass es hier einen Zusammenhang geben musste. Aber welchen?

Sie begann mit dem nächsten Kapitel, das Erika und Klaus Mann gewidmet war. Die ältesten Kinder Thomas Manns hätten schon 1932 ein Reisebuch über die französische Riviera veröffentlicht und damit …

»*Salut,* Madame«, wurde sie aus ihren Gedanken gerissen – und aus den Dreißigerjahren des vorigen Jahrhunderts in die Gegenwart. Vor ihr stand der Maler Sausquebord und lächelte so seltsam, wie das offenbar seine Art war, etwas verlegen, fast schüchtern. Oder täuschte der Eindruck? Denn gleichzeitig hatte er eine lässige und durchaus selbstbewusste Ausstrahlung. Das stand eigentlich im Widerspruch.

»Störe ich Sie beim Lesen, tut mir leid.«

Nun, natürlich störte er sie beim Lesen, das war ja offensichtlich. Aber es störte sie nicht wirklich.

»Keine Sorge, ich will mich nicht schon wieder an Ihren Tisch setzen.«

Sie zögerte kurz, dann deutete sie auf einen freien Stuhl.

»Ich hätte aber nichts dagegen. Nehmen Sie Platz.«

»Madame, Sie überraschen mich. Darf ich einen anderen Vorschlag machen?«
Sie zog eine Augenbraue nach oben. »Der wäre?«
»Sie wollten mich doch mal in meinem Atelier besuchen. Wie ich annehme, aus beruflicher Neugier.«
»Natürlich, warum denn sonst?«
»Na klar. Falls Sie gerade Zeit hätten, könnten wir zu meiner Bastide spazieren, und ich wäre entzückt, Ihnen einen Kaffee anzubieten oder ein Glas Wein. Bei der Gelegenheit könnten Sie sich ein wenig umsehen.«
Isabelle überlegte, dass das kein schlechter Vorschlag war. Sausquebord war ein neuer Bürger Fragolins, wenn auch wohl nur auf Zeit, er hatte seine Bastide auf Vermittlung von Thierry bekommen, was schon mal merkwürdig war, man fragte sich, wovon er die Miete bezahlte … Gründe genug, etwas mehr über ihn zu erfahren.
Hatte sie gerade Zeit? Das Buch könnte sie später zu Hause weiterlesen. Im Kommissariat war momentan nichts zu tun. Ihr Kollege in Marseille hatte Boucher noch nicht auffinden können. Da musste sie sich also in Geduld fassen. Die DNA von Mathieu und Fabron war noch nicht ausgewertet. Alles andere als ein negatives Ergebnis würde sie überraschen. Apollinaire organisierte gerade das Projekt, auf irgendeine Weise die Hohlräume zwischen den großen Steinen am Ende der Mole auszuforschen. Handy oder Tatwaffe? Im Idealfall würden sie beides finden. Nach ihrer Befürchtung aber weder noch. Die Beamten, die Sanary durchkämmt hatten, waren unverrichteter Dinge wieder abgezogen und schrieben gerade ihren Abschlussbericht. Chantal bereitete ihre Pressekonferenz vor …
Hatte sie gerade Zeit? Isabelle wäre es viel lieber gewesen, keine Zeit zu haben. Doch leider war das Gegenteil der Fall. Vielleicht tat die Abwechslung ganz gut.

»Einverstanden. Vorausgesetzt, Sie zeigen mir das Bild, an dem Sie gerade arbeiten.«

»Habe ich Ihnen versprochen, oder?«

»Ja, das haben Sie.«

Er grinste. »Ist noch nicht viel darauf zu sehen. Sie werden enttäuscht sein.«

Als sie das Café verließen, kam ihnen Marcel Perrin entgegen. Der Vizebürgermeister war nicht allein. Jasmin hatte sich bei ihm eingehängt. Offenbar hatte ihr Clodine freigegeben. Perrin und Jasmin? Das Leben war voller Überraschungen.

Auf dem Weg sprach sie mit Sausquebord über das Buch, in dem sie gerade gelesen und das sie jetzt unter den Arm geklemmt hatte – *Sanary et les intellectuels allemands*. Sie erzählte ihm vom Schicksal der im Exil gestrandeten Literaten. Er schien zum ersten Mal davon zu hören. Auf ihre Frage, ob er schon mal in Sanary-sur-Mer gewesen sei, antwortete er ausweichend. Er könne sich nicht erinnern. Cassis, Bandol, Sanary … Die kleinen Fischerorte könne man leicht verwechseln.

Eine halbe Stunde später standen sie vor dem alten Landhaus, das zum Teil verfallen war. Nur ein kleiner Teil, in dem er wohnte, war renoviert. Vor der Bastide standen Olivenbäume, Zypressen und Pinien, der Oleander blühte. In einem Teich quakten Frösche. Ein Idyll, das gerade deshalb seinen besonderen Charme hatte, weil es ungepflegt und verwildert war. Über die Mauern rankte sich Efeu, sogar über einige schief hängende Fensterläden, die offenbar schon lange keiner mehr geöffnet hatte. Unwillkürlich dachte sie an den topgepflegten Garten der Rehaklinik in Saint-Rémy zurück. Das hier war ein wohltuender Kontrast.

»Wie gefällt Ihnen meine Behausung?«, fragte Sausquebord.
»Thierry meinte, dass sie gut zu mir passt.«
»Wie kam Thierry zu dieser Annahme? Weil die Bastide langsam, aber sicher in sich zusammenfällt?«
»Ja, sie ist etwas morsch und brüchig.« Er lächelte. »Bei mir dauert es hoffentlich noch ein Weilchen, bis ich auseinanderfalle. Tja, ich weiß auch nicht, wie Thierry darauf gekommen ist, dass die Bastide zu mir passen könnte. Oder ich zu ihr ... aber er hatte recht.«
»Woher kannten Sie ihn eigentlich?«
»Aus Paris. Wir haben uns da mal in einer Bar kennengelernt. Er hatte Probleme, ich hatte Probleme. Wir haben sie gemeinsam mit Whisky bekämpft. So etwas verbindet.«
In einer Bar in Paris? Isabelle überlegte, dass diese Begegnung wohl zu jener Zeit stattgefunden hatte, als Thierry kurzfristig in Paris gelebt hatte, um dort als Politiker Karriere zu machen. Damals hatte er eine Liebschaft, die, wie sie heute wusste, Faduma hieß und bemerkenswert gut aussah.
»Probleme? Hat er gesagt, welche?«
»Nein, natürlich nicht. Bei einer Whisky-Therapie verbietet es sich, über die Ursachen einer Depression zu sprechen, das wäre kontraproduktiv.«
Interessante Sichtweise.
Er deutete zum instand gesetzten Teil des Hauses. »Wollen wir reingehen?«
»Ist dort Ihr Atelier?«
Er fuhr sich durch die langen Haare und grinste. »Nein, das wäre platzmäßig kaum zu schaffen.«
»Erst will ich sehen, wo Sie arbeiten.«
»Ach so, mein Versprechen. Damit Sie mir glauben, dass ich wirklich Maler bin.«

»Ich habe Sie gegoogelt. Ich weiß, dass Sie mich nicht angelogen haben. Jedenfalls nicht, was Ihren Beruf angeht.«
»Wie schön, dann kann ich mir ja alle weiteren Erläuterungen sparen.«
»Une image dit plus que mille mots …«
»Ein Bild sagt mehr als tausend Worte? Als Maler kann ich Ihnen nur beipflichten. Dann kommen Sie mal mit.«
Offensichtlich befand sich sein Atelier irgendwo im alten Trakt. Sie kamen an einer Scheune vorbei, wo sie durch die Ritzen und Fugen ein Auto erahnte. War das ein Oldtimer?
»Darf ich mal sehen?«
»Sie sind neugierig«, stellte er fest.
War sie das? Eher das Gegenteil. Es interessierte sie nicht, was andere Leute taten oder besaßen. Ausnahmen bestätigten die Regel. Natürlich war sie grenzenlos wissbegierig, wenn sie in einem Fall ermittelte. Und gelegentlich, eher selten, auch sonst.
Sie spähte in die Scheune.
»Ist das ein alter Jaguar?«
»Ja, ein XK 150, Baujahr 1959.«
»Eine Schönheit.«
»Wohl wahr. Aber ziehen Sie keine falschen Schlüsse.«
Er hatte recht, sie war gerade dabei, dies zu tun.
»Inwiefern?«
»Ich habe dieses Auto nicht gestohlen …«
Ihre Gedanken waren in eine andere Richtung gegangen.
»Den hatte mein verstorbener Vater in der Garage. Der Roadster war völlig vergammelt, fast schrottreif. Ich habe ihn selber wieder hergerichtet. Hat Jahre gedauert.« Er lächelte. »Jetzt müsste er nur noch anspringen.«
Isabelle hatte ein Faible für Autos. Nur so war zu erklären, dass ihr eine spontane Bemerkung herausrutschte. »Sobald er

funktioniert, können Sie mich ja mal zu einer Landpartie einladen.«

»Mit dem größten Vergnügen. Ich werde mich mit der Reparatur beeilen.«

Wie kam sie aus der Nummer raus?

»Aber ich fahre«, sagte sie in der festen Überzeugung, dass er jetzt gleich einen Rückzieher machen würde.

Wieder umspielte seine Mundwinkel jenes rätselhafte Lächeln, das sie gleichermaßen irritierte wie auf seltsame Weise anziehend fand.

»Darum würde ich sehr bitten«, entgegnete er zu ihrer Überraschung. »Ich habe nämlich keinen Führerschein.«

War das sein Ernst? Oder nahm er sie auf den Arm?

»So, jetzt zeigen Sie mir schon Ihr Atelier«, beendete sie das Thema.

Er ging zu einem schweren Eichentor, das mit einem Schloss gesichert war. »Sie sind mein erster Besucher«, sagte er.

»Ist das ein Privileg?«

»Natürlich, sogar ein sehr großes Privileg. Aber um ehrlich zu sein, wer sollte mich hier besuchen? An mir ist niemand interessiert. Außerdem lade ich niemanden ein.«

Wie sich herausstellte, war Sausquebords »Atelier« eine Halle mit großen Scheiben als Oberlichter. Ob da früher ein Gewächshaus untergebracht war? Oder eine Reithalle? Jedenfalls konnte sie sich vorstellen, dass dieser riesige und von Licht durchflutete Raum ideal war, um dort zu malen. Ungestört und abgeschieden von der Welt da draußen.

Sie sah sich staunend um. Auf den ersten Blick war die Halle leer. Dann entdeckte sie einige riesige Platten, die an den Wänden lehnten.

Wollte er diese bemalen? Eigentlich kannte sie als Untergrund nur Leinwände, die auf einem Keilrahmen aufgespannt waren.

Mit Gemälden dieser Art hatte sie bei einem vorangegangenen Kriminalfall zu tun gehabt. Aber Leinwände suchte sie hier vergebens.

Sie deutete auf die Platten.

»Werden daraus mal Bilder?«, fragte sie.

»Es sind schon welche. Auf der anderen Seite.«

»Wirklich? Warum haben Sie sie dann zur Wand gedreht?«

»Weil sie noch nicht fertig sind. Außerdem möchte ich verhindern, dass sie mich von meiner aktuellen Arbeit ablenken.«

Das wäre eine Erklärung. Aber nicht besonders glaubwürdig. Viel wahrscheinlicher war, dass er nicht wollte, dass sie seine Bilder sah. Weil sie potthässlich waren? Oder pervers? Warum auch immer.

Er hatte gerade seine aktuelle Arbeit erwähnt. Sie sah sich um. Eine Staffelei gab es nicht. Na klar, wer solch gewaltige Bretter bepinselte, hatte dafür keine Verwendung. Erst jetzt entdeckte sie am Kopfende der Halle eine Leiter. Sie stand vor einem meterhohen »Bild«, mit dem er offenbar gerade beschäftigt war. Kein Wunder, dass er bei diesem Format Probleme hatte, seine Bilder zu verkaufen.

»Ist ein bisschen groß«, stellte sie lakonisch fest. »Das passt in kein Wohnzimmer.«

Er kratzte sich am Kinn. »Stimmt, das habe ich nicht bedacht.«

Stellte sich die Frage, was das »Gemälde« darstellen sollte. Außer großen Farbflächen, die fließend ineinander übergingen, war nicht viel zu erkennen. In der linken oberen Ecke hatte er angefangen, irgendwelche Strukturen aufzutragen. Sie wirkten dreidimensional und hatten einen metallischen Glanz.

Bei Sausquebord gab es keine Farbtuben und Pinsel, die herumlagen. Stattdessen Eimer und Maurerkellen, wie man sie zum Verputzen von Mörtel verwendete. Auch entdeckte sie einen Betonmischer. Alles sah mehr nach einer Baustelle aus als nach einem Kunstatelier.

»Ich glaube, Sie sind *doch* kein Maler«, sagte sie nachdenklich.

»Im klassischen Sinne wohl nicht, da muss ich Ihnen recht geben. Ich würde mich auch eher als bildenden Künstler bezeichnen. Ich gestalte visuelle Eindrücke, die über die übliche Ausdrucksform von Gemälden hinausgehen.«

Sie deutete auf das angefangene Bild. »Was ist mit den Farbflächen?«

Er grinste. »Das ist der Untergrund. Den wird man später nicht mehr sehen.«

»Dann hätten Sie ihn doch auch weglassen können, oder?«

»Theoretisch ja, praktisch nein.«

Er konnte nicht davon ausgehen, dass sie das verstand.

»Links oben sehen Sie den Beginn meiner eigentlichen Arbeit«, fuhr er fort. »Meistens fange ich in der Mitte an.« Er grinste. »Aber diesmal wollte ich gleich hoch hinaus.«

»Fallen Sie nur nicht von der Leiter.«

»Ist mir schon passiert. Oft lege ich meine Bilder auf den Boden. Dann baue ich mir darüber ein Gestell und arbeite in Bauchlage.«

»Ist wahrscheinlich sicherer.«

»Nicht zwingend, es ist schon mal ein Gestell zusammengebrochen. Mir ist dabei nichts passiert, aber das Bild war kaputt.«

Wieder betrachtete Isabelle sein angefangenes Werk. Jetzt konzentrierte sie sich auf die Ecke mit den seltsamen dreidimensionalen Strukturen. Im Licht der Halle ging von ihnen ein merkwürdiger Glanz aus. Irgendwie suggestiv. Fast hypnotisch. Man musste nur lange genug hinschauen … Natürlich war das pure Einbildung.

»Ich kann mir nicht vorstellen, wie das fertige Bild aussehen wird«, sagte sie.

»Ich schon, in meinem Kopf ist es längst fertig.«
»Und es ist Ihnen egal, ob Ihnen jemand das Bild abkauft?«
Es dauerte, bis er antwortete. »Egal vielleicht nicht, aber ein Künstler, der vordergründig an den Kommerz denkt, hat seinen Beruf verfehlt. Oder sagen wir besser so, ihm fehlt die Berufung.«
Sie runzelte die Stirn. »Aber Sie müssen doch von was leben. Allein die Miete für diese Bastide …« Sie unterbrach sich. »Entschuldigen Sie meine Indiskretion, das geht mich wirklich nichts an.«
»Nein, tut es nicht.«
Isabelle ärgerte sich, dass sie das Thema angesprochen hatte. Aber tatsächlich interessierte es sie, wie ein Künstler, der einer verarmten Familie entstammte und nachweislich wenig bis gar keine Bilder verkaufte, über die Runden kam – und gleichzeitig so in seiner Arbeit aufgehen konnte.
Sausquebord strich sich über die Bartstoppel. »Soll ich uns Musik machen? Beim Arbeiten höre ich immer Musik.«
Er drehte sich um und ging ans andere Ende der Halle, wo sie erst jetzt mannshohe Lautsprecherboxen entdeckte. Während er die Anlage einschaltete und ihr dabei den Rücken zukehrte, folgte sie einem Reflex. Sie holte ihr Smartphone aus der Tasche und machte ein Foto von seinem Atelier – mit dem angefangenen Bild im Hintergrund. Gott sei Dank blitzte es nicht. Schnell ließ sie das Handy wieder verschwinden. Gerade noch rechtzeitig.
»Mögen Sie Klassik?«, fragte er.
»Kommt darauf an«, antwortete sie unbestimmt.
»Vorhin habe ich Chopin gehört. Eine Nocturne, cis-Moll, Opus 27. Sehr elegisch.«
Das Klavier setzte ein. Der Klang in der Halle war überwältigend. Fast bekam sie eine Gänsehaut.

Er drehte die Lautstärke zurück. »Pardon. Wenn ich alleine bin, gebe ich mir oft die volle Dröhnung. Bei Wagner klirren die Dachfenster. Übrigens ist Chopin im Alter von neununddreißig Jahren in Paris verstorben, und zwar völlig mittellos und auf die Unterstützung von Freunden angewiesen. Sie haben vorhin gefragt, wie ich finanziell klarkomme? Ich hoffe, mir bleibt Chopins Schicksal erspart.« Sein gerade noch angespanntes Gesicht löste sich. Jetzt musste er sogar lachen. »Im schlimmsten Fall verkaufe ich meinen alten Jaguar.«

Sie stimmte in sein Lachen ein. »Aber erst nach unserer Exkursion.«

27

Wenig später saß Isabelle auf ihrer Dachterrasse und wunderte sich über sich selbst. Warum hatte sie Sausquebords Einladung abgelehnt, in seinem Haus ein Glas Wein zu trinken? Manches Mal verstand sie ihre eigenen Reaktionen nicht. Gerade noch hatte sie mit ihm gelacht, dann aber von einer Sekunde auf die andere den Entschluss gefasst zu gehen. Nicht nur sie selbst hatte es nicht verstanden, er ganz offensichtlich auch nicht. Er hatte sie überrascht angesehen, aber nicht versucht, sie zu überreden. Das wiederum hatte ihr gefallen. Egal, jetzt war es nicht mehr zu ändern. Was sie hatte sehen wollen, hatte sie gesehen. Nämlich sein Atelier und womit er sich dort seine Zeit vertrieb. Für mehr war sie nicht in der Stimmung gewesen. Übrigens hatte sich Clodine getäuscht, er war definitiv nicht schwul. Aber Isabelle hatte kein Interesse, dies verbindlich herauszufinden.

Zum Abschied waren sie erneut kurz auf Thierry zu sprechen gekommen. Seine Betroffenheit schien nicht gespielt. Doch Isabelle hatte gelernt, den äußeren Anschein grundsätzlich infrage zu stellen. Auch in seinem Fall.

Sausquebord hatte sich noch gewundert, dass sie psychisch in der Lage war, in diesem Mordfall zu ermitteln. Er war sogar noch einen Schritt weiter gegangen und hatte gemeint, dass das wahrscheinlich keine gute Idee sei. Vermutlich hatte er recht. Aber eigentlich ging es ihn nichts an.

Sanary et les intellectuels allemands … Jetzt saß sie wieder auf ihrer Dachterrasse und hatte erneut das Buch zur Hand genom-

men. Es wurde ihr immer klarer, dass es wichtig war. Sie musste verstehen, warum es Thierry auf seinem Nachtkästchen hatte.
Sie schlug das erste Kapitel nach der schon gelesenen Zusammenfassung der historischen Zusammenhänge auf. Sie hatte eine Außenleuchte auf ihrer Terrasse. Also konnte sie so lange schmökern, bis sie müde wurde.
Obwohl sie mit den meisten Namen wenig anfangen konnte, weil sie in Frankreich nicht so bekannt waren wie offenbar in Deutschland und Österreich, fesselte sie das Schicksal der vertriebenen Intellektuellen. Bald verstand sie auch, warum es sie auf der Flucht vor den Nazis ausgerechnet nach Sanary-sur-Mer verschlagen hatte. Schon zuvor hatte es in dem Fischerort eine Künstlerkolonie gegeben. Sie las von den Künstlern Moïse Kisling, André Salmon und Rudolf Levy, die dort gelebt hatten. Und von dem englischen Schriftsteller Aldous Huxley. Sein Haus in Sanary habe eine amüsante Auffälligkeit, die man noch heute sehen könne. Ein Maler hatte versehentlich »Villa Huley« aufs Tor geschrieben. Huxley hatte das lustig gefunden und so belassen. Sie kam zu Jean Cocteau, der Klaus und Erika Mann auf Sanary aufmerksam gemacht hatte, von denen wiederum andere Künstler von dem kleinen Fischerort erfuhren, der ihnen wie eine Oase des Friedens vorkommen musste. Nach der Machtergreifung Hitlers machten sich die ersten Literaten auf den Weg, andere folgten. Nicht nur nach Sanary, sondern auch ins benachbarte Bandol und nach Le Lavandou. Aber Sanary-sur-Mer wurde schnell die heimliche »Hauptstadt« der deutschen Literatur. Nicht zuletzt durch den Nobelpreisträger Thomas Mann, der auf Empfehlung des elsässischen Schriftstellers René Schickele nach Sanary gelangt war. Seine Villa trug den schönen Namen *La Tranquille*. Feuchtwanger bewohnte die Villa *Valmer*. Diejenigen, die es sich nicht leisten konnten, so feudal zu residieren, wohnten oft im

Hôtel de la Tour. Isabelle erinnerte sich an dieses Haus von ihrem Spaziergang durch Sanary. Es war um einen mittelalterlichen Turm herum gebaut, der dem Hotel seinen Namen gab. Getroffen habe man sich häufig in der Brasserie *Marine*. Isabelle musste lächeln. Zufällig hatte sie genau dort ihren Rosé getrunken – und gegenüber einen Mast mit einer Überwachungskamera entdeckt.

Im Buch war eine Gedenktafel abgebildet, die an die deutschen und österreichischen Exilanten erinnerte. *Sanary: Capitale de l'exil artistique et littéraire* stand darüber, Hauptstadt des künstlerischen und literarischen Exils. Es folgten achtundsechzig Namen – von Ernst Bloch und Bertolt Brecht bis Stefan Zweig.

Sie war im Buch noch ganz vorne. Weil sie sich für die Details weniger interessierte, begann sie flüchtiger zu lesen. Irgendwann blätterte sie fast nur noch weiter. Plötzlich stockte sie. Auf einer Seite hatte Thierry einige Unterstreichungen vorgenommen und am Rand Ausrufezeichen gesetzt. Worum ging es hier? Der Autor führte aus, dass viele Immigranten auf ihrem Weg aus Deutschland oder Österreich nicht sofort nach Sanary-sur-Mer gelangt waren, sondern sich zunächst an anderen südfranzösischen Plätzen aufgehalten hatten. Meist an der Küste, einige aber auch im Hinterland und sogar im *Massif des Maures* ... Isabelle, die sich gerade noch müde gefühlt hatte, war schlagartig hellwach. Denn im Text wurde ein Ort ausdrücklich hervorgehoben: Fragolin. Von Thierry doppelt unterstrichen. Daneben drei Ausrufezeichen!!!

Wow, das war ein Hammer. Sie hatte fortwährend nach einem Grund gesucht, warum er ausgerechnet dieses Buch gelesen hatte, nach irgendeiner Verbindung. Und plötzlich lag die Erklärung schwarz auf weiß vor ihr. Thierry musste gewusst haben, dass von den geflüchteten Intellektuellen einige über Fragolin gekommen waren. Und er hatte gehofft, in diesem Buch

mehr darüber zu erfahren. *Fragolin!!!* Thierry hatte den Ort geliebt, in dem er nicht nur geboren, sondern auch Bürgermeister gewesen war. Es war eine Leidenschaft von ihm gewesen, in der Historie Fragolins nach glanzvollen Ereignissen zu suchen – von denen es leider nur kaum welche gab. Zu unbedeutend war der Ort und zu abgelegen. Aber er war dennoch schon einige Male fündig geworden. So hatte er herausgefunden, dass eine verstorbene Bürgerin in jungen Jahren dem großen Maler Henri Matisse als Tänzerin Modell gestanden hatte. Sehr viel mehr war zwar nicht dahinter gewesen, erst recht keine Romanze, wie er gehofft hatte, aber für ein kleines Museum hatte es dennoch gereicht: *La maison de Rosalie Grasson. La danseuse de Henri Matisse.* Jetzt also war er auf die Exilliteraten gestoßen und darauf, dass einige von ihnen für kurze Zeit Zuflucht in Fragolin gesucht hatten. Vielleicht waren sie auch nur auf der Durchreise gewesen? Isabelle las konzentriert weiter. Doch genauere Angaben fehlten. Bis auf den Hinweis, dass einige in der *Auberge des Maures* gewohnt hatten. Isabelle hatte nicht geahnt, dass es diese *Auberge* schon so lange gab. Aber warum sollte es in Fragolin anders sein als in Sanary mit dem *Hôtel de la Tour?* Das existierte ja auch noch.
Leider war der Abschnitt über Fragolin nur ganz kurz. Isabelle fuhr fort zu blättern, stieß aber auf keine weiteren Unterstreichungen und Ausrufezeichen mehr. Thierry war vermutlich enttäuscht gewesen. Aber immerhin, Fragolin wurde erwähnt. In einem Atemzug mit Orten wie Le Lavandou, Bandol und Sanary-sur-Mer. Doch das war's dann auch.
Sie legte das Buch zur Seite, schloss die Augen und dachte nach. Nun gut, jetzt glaubte sie zu wissen, warum er es gelesen hatte. Aber beantwortete das die Frage, weshalb er nach Sanary gefahren war? Welchen Zusammenhang könnte es geben? Ihr fiel keiner ein. Erst recht nicht, wenn sie seine vorausge-

gangene Geldabhebung in Betracht zog. Isabelle musste sich eingestehen, dass sie auf dem Schlauch stand, sie tappte im Dunkeln, sie hatte keinen blassen Schimmer … Ihr fielen gleich viele Synonyme für ihre Ahnungslosigkeit ein. Das machte es nicht besser – im Gegenteil. Das Schlimmste daran war, dass sie nun mit diesem unbefriedigenden Gefühl ins Bett gehen musste. Frustration war kein gutes Schlafmittel.

Am nächsten Morgen versuchte sie, nicht an die Stunden zu denken, in denen sie sich unruhig im Bett gewälzt hatte. Sie rannte ihre übliche Laufstrecke mehr, als dass sie joggte. Kalte Dusche, Croissant, *café au lait …*

Auf dem Weg ins Kommissariat machte sie einen Umweg über die *Auberge des Maures.* An der Rezeption traf sie die alte Concierge an, die fast immer Dienst hatte und fast schon zum Inventar gehörte. Natürlich war selbst sie zu jung, um noch die Dreißigerjahre des vorigen Jahrhunderts erlebt zu haben. Doch vielleicht konnte sie trotzdem weiterhelfen? Zunächst aber musste sich Isabelle von der Concierge anhören, wie sehr sie geschockt sei und unfassbar traurig. Sie habe Thierry fast seit seiner Geburt gekannt … Sie verdrückte ein paar Tränen. Dann fasste sie sich wieder und fragte Isabelle, was sie für sie tun könne.

Isabelle legte das Buch über die Literaten auf den Tresen.

»Hier steht, dass es die *Auberge des Maures* schon vor hundert Jahren gegeben hat, das ist ja unglaublich.«

»Pourquoi? C'est normal, n'est-ce pas?«, antwortete sie. Ihrer Meinung nach war das völlig normal. Sie war in einer Zeit aufgewachsen, in der Kontinuität der Regelfall war. Hotels und Lokale wurden über Generationen weitergeführt. Die *Auberge* gehörte ihrer Cousine.

Die Concierge setzte ihre Lesebrille auf und las den Titel des Buches. Dann sah sie Isabelle über den Rand ihrer Brille er-

staunt an. Sie klopfte mit ihrem verknöcherten Zeigefinger auf den Umschlag.
»Sind Sie deshalb hier?«, fragte sie. »Wegen dieser Schriftsteller aus dem Ausland?«
Entweder hatte die Concierge eine ungewöhnlich schnelle Auffassungsgabe, oder das Thema war ihr nicht neu.
»Sie wissen von den Deutschen, die in den Dreißigerjahren in der *Auberge* gewohnt haben?«
»Erst seit ein paar Wochen.« Sie nickte so heftig, dass ihre Lesebrille auf der Nase tanzte. »Aber seitdem weiß ich es. Leider konnte ich Thierry nicht weiterhelfen.«
»Nicht weiterhelfen? Wie meinen Sie das?«
»Thierry hat nach den Gästebüchern aus jener Zeit gefragt. Er hoffte, dass sie noch existieren.«
»Und?«
»Habe ich zunächst auch geglaubt. Aber leider sind die Gästebücher aus den Dreißigerjahren bis Ende des Krieges verschwunden. Der Hausmeister hat den Keller bis in den hintersten Winkel durchsucht. Meine Cousine hat sie auch nicht.«
Die Concierge schniefte und wischte sich eine Träne von der Wange. »Aber jetzt ist es auch egal«, stellte sie fest. »Thierry ist tot, er braucht sie nicht mehr.«
Leider, dachte Isabelle, hatte sie in diesem Punkt recht. Was nichts daran änderte, dass sie gerade die Bestätigung bekommen hatte, dass sich Thierry tatsächlich für das Schicksal der Exilanten interessiert hatte. Deshalb hatte er nach den Gästebüchern gefragt. In ihnen hatte er gehofft auf konkrete Namen zu stoßen. Was wäre das für eine Sensation, wenn sich etwa der große Thomas Mann für eine kurze oder längere Zeit in Fragolin aufgehalten hätte. Oder irgendein anderer von der Liste auf der Gedenktafel in Sanary. Thierry hätte daraus eine große Geschichte gemacht.

Isabelle bedankte sich bei der Concierge für die Auskunft. Sie verabschiedete sich und setzte ihren Weg ins Kommissariat fort. Weil sie über die Literatengeschichte nachdachte, war sie so unvorsichtig, an Clodines Laden vorbeizulaufen. Prompt kam ihre Freundin herausgestürzt, um sie zu umarmen. Das hatte noch gefehlt. Aber selber schuld.

Clodine wollte wissen, ob Isabelle schon eine Ahnung habe, welches Monster ihren geliebten Thierry umgebracht habe.

Isabelle runzelte die Stirn. *Ihren* geliebten Thierry? Vermutlich meinte sie, dass Thierry von ihnen allen geliebt wurde. Jede auf ihre Art. Jasmin trat hinzu, die ehemalige Novizin, die in ihrem Laden aushalf. Unwillkürlich dachte sie an Thierrys Verhältnis mit der schönen Somalierin Faduma. Gab es bei Männern so etwas wie ein Beuteschema?

»Also, was ist?«, riss Clodine sie aus ihren Gedanken. »Hast du eine heiße Spur?«

»Nicht wirklich«, antwortete Isabelle ausweichend. Selbst wenn sie einen Verdacht hätte, wer das »Monster« sein könnte, würde sie nicht die geringste Andeutung machen, denn Clodine konnte nichts für sich behalten. Da könnte man genauso gut ein Flugblatt verteilen. Doch leider hatte sie ja tatsächlich keine Spur, und eine »heiße« schon gleich gar nicht.

»Ich zermartere mir den Kopf«, sagte Clodine, »warum zum Teufel Thierry ausgerechnet nach Sanary gefahren ist, um sich dort umbringen zu lassen.«

So konnte man es auch formulieren. Er war wohl nicht mit der Absicht dort hingefahren, sich umbringen zu lassen, aber im Ergebnis kam es aufs Gleiche hinaus. Isabelle hielt das Buch verdeckt, sodass ihre Freundin den Titel nicht sehen konnte. Obwohl sie grenzenlos neugierig war, interessierte sie sich gerade nicht dafür. Gut so, denn sonst hätte Clodine sofort die

wildesten Spekulationen angestellt – und diese in Fragolin munter herumerzählt.
»Das ist die Frage der Fragen«, kommentierte Isabelle. »Aber bisher fehlt jeglicher Anhaltspunkt.«
»Vielleicht hatte er dort eine Freundin?«, sagte Jasmin leise.
Isabelle sah sie nachdenklich an. So abwegig war die Vorstellung nicht, sie hatte schon selber daran gedacht, erstaunlich nur, dass ausgerechnet Jasmin diese Idee hatte.
»Spinnst du?«, empörte sich Clodine. »Der Thierry hatte doch keine Freundin. Davon würde ich wissen.«
Das war amüsant. Wie kam Clodine zur Annahme, dass sie davon wissen müsste?
»Gegen eine Freundin spricht, dass er offensichtlich nicht beabsichtigt hatte, in Sanary zu übernachten«, erwiderte Isabelle.
Jasmin hielt die Hände gefaltet wie zum Gebet. »Man kann mit einer Frau intim sein, ohne die Nacht mit ihr zu verbringen«, merkte sie an. Ganz schön welterfahren für eine ehemalige Novizin. Aber wie Isabelle wusste, hatte sie davor ein anderes Leben geführt.
»Das kann man«, bestätigte Isabelle. »Aber würde man sich dabei den Magen mit Bouillabaisse vollschlagen?«
Ups, jetzt hatte sie doch etwas von ihren Ermittlungen preisgegeben. Aber nichts, was der Geheimhaltung unterlag.
Clodine riss die Augen auf. »Bouillabaisse, wirklich? Also ich kann mir ja viel vorstellen, aber das schließt sich wirklich aus. Allein der Knoblauch …«
»Der würde mich am wenigsten stören«, sagte Jasmin.
Isabelle fehlte jede Lust, dieses Thema zu vertiefen. Sie verabschiedete sich von den Mädels mit Wangenküsschen und wünschte ihnen einen erfolgreichen Tag. Auf dem Parkplatz habe sie einen Reisebus gesehen, vielleicht komme bald Kundschaft.

Im Kommissariat angekommen, traf sie Apollinaire in aufgekratzter Stimmung an. Ihr Einverständnis voraussetzend beabsichtige er, in einer halben Stunde nach Sanary aufzubrechen, um dort die Ausforschung der Hohlräume an der Mole zu überwachen. In der vagen Hoffnung, dort die Tatwaffe zu finden oder Thierrys Handy, am besten beides. Ihr Assistent liebte Außeneinsätze. Apollinaire hatte Jahre seines Lebens im Archiv der *Police nationale* verbracht, da hatte sich ein riesiger Nachholbedarf aufgestaut. Dumm nur, dass er für die Arbeit in der »freien Wildbahn« denkbar ungeeignet war. Ihm fehlte häufig die zeitliche und örtliche Orientierung, er tat sich schwer, die Verhaltensweisen der Menschen zu verstehen, und nicht selten brachte er sich in Gefahr, ohne es zu merken. Aber es war auch schon vorgekommen, dass er durch seine unorthodoxe Art überraschend erfolgreich war. Den heutigen Ausflug nach Sanary hatte er mit ihr abgesprochen. Zwar war seine Anwesenheit dort nicht nötig, aber sie wollte ihm die Freude nicht verderben – und passieren konnte diesmal auch nichts.
»Es gibt einen Wermutstropfen«, sagte sie. »Ich fahre mit.«
»Madame, das ist doch kein Wermutstropfen. Ich freue mich über Ihre Begleitung.« Um nach einer kurzen Pause des Stirnrunzelns hinzuzufügen: »Übrigens war das Wermutkraut schon in der Antike eine Heilpflanze, die Redensart ist also in gewisser Weise widersinnig.«
Isabelle musste schmunzeln. Apollinaire war eben doch ein Mann des Archivs und des gespeicherten Wissens. Fehlte nur noch, dass er den lateinischen Namen …
»Artemisia absinthium«, kam es wie aus der Pistole geschossen.
Jetzt musste sie sogar lachen, aber nur ganz kurz. Sie wollte ihn nicht verunsichern.
»Ich werde Sie bei Ihrer Arbeit nicht behindern«, sagte sie.

»Ich möchte mich nur mal erneut in Sanary umschauen, etwas umherlaufen und nachdenken.«
Er zeigte ihr eine Mappe. »Hier ist der Bericht unseres Rechercheteams. Die Arbeit war tatsächlich ergebnislos.«
»Sie musste trotzdem getan werden.«
»Ich weiß. Über eine Notiz bin ich aber doch gestolpert. Ein Angler, der seinen Lieblingsplatz direkt neben der Mole hat, ist unserem Kollegen komisch vorgekommen.«
»Inwiefern?«
»Er trägt eine rote Baseballkappe, und ihm fehlt eine Hand.«
»Was ist komisch daran?«
»Er stottert.«
Sie zog missbilligend eine Augenbraue nach oben. »Das kann es auch nicht sein, oder?«
»Nein, natürlich nicht. Dieser Angler, übrigens heißt er Gustave, hat offensichtlich in der besagten Nacht am Kai geangelt. Aber er behauptet, nichts gesehen zu haben, weil er beim Fischen eingeschlafen sei.«
»Und?«
»Was im Widerspruch zu seiner Aussage steht, dass er die Mole immer im Blick gehabt habe und deshalb sagen könne, dass der einsame Mann, der kurz vor Mitternacht auf die Mole gegangen sei, auch wieder zurückgekommen sei. So jedenfalls hat es unser Kollege aus Toulon protokolliert.«
Das war tatsächlich »komisch«. Und es war unverständlich, dass diese Zeugenaussage einfach so und unkommentiert im Bericht versteckt war.
»Ist aber trotzdem Unsinn«, befand Apollinaire. »Wenn es sich bei der Person tatsächlich um Thierry handeln sollte, wie kann er dann wieder zurückgekommen sein?«
»Weil dem eine Verwechslung zugrunde liegt«, erwiderte Isabelle. »Nicht er ist zurückgekommen, sondern sein Mörder.

Das würde zum Szenario passen, dass Thierry unter irgendeinem Vorwand auf die Mole gelockt wurde. Der Mörder hat dort auf ihn gewartet. Und ist nach ausgeführter Tat seelenruhig auf der Mole zurückgegangen. In der Nacht sind nicht nur alle Katzen grau. Gustave musste glauben, dass es sich um dieselbe Person handelte.«

Apollinaire legte den Bleistift zur Seite, auf dem er gerade herumgekaut hatte. »Das mit dem Unsinn nehme ich zurück. So könnte es gewesen sein. Aber warum hatte Gustave dann behauptet, nichts gesehen zu haben, weil er eingeschlafen war?«

»Wie Sie richtig festgestellt haben, hat sich Gustave in einen Widerspruch verstrickt. Wahrscheinlich wollte er sich mit seiner ersten Aussage die Polizei vom Leib halten, das ist normal. Dann konnte er doch seinen Mund nicht halten, ist auch normal.« Sie langte nach der Mappe und nahm sich vor, die Protokolle auf der Fahrt nach Sanary zu lesen. »Was ist mit Boucher?«, wechselte sie das Thema. »Hat sich mein Kollege aus Marseille, der sich ihn vorknöpfen wollte, schon gemeldet?«

»O ja, bitte entschuldigen Sie, hätte ich natürlich noch … Also, Sie verstehen, es ist nicht einfach, bei mehreren Tagesordnungspunkten den Überblick zu behalten und keinen zu vergessen …«

»Also?«

»Wie Sie wissen, ist Boucher zum Islam übergetreten …«

Ja, das wusste sie. Warum spielte das eine Rolle?

»Nun, er hat den betreffenden Abend in der Moschee verbracht und sowohl am Gebet zum Sonnenuntergang als auch am Nachtgebet teilgenommen.«

Wenn das stimmte, war das ein gutes Alibi.

»Gibt es dafür Zeugen?«

»Müsste es geben, sogar reichlich. Aber bislang konnte mit keinem gesprochen werden.«

»Wie lange fährt man von Marseille nach Sanary?«

»Circa eine Stunde.«
»Nach dem Abendgebet wäre es zu schaffen gewesen. Interessanter ist also das Nachtgebet. Dafür brauchen wir Zeugen. Dann wäre Boucher raus.«
»Seine DNA ist schon im Labor. Apropos DNA, die Ergebnisse für die Immobilienheinis in Cannes liegen vor.«
»Stephane Mathieu und Didier Fabron?«
»*Justement,* also, sie waren es nicht. Negativ!«
Überrascht? Nein, Isabelle war nicht überrascht, sie hatte nichts anderes erwartet. Was aber grundsätzlich nicht ausschloss, dass sie in irgendeiner Weise beteiligt waren, im Extremfall sogar als Auftraggeber. Typen wie die beiden machten sich nicht selbst ihre manikürten Finger schmutzig. Mathieu und Fabron waren bislang die Einzigen, von denen sie wusste, dass sie von Thierrys Tod profitierten. Weil mit ihm der erbittertste Gegner ihres Immobilienprojekts aus dem Weg geräumt war. Nein, sie würde Mathieu und Fabron nicht von ihrer Liste streichen. Auch deshalb, weil sie keine »Liste« hatte, die diesen Namen verdiente. Sie wollte nicht, dass sie auf null zusammenschrumpfte.
»Gibt es noch einen Tagesordnungspunkt?«, fragte sie.
»Nicht dass ich wüsste, und wenn doch, können wir ja im Auto darüber reden.«
Sie sah ihn skeptisch an. »Sie wollen fahren und gleichzeitig reden?«
Das war von ihr zwar lustig gemeint, hatte aber einen realen Hintergrund. Apollinaire war ein lausiger Autofahrer, der sich hinter dem Steuer sichtbar konzentrieren musste, der seinen Blick starr auf die Straße gerichtet hielt und das Lenkrad immer mit beiden Händen fest umklammerte. Beim Schalten musste er eine Hand wegnehmen, was ihn regelmäßig stresste.
»Es gelingt mir immer besser«, sagte er. »Obwohl Multitasking aus neurobiologischer Sicht völliger Schwachsinn ist.

Frauen können das übrigens genauso wenig wie Männer, das ist wissenschaftlich erwiesen. Wer also zwei Dinge zugleich tut, macht beides nicht richtig.«
Isabelle lächelte. »Dann schlage ich vor, dass Sie sich aufs Autofahren konzentrieren, aus Gründen der Sicherheit.«

Isabelle führte noch ein längeres Telefonat mit Chantal Lefèvre in Toulon. Die Referentin wollte mit ihr abstimmen, was sie auf der für heute angesetzten Pressekonferenz berichten konnte. Chantal sagte, dass Journalisten wie hungrige Raubkatzen seien, irgendwas müsse man ihnen zum Fraß vorwerfen. Am besten rohes Fleisch. Doch das konnte Isabelle ihr beim besten Willen nicht bieten. Sie habe nur vegetarische Kost im Angebot. Also zum Beispiel, dass es einige potenziell tatverdächtige Personen gebe, die derzeit überprüft werden. Man habe ein sehr konkretes Bild gewonnen über das, was Thierry in den Stunden vor seiner Ermordung getan habe, mit einigen Auffälligkeiten, die aus ermittlungstechnischen Gründen geheim bleiben müssten. Auch lägen erste Hinweise aus Sanary vor, denen nachgegangen werde.
Was das für »Auffälligkeiten« und »Hinweise« seien, fragte Chantal.
Isabelle wollte nichts von den dreißigtausend Euro erzählen, die Thierry am Nachmittag von der Bank abgehoben hatte. Das ging nicht einmal Chantal etwas an. Dass er am Abend Bouillabaisse gegessen hatte, irgendwo jenseits der Überwachungskamera am Boulevard Courbet, war auch nicht besonders erhellend. Und dass womöglich ein stotternder Angler mit roter Baseballkappe Thierry in der Nacht gesehen hatte, vielleicht auch seinen Mörder, war so vage, dass man es besser verschwieg. Außerdem stand kaum zu erwarten, dass die Beobachtung irgendwie weiterhalf. Wäre noch Thierrys Nacht-

lektüre über die Exilliteraten zu erwähnen – aber einen Teufel würde sie tun. Ihrem Gefühl nach war das die einzig wirklich Erfolg versprechende Spur, die nur einen gravierenden Nachteil hatte: Sie wusste nicht, wo sie herkam und wo sie hinführte. Ihr war völlig unklar, was die Literaten mit einem Mord zu tun haben könnten, der sich fast hundert Jahre später zugetragen hatte. Und aus der Tatsache, dass sich Thierry für ihre Geschichte interessierte, auch im Hinblick auf Fragolin, war vielleicht vieles abzuleiten, aber kein Mordmotiv.
Isabelle bat Chantal um Verständnis, dass sie zum jetzigen Zeitpunkt nicht mehr sagen könne. Sie könne sie allenfalls davon in Kenntnis setzen, dass am heutigen Tag mit modernstem Gerät eine Spezialuntersuchung des Tatorts durchgeführt werde. Falls dabei etwas herauskomme, würde Chantal von ihr sofort informiert werden.
Das war's. Kein rohes Fleisch, nicht einmal vegetarische Kost, allenfalls vegan. Aber Chantal war Profi genug, dass sie die hungrigen »Raubkatzen« dennoch zähmen würde.

Noch etwas wollte Isabelle vor ihrer Abfahrt erledigen. Sie versuchte, Balancourt in Paris zu erreichen, um ihm wieder einmal Bericht zu erstatten. Dazu fand sie sich verpflichtet, auch wenn es nichts Neues gab. Das Gespräch blieb ihr erspart. Wie sie von Jacqueline erfuhr, hatte Balancourt einen wichtigen Auswärtstermin – auf dem Golfplatz, aber das falle unter die Geheimhaltung.
»Es geht ihm also gut, unserem lieben alten Maurice«, stellte Isabelle lachend fest.
»Hängt vom Ausgang seiner Runde ab. Soll ich ihm was ausrichten?«
»Nein, nur liebe Grüße. Und dass ich nicht wirklich weiter bin. Leider, ist aber nicht zu ändern.«

»Hast du dir die *Paris Match* besorgt?«, fragte Jacqueline. »Mit den Fotos von Faduma und ihrem Mann?«

»Ja, habe ich. Immerhin hatte Thierry einen guten Geschmack.«

»Doch, diese Faduma sieht gut aus, das muss der Neid ihr lassen, aber vielleicht ist sie eine blöde Kuh.«

»Glaube ich gar nicht mal, sonst hätte sich Thierry nicht mit ihr eingelassen.«

»Täusch dich nicht. Beim Anblick einer tollen Frau wird bei den Männern der Verstand ausgeknipst.«

Vermutlich hatte sie recht. Auch bei Thierry? Warum nicht auch bei ihm?

»Hast du gesehen, dass der Galaempfang genau am Abend von Thierrys Tod stattgefunden hat?«, fragte Isabelle.

»Wirklich? Wie makaber.«

»Damit hätten die beiden ein Alibi.«

»Ein Alibi? Hast du das gerade ernst gemeint?«

»Nein, war ein Scherz.«

»Buh, du hast mir einen Schrecken eingejagt. Als ob Fadumas Mann gerade nicht genug Probleme hätte.«

»Claude Clement-Gauthier? Was für Probleme hat er?«

»Ich darf nicht darüber sprechen ...«

»Dann lass es.«

»Quatsch, dir darf ich es doch sagen. Clement-Gauthier wird der massiven Korruption, der Geldwäsche und weiterer Straftaten verdächtigt. Gegen ihn läuft ein geheimes Untersuchungsverfahren. Und wer hat den Vorsitz in der Kontrollkommission?«

»Ich ahne es. Unser Maurice.«

»Genau, er kann ja nicht den ganzen Tag Golf spielen.«

28

In Sanary angekommen, fuhr Apollinaire auf direktem Weg zum Quai du Levant. Dabei wählte er sogar eine Abkürzung durch ein Wohngebiet. Ihr angejahrtes Einsatzfahrzeug hatte kein Navi, und trotzdem fand er sich problemlos zurecht.

»Waren Sie schon mal hier?«, fragte sie.

»Nein, aber selbstverständlich habe ich mir vorher den Stadtplan eingeprägt.«

Selbstverständlich. Natürlich. Wie hatte sie überhaupt fragen können. Andererseits war Sanary-sur-Mer recht übersichtlich und das Ortszentrum ausgeschildert. So schwer war es also nicht. Bis auf die gewählte Abkürzung. Das Gesperrtschild für die Fußgängerzone ignorierte er. Er parkte schräg neben dem Tourismusbüro am Espace Frédéric Granet. Dort stand schon ein Fahrzeug der *Police nationale* aus Toulon. Zwei Beamte, die Overalls anhatten, sprachen mit einem Gendarmen, den sie bereits kannte. Er hatte sie bei ihrem ersten Besuch mit einer neugierigen Touristin verwechselt und rüde angeblafft. Um dann später verblüfft zu sehen, wie sie in einen Polizeiwagen stieg.

Bei ihrem Anblick bekam er einen roten Kopf und salutierte. Was wohl Ausdruck größter Verlegenheit war, denn die Gendarmerie brachte der *Police nationale* grundsätzlich keine Respektsbezeugungen entgegen. Umgekehrt übrigens auch nicht. Sie trat lächelnd auf ihn zu, schüttelte ihm die Hand und stellte sich vor. Sie wusste, dass sich seine Dienststelle in der Rue Gaillard befand. Sie fragte ihn, ob sein Chef

im Büro sei, sie würde mit ihm gerne ein paar Worte wechseln.
Der Gendarm sah auf die Uhr und stellte bedauernd fest, dass Capitaine Morel gerade beschäftigt sei. Aber er werde ihm eine Nachricht schicken und ihn bitten, so schnell wie möglich zum Quai zu kommen.
Isabelle schmunzelte. Warum musste er dazu auf die Uhr sehen? Wahrscheinlich war das Morels übliche Zeit für eine Kaffeepause. Oder für ein erstes Gläschen Wein in einem Bistro.
»Eilt nicht, ich bin noch eine Weile im Ort.« Sie deutete auf Apollinaire. »Sous-Brigadier Eustache kann mich jederzeit auf meinem *portable* erreichen.«
Anschließend begrüßte sie die Beamten in ihren Overalls. Sie hatten einige Alukoffer dabei. Darin befand sich wohl das »modernste Gerät«, von dem sie Chantal vollmundig in Kenntnis gesetzt hatte. Sie hoffte, dass es mehr war als eine Taschenlampe und eine Teleskopstange mit Spiegel. Immerhin hatte Apollinaire von einem Endoskop gesprochen. Das klang zwar mehr nach einer minimalinvasiven Untersuchung des Magen-Darm-Trakts, konnte aber dennoch zielführend sein.
»Den Einsatz leitet Eustache«, sagte sie. »Ich will dabei nicht stören.«
Sie klopfte Apollinaire aufmunternd auf die Schulter. *»Bonne chance!«*
Während das kleine Team zum Ende der Mole lief, wo sich die aufgeschichteten Felsen mit ihren Spalten und Hohlräumen befanden, wandte sie sich dem Tourismusbüro zu. Neben dem Eingang entdeckte sie die Gedenktafel, die sie schon aus Thierrys Buch kannte. Mit den Namen von achtundsechzig Exilliteraten, die in den Dreißigerjahren des vorigen Jahrhunderts

auf ihrer Flucht vor dem Naziregime in Sanary-sur-Mer gestrandet waren. Sie betrat das *Office de Tourisme* und bekam dort ein Faltblatt ausgehändigt. Es lud zu einem Spaziergang durch den Ort ein: *Flâner au cœur du village*. Auf dem Stadtplan waren nicht nur die Sehenswürdigkeiten eingetragen wie das Galli-Theater oder die Kirche Saint-Nazaire, sondern auch einige der Häuser, in denen die Emigranten gelebt hatten. So die Villa *La Tranquille* von Thomas Mann, *Le Moulin Gris* von Franz Werfel und Alma Mahler-Werfel, die Villa *Valmer* von Lion Feuchtwanger und *Le Mas de la Carreiredo* von Franz Hessel und Alfred Kantorowicz. Offenbar gab es einen Memoirenweg mit Informationstafeln zu den Exilanten.
Sie musste an Saint-Rémy denken und an den letzten Tag ihres Reha-Aufenthaltes. Auch dort hatte es einen Weg mit Informationstafeln gegeben: eine *Promenade* mit Motiven van Goghs.
Isabelles Weg führte zunächst zum Boulevard Courbet, wo Thierry von einer Überwachungskamera erfasst worden war und von wo er in westliche Richtung gelaufen war, um Stunden später auf dem Rückweg wieder aufzutauchen. Sie stellte fest, dass der Boulevard zu einem *Chemin de Croix* gehörte, einem Kreuzweg, der von hier bergan führte. Es sah ganz so aus, als ob Thierry diesen Weg eingeschlagen hätte. Ganz bestimmt nicht, um bei den *Oratoires,* den kleinen Kapellen, zu beten. Der *Chemin de Croix* führte zum Teil über Stufen, war aber alles andere als steil. Er wurde von hübschen Häusern gesäumt, die prinzipiell alle für Thierry als Ziel infrage kamen. Doch das Rechercheteam hatte überall geläutet, nicht immer wurde ihm aufgemacht, aber meistens doch – mit dem Ergebnis, dass sich keiner an Thierry erinnerte, geschweige denn, dass er irgendwo zu Gast gewesen wäre und Bouillabaisse gegessen hätte.

Sie kam zur *Chapelle Notre-Dame de Pitié*, einer pittoresken Kapelle, zu der einige Stufen hinaufführten. Hatte Thierry hier eine Kerze entzündet und sich was gewünscht? Aber erstens würde die Kerze nicht mehr brennen – und zweitens wäre sein Wunsch nicht in Erfüllung gegangen.

Sie kam zur »grauen Mühle« von Franz Werfel. Auf einer Tafel stand, dass der Dichter zusammen mit seiner Frau Alma, der Witwe des Komponisten Gustav Mahler, bis 1940 in dieser Turmvilla gelebt habe, dann seien sie zusammen mit Heinrich und Golo Mann über die Pyrenäen und Lissabon in die USA emigriert. Sie konnte sich vorstellen, dass Thierry genau solche Schilder gerne auch in Fragolin angebracht hätte, mit den Namen berühmter Literaten aus Deutschland und Österreich. Aber schon über ein einziges wäre er glücklich gewesen, zum Beispiel an der Fassade der *Auberge des Maures.*

Links zweigte eine Treppe ab, die hinunter ans Meer führte. Sie lief über den Escalier des Baux, der schöne Ausblicke auf den Hafen eröffnete. Doch sie war nicht hier, um sich an der Schönheit Sanarys zu erfreuen. Warum also dann? Sie hatte keine konkreten Erwartungen, aber es hatte noch nie geschadet, sich von allem selbst ein Bild zu machen. Auch wenn man zunächst nicht wusste, wozu es gut sein könnte.

Über die Corniche des Baux lief sie zurück zum Hafen. Am Quai Wilson lagen die bunten *pointus,* die provenzalischen Fischerboote, die sie schon bei ihrem ersten Besuch gesehen hatte. Einige trugen ein Schild, dass sie zu verkaufen seien. Ihr kam der Gedanke, dass sich Thierry für diese Boote interessiert haben könnte. Vielleicht hatte er die dreißigtausend Euro abgehoben, um sich eines dieser liebevoll restaurierten Schiffe zu kaufen? Das wäre eine ebenso einfache wie einleuchtende Erklärung für seinen Ausflug nach Sanary. Womit gleichzeitig all ihre Überlegungen hinsichtlich der Exilliteraten hinfällig wären. Vielleicht hatte er sich für die Schriftsteller zwar auch interessiert, aber nur am Rande und nicht so sehr, dass er wegen ihnen nach Sanary gefahren wäre. Isabelle blieb stehen und dachte nach. Plausibel wäre dieses Szenario schon, erst recht, wenn man Thierrys Liebe für alte Boote kannte, aber er hatte bereits ein ähnliches Fischerboot. Er hatte es von seinem Vater geerbt. Er würde es nie durch ein anderes ersetzen. Oft fuhr er alleine raus, um an der Küste entlangzutuckern: Gigaro, Cap Lardier, Cap Camarat, die Baie de Pampelonne. Sie erinnerte sich daran, wie er sie das erste Mal mitgenommen hatte. Sie hatten eine Flasche Rosé geöffnet, ein abgebrochenes Stück Baguette mit Tapenade bestrichen ... Dann hatten sie sich ausgezogen und waren ins Meer gesprungen. Schön war das gewesen. Warum hatte es nicht so bleiben können?

Isabelle gab sich einen Ruck. Es war der falsche Zeitpunkt, darüber nachzudenken. Jedenfalls verwarf sie den Gedanken, dass er sich eine dieser *pointus* hatte kaufen wollen.

Sie lief am *Hôtel de la Tour* vorbei und an der Fontaine de l'Agriculture. Gerade als sie sich wie schon bei ihrem ersten Besuch auf die Terrasse der Brasserie *La Marine* setzen wollte, klingelte ihr Handy. Apollinaire war dran, der ihr erstens berichtete, dass die »investigative Ausforschung« der Hohlräume bislang ohne Ergebnis geblieben sei, und zweitens, dass Capitaine Morel soeben eingetroffen sei, um mit ihr zu sprechen.

Sie schlug vor, sich im *Marine* zu treffen. Morel ließ ausrichten, dass er dies für eine exzellente Idee halte. Er sei gleich da. Isabelle setzte sich an einen Tisch weiter hinten, wo sie sich ungestört unterhalten konnten.

Schon kam er um die Ecke. Morel war ein stämmiger Mann, der in seiner Uniform einen schneidigen Eindruck machte.

Natürlich hatte er ein selbstbewusstes Auftreten, immerhin war er in Sanary-sur-Mer der oberste Polizeichef und entsprechend hoch angesehen. Sofort eilte eine Bedienung herbei, um ihm den besten Tisch in vorderster Reihe anzubieten. Er sah sich suchend um. Isabelle hob die Hand und winkte ihm zu. Mit jedem Schritt, den er näher kam, büßte er etwas von seiner Autorität ein. Zum einen schrumpfte seine Körpergröße, zum anderen auch seine zur Schau getragene Überheblichkeit. Ersteres lag an der Perspektive, das Zweite wohl daran, dass er es nicht gewohnt war, sich mit einer Beamtin der *Police nationale* zu treffen, die für einen Mordfall zuständig war, der sich in *seinem* Sanary zugetragen hatte, und die hier tun und lassen konnte, was sie wollte. Isabelle beschloss, nett zu sein. Was brachte es, Öl ins Feuer der verletzten Eitelkeiten zu gießen?

Sie nahm ihre dunkelgrüne Pilotenbrille ab, stand lächelnd auf und schüttelte ihm freundlich die Hand – ganz locker, ohne ihren Spezialgriff.

»Sie kommen aus Fragolin?«, fragte er, kaum dass er Platz genommen hatte. »Darf ich fragen, warum eine Kommissarin aus diesem, diesem …«

»Sagen Sie ruhig Provinzkaff«, half sie ihm auf die Sprünge.

»*Mais non,* Madame, das würde ich so nie sagen. Dennoch wundert es mich, dass Sie in einem Mordfall ermitteln, der in die Zuständigkeit von Commandant Richeloin in Toulon fällt. Allein die Tatsache, dass das Mordopfer in Fragolin Bürgermeister war, befähigt Sie doch nicht …«

Isabelle dachte, dass es sich oft nicht lohnte, allzu freundlich zu sein. »Vorsichtig, mein lieber Capitaine, ganz vorsichtig«, unterbrach sie ihn, immer noch lächelnd, aber mit kühlem Blick.

Er stockte und musterte sie. Gerne hätte sie gewusst, was ihm jetzt durch den Kopf ging. Andererseits interessierte es sie auch nicht, denn es war ohne Belang. Von seinen nächsten Worten würde der weitere Gesprächsverlauf abhängen. Warum gab es immer wieder dieses blöde Machtgerangel? Es war so was von überflüssig. Außerdem zogen die anderen eh den Kürzeren.

»*Je m'excuse,* ich bitte um Verzeihung, so habe ich das nicht gemeint.«

Natürlich hatte er es so gemeint, und zwar genau so. Aber vorläufig reichte es ihr, wenn er einen Rückzieher machte.

»Gehen Sie davon aus, dass ich sehr wohl *befähigt* bin, auch wenn Sie das vielleicht überrascht.«

Er verzog die Mundwinkel. Schließlich rang er sich ein Lächeln ab. Er gab der Bedienung ein Zeichen.

»Was wollen Sie trinken?«, fragte er.

Okay, das war die Kapitulation, er strich die Segel.

Eine *menthe à l'eau* wäre ihm womöglich zu weibisch erschienen und hätte ihn sofort wieder in sein machohaftes Denkmuster zurückfallen lassen. Ein kühles Bier tat es auch.

»Une bière pression, s'il vous plaît.«

Er nickte und hob zwei Finger.

»Bonne idée, deux fois.«

Ab jetzt nahm ihr Gespräch einen fast schon entspannten Verlauf. Natürlich missfiel es Morel ganz grundsätzlich, dass der Fall in die Zuständigkeit der *Police nationale* fiel, aber das war nicht zu ändern, so waren nun mal die Bestimmungen. Er erkundigte sich nach dem Stand der Ermittlungen. Er erwartete nicht wirklich, dass sie ihm einen tieferen Einblick gab. Dass ihre Leute gerade die Hohlräume zwischen den Felsen auf der Mole untersuchten, schien ihn zu amüsieren. Wer sich zu so einer Aktion hinreißen ließ, tappte wohl ziemlich im Dunkeln. Jedenfalls glaubte sie, dass er das dachte – und er hätte mit dieser Vermutung sogar recht.

Sie erwähnte, dass sie gerade durch den Ort spaziert und dabei über die *Exilés allemands et autrichiens* gestolpert sei. Dieses faszinierende Kapitel in der Geschichte Sanarys sei ihr völlig neu.
Capitaine Morel winkte ab. »Was soll daran faszinierend sein? Das ist bald hundert Jahre her. Kein Mensch in Sanary interessiert sich dafür.«
»Wirklich? Immerhin haben Sie eine Gedenktafel ...«
»Für den Fremdenverkehr mag es ja attraktiv sein«, polterte er los. »Aber mich nervt's. Und glauben Sie nur nicht, dass die hochnäsigen Gäste damals allzu beliebt waren. Diejenigen, die Geld hatten, vielleicht schon, aus nachvollziehbaren Gründen, vor allem dann, wenn sie es in Sanary ausgegeben haben, aber die meisten waren Hungerleider, Kommunisten, Homosexuelle, Drogenabhängige, Sexsüchtige. Dass Sanary-sur-Mer bald *Sanary-les-Allemands* genannt wurde oder sogar *Sanary-les-Boches*, dürfte den Einheimischen bitter aufgestoßen sein.«
Isabelle wunderte sich über seinen Gefühlsausbruch. Sie könnte ihm widersprechen, aber was würde es bringen? Deshalb hatte sie sich nicht mit ihm getroffen.
Sie hob ihr Bierglas und prostete ihm zu. »Kann ich mir gut vorstellen«, entgegnete sie stattdessen. »Aber ist mir auch egal. Wie Sie schon sagten, ist fast hundert Jahre her. Eine ganz andere Frage: Können Sie sich vorstellen, dass der Mord an Thierry Blès irgendwas mit Sanary zu tun haben könnte?«
Er kniff die Augen zusammen. »Wie meinen Sie das?«
»Ich habe mich falsch ausgedrückt. Also dass sein Mörder jemand aus der Bevölkerung sein könnte, so meinte ich das.«
Für Morel schien der Gedanke völlig neu zu sein. Er musste nachdenken. »War dieser Blès homosexuell?«, fragte er

schließlich. »Zu unserem Unglück haben wir eine Schwulenszene«, fuhr er fort. »Wenn er sich mit einem dieser Perversen getroffen hat, kann ich mir viel vorstellen, auch dass ihm der Schwanzlutscher den Hals durchgeschnitten hat.«

Isabelle fand seine Ausdrucksweise widerwärtig. Doch aus seiner Perspektive wäre das möglich – abgesehen von einem entscheidenden Detail.

»Dieses Szenario scheidet aus. Monsieur Blès war definitiv nicht homosexuell.«

Er lächelte spöttisch. »Da kann man sich leicht täuschen.«

»Ich weiß, bei Rock Hudson hat es auch keiner geglaubt. Aber zufällig kenne ich Thierry Blès' langjährige Freundin sehr gut. Sie hätte gemerkt, wenn er homosexuelle Neigungen gehabt hätte. Frauen spüren so was, glauben Sie mir.«

Thierrys langjährige Freundin? Ja, die kannte sie wirklich sehr gut, nämlich so gut wie sich selbst.

Morel zuckte gleichmütig mit den Schultern. »Dann halt nicht.«

»Kennen Sie einen gewissen Gustave, dem eine Hand fehlt?«, wechselte sie das Thema.

»Gustave? Natürlich kenne ich ihn. Warum?«

»Weil er in der besagten Nacht am Hafen geangelt hat. Aber er behauptet, nichts gesehen zu haben, weil er beim Fischen eingeschlafen sei.«

Morel lachte. »Das können Sie ihm glauben. Gustave trinkt am Abend immer eine Flasche Wein, mindestens. Weshalb er beim Angeln regelmäßig einschläft. Er ist schon mal mit seiner Angelrute ins Hafenbecken gefallen, konnte aber gerettet werden.«

»Warum hat er nur eine Hand?«

»Tragischer Unfall. Gustave hat früher Bootsreparaturen ausgeführt. Irgendein Idiot hat mal genau dann eingekuppelt und

Gas gegeben, als Gustave seine Hand am Propeller hatte. Das geht ratzfatz, besser als bei jedem Küchenmixer.«

»Armer Kerl.«

»Ja, daraufhin konnte er seinen Beruf nicht mehr ausüben. Gustave fischt heute weniger zum Vergnügen, sondern weil er was zum Essen braucht.«

»Und die Flasche Wein?«

Morel nickte. »Stimmt, würde er die weglassen, könnte er sich ein Essen leisten. Aber was wäre das für ein Leben?« Er grinste. »Und versuchen Sie mal eine Flasche Wein zu angeln.«

»Was ist mit dem ›Idioten‹, der ihm die Hand abgetrennt hat?«

»Weiß ich nicht, ist lange her. Ich glaube, man konnte ihm keine Schuld nachweisen.« Morel zog eine Grimasse. »Als Mörder kommt Gustave jedenfalls nicht in Betracht. In seiner verbliebenen Hand hat er Arthrose, und er war am späten Abend garantiert zu besoffen, um geradeaus zu gehen.«

»Aber vielleicht hat er doch was gesehen?«

»Ganz bestimmt hat er was gesehen, und zwar weiße Mäuse.« Mit dem Zeigefinger machte er eine drehende Bewegung neben dem Kopf. »Gustave ist schon nüchtern *un peu débile*.«

»Trotzdem möchte ich gerne mal mit ihm reden.«

Um Morels Mundwinkel zuckte es. »Sie müssen ganz schön ratlos sein, wenn Ihnen nichts Besseres einfällt, als mit Gustave zu sprechen.«

Isabelle fand, dass diese Schlussfolgerung nachvollziehbar war. Sicher war es ungeschickt gewesen, ausgerechnet ihn auf Gustave anzusprechen. Aber es war ihr nicht wichtig, was er dachte.

»Wo finde ich ihn?«, fragte sie, ohne auf seine Bemerkung einzugehen.

Morel deutete auf die ausgetrunkenen Biergläser.

»Wenn Sie die Rechnung übernehmen, lasse ich Gustave aus dem Bett holen und zum Quai bringen.«
»Einverstanden ... Übrigens fiele mir sicher was Besseres ein, als ausgerechnet mit Gustave zu sprechen. Aber ich habe mir angewöhnt, bei Ermittlungen mit jedem zu reden ... sogar mit Idioten.«
So, jetzt konnte er sich überlegen, wen sie gerade gemeint hatte. Gustave oder ihn?

Vor den Felsen am Ende des Quai du Levant standen zwei Plastikboxen, in denen Apollinaire und seine beiden »Höhlenforscher« ihre Fundstücke sammelten. Eine war fast voll mit banalen, mit merkwürdigen und auch unappetitlichen Dingen: angefangen bei einer zerbrochenen Sonnenbrille und leeren Bierdosen über diverse Zigarettenkippen und einer Tube mit Sonnencreme bis hin zu Kondomen – und einem vergammelten Dildo, der hier wohl schon länger der Verrottung ausgesetzt war. Es brauchte einige Fantasie, um sich vorzustellen, wie dieses Sexspielzeug ausgerechnet hier abhandengekommen sein konnte. Jedenfalls handelte es sich um ein ausgesprochen seltsames Potpourri von Fundstücken, das umgehend dem Abfall zugeführt werden konnte. Und die andere Plastikbox? Sie war leer bis auf ein verrostetes Brotmesser. Leider kam es als Tatwaffe nicht wirklich in Betracht, es lag mindestens schon so lange zwischen den Felsen wie der Dildo.
Apollinaire zuckte enttäuscht mit den Schultern.
»Ich habe jegliche Hoffnung fahren lassen«, sagte er theatralisch. »Wir hätten uns den Aufwand sparen können.«
»Vielleicht, aber das weiß man immer erst hinterher. Eine Frage, warum sind die Zigarettenkippen in der Abfallbox? Einige sehen doch noch recht frisch aus.«
»Äh, was sollen wir damit?«

»Sie ins Labor schicken. Vielleicht stammen sie von Thierrys Mörder?«

»Ach so, in der Tat, das wäre möglich. Warum bin ich da nicht selber draufgekommen?«

Isabelle schmunzelte. Sie hätte ihm sagen können, warum. Weil er oft viel zu kompliziert dachte und dabei das Naheliegende übersah.

»Wollen Sie aufhören?«, fragte sie.

»Wir haben uns noch eine halbe Stunde gegeben.«

»Das passt. Die Gendarmerie holt gerade den Angler, den unsere Kollegen befragt haben.«

»Gustave? Der das Kunststück vollbracht hat, die Mole trotz Tiefschlaf immer fest im Blick zu behalten?«

»Genau. Capitaine Morel von der Gendarmerie meint zwar, er wäre als Zeuge unbrauchbar. Ehrlich gesagt glaube ich das auch. Interessiert mich trotzdem, was er so erzählt.«

»Da wäre ich gerne dabei.«

»Kein Problem, Sie sehen ja, wenn er kommt.«

Isabelle ging einige Meter zurück und setzte sich außerhalb des »Suchgebiets« auf einen Felsbrocken am Rand der Mole. Sie rief ihren Kollegen in Marseille an, der Boucher am Haken hatte. Leider hatte auch er keine guten Nachrichten. Beziehungsweise waren sie schon gut, nämlich für Boucher, der tatsächlich bis spät in der Nacht in der Moschee gewesen sei. Eine Vielzahl von Zeugen bestätige das glaubhaft. Damit scheide er als Täter aus. Die Auswertung der DNA-Probe könne man sich eigentlich sparen.

Isabelle legte zwar dennoch Wert darauf, strich aber Boucher schon mal von ihrer Liste. Apollinaire hatte seine *Personnes à vérifier* auf dem Flipchart im Büro notiert. Sie führte die Liste der Verdächtigen im Kopf – was leider immer leichter fiel, weil sie gegen null tendierte.

Sie empfand es als willkommene Abwechslung, als zwei merkwürdige Gestalten entgegenkamen. Einer in der Uniform der Gendarmerie, der andere klein mit roter Baseballkappe und nicht ganz freiwillig einen Fuß vor den anderen setzend. Mehr wurde er gezogen, als dass er von selbst lief. Apollinaire, der die beiden auch gesehen hatte, eilte herbei. Sie war froh, dass Morel nicht mitgekommen war, um sich an einer »Zeugenbefragung« zu ergötzen, deren ergebnisloser Verlauf abzusehen war.
Un peu débile sei dieser Gustave, hatte er gesagt. Sogar im nüchternen Zustand. Gleich würde sie wissen, ob und inwieweit der Capitaine mit seiner Einschätzung richtiglag.
Gustave weigerte sich, ihr seine Hand zu geben. Makabrerweise hatte er ja nur eine, aber es hätte sie interessiert, wie weit seine Arthrose fortgeschritten war. Egal, denn als Täter schien er wirklich nicht in Betracht zu kommen. Thierry hätte den kleinen Mann im hohen Bogen ins Hafenbecken geworfen.
Immerhin lief Gustave nicht davon, als ihn der Gendarm losließ. Er musterte sie mit kleinen, aber hellwachen Augen. Warum war er so verstört? Weil er die Polizei nicht mochte und seine Ruhe wollte?
»Danke, dass Sie sich die Zeit nehmen«, sagte sie. »Ich hoffe, wir haben Sie nicht bei Ihrem Mittagsschlaf gestört.«
»Do … dod … doch, da … das haben Sie«, antwortete er stotternd.
»Tut mir wirklich leid. Aber Sie sind ein wichtiger Zeuge, und deshalb möchte ich mit Ihnen noch mal über die Nacht sprechen, in der Sie an der Mole geangelt haben.«
»Ich, ich angele jede … Nacht«, stellte er fest.
Das war eine vernünftige Richtigstellung, so debil war er also nicht.

»Sie haben vermutlich gesehen, wie das Mordopfer auf den Quai gelaufen ist …«

Er schüttelte energisch den Kopf. »Ich, ich habe nix gesehen, ich bin eingeschlafen.«

»Meinen Kollegen haben Sie aber gesagt, dass Sie einen Mann beobachtet haben, der zur fraglichen Zeit alleine ans Ende der Mole gegangen ist.«

Er biss sich auf die Unterlippe. »Ka … kann sein. Da war ich vielleicht kurz wach. A … aber, der Mann ist wieder zurückgekommen. Da … das kann nicht das Opf … das Opfer gewesen sein. Der … der Tote wäre ja nicht wiedergekommen. Rich … richtig?«

Er sah sie fast triumphierend an.

Wie konnte Morel behaupten, dass Gustave ein wenig debil sei? Nun gut, er stotterte, sogar ziemlich heftig, aber was er sagte, machte Sinn. Sah man mal davon ab, dass er am liebsten gar nichts gesagt hätte. Aber er wusste, dass er sich bei der ersten Befragung verplappert hatte. Also blieb er bei dieser Version.

»Sind Sie sich sicher, dass es sich um dieselbe Person gehandelt hat?«

»Wie, wie … ähm, wie, also, ich denke …«

Jetzt hatte er sich hoffnungslos verhaspelt. Seine Knopfaugen sausten hin und her. Die Aufregung war ihm anzusehen. Entweder hatte er ihre Frage nicht verstanden, oder … Warum brachte er plötzlich keinen vollständigen Satz mehr zustande?

»Darf ich helfen?«, fragte Apollinaire.

Isabelle nickte.

Apollinaire beugte sich zu Gustave hinunter. »Könnte es sein, dass es sich bei dem Mann, den Sie zuerst gesehen haben, um den Bürgermeister gehandelt hat, und dass der zweite Mann, der vom Quai zurückgekommen ist, sein Mörder war?«

Gustave runzelte die Stirn. »Wie, wie soll ich das, also, wie soll ich das wi … wissen? Ich weiß ja nicht, wie der Bürger … der Bürgermeister aus … aussieht.«
Apollinaire nickte ernsthaft. »Ist mir schon klar. Und wie sein Mörder aussieht, das können Sie auch nicht wissen.«
Einen Vorteil hatte es, dass Apollinaire bei der Befragung eingesprungen war. Umso genauer konnte sie Gustave und seine Reaktionen beobachten. Sonst wäre ihr vielleicht entgangen, dass plötzlich seine Gesichtsfarbe wechselte. Von rosig in aschfahl. Oder hatte sich gerade das Licht verändert? Eine Wolke am Himmel? Nein, keine Wolke. War er also gerade erschrocken? Weil Apollinaire unbeabsichtigt den Nagel auf den Kopf getroffen hatte? Weil Gustave sehr wohl ahnte, dass er den Mörder gesehen hatte?
Apollinaire deutete mit der einen Hand ans Ende der Mole, mit der anderen, überkreuzend, in die entgegengesetzte Richtung. Er sah Gustave fragend an. Als ob jetzt alles klar sein müsste.
Gustave wich seinem Blick aus und starrte auf den Boden.
Apollinaire schüttelte verzweifelt den Kopf und machte einen erneuten Versuch. »Hat der zweite Mann genauso ausgesehen wie der erste Mann?«, fragte er. »Oder könnte es sich um jemand anderen gehandelt haben?«
Sie hatte das Gefühl, dass Gustave die Frage längst verstanden hatte. Sie war sich sogar ziemlich sicher. Aber er wollte nicht antworten. Das war ihm nicht zu verdenken. Eine Personenbeschreibung würde er sowieso nicht geben können, dazu war es zu dunkel gewesen.
»Ka … kann sein«, gab Gustave endlich eine Antwort. »Ka … kann aber auch ni … nicht sein.«
»Ist Ihnen sonst etwas aufgefallen?«, klinkte sich Isabelle wieder ins Gespräch ein.

Atmete Gustave gerade erleichtert durch? War er froh, dass sie nicht weiter darauf herumhackte?
»Nein, mir ist nichts aufgefallen, tut mir leid.«
Was war denn das? Ein Satz, ohne zu stottern.
Isabelle überlegte, dass Gustave keinen anderen Wunsch hatte, als in Ruhe gelassen zu werden. Erst recht hatte er keine Lust, in eine Mordermittlung hineingezogen zu werden. Sie spielte mit dem Gedanken, ihm zwanzig Euro für ein Mittagessen zu geben. Aber wahrscheinlich würde er sich mit dem Geld betrinken. Das stand ihm zwar frei, doch wenn er dann ins Hafenbecken fiel, würde sie sich schuldig fühlen. Also ließ sie es sein.

29

Am Nachmittag fuhren sie zurück nach Fragolin. Gerne hätte sie bei ihrem Lieblingsstrand gestoppt, um ins Meer zu springen. Aber in Begleitung von Apollinaire wäre sie sich dabei doch ziemlich komisch vorgekommen. Sie stellte sich vor, wie er in seiner Uniform im Schatten einer Pinie saß und sich den Schweiß von der Stirn wischte, während sie eine Runde schwamm. Nein, das kam nicht infrage. Trotzdem schade.

Im Kommissariat angekommen, zog er seine Jacke aus und hängte sie auf einen Kleiderbügel an den Aktenschrank. Ganz akkurat. Er streifte den Stoff mit den Händen glatt und richtete den Kragen. Penibel war er schon, ihr Assistent. Fehlte nur noch, dass er eine Fusselrolle hervorholte.

»Tut mir leid, dass wir in Sanary keinen Erfolg hatten«, sagte er zerknirscht. Offenbar sah er den Fehlschlag als persönliche Niederlage an.

»Da können Sie doch nichts dafür.«

»War aber meine Idee ...«

»Die Idee war auch richtig. Wir dürfen nichts unversucht lassen.«

Er nickte. »Wie schon mein Lieblingsphilosoph Konfuzius in seiner unermesslichen Weisheit festgestellt hat.«

Sie sah ihn fragend an. »Was hat er festgestellt? Dass man nichts unversucht lassen soll?«

»So ähnlich. Konfuzius hat gelehrt, dass man in kleinen Dingen geduldig sein solle, sonst bringe man die großen Dinge zum Scheitern.«

Isabelle, für die es nicht neu war, dass er Konfuzius zitierte oder Laotse oder Albert Einstein, er hatte viele »Lieblingsphilosophen«, gab ihm recht. Geduld war in der polizeilichen Ermittlung eine wichtige Tugend. Auch galt es, sich beharrlich mit »kleinen Dingen« zu beschäftigen, sogar mit weggeworfenen Zigarettenkippen. Aber für diese Erkenntnis brauchte es keinen chinesischen Philosophen, das sagte einem schon der normale Menschenverstand.

»Was halten Sie von diesem Gustave?«, fragte sie.

»Er ist so harmlos wie ein Lavendelbonbon«, antwortete er.

Der Vergleich erschien Isabelle weit hergeholt. Doch dann erinnerte sie sich, dass Apollinaire den *bonbons à la lavande* aus Clodines Laden verfallen war. Sie sollte ihm mal eine Tüte mitbringen.

»Aber er ist auch ein Glückskeks«, fuhr er fort. »Wenn Sie verstehen, wie ich das meine.«

Nein, das verstand sie nicht.

»Sie kennen doch die chinesischen Kekse, in denen ein Papierstreifen mit einem Spruch versteckt ist? Dieser Gustave ist genauso, er verbirgt irgendwas. Leider kann man ihn nicht aufbrechen und den Papierstreifen rausziehen. Dann wären wir klüger.«

Isabelle musste lächeln. Ihr Assistent hatte wieder mal auf maximal umständliche Weise eine einfache Aussage getroffen. Diese aber deckte sich mit ihrem eigenen Eindruck. Sie glaubte auch, dass Gustave etwas verbarg. Er hatte mehr gesehen, als er zugab. Fragte sich nur, welchen Wert seine Beobachtung hatte und ob es sich lohnte, sie aus ihm herauszulocken. Das war wie bei Apollinaires Glückskeksen: Oft stand auf den Papierstreifen ein ziemlicher Unsinn. Aber wissen konnte man das erst hinterher, also würde sie Gustave in den nächsten Tagen erneut befragen. Vielleicht lockerte eine kleine Prämie seine Zunge? Es sollte ihr egal sein, ob Gustave sie in feste oder flüssige Nahrung investierte – oder in eine neue Angelrute.

Die nächste Stunde erledigten sie Büroarbeiten. Apollinaire schrieb ein Protokoll, in dem er akribisch genau jedes Fundstück seiner Suchaktion dokumentierte. Kein Mensch würde diese Auflistung je lesen, aber sie war ihm wichtig.
Isabelle beantwortete einige Mails. Und sie las den Bericht zur Befragung und Überprüfung von Boucher. Es gab so viele Zeugenaussagen, dass sein Alibi nicht in Zweifel gezogen werden konnte. Boucher war es nicht!
Apollinaire machte eine Pause und goss den Kaktus auf der Fensterbank. Natürlich exakt dosiert aus dem Reagenzglas. Und mit einem entsprechenden Eintrag in seinem »Feuchtigkeitszuführungsprogramm«.
»Was fällt Ihnen zum Kürzel JBD ein?«, fragte sie spontan.
»Darf ich fragen, in welchem Kontext?«
»Steht so einige Male in Thierrys Terminkalender.«
»Könnte viel bedeuten. Etwa: Just Bob Dylan.«
»Macht aber keinen Sinn.«
»Stimmt, war ja nur eine Spontanassoziation. Ich könnte bei den Einwohnern von Fragolin checken, ob jemand diese Initialen hat. Was halten Sie davon?«
»Ich bin das Einwohnerverzeichnis schon durchgegangen. Da gibt's niemanden.«
»Die Suche auf das gesamte Département auszuweiten macht wenig Sinn«, überlegte Apollinaire laut. »Da kommen zu viele Namen zusammen.«
»Wahrscheinlich. Können Sie aber trotzdem mal versuchen. Und vielleicht nicht nur Personen, sondern auch Firmen.«
Wie war Apollinaire ausgerechnet auf Bob Dylan gekommen? Wusste er, dass Thierry fast alle seine Platten hatte?

Noch im Kommissariat erreichten Isabelle zwei Anrufe. Der erste kam von Rouven Mardrinac, der sich im Landeanflug auf Paris befand. Er war also im Begriff, in ihre Zeitzone einzutauchen. Das war gut für ihre Nachtruhe, weil er sie dann nicht mehr aus dem Schlaf reißen würde. Auf ihre Frage berichtete er, dass er in Buenos Aires einen Picasso ersteigert habe. Kein wirkliches Schnäppchen, doch ein wunderbares Bild aus seiner Zeit in Antibes. Ein Cézanne sei ihm dagegen durch die Lappen gegangen. Aber die Montagne Sainte-Victoire habe er so oft gemalt, da komme es auf dieses eine Bild nicht an.

Rouven wechselte das Thema und erkundigte sich nach ihrem Befinden. Wie es schien, bereitete es ihm wirklich Sorge, dass sie sich mit Thierrys Ermordung einen Fall aufgebürdet hatte, der sie in besonderer Weise belasten könnte. Selbst empfand sie das mittlerweile gar nicht mehr so. Natürlich war sie emotional stärker betroffen als sonst. Aber im Kopf hatte sie längst auf Arbeitsmodus geschaltet. Sie versuchte, rational zu agieren. Natürlich würde sie den Menschen Thierry nicht vergessen, natürlich nicht. Aber sie konnte beides voneinander trennen.

Als Rouven nach ihrer körperlichen Verfassung fragte, brauchte sie eine Sekunde, bis sie sich an ihre Rückenoperation erinnerte. Das war ein gutes Zeichen. Sie war nicht nur beschwerdefrei, sondern fühlte sich auch wieder fit. Heute Morgen war sie ihre Joggingstrecke zum ersten Mal in hohem Tempo gelaufen. Sie konnte ihm also wahrheitsgemäß antworten, dass sie nicht mehr darüber reden müssten, sie sei wiederhergestellt.

»*Ça me plait*«, freute sich Rouven. »Dann können wir uns ja morgen Nachmittag in Saint-Tropez treffen.«

Sie schmunzelte. Rouven war noch in der Luft, machte aber bereits Termine. Wobei er dies ohne Hektik tat, sondern wahrscheinlich entspannt mit einem Whiskyglas in der Hand. Er durfte dabei sogar eine seiner geliebten Zigarillos rauchen. Ein Rauchverbot gab es für ihn nicht – immerhin gehörte ihm der Flieger.

»Wenn nichts dazwischenkommt, sehr gerne«, antwortete sie. »*À cinq heures?* Vizeadmiral Suffren?«

Sie hatten sich dort schon einige Male getroffen. Suffren war im konkreten Fall kein Lokal und keine Bar, sondern eine Statue, die an der Hafenmole stand. Gegossen aus gekaperten Kanonen. Trotz ihrer Größe oft übersehen, weil direkt davor die Luxusjachten alle Aufmerksamkeit auf sich zogen.

Isabelle hatte kaum aufgelegt, da bekam sie einen zweiten Anruf. Maurice Balancourt hatte auf die Vermittlung durch Jacqueline verzichtet und sie gleich selbst angewählt.

Auch er fing damit an, sich nach ihrem Wohlergehen zu erkundigen. Das war zwar lieb gemeint, ging ihr aber langsam auf die Nerven. Gott sei Dank hielt er sich mit dem Gesülze nicht lange auf, sondern kam gleich auf den Grund seines Anrufs zu sprechen. Natürlich wollte er zunächst wissen, wie sie bei ihren Ermittlungen vorankam. Er gab sich aber schnell mit der Erklärung zufrieden, dass sie noch nicht wesentlich weitergekommen sei. Denn in Wahrheit hatte er ein ganz anderes Anliegen.

»Jacqueline hat erzählt, du hättest dich nach Clement-Gauthier erkundigt?«

»Nicht nach ihm, sondern nach seiner Frau Faduma.«

»Klar doch, das weiß ich. Auch dass Faduma ein Verhältnis mit Thierry hatte, ist mir bekannt. Aber darum geht's mir gar nicht. Jacqueline hat dir gegenüber angedeutet, dass gegen Claude Clement-Gauthier eine geheime Untersuchung wegen Korruption und Geldwäsche läuft?«

»Hätte sie das nicht dürfen?«

»Doch, doch, kein Problem. Ich hab da nur eine Idee …«

»Bitte nicht«, unterbrach sie ihn. »Ich hasse deine Ideen.«
»Gelogen, *chérie,* in Wahrheit liebst du sie. In diesem Fall ist es ganz harmlos.«
Das sagte er immer. Sie hatte gelernt, ihm nicht zu glauben.
»Claude Clement-Gauthier hat ein Ferienhaus in Südfrankreich.«
»Schön für ihn.«
»Und zwar in Ramatuelle, also ganz in deiner Nähe.«
Die Nähe konnte sie nicht in Abrede stellen. Ramatuelle grenzte an Saint-Tropez und den Strand von Pampelonne.
»Wenn man runter ans Meer fährt, ist es nicht so weit weg, da hast du recht.«
»Er ist gestern dort eingetroffen. Zusammen mit seiner charmanten Gattin.«
»Mach's nicht so spannend. Was ist deine Idee?«
»Rein theoretisch könnte es doch nötig sein, dass du ihm und seiner Frau einen Besuch abstattest. Sozusagen im Rahmen deiner Ermittlungen. Immerhin war Faduma Thierrys Geliebte. Vielleicht hat sie ihn umgebracht? Oder Clement-Gauthier?«
»Das glaubst du doch selber nicht.«
Maurice hustete. Wohl mehr aus Verlegenheit.
»Nein, das glaube ich natürlich nicht. Außerdem haben beide ein Alibi. Zur Tatzeit waren sie nachweislich in Paris. Aber das musst du ja nicht wissen. Außerdem könnte eine Befragung Hinweise auf den wahren Täter ergeben. Als Geliebte wusste sie vielleicht was?«
»Du meinst, Faduma wusste was, was ich nicht wusste? Scheint mir sehr unwahrscheinlich. Mit ihr hatte er Sex ...«
»Mit dir auch.«
Maurice konnte ganz schön direkt sein.
»Aber nicht nur, mein lieber Maurice. Wir haben auch miteinander geredet.«

»Ach, darum geht's mir doch gar nicht. Deine Ermittlungen sollen doch nur ein Vorwand sein.«
»Ein Vorwand wofür?«
»Dass du Zugang zu seinem Haus bekommst. Dort könntest du dann ...«
»Nein!«
»Doch, das könntest du. Du könntest ein paar unserer niedlichen Hightech-Wanzen platzieren. Wir gehen davon aus, dass er in den nächsten Tagen einige wichtige Gäste empfangen wird. Es wäre wichtig zu wissen, was genau besprochen wird.«
So etwas Ähnliches hatte sie befürchtet. Ganz sicher hatte sie keine Lust, sich auf eine solche Kamikaze-Aktion einzulassen.
»Das wäre illegal«, stellte sie fest.
»Das wäre es nicht, die Aktion ist von höchster Stelle abgesegnet.«
»Dennoch würden die Aufzeichnungen von keinem Gericht als Beweismittel anerkannt.«
»Natürlich nicht, aber das spielt keine Rolle. Wir brauchen nur einige Informationen, dann können wir den Spuren nachgehen.«
Mit Argumenten war ihm offenbar nicht beizukommen. Klar doch, das hatte noch nie funktioniert. Sie überlegte, dass es nur einen einzigen Grund gab, seinem Wunsch zu entsprechen. Nicht wegen dieser verdammten Wanzen, sondern weil sie sowieso vorgehabt hatte, mit Faduma zu reden. Denn faktisch war Isabelle schon eine Weile von Thierry getrennt. Nur so war zu erklären, dass sie sich auf vieles keinen Reim machen konnte. Zum Beispiel kam sie nicht drauf, was die drei Buchstaben JBD bedeuten könnten. Womöglich hatte sich Thierry in der Zwischenzeit erneut mit Faduma getroffen? Wieder heimlich wie damals im Negresco? Vielleicht hatten sie tatsächlich miteinander geredet, auch wenn sie diese Mög-

lichkeit gerade ins Lächerliche gezogen hatte. Aber wie sollte sie Faduma in Gegenwart ihres Mannes aushorchen? Das ging nicht, folglich machte es wenig Sinn, sie in ihrem Ferienhaus aufzusuchen. Sie müsste sie woanders abfangen.

»Na, lange genug nachgedacht?«, meldete sich Maurice nach einer Pause.

»Die werden mich keine Sekunde aus den Augen lassen. Wie soll ich da deine blöden Abhördinger installieren?«

Maurice lachte. »Du bist nicht mehr auf dem neuesten Stand der Technik. Hightech-Wanzen sind so was von klein und unscheinbar, das machst du mit links.«

»Ich hab kein gutes Gefühl.«

»Dein Gefühl hat dich früher nie interessiert, du hättest es trotzdem getan.«

»Heute ist nicht früher.«

»Und morgen ist nicht mehr heute. Nun komm schon, mach dem alten Maurice eine kleine Freude.«

Isabelle gab sich einen Ruck.

»Okay, ich versuch es. Aber vielleicht komme ich nicht weiter als bis zur Eingangstür ...«

»Dann können wir es auch nicht ändern. Aber wenn du nett lächelst, schaffst du es bestimmt auf die Toilette.«

Das war ja eine tolle Perspektive.

»Glaubst du, dass seine Gäste auf dem Klo konspirative Selbstgespräche führen?«

»War ein Scherz. Morgen Vormittag bekommst du Besuch von Roger, er ist ein exzellenter Abhörexperte. Er bringt dir aus Paris die schnuckeligen Wanzen mit und erklärt dir den Umgang mit ihnen.«

»Maurice, ich hasse dich.«

»Ich weiß. Ich dich doch auch, *chérie.*«

30

Auf dem Weg nach Hause fiel ihr ein, dass ihr Kühlschrank leer war. Natürlich könnte sie bei Jacques in seinem Bistro oder beim *Café des Arts* eine Kleinigkeit zu Abend essen, aber dazu hatte sie keine Lust. In der *Alimentation* gab es tiefgefrorenen elsässischen Flammkuchen, den könnte sie ins Rohr schieben. Oder aus der *Boucherie* marinierte Lammkoteletts in die Pfanne. Salz, Pfeffer, Oregano, Thymian ... Aber das machte sie gerade nicht an, schon deshalb, weil das Grillen von Lammkoteletts eine Spezialität von Thierry gewesen war und die *côtelettes d'agneau* sie an frühere Zeiten erinnern würden. Sie wollte im Jetzt leben – und nach vorne schauen. Das war eine Überlebensstrategie. Die Erinnerung begleitete einen sowieso.

Während sie also noch unschlüssig durch die Altstadtgassen von Fragolin lief, wurde sie plötzlich von hinten angesprochen.

»*Bonsoir,* Madame Bonnet. Haben Sie heute Abend schon was vor?«

Sie erkannte die Stimme und drehte sich um. Der Maler Sausquebord grinste sie an.

Ob sie heute Abend schon was vorhatte? Wo war seine schüchterne Zurückhaltung geblieben?

Er hob einige Einkaufstüten in die Luft. »Ich hab zu viel eingekauft. Sie könnten mir beim Verzehr der Nahrungsmittel behilflich sein.«

Sie musste lachen. Er konnte nicht wissen, warum. Aber er hatte sich gerade genauso verquer ausgedrückt, wie sie es von

Apollinaire gewohnt war. Beim Verzehr der Nahrungsmittel behilflich sein? Wer sagte denn so was?
Sie hob amüsiert eine Augenbraue. »Als eine Form der Nachbarschaftshilfe?«
»Ganz genau. Außerdem haben Sie mich bei Ihrem letzten Besuch schmählich sitzen lassen. Die vorbereitete Flasche Wein musste ich alleine trinken.«
»Sie tun mir leid.«
Wieder hob er die Tüten in die Luft. »Also, was ist?«
Isabelle sah ihn skeptisch an. »Können Sie kochen?«
»Nein, überhaupt nicht. Aber bei einer *pâté de canard* muss man nur ein Glas öffnen, die *fougasse* kommt aus unserer Boulangerie, und die *velouté de tomates* ist eisgekühlt und von Jacques.«
Entenpastete, provenzalisches Hefebrot, kalte Tomatencremesuppe …
Hatte sie gerade noch überlegt, was sie zu Abend essen könnte? Nun, die Antwort war einfach.
»Einverstanden. Vorausgesetzt, Sie haben noch eine weitere Flasche Wein in der Kühlung.«
»Das ist bei mir garantiert. Zu jeder Tages- und Nachtzeit. Und nicht nur eine.«
Das hörte sich gut an. Sausquebord wurde ihr immer sympathischer.
Sie sah auf die Uhr. »In einer Stunde?«
»*Merveilleux*, ich freue mich.«

Unter der Dusche stehend, ging ihr vieles durch den Kopf. Aber ausnahmsweise nichts, was mit Thierry und seinem Tod zu tun hatte. Auch Maurice und sein Spezialauftrag beschäftigten sie nicht. Vielmehr dachte sie über ihren Vorsatz nach, im Jetzt zu leben und nach vorne zu schauen. Dazu gehörte es,

Freude zu haben und die schönen Dinge zu genießen. Allen Widerständen zum Trotz. Das war die beste Therapie gegen Depressionen. Freude bereiteten ganz einfache Genüsse – zum Beispiel wie gerade eine erfrischende Dusche. Oder ein Spaziergang am Strand – *les pieds dans l'eau*, mit den Füßen im Wasser. Oder eine spontane Einladung anzunehmen – wie heute Abend. Obwohl sie erst hinterher wissen würde, ob das wirklich eine gute Idee war.

Einen Vorteil hatte Sausquebord schon mal. Bei ihm musste man nicht nachdenken, was man anziehen sollte. So schlampig und bequem, wie es nur ging. Also ein verwaschenes Strandkleid, Ledersandalen Tropéziennes – fertig. Die Abende waren zu dieser Jahreszeit so warm, dass man keinen Pulli brauchte. Und allzu lang würde sie nicht bleiben. Schminken? Nein, ganz bestimmt nicht, sie hatte ja kein Rendezvous, sondern traf sich nur zum Essen mit einem verkrachten Maler. Die noch nassen Haare nach hinten gekämmt. Sollte sie was mitbringen? Quatsch, zur »Nachbarschaftshilfe« brauchte es das nicht.

Wenig später lief sie über die verwilderte Wiese vor Sausquebords Bastide. Sie hörte die Frösche im Teich. Sein »Atelier« war versperrt. Erst jetzt merkte sie, dass es mit einer Alarmanlage gesichert war. Was lustig war, denn wer sollte Bilder klauen, die schon keiner kaufen wollte? Außerdem waren sie so sperrig, dass man einen Lastwagen brauchte, um sie abzutransportieren.

Auch die Haustür war verschlossen. Hatte Sausquebord vergessen, dass er Besuch bekam? Sie lief zwischen Olivenbäumen und Oleander um die Bastide herum. Hinter dem Bauernhaus stieß sie auf eine große Terrasse. Sausquebord war gerade damit beschäftigt, seine Einkäufe auf einem Brett zu verteilen, das er über zwei Holzböcke gelegt hatte. In einer rostigen Eisenschale brannte Feuer. Er war barfuß, hatte seine obligatorische weiße Leinenhose an und darüber ein Hemd mit hochgekrempelten Ärmeln. Die langen Haare zum Pferdeschwanz gebunden. Ihr fiel auf, dass er keine Uhr trug, dafür einige bunte Lederarmbänder. Für einen Hippie war er zu gepflegt. Aber er sah auch nicht aus wie der Spross einer alten Adelsfamilie. Irgendwas dazwischen. Nun ja, vielleicht entsprach er sogar ein wenig dem Klischee eines Malers. Insofern war seine Erscheinung stimmig.

»War gar nicht leicht, Sie hier zu finden«, sagte Isabelle. »So versteckt hinter dem Haus.«

Er lachte. »Ich habe mich auf Ihren kriminalistischen Spürsinn verlassen.«

Aus einem blechernen Putzkübel, der mit Eiswürfeln gefüllt war, holte er eine Flasche Weißwein. Sie war schon geöffnet. Dank Rouvens schlechtem Einfluss kannte sie sich mittlerweile ein wenig bei teuren Weinen aus. Einige erkannte sie auf den ersten Blick schon am Etikett – so wie diesen Puligny-Montrachet aus dem Burgund.

Er goss zwei Gläser ein und stieß mit ihr an.

»Freut mich, dass Sie da sind. *À la vôtre!*«

»Netter Tropfen«, sagte sie nach dem ersten Schluck.

Sie war neugierig, ob er was zum Wein bemerkte. Männer neigten dazu, mit ihren Weinen anzugeben. Erst recht, wenn sie sündhaft teuer waren. Sausquebord dagegen ersparte sich jeden Kommentar. Er steckte die Flasche wieder achtlos ins Eis. Das gab einige Pluspunkte.

»Sollten wir uns nicht duzen?«, fragte er. »Wie fast alle hier im Ort?«

Sie sah ihn zögerlich an. Sprach was dagegen? Sie waren nicht in Paris, sondern in der Provence, da ging man tatsächlich weniger förmlich miteinander um.

»Warum nicht? Ich bin die Isabelle.«
»*Je suis heureux.* Und ich der Nicolas.«
Er hauchte ihr zwei Küsse auf die Wangen.
»Darf ich Isa zu dir sagen? Isabelle klingt so steif. Außerdem hieß meine Großtante so.«
Isabelle schluckte. Isa? Das war ihr Spitzname aus Kindertagen. Ihre Eltern hatten sie so genannt und ihre Oma, bei der sie in Lyon aufgewachsen war. Gelegentlich nannte sie Clodine noch so. Auch Rouven. Und Jacqueline. Isa? Das war sehr privat und vertraut, zu vertraut.
»Nicht böse sein, aber Isabelle wäre mir lieber«, antwortete sie.
»*Pas de problème.* Meine Großtante sah ganz anders aus. Ist außerdem schon lange tot.«
Sie lachte. »Dann besteht ja keine Verwechslungsgefahr.«

Stunden später war Isabelle noch immer da. Sie hatten hervorragend gegessen, was wieder mal bewies, dass dafür keine großartigen Kochkünste nötig waren. Man musste nur wissen, was schmeckt. Und die entsprechenden Delikatessen einkaufen.
Sie lagen vor der Feuerschale in zwei Liegestühlen, die Nicolas aus einer Scheune herbeigeschafft hatte. Sie unterhielten sich – über dieses und jenes, nur nicht über sich selbst. Was gut war, sogar genau richtig.
Im Eiskübel steckte bereits die zweite Flasche Wein. Von den Fröschen im Teich war auf der Terrasse hinter dem Haus nichts zu hören. Dafür zirpten die Zikaden. Und am Himmel funkelten die Sterne. Diese Formulierung, dachte Isabelle, war ein fürchterliches Klischee. Und doch stimmte es. Provenzalische Nächte waren oft so.
Sie gestand sich ein, dass sie sich gerade ziemlich wohlfühlte. Sollte sie ein schlechtes Gewissen haben? Was würde es än-

dern? Nichts, gar nichts. Also sollte sie es zulassen. Natürlich war ihr Wohlbefinden auf Nicolas zurückzuführen. Entscheidend war, dass er alles unterließ, was sie als plumpen Annäherungsversuch verstehen könnte. Er blieb auf Distanz – und kam ihr auf diese Weise doch immer näher. Sie mochte seine einschmeichelnde Plauderstimme, seine lässige Art und ... ja, und genau deshalb war es höchste Zeit zu gehen.

Isabelle gab sich einen Ruck und stand auf.

»Schön war's«, sagte sie. »Vielen Dank für den netten Abend.«

Zugegeben, das war etwas abrupt und allzu förmlich. Aber das kannte er ja bereits von ihr.

Nicolas machte keinen Versuch, sie zum Bleiben zu überreden. Auch das gefiel ihr. Schon wieder gab sie ihm Pluspunkte. Im Laufe des Abends waren einige zusammengekommen.

»Soll ich dich nach Hause fahren?«, fragte er.

»Mit deinem alten Jaguar? Springt er denn an?«

Er lächelte. »Das tut er schon lange.«

»Ich denke, du hast keinen Führerschein?«

»Stimmt. Jedenfalls kann ich ihn nicht finden. Aber gemacht habe ich ihn schon, und abgenommen wurde er mir auch nicht.«

»Ich verstehe, du hast mich nicht angelogen, aber bewusst in die Irre geführt. Machst du das häufiger?«

»Kann schon vorkommen«, gab er zu. »Das ist wie in der Malerei, auch da ist es reizvoll, mit dem allzu Vordergründigen die wahren Inhalte zu verschleiern.«

Sie sah ihn nachdenklich an. »Da hätten wir ein spannendes Thema für unser nächstes Treffen«, stellte sie fest. »Denn genau das kennzeichnet auch viele Kriminalfälle. Man darf sich von dem Vordergründigen nicht blenden lassen, die Wahrheit versteckt sich im Verborgenen.«

»Ganz schön philosophisch für zwei Flaschen Wein.«

»Ich habe sie nicht alleine getrunken. Übrigens sollte keiner von uns beiden mehr Auto fahren. Ich gehe zu Fuß, ist ja nicht weit.«

»Soll ich dich begleiten, brauchst du eine Taschenlampe?«

»Weder noch, mein lieber Nicolas. Ich bin schon groß und kann gut alleine auf mich aufpassen. Den Weg finde ich auch im Dunkeln. Außerdem kann ich mit meinem Handy leuchten.«

Zum Abschied ließ er sich doch zu einer Umarmung hinreißen. Sie war inniger, als sie es von ihm erwartet hätte. Und dauerte etwas länger. Sie hatte nichts dagegen.

31

Als sie am nächsten Morgen ins Kommissariat kam, wartete dort bereits der Abhörspezialist aus Paris. Roger führte mit Apollinaire ein »Fachgespräch«, in dem es um Funkreichweiten ging, um Sendefrequenzen und Richtungscharakteristiken. Es war ihr neu, dass sich Apollinaire auf diesem Gebiet auskannte. Wahrscheinlich tat er es auch nicht, aber er hatte eine verblüffend schnelle Auffassungsgabe.

Sie holte sich einen Kaffee, dann setzte sie sich mit Apollinaire an den Besuchertisch, um sich vom Experten seine kleinen »Wunderwanzen« zeigen zu lassen. Maurice hatte recht gehabt, seit ihrem Ausscheiden aus dem aktiven Dienst hatte die technische Entwicklung einen Quantensprung hingelegt. Die Dinger waren teuflisch klein und sahen völlig harmlos aus. Man konnte sie wie kleine Filzkugeln unter ein Sofa rollen lassen oder unter ein Regal. Im schlimmsten Fall wurden sie von der Putzfrau aufgesaugt. Jetzt verstand sie aber auch Maurice' Bemerkung mit der Toilette. Denn diese Zauberkügelchen waren zwar ausgesprochen hellhörig, hatten aber eine geringe Reichweite. Weshalb es eines Transponders bedurfte, der sich etwa in der Gästetoilette verstecken ließ und der die aufgefangenen Signale per GSM weiterleitete. Die Unterweisung dauerte nicht lange. Man konnte nicht viel falsch machen – außer sich erwischen lassen.

Roger gab ihr seine Handynummer und sagte, sie solle ihm nach Beendigung der Aktion Bescheid geben.

Sie machte ihn auf die hohe Wahrscheinlichkeit eines Fehlschlages aufmerksam. Sie hielt es für möglich, dass sie schon

am Betreten der Villa gehindert wurde. Aber den Versuch würde sie machen. Bliebe die Frage nach dem richtigen Zeitpunkt für ihren Besuch.
»Noch heute, möglichst bald. Gegen Mittag wäre gut«, stellte Roger fest. »Da sollte Clement-Gauthier nach unserem Kenntnisstand daheim sein.«
Isabelle mochte es nicht, Aktionen zu überstürzen. Eine vernünftige Planung war besser als jede noch so geniale Improvisation. Doch was sollte sie im konkreten Fall planen? Kam hinzu, dass sie sich nicht wirklich in der Verantwortung sah. Maurice hatte sie in dieses Abenteuer gestürzt. Sie war nicht mehr als ein Bote, der eine Ware abzuliefern hatte, in diesem Fall kleine schnuckelige Abhörgeräte. Wenn ihr aber kein Einlass gewährt wurde, konnte sie nichts dafür. Dann ging die Ware zurück an den Absender. Und sie hätte den Kopf wieder frei, sich auf ihren eigentlichen Fall zu konzentrieren. Dass dieser dennoch in ihren Besuch bei Clement-Gauthier hineinspielte, stellte eine gewisse Herausforderung dar. Denn irgendwie musste sie beides im Auge behalten.

Sie hatte keine Sekunde daran gedacht, Apollinaire mitzunehmen. Bei heiklen Außeneinsätzen stellte er mit seiner tollpatschigen Art ein unkalkulierbares Sicherheitsrisiko dar. Doch er hatte sie fast flehentlich darum gebeten. Schließlich war ihr der Gedanke gekommen, dass er tatsächlich hilfreich sein könnte. Und zwar nicht trotz, sondern gerade wegen der Konfusion, die er häufig auslöste. Apollinaire stolperte gerne über Teppiche, er stieß schon mal versehentlich ein Glas vom Tisch oder verwechselte die Türen. Dafür brauchte er keine Anleitung, das passierte ihm intuitiv. Wenn sie tatsächlich Zugang zu Clement-Gauthiers Villa bekommen sollten, könnte er also genau für jene verwirrenden Momente sorgen,

die ihr Gelegenheit gaben, unbemerkt ihren Auftrag auszuführen.
So kam es, dass sie beide kurz vor zwölf Uhr im Wagen der *Police nationale* in Ramatuelle vorfuhren. Von der Straße war die Villa nicht zu sehen. Hohe Eisengitter und eine dichte Hecke versperrten die Sicht. Das Tor war videoüberwacht. Isabelle fürchtete, dass ihre Mission schon hier enden könnte. Bevor sie läuten konnte, meldete sich schon eine Stimme im Lautsprecher. Offenbar hatte die Security alles im Blick. Freundlich, aber bestimmt wurde sie nach dem Grund ihres Besuchs gefragt. Ebenso freundlich und nicht weniger bestimmt antwortete sie, dass sie von der *Police nationale* aus Fragolin sei und Monsieur Clement-Gauthier respektive seine Gattin zum Tod des Bürgermeisters Thierry Blès befragen müsse. Es könne sein, dass sie Beobachtungen gemacht hätten, die bei den Ermittlungen weiterhelfen könnten. Sie sei den Herrschaften sehr zu Dank verpflichtet, wenn sie sich kurz Zeit für sie nehmen könnten.
»Bitte warten Sie einen Moment. Ich muss fragen.«
Apollinaire, der ebenfalls ausgestiegen war, richtete seine Krawatte und überprüfte die Knöpfe seiner Uniformjacke. Isabelle wettete mit sich zwei zu eins, dass ihnen der Zutritt gleich verweigert würde.
Der Moment zog sich in die Länge. Isabelle erhöhte auf drei zu eins.
Dann ertönte zu ihrer Überraschung ein Summton, und das Tor öffnete sich. Von hier führte eine gekieste Auffahrt durch eine parkähnliche Anlage. Zu weit zum Laufen. Apollinaire startete den Wagen, und sie fuhren durch eine Zypressenallee zur Villa, die sehr repräsentativ war. Unter einem Ferienhaus hatte sie sich was anderes vorgestellt. Aber Claude Clement-Gauthier war ja nicht irgendwer, sondern ein prominenter Politiker, Mitglied der Nationalversammlung, Präsident eines

Fußballvereins ... und womöglich korrupt und in kriminelle Machenschaften verstrickt.
Sie hielten vor dem Eingang, wo sie von einem kräftigen Mann erwartet wurden, der sich um einen freundlichen Gesichtsausdruck bemühte und sich als Pépin Roux vorstellte. Er sei der persönliche Assistent von Monsieur Clement-Gauthier. Grinsend ergänzte er, dass er auch sein Chauffeur und Leibwächter sei, sozusagen das Mädchen für alles. Im Augenblick sei er auch der Butler, dem es eine Ehre sei, den Besuch in den Pavillon zu begleiten, wo sie vom Herrn des Hauses erwartet würden.
Er machte nicht den Eindruck, dass der Besuch der Polizei für Aufregung sorgte. Weder bei ihm noch bei seinem Chef. Da hatte sich Isabelle also getäuscht. Womöglich stimmte es, dass Clement-Gauthier nichts von der Untersuchung wusste, die gegen ihn im Gange war. Und selbst wenn, käme in diesem Zusammenhang keine unbedeutende Provinzpolizistin aus Fragolin zu ihm. Mit einem ermordeten Bürgermeister wie Thierry Blès hatte er sowieso nichts zu tun. Also konnte er dem Gespräch entspannt entgegensehen. Sie hätte dennoch gedacht, dass er sich verleugnen ließ oder schlicht keine Zeit hatte.
Roux führte sie durch eine imposante Eingangshalle, mit Marmorboden und einem mächtigen Kronleuchter. Blickfang aber war ein großes Ölgemälde mit einem Porträt von Faduma. Es hing an der Wand wie eine Trophäe.
Sie gingen nach links durch einen kleinen Flur, dann öffnete sich ein halbrunder Pavillon mit schöner Aussicht auf den Park.
Clement-Gauthier kam ihr entgegen. Im Tennis-Outfit und etwas verschwitzt. Mit Stirnband im weißen Haar und braun gebrannt.
»Sie haben mich gerade vor einem Satzverlust bewahrt«, sagte er mit einem Lächeln, von dem Isabelle nicht sagen konnte, ob

es ehrlich war oder zur Routine eines Politikers zählte, der in der Öffentlichkeit stand und auf seine Sympathiewerte achten musste.

»Dann muss ich ja kein schlechtes Gewissen haben«, antwortete Isabelle. Auch sie mit einem Lächeln und um eine gute Atmosphäre bemüht. »Ich will Sie auch gar nicht lange aufhalten. Monsieur Roux hat Ihnen ja wahrscheinlich schon gesagt, dass ich aus Fragolin komme und im Mordfall Thierry Blès ermittle.«

Clement-Gauthier nickte. Er schaffte es, schlagartig betrübt dreinzublicken. Auch das beherrschten die meisten Politiker.

»Eine schreckliche und verabscheuungswürdige Tat. Ich hoffe inständig, dass der Mörder so schnell wie möglich gefasst wird.« Er machte eine Pause und nahm sein Stirnband ab. »Nur habe ich leider keine Ahnung, wie ich Ihnen in der Angelegenheit weiterhelfen könnte. Monsieur Blès war mir persönlich nicht bekannt.«

Sie zögerte kurz. Was hatte gerade Priorität? Die Platzierung der Wanzen oder der Mordfall? Natürlich ging es in erster Linie um die Abhöraktion. Deshalb war sie hier. Die Ermittlungen im Mordfall waren nur ein vorgeschobener Grund. Um aber glaubwürdig zu bleiben, musste sie mit dem Thema weitermachen. Außerdem war es durchaus spannend zu sehen, wie er darauf reagierte.

»Ich verspreche mir auch nichts von unserem Gespräch«, erwiderte sie. »Das ist eine reine Routinebefragung. Wir reden mit jedem, der Kontakt zu Thierry Blès hatte, in der Hoffnung, irgendeinen Hinweis zu bekommen.«

Er wischte sich mit dem Stirnband den Schweiß ab.

»Aber ich sagte doch gerade, dass ich diesen Thierry Blès nicht kannte.«

Das mochte sogar stimmen, aber die Antwort ärgerte sie trotzdem. Weshalb sie auf diplomatische Umwege verzichtete. Entsprechend direkt fiel ihre Erwiderung aus.

»Sie nicht«, sagte sie, »aber Ihre Frau!«
Peng, das hatte gesessen. Clement-Gauthier rang sichtbar um Fassung. »Das ist lange her«, antwortete er kurzatmig. »Das war vor unserer Ehe.«
Sollte sie ihm verraten, dass er mit dieser Annahme danebenlag, dass ihm seine schöne Frau Hörner aufgesetzt hatte? Ihm, dem mächtigen Politiker? Oder wusste er es längst?
»Ich weiß«, entgegnete sie stattdessen. »Deshalb rechne ich auch nicht damit, dass uns Ihre Gattin was sagen könnte. Aber am besten fragen wir sie selbst. Wo ist sie eigentlich?«
Clement-Gauthier warf Roux, der mit Apollinaire an der Seite stand, einen schnellen Blick zu.
»Tut mir leid, aber das wird nicht gehen. Meine Frau hat Migräne und liegt im Bett.«
»Könnte sie nicht trotzdem …?«
Roux meldete sich mit einem Räuspern zu Wort. »Madame hat eine Schlaftablette genommen. Sie ist für die nächsten Stunden nicht ansprechbar.«
Clement-Gauthier zuckte mit den Schultern. »Sie haben es gehört. Sie müssen also mit mir vorliebnehmen.« Und an Roux gewandt: »Können Sie mir bitte ein Glas Wasser bringen!«
Hatte er einen trockenen Mund? Vom Tennis oder weil ihn das Gespräch zunehmend stresste?
»Wollen Sie auch was trinken?«, fragte er der Höflichkeit halber.
»Ja, ein Glas Wasser wäre nett.«
Roux machte sich auf den Weg in einen weiteren Flur, der offenbar in eine Küche führte.
»Warten Sie, ich komme mit«, sagte Apollinaire. »Ich kann Ihnen beim Tragen helfen. Außerdem hätte ich auch gern ein Glas.«
Ohne eine Antwort abzuwarten, lief er hinterher.

Clement-Gauthier ließ sich in einen Sessel fallen. Er machte einen erschöpften Eindruck. Was ihm wohl gerade alles durch den Kopf ging?
»Faduma und ich waren aufrichtig erschüttert, als wir vom Mord an Thierry Blès gehört haben. Am betreffenden Abend waren wir auf einem Galaempfang. Man stelle sich vor, wir trinken in Paris Champagner, und gleichzeitig wird einem früheren Bekannten meiner Frau in Sanary die Kehle durchgeschnitten. Das Leben ist voller dramatischer Gegensätze.«
Der Mann hatte recht, gegensätzlicher ging es kaum. Gerade wollte sie an seinen Gedanken anknüpfen, da hörten sie ein Scheppern und danach einen dumpfen Schlag.
Clement-Gauthier sprang auf und eilte zum Flur in die Küche. Auch Isabelle reagierte schnell, aber ganz anders. Sie holte einige Abhörkugeln aus der Tasche und verteilte sie in Windeseile unter einer Couch, unter einer Glasvitrine und in einem Bücherschrank hinter den gesammelten Werken von Alexandre Dumas. Erst dann spurtete sie Clement-Gauthier hinterher.
Fast hätte sie lachen müssen, als sie Apollinaire hingestreckt am Boden liegen sah. Er hatte ihre Erwartungen nicht enttäuscht. Irgendwas passierte ihm immer. Roux deutete auf einen Vorsprung in der Mauer. Er war so weit oben, dass er für normalwüchsige Menschen keine Gefahr darstellte. Aber Apollinaire war himmellang – und offenbar mit dem Kopf voll dagegen gerannt. Dabei war das Tablett mit den Gläsern zu Bruch gegangen. Gemeinsam halfen sie ihm wieder auf die Beine. Roux brachte einen Eisbeutel, damit er sich die Stirn kühlen konnte. Apollinaire bat tausendmal um Entschuldigung. Es tue ihm so leid, er sei untröstlich. Nein, er müsse sich nicht hinlegen, er sei wohlauf. Weil er dabei aber beträchtlich hin und her schwankte und sich an der Wand festhalten musste, bestand Clement-Gauthier darauf, dass er sich für einen

Moment hinlegte. Er öffnete die Tür zu seinem Arbeitszimmer, wo eine Chaiselongue stand, die für Apollinaire zwar viel zu kurz war, ihm aber eine Ruhepause ermöglichte – mit dem Eisbeutel auf dem Kopf und leise vor sich hin jammernd.
Während Roux bei Apollinaire blieb, ging Isabelle mit Clement-Gauthier zurück in den Pavillon. Sie fragte, ob es wohl in den nächsten Tagen mal möglich sei, mit seiner Gattin Faduma zu sprechen. Auf die Antwort war sie wirklich gespannt.
Er schüttelte bedauernd den Kopf. Leider sei Faduma derzeit etwas angeschlagen, weshalb er der *Madame le Commissaire* keine große Hoffnung machen könne.
Isabelle erinnerte sich an die Fotos vom Galaempfang. Vor wenigen Tagen noch hatte Faduma auf dem roten Teppich posiert und sich offenbar bester Gesundheit erfreut. Was war mit ihr los? Hatte sie wirklich Migräne? Oder wollte ihr Mann verhindern, dass man mit ihr sprach? Wenn ja, warum? Weil die Nachricht von Thierrys Tod Faduma emotional schwer getroffen hatte? So schwer, dass es zu einem Zusammenbruch gekommen war? Was ihrem Mann nicht gefallen haben dürfte, denn die Reaktion würde nicht zu einer längst verflossenen Liebschaft passen, sie spräche vielmehr dafür, dass sie alles andere als vorbei war.
All das ging ihr spontan durch den Kopf. Auch dass ihre Überlegung nur hypothetischen Charakter hatte, deshalb aber nicht falsch sein musste. Und mit der Schlussfolgerung, dass aus dieser Perspektive auch ihre eigene Beziehung zu Thierry in einem neuen Licht erschien.
Isabelle fand, dass die Gelegenheit gekommen war, nach der Toilette zu fragen.
Clement-Gauthier schien von ihrem Besuch zunehmend genervt. Aber die Toilette konnte er ihr nicht verweigern. Er

zeigte ihr den Weg, dann ließ er sich auf die Couch fallen, jene, unter der sie die erste Wanze platziert hatte. Trotz der Größe des Hauses war die Gästetoilette gleich um die Ecke, was angesichts der geringen Reichweite der kleinen Zauberkugeln von Vorteil war. Sie schloss hinter sich ab und sah sich um. Der Raum war bis zur Decke gekachelt, alles war blitzsauber, die Handtücher waren akkurat gestapelt, und der Spiegel über dem Waschbecken war fugenlos in die Wand eingepasst. So viel zur Idee, den Transponder in der Gästetoilette zu verstecken. Eine geniale Idee … Was war mit dem Spülkasten? Er war unter Putz verlegt. Zum Öffnen der Abdeckplatte brauchte sie Werkzeug. Außerdem bezweifelte sie, dass ein dort versteckter Transponder die zarten Signale der Abhörgeräte empfangen könnte.

Sie betätigte die Wasserspülung, wusch sich die Hände und suchte fieberhaft nach einer Lösung. Sie würde sich nicht mehr lange im Haus aufhalten können. Sie wollte die Toilette gerade verlassen, da fiel ihr Blick auf den Rauchwarnmelder an der Decke. Die Dinger waren eine Plage. Sie hatte daheim einen neben der Küche, der ging immer los, wenn sie in der Pfanne Fleisch scharf anbriet. Seit einigen Monaten tat er es nicht mehr. Sie hatte die Batterie rausgenommen.

Isabelle stieg auf die Kloschüssel. Von dort konnte sie den Rauchmelder erreichen. Er ließ sich problemlos aufdrehen. Innen sah er völlig anders aus als ihr Gerät zu Hause. Eine Batterie konnte sie nicht finden, die war offenbar fest verbaut, dafür eine Platine, zwei kurze Kabel und Bauteile, die sie nicht verstand. Sie riss die Kabel raus und hoffte, dass das Gerät nicht plötzlich zu piepen anfing. Als alles ruhig blieb, brach sie alles weg, was irgendwie lose war. Dann fummelte sie den aktivierten Transponder in den entstandenen Hohlraum und schraubte den Rauchmelder wieder zu. Die rausgebrochenen

Teile hatte sie in die Jackentasche gestopft. Isabelle stieg von der Toilettenschüssel und betrachtete ihr Werk. Der Rauchmelder sah von außen aus wie vorher. Sie konnte sich ein Lächeln nicht verkneifen. Ab jetzt konnte man sich auf dem Klo ungestört eine Zigarette anzünden. Sie kontrollierte den Boden, sammelte noch einige Plastikbrösel auf und wischte mit dem Gästehandtuch alles sauber. Dann betätigte sie erneut die Wasserspülung und verließ ihre Wirkungsstätte.

Zurück im Pavillon, bedankte sich Isabelle bei Clement-Gauthier dafür, dass er sie empfangen hatte. Die Unannehmlichkeiten möge er bitte entschuldigen. Isabelle wünschte seiner Frau Faduma gute Genesung und gab ihm ihre Visitenkarte. Faduma möge sich doch bitte bei ihr melden, sobald es ihr wieder besser gehe, was hoffentlich bald der Fall sei.

Wie auf Zuruf tauchte Apollinaire auf, der sich um einen aufrechten Gang bemühte, ansonsten aber einen ziemlich derangierten Eindruck machte. Pépin Roux hielt ihn am Arm, damit nicht wieder ein Unglück passierte.

Clement-Gauthier hielt es nicht für nötig, sich zum Abschied zu erheben. Mit der anfänglich zur Schau getragenen Freundlichkeit war es vorbei. Er war sichtlich froh, dass sie und ihr ungeschickter Assistent endlich Leine zogen. Ein zweites Mal würde er sie wohl nicht mehr ins Haus lassen. Und ganz sicher würde er Faduma nicht ausrichten, dass eine Kommissarin auf ihren Anruf wartete.

Pépin Roux begleitete sie durch den Flur und die Halle zum Ausgang. Im Unterschied zu seinem Chef war er weiterhin gut drauf, plauderte mit ihnen und machte Witze. Er erzählte, dass er früher mal selber bei der Polizei gewesen sei und sich dieser Truppe immer noch zugehörig fühle. Wenn sie also in irgendeiner Weise seine Unterstützung benötigen würden, könnten sie immer auf ihn zählen.

Auf dieses Angebot, dachte Isabelle, würde sie womöglich zurückkommen. Falls sich Faduma nicht melden sollte, würde sie Pépin Roux um Vermittlung bitten. Wobei ihr klar war, dass er nichts gegen die Interessen seines Chefs tun würde – was seine Hilfsbereitschaft relativierte.

Roux brachte sie zum Auto und verabschiedete beide mit Handschlag. Apollinaire wünschte er gute Besserung. Isabelle setzte sich ans Steuer. Das Tor gehe von selbst auf, erklärte Roux und wünschte eine gute Fahrt.

Beim Hinausfahren erhaschten sie einen Blick auf den Carport. Dort standen einige Luxuslimousinen, ein offener Ferrari und ein schweres Motorrad.

Erst nach Verlassen des Grundstücks beendeten sie ihr Schweigen.

»Das haben Sie gut gemacht«, sagte sie.

Er sah sie verständnislos an. »Wie meinen Sie das?«

»Ihr Unfall, der war vom Timing her perfekt.«

»Ich bin doch nicht mit Absicht gegen den Mauervorsprung gestoßen.«

Sie lächelte. »War trotzdem perfekt. Tut's noch weh?«

Er rang sich ein gequältes Grinsen ab. »Nicht so schlimm, mein Schädel hält einiges aus.«

»Die Verwirrung hat mir Gelegenheit gegeben, unseren Auftrag auszuführen.«

»Sie haben die Funkwanzen platziert?«

»Ja, einige von ihnen. Und auch den Transponder.«

»Ich gratuliere. Übrigens können Sie zur Zahl der von Ihnen versteckten Wanzen eine Zwei addieren.«

Sie sah ihn überrascht an. »Das heißt …?«

»Dass auch ich zwei dieser Schnuckeldinger losgeworden bin. In der Küche habe ich eine ganz oben auf einem Geschirrschrank abgelegt.«

»Und Roux?«
»Hat nichts gesehen, der hat gerade im Kühlschrank nach einer Wasserflasche gesucht.«
»Und die zweite Wanze?«
»Im Arbeitszimmer hinter der Chaiselongue. Roux hat mich für einen Augenblick alleine gelassen.«
»Bravo, mein lieber Apollinaire. Das ist wahrscheinlich der beste Platz von allen.«
Isabelle rief vereinbarungsgemäß Roger an.
Der Abhörspezialist meldete sich sofort. »*Mes félicitations.* Glückwunsch. Funktioniert alles perfekt. Wir sind schon auf Empfang. Wollen Sie wissen, was Clement-Gauthier über Sie gesagt hat, als Sie weg waren?«
Wollte sie das wissen? Nein, wirklich nicht.
»Das können Sie gerne für sich behalten. Viel wichtiger wäre, ob er Verdacht geschöpft hat?«
»Nein, hat er nicht. Aber er hat Roux eingeschärft, Faduma nichts von Ihrem Besuch zu erzählen. Dann ist er duschen gegangen.«
Isabelle gab ihm kurz die Stellen durch, wo sie die Wanzen und den Transponder versteckt hatten. Die Idee mit dem Rauchmelder fand er genial.
»Eine Bitte hätte ich noch«, sagte sie. »Falls in den abgehörten Gesprächen die Rede auf Thierry Blès kommen sollte, im Zusammenhang mit Faduma oder wie auch immer, möchte ich darüber informiert werden.«
»Das ist zwar durch unser Mandat nicht abgedeckt ...«
»Worüber Sie sich hinwegsetzen können.«
»Ähm, ja, das kann ich. Versprochen, ich halte Sie auf dem Laufenden.«

32

Von Ramatuelle nach Saint-Tropez war es nicht weit. Um fünf Uhr war sie mit Rouven am Hafen verabredet. Dennoch blieb es ihr nicht erspart, erst mal zurück nach Fragolin zu fahren, um Apollinaire abzuliefern. Er machte noch immer einen ziemlich ramponierten Eindruck. Erst auf ihre wiederholte Bitte hin verstand er, dass er sich angurten sollte. Dann fand er das Gurtschloss nicht. Dafür gab er ihr Ratschläge, wo sie wie abbiegen sollte, dabei ging es geradeaus. Vermutlich hatte er doch eine leichte Gehirnerschütterung erlitten. Sie würde darauf drängen, dass er in Fragolin zum Arzt ging.

Trotz mehrerer Staus und einiger Telefonate fand sich Isabelle pünktlich bei der Statue des Vizeadmirals Suffren ein. Weit und breit kein Rouven Mardrinac. Sollte er es ausnahmsweise mal nicht geschafft haben, Raum und Zeit zu überwinden? Trotz Privatjet, Helikopter – und einem alten Damenfahrrad, mit dem er sich in Saint-Tropez fortzubewegen pflegte? Doch weit gefehlt. Ihr Handy klingelte, Rouven war dran und forderte sie auf, mal hochzuschauen. Tatsächlich saß er auf dem kleinen Balkon vom Hotel Sube und winkte ihr fröhlich zu. Oben angekommen, empfing er sie mit einem Glas Champagner. Womit denn sonst? Rouven hatte seinen eigenen Lifestyle. Es fiel ihr nicht immer leicht, sich ad hoc darauf einzulassen. Aber gegen den Champagner sprach nichts, auf die Idee hätte sie sogar selber kommen können – nur hätte sie keinen Dom Pérignon Vintage gewählt.

Sie hatten sich lange nicht gesehen, viel war in der Zwischenzeit vorgefallen, und so gab es viel zu erzählen. Sie sprachen lange über Thierry und seinen unfassbaren Tod. Rouven war immer noch tief betroffen. Obwohl ihm Thierry in letzter Zeit aus dem Weg gegangen war, hatte er ihn gemocht. Thierry hatte seinen Respekt, und er hatte ihn nie als Rivalen angesehen. Nicht nur in diesem Punkt war Rouven tiefenentspannt.
Er merkte ihr an, dass sie über den Fortgang ihrer Ermittlungen frustriert war, und riet ihr, sich nicht unter Druck zu setzen. *Pour tout il faut du temps*, alles brauche seine Zeit. Und er wisse ganz sicher, dass sie Thierrys Mörder finden werde. Der könne sich als Pinguin am Südpol verstecken, und sie würde ihn dennoch aufspüren.
Isabelle musste lachen. Pinguin am Südpol? Wie kam er denn darauf?
Grinsend erklärte er, dass er auf der Kunstmesse in Buenos Aires nicht nur einen Picasso ersteigert habe, sondern auch ein Foto mit Pinguinen, das der legendäre Shackleton-Fotograf Frank Hurley im Jahre 1915 aufgenommen habe.
Fast war es Gedankenübertragung, dass Rouven beinahe im gleichen Atemzug fragte, was es in Fragolin sonst Neues gebe. Gedankenübertragung deshalb, weil Isabelle beim Stichwort »Kunstmesse« spontan an Sausquebord gedacht hatte. Sie erzählte ihm von dem unbekannten Maler, der sich in Fragolin in einer alten Bastide eingemietet habe, um dort riesige Bilder zu malen. Wobei man das kaum *malen* nennen könne, denn in seinem Atelier sehe es aus wie auf einer Baustelle. Pinsel habe sie vergeblich gesucht, dafür gebe es eine Betonmischmaschine. Schade nur, dass er für seine Werke keine Käufer finde. Isabelle sah Rouven forschend an. Ob er vielleicht helfen könne?
Rouven schmunzelte. »Du magst diesen Künstler, habe ich recht?«

Sie schüttelte energisch den Kopf. »Aber nein, ich kenne ihn doch kaum«, protestierte sie.
Grinsend prostete er ihr zu. »Also habe ich recht. Du magst ihn. Wie heißt er?«
»Nicolas de Sausquebord. Schon mal von ihm gehört?«
»Nein, noch nie. Schöner Name, aber als Maler völlig unbekannt.«
»Wahrscheinlich brauchte er jemanden, der ihn bekannt macht.«
»Und da dachtest du an mich?«
»Nicht wirklich, war nur so ein spontaner Einfall. Aber vielleicht kennst du einen Galeristen, den man mit Nicolas zusammenbringen könnte?«
Wieder musste Rouven schmunzeln. »Nicolas? Du kennst ihn kaum, aber ihr duzt euch?«
»In der Provence geht das schnell.«
»Hast du mal ein Bild von ihm gesehen? Was malt er so?«
»Ich war in seinem Atelier, aber er hat alle Bilder verkehrt herum an die Wand gelehnt. Weiß auch nicht, warum er das macht. Vielleicht geniert er sich. Ich weiß nur, dass sie unheimlich groß sind. Er braucht für seine Arbeit eine Leiter.«
»Es ist für einen kommerziellen Maler tatsächlich kontraproduktiv, wenn er Hemmungen hat, seine Bilder herzuzeigen.«
»Ja, irgendwas stimmt nicht mit ihm.«
»Tut mir leid, aber ohne dass ich ein Bild von ihm gesehen habe, kann ich nichts für ihn tun. Das verstehst du, oder?«
Ja, das verstand sie. Isabelle ärgerte sich, dass sie das Thema überhaupt angesprochen hatte.
»Ich habe heimlich ein Foto von seinem Atelier gemacht«, erinnerte sie sich. »Leider ist vom Bild, an dem er aktuell arbeitet, fast noch nichts zu sehen.«

Isabelle merkte Rouven an, dass sich seine Neugier in Grenzen hielt. Aber er war ein netter Kerl. »Dann zeig mal her!« Sie machte das Foto auf und reichte ihm ihr Smartphone.
Es war hell auf dem Balkon des Sube, und das Display spiegelte.
»Ich kann nicht viel erkennen«, stellte Rouven fest. Er runzelte die Stirn. »Ich geh mal kurz rein, einverstanden?«
»Nein, lass es sein«, sagte sie und wollte ihm das Handy wieder wegnehmen.
Er lachte und verweigerte die Herausgabe. »Jetzt habe ich es schon mal, dann will ich auch sehen, was drauf ist.«
Er stand auf und verschwand mit ihrem Handy nach innen.
Isabelle nahm einen Schluck vom Champagner und dachte, dass sie eine blöde Kuh war. Wie konnte sie einen Rouven Mardrinac, der für seine Stiftung auf der ganzen Welt nur die teuersten Kunstwerke ersteigerte, auf Nicolas ansprechen? Ausgerechnet Rouven Mardrinac. Außerdem hatte sie nichts davon. Warum engagierte sie sich für einen hoffnungslosen Maler, der die Öffentlichkeit scheute? Nur weil er ihr sympathisch war? Sie hoffte, dass Rouven bald zurückkam und ihr das Handy wiedergab. Dann würde sie sich entschuldigen und rasch das Thema wechseln.
Es dauerte etwas länger. Vielleicht war er noch auf der Toilette? Rouven hatte einen seltsamen Gesichtsausdruck, als er wieder auftauchte. Er retournierte das Handy und sah sie nachdenklich an.
»Magst du noch ein Glas Champagner?«, fragte er.
»Danke nein.« Sie zuckte mit den Schultern. »Jetzt haben wir uns so lange nicht gesehen, es ist in der Zwischenzeit Schlimmes passiert, und ich frage dich, wie man einem Maler helfen kann, der sich aus unerfindlichen Gründen in Fragolin angesiedelt hat. Blöd von mir. Tut mir leid.«

»Muss dir nicht leidtun. Es wird dich überraschen, aber ich würde diesen Sausquebord gerne kennenlernen.«
Das überraschte sie wirklich. Woher dieser Sinneswandel? Weil Rouven ihr einen Gefallen tun wollte? Das wollte sie nicht.
»Warum denn das?«, fragte sie konsterniert.
»Vielleicht gefällt mir sein Atelier? Nein, im Ernst, bitte frag ihn, ob ich in den nächsten Tagen mal vorbeikommen kann.«
»Das geht bestimmt. Er wird begeistert sein.«
»Da wäre ich mir nicht so sicher.«
Wie kam er darauf? Jetzt verstand sie gar nichts mehr.
»Falls er ablehnt, dann gibst du ihm das!«
Er schob ihr eine Papierserviette zu, auf die er ein Symbol mit zwei Ecken und einer geschwungenen Linie gemalt hatte.
»Was bedeutet das?«, fragte sie.
Rouven lächelte vieldeutig. »Er wird es verstehen. Und wenn nicht, dann habe ich mich getäuscht.«

33

Ein weiterer Morgen. Und ein weiterer Tag, an dem Isabelle das Gefühl hatte, kein Stück weitergekommen zu sein. Obwohl sie Apollinaire immer Geduld predigte, kam ihr diese selber zunehmend abhanden. Mit Rouven hatte sie einen netten Abend gehabt. Aber es war nicht spät geworden, sie war bald zurück nach Fragolin gefahren. Warum eigentlich? Weil sich auch ihre Beziehung zu Rouven abkühlte? Oder lag es einfach an ihrer Anspannung? Thierry war tot, und sie hatte die Bürde auf sich geladen, seinen Mörder zu finden. Vielleicht war es doch ein Fehler gewesen, ausgerechnet diesen Fall zu übernehmen? Maurice Balancourt hatte sie überredet und geglaubt, dass es so richtig war. Bisher hatte er meistens recht gehabt. Hoffentlich auch diesmal. Aber ihre Zweifel wurden immer größer.

Sie wollte gerade ihre Wohnung verlassen, um ins Büro zu gehen, da fiel ihr Rouvens Serviette mit dem aufgezeichneten Symbol in die Hände. Noch so ein Rätsel, aber eines, das zu lösen weder wichtig war noch sie besonders interessierte. Prompt musste sie über sich selber schmunzeln, denn sie hatte sich gerade etwas vorgemacht. Natürlich war sie neugierig. Aber wichtig war es nicht, das stimmte schon.

Sie steckte die Serviette ein und machte sich auf den Weg. Unterwegs lief sie Marcel Perrin in die Arme. Der Vizebürgermeister war in Eile, nahm sich aber dennoch Zeit, mit ihr zu sprechen. Er war wie immer ausnehmend freundlich. Es blieb nicht aus, dass er nach dem Fortgang ihrer Ermittlungen fragte. Isabelle beschloss, ehrlich zu sein. Sie würden zwar einige Spuren verfolgen, erklärte sie, aber sie hätten noch keinen Tatverdächtigen. Eine Schlüsselfrage sei, weshalb Thierry nach Sanary gefahren sei. Aber darauf hätten sie bislang keine Antwort gefunden.

Perrin zuckte hilflos mit den Schultern. Er habe sich auch schon sein Hirn zermartert, aber ihm falle kein Grund ein. Von Thierrys politischen Freunden sei niemand in Sanary ansässig. Zum dortigen Bürgermeister habe er keinen Kontakt gehabt, der sei in der falschen Partei. Zu dumm, dass Thierry seiner Sekretärin keine Andeutung gemacht habe. Was an sich schon mal ungewöhnlich sei, denn normalerweise habe er Angélie über alles informiert.

In diesem Punkt, dachte Isabelle, täuschte sich Perrin. Über *alles* hatte Thierry Angélie gewiss nicht informiert. Weder über seine intimen Treffen mit Faduma noch über die Bedeutung eines Kürzels mit drei Buchstaben.

Marcel Perrin sprach die bevorstehende Trauerfeier an. Sie finde am kommenden Freitag statt. Die Vorbereitungen seien fast abgeschlossen. Thierry bekomme einen würdevollen Abschied. Es hätten sich Gäste aus dem gesamten Département angemeldet, sogar aus Paris und Arles kämen frühere Wegbegleiter, die ihm die letzte Ehre erweisen wollten.

Die Vorstellung an die Trauerfeier schreckte Isabelle. Sie hielt es für möglich, dass sie an ihr nicht teilnehmen würde. Ihre Nerven waren nicht unbegrenzt belastbar. Natürlich machte sie gegenüber Perrin keine Andeutung. Sie wusste es ja selber noch nicht.

Perrin äußerte die Hoffnung, dass sie Thierrys Mörder bis zur Trauerfeier überführt haben könnte. Das wäre sein sehnlichster Wunsch.

Das, dachte Isabelle, war vor allem ein *frommer* Wunsch, der wohl kaum Chance auf Erfüllung hatte. Aber auch diese pessimistische Einschätzung behielt sie für sich.

Sie verabschiedeten sich, und Perrin eilte davon ... in eine schmale Gasse, die kaum wo hinführte – außer zu Jasmins kleiner Wohnung. Isabelle sah ihm leise lächelnd hinterher. Wenigstens den beiden ging es gerade gut.
Dass sie wenige Schritte später einen Anruf entgegennahm, widersprach ihren Grundsätzen. Sie wollte nicht so werden wie all die pseudodynamischen Menschen, die fortwährend mit dem Handy am Ohr herumliefen, den Blick irgendwo ins Nichts gerichtet, somnambul vor sich hin redend und mit den Gedanken überall, nur nicht da, wo sie sich gerade befanden. Sie hielt diese Verhaltensweise für keinen besonderen zivilisatorischen Fortschritt. Aber wenn der Anruf wichtig war, machte sie natürlich eine Ausnahme. Bei Chantal war das der Fall, denn sie hatte schon gestern Nachmittag vergeblich versucht, sie zu erreichen. Die Referentin berichtete ihr von der Pressekonferenz, die trotz fehlender Informationen einen guten Verlauf genommen habe. Aber das nächste Mal müsse sie definitiv mehr Fakten zur Verfügung haben. Die Journalisten ließen sich nicht ewig hinhalten und brauchten was Handfestes, über das sie berichten könnten. Anderenfalls würden sie sich erneut auf die *Police nationale* einschießen und deren Arbeit kritisieren.
Obwohl es keinen rationalen Grund für diese Annahme gab, stellte Isabelle baldige Fortschritte in Aussicht. Kaum hatte sie es gesagt, wollte sie zurückrudern, aber dazu war es zu spät, diese Blöße wollte sie sich nun doch nicht geben. Und irgendwie hatte sie tatsächlich das unbestimmte Gefühl, dass sich bald was tun würde. Gegenüber Apollinaire hatte sie letzthin von Intuition gesprochen. Mal ging sie in die eine Richtung, dann in die andere. Mal erwiesen sich Vorahnungen auf verstörende Weise als zutreffend, dann wieder als Humbug. *On verra!* Man würde sehen.

Im Kommissariat angekommen, wurde sie von Apollinaire mit einem gequälten Gesichtsausdruck empfangen. Natürlich dachte sie sofort an seinen gestrigen »Unfall« bei Clement-Gauthier. Sie deutete auf seinen Kopf. »Haben Sie Schmerzen? Waren Sie beim Arzt?«
Er sah sie verständnislos an. »Was soll ich beim Arzt? Meine Erkältung ist doch seit zwei Wochen vorbei.«
Seine Antwort, dachte Isabelle, könnte auf eine Gedächtnisstörung zurückzuführen sein, auf eine Amnesie nach seiner gestrigen Gehirnerschütterung. Oder verhielt sich Apollinaire gerade wie immer, halt ein wenig verwirrt?
»Sie haben also keine Kopfschmerzen, richtig?«
»Ach so, Sie meinen wegen gestern? Nein, keineswegs, mir geht es gut.«
»Warum schauen Sie dann so gequält?«
»Tu ich das? Nun, wie soll ich es sagen …«
»Sprechen Sie es einfach aus!«
»Sie wollten sich doch diesen Angler aus Sanary noch mal zur Brust nehmen …«
»Gustave?«
»Korrekt. Also, da wird nichts draus werden …«
»Weil?«
»Weil ich gerade die Nachricht bekommen habe, dass man seine Leiche gefunden hat.«
Er hielt inne und sah sie mit großen Augen an.
Jetzt verstand sie seinen Gesichtsausdruck. Sie hatte ihn nur falsch interpretiert. Apollinaire schaute nicht gequält, sondern bestürzt.
»Wie ist er zu Tode gekommen?«
»Beim Angeln. Er hatte wohl noch einen anderen Lieblingsplatz, oben auf einer Mauer. Da ist er runtergefallen. Mit dem Kopf auf einen Felsen. Peng! Schädelbruch. *Au revoir!*«

»Wurde er womöglich runtergestoßen?«, fragte sie.
»Die Gendarmerie geht von einem Unfall aus. Wie es scheint, war Gustave sturzbetrunken. Wahrscheinlich ist er wieder eingeschlafen. Er hätte sich zum Angeln nicht gerade eine hohe Mauer aussuchen sollen.«
Isabelle glaubte grundsätzlich nicht an Zufälle, und schon gleich nicht daran, dass ein Zeuge eines Mordes kurze Zeit danach durch einen Unfall einfach so aus dem Leben schied. Zwar war das nicht auszuschließen, aber sie brauchte Gewissheit.
»Ich werde Capitaine Morel anrufen. Ein Fremdeinwirken muss verbindlich ausgeschlossen werden. Also brauchen wir das volle Programm. Spurensicherung, kriminaltechnische Untersuchung …«
»Das habe ich schon veranlasst. War mir klar, dass Sie darauf Wert legen.«
Apollinaire blieb ein Phänomen. Gerade hielt man ihn für zerstreut und etwas neben der Spur, dann stellte sich heraus, dass er im Gegenteil voll bei der Sache war und Anweisungen schon ausgeführt hatte, die sie so noch gar nicht ausgesprochen hatte.
»*Bien fait,* gut gemacht«, lobte sie ihn. »Und ich möchte, dass Franell in Toulon den Leichnam untersucht. Unter anderem interessiert mich, wie viel Promille Gustave im Blut hatte.«
Apollinaire nickte. »Ich werde das sofort in die Wege leiten.«
»Und noch was. Mögliche DNA-Spuren sollen mit jenen abgeglichen werden, die bei Thierry sichergestellt wurden.«
Apollinaire raufte sich die Haare. »Sie meinen …?«
»Ich meine gar nichts, aber rein hypothetisch könnte Thierrys Mörder es für notwendig erachtet haben, einen Tatzeugen zu beseitigen.«
»Weil Gustave mehr gesehen hat, als er zugeben wollte?«
Isabelle zuckte mit den Schultern. »Kann sein, muss nicht sein. Aber wie gesagt, wir müssen das ausschließen.«

Isabelle ging durch den Kopf, dass sie erst vor wenigen Minuten gegenüber Chantal die Hoffnung geäußert hatte, dass in den Fall Bewegung komme. Das schien sich gerade zu bestätigen, aber anders als von ihr erwartet. Seltsamerweise hatte sie den Eindruck, dass das noch nicht alles war. Es gab Phasen des Stillstands, und es gab solche, in denen sich die Dinge auf fast schon unheimliche Weise beschleunigten. Sie war gespannt, ob sie mit ihrem Gefühl richtiglag.

Als ihr Telefon klingelte und Maurice Balancourt dran war, wusste sie, dass ein Themenwechsel anstand. Vom Mord an Thierry hin zu seinen Ermittlungen gegen Claude Clement-Gauthier.

»Ausgezeichnete Arbeit«, stellte er nach kurzer Vorrede fest. »Wir hören sogar Clement-Gauthiers Schnarchen, wenn er auf seiner Chaiselongue ein Nickerchen macht.«

»Dürfte ermittlungstechnisch ohne Belang sein, oder?«, erwiderte sie lachend.

»Ja, leider spricht er nicht im Schlaf. Aber im Ernst, wir haben schon einige brisante Hinweise aufgeschnappt, denen wir nachgehen. Angefangen bei einer steuerlich heiklen Bankverbindung auf den Cayman-Inseln bis hin zu einem Kontakt in den Nahen Osten, bei dem es um nicht genehmigte Waffengeschäfte geht.« Balancourt hustete. »Die Schlinge um seinen Hals zieht sich immer enger«, stellte er zufrieden fest. »Hoffentlich bleibt er noch eine Weile in seinem verwanzten Haus in Ramatuelle.«

»Wanzen sind eine weitverbreitete Plage«, sagte Isabelle. »Die Gefahr für die Gesundheit wird oft unterschätzt.«

»Vor allem dann, wenn man wie Clement-Gauthier von ihrer Existenz nichts weiß. Haha ... Was gibt's Neues bei Thierry Blès? Kommst du voran?«

»Ich habe vorhin mit Chantal telefoniert und ihr baldige Fortschritte in Aussicht gestellt ...«

»Ist dabei der Wunsch der Vater des Gedankens, oder hast du dafür konkrete Anhaltspunkte?«
Isabelle schluckte. Maurice Balancourt hatte den Finger in die Wunde gelegt.
»Sagen wir so, die Zuversicht ist noch wenig faktenbasiert. Aber ich habe beschlossen, optimistisch zu sein. Ab und zu klappt es ja, und der Lauf der Dinge lässt sich durch positives Denken beeinflussen.«
»Aber Isabelle, du wirst mir doch hoffentlich auf deine alten Tage nicht esoterisch werden?«
»Das mit den alten Tagen habe ich überhört.«
»Stimmt, du könntest meine Tochter sein. Außerdem wünsche ich dir von ganzem Herzen, dass sich dein Optimismus auszahlt.«
Isabelle ging durch den Kopf, dass sie gegenüber Maurice Balancourt gerade einen Eindruck erweckte, der ziemlich an der Realität vorbeiging. In Wahrheit wurde sie seit Tagen von Zweifeln geplagt. Und ihre Zuversicht war weit weniger ausgeprägt als ihre Frustration. Aber vielleicht war es wirklich an der Zeit für eine Trendwende.
»Maurice, ich habe Roger gebeten, mir mitzuteilen, falls in Clement-Gauthiers Haus irgendwas gesprochen wird, was mit Thierrys Tod oder mit seiner Beziehung zu Faduma zu tun haben könnte. Ich hoffe, du bist damit einverstanden?«
»*Bien sûr.* Roger hat sich bei mir rückversichert, und ich habe ihm grünes Licht gegeben.«
Das hätte sie sich denken können. Roger hatte nicht genug Mumm, so etwas auf die eigene Kappe zu nehmen. Nicht nur er, keiner traute sich etwas zu machen, was womöglich Balancourts Unwillen erregen könnte. Nur sie hatte die Courage, ab und zu ihre eigenen Wege zu gehen. Dafür wurde sie von ihm geliebt – nicht nur dafür.

»Ich frage mich, was du zu erfahren hoffst«, sagte er. »Hältst du es für möglich, dass Clement-Gauthier etwas mit Thierrys Ermordung zu tun hat?«

»Nicht wirklich, nein. Außerdem war er zur Tatzeit in Paris. Aber ich hatte mal die Idee, dass er irgendwie darin verstrickt sein könnte, er selbst oder Faduma. Ich weiß, das ist ein haarsträubender Gedanke, ich habe ihn mittlerweile auch wieder verworfen. Dennoch könnte es sein, dass Roger was mitbekommt, und dann würde ich es gerne wissen. Vor allem kommt mir komisch vor, dass Clement-Gauthier nicht möchte, dass ich mit Faduma rede. Da frage ich mich schon, warum?«

»Vielleicht weiß sie was von seinen krummen Geschäften«, spekulierte Balancourt. »Weshalb er nicht möchte, dass sie mit jemandem von der Polizei spricht, egal in welcher Angelegenheit.«

»Das wäre eine Erklärung.«

»Wir werden ein Auge auf Faduma haben«, versicherte er. »Und wenn Roger was hört, was für dich von Belang sein könnte, wird er dich umgehend informieren. Alles klar?«

»Ja, natürlich.«

»*Au revoir, chérie.* Ich wünsche dir, dass dein Optimismus Früchte trägt.«

Das wünschte sie sich auch.

Apollinaire, der das Gespräch zwangsweise mitgehört hatte, wackelte mit dem Kopf und spielte gleichzeitig mit dem Lineal. »Madame, Sie wissen, ich bin ein Wunder der Diskretion, und mir käme nie in den Sinn, mich zu einem Telefonat zu äußern, das Sie im Büro zu tätigen belieben …«

Isabelle schmunzelte. Offenbar war es genau das, was er gerade zu tun beabsichtigte.

»Nur raus damit!«, forderte sie ihn auf.

»Ich finde Ihre soeben geäußerte Feststellung sehr nachdenkenswert, geradezu faszinierend.«
»Welche? Dass Wanzen eine weitverbreitete Plage sind?«
»*Mon Dieu,* das ist zwar richtig, habe ich aber im Kontext als Spaß verstanden.«
Na immerhin, amüsierte sich Isabelle. Genau die Unterscheidung von Spaß und Ernst fiel ihm nicht immer leicht.
»Sie meinen die Idee, dass Clement-Gauthier etwas mit Thierrys Tod zu tun haben könnte? Vergessen Sie es, dafür gibt es keinen einzigen Anhaltspunkt. Außerdem fehlt es an allem, angefangen beim Motiv bis hin zur Gelegenheit zur Tat.«
»Da haben Sie recht, aber gerade deshalb finde ich den Gedanken spannend«, erwiderte Apollinaire in bestechender Logik.
»Wir haben viel zu tun, wir sollten uns nicht mit Clement-Gauthier aufhalten«, stellte sie klar.
Apollinaire hob sein Lineal. »Dennoch würde ich gerne, so Sie es mir gestatten, einige Recherchen anstellen. Selbstverständlich nur in Phasen des Müßiggangs.«
Phasen des Müßiggangs? Was meinte er damit? Phasen des Nichtstuns? Die sollte es nicht geben. Dann gestand sie sich ein, dass es diese eben doch gab, und zwar deshalb, weil sie mit ihren Ermittlungen relativ planlos umherirrten. Was sprach also dagegen?
»Das können Sie gerne machen«, antwortete sie. »Aber erwarten Sie sich nicht zu viel davon. Am besten gar nichts.«
»Sehr wohl, Madame. Ich erwarte mir nur selten etwas. Konfuzius hat gesagt ...«
»... dass ich mir jetzt eine Auszeit nehme«, unterbrach sie ihn lachend. »Sie können mich jederzeit auf meinem *portable* erreichen. Ich bin in zwei, drei Stunden wieder da.«

34

In Fragolin war es schwierig, von A nach B zu gelangen, ohne irgendwelche neuralgischen Punkte zu passieren. Isabelle wollte Clodines Laden umgehen, womit sie aber zwangsweise am *Café des Arts* vorbeimusste. Prompt winkte ihr Nicolas zu, der im Café direkt am Straßenrand saß. Er deutete auf einen freien Stuhl an seinem Tisch und machte eine einladende Handbewegung. Es gab keinen Grund, sich zu verweigern.

Ihre Befürchtung, dass er sie in aller Öffentlichkeit herzlich umarmen könnte, bestätigte sich nicht. An Apollinaire denkend ging ihr durch den Kopf, dass auch Nicolas »ein Wunder der Diskretion« war. Jedenfalls vermied er es, in Fragolin für Gerede zu sorgen. Obwohl es wahrscheinlich schon reichte, dass sie sich zu ihm an den Tisch setzte.

Sie schaute ihn lächelnd an. Mitten auf der Stirn hatte er einen roten Farbklecks. Fast wie bei einer indischen Frau. Sie könnte ihn darauf aufmerksam machen und ihm eine angefeuchtete Serviette reichen. Aber so war es lustiger.

Nicolas sah wie immer entspannt aus. Sie stellte fest, dass sie sich freute, ihn zu sehen, obwohl sie eigentlich so schnell wie möglich nach Hause gewollt hatte. Außerdem hatte sie eine gute Nachricht für ihn. Aber erst mal bestellte sie eine *menthe à l'eau.* Es war zu früh am Tag für ein Glas Wein.

Sie fragte ihn nach seinem aktuellen Gemälde.

Er winkte grinsend ab. Über den Bereich links oben sei er noch nicht wesentlich hinausgekommen. Aber das mache

nichts. Der Fortgang eines Bildes sei nicht nach der Größe der bemalten Fläche zu beurteilen.
Wonach denn sonst, wollte sie wissen.
Er überlegte, bevor er antwortete. Dann meinte er, dass es vielmehr darauf ankomme, wie weit die Imagination im Kopf vorangeschritten sei. Ein Bild entstehe in der Fantasie, dort könne man es auch belassen. Um es aber mit anderen Menschen teilen zu können, bedürfe es der Vergegenständlichung. Im Kopf sei sein neues Bild so gut wie fertig, jetzt müsse er es nur noch materialisieren. Das nehme natürlich einige Zeit in Anspruch. Nicolas sah sie schmunzelnd an. Aber davon habe er ja reichlich.
»Um das Bild mit anderen Menschen teilen zu können ...«, wiederholte sie seine Worte. »Wie soll das gehen, wenn sie verkehrt herum an der Wand lehnen und von niemandem gekauft werden?«
Er zuckte mit den Schultern. Eine Antwort blieb er ihr schuldig.
»Vielleicht kann ich dir helfen«, sagte sie. »Also nicht ich, aber ein sehr guter Freund von mir.«
»Wobei helfen?«
»Dass du bekannter wirst und vielleicht mal ein Bild verkaufst. Ich hab schon mit ihm über dich gesprochen. Du wirst es nicht glauben, er will dich kennenlernen.«
Hatte sie erwartet, dass sich Nicolas jetzt freute? Ja, das hatte sie. Stattdessen verdunkelte sich seine Miene.
»Mit wem hast du gesprochen? Wer will mich kennenlernen?«
»Rouven Mardrinac, das ist ein bedeutender ...«
»Ich weiß, wer das ist«, unterbrach er sie. Er sah sie nachdenklich an. »Auf die Idee, dass du mit einem Rouven Mardrinac befreundet sein könntest, bin ich nicht gekommen«, sagte er schließlich mit leiser Stimme.

»Ja, auch ich habe meine Geheimnisse.«
»Sieht ganz so aus.«
Isabelle versuchte, in seinem Gesicht zu lesen. Dass ihn die Nachricht nicht entzückte, war offensichtlich. Zu verstehen war seine Reaktion nicht. Ängstigte ihn die Vorstellung, dass jemand seine Bilder sehen könnte? Aber er hatte doch gerade selber gesagt, dass sie nur deshalb entstünden, damit er sie mit anderen Menschen teilen könnte. Oder hatte sie da was grundsätzlich falsch verstanden?
»Wo ist das Problem?«, fragte sie. »Ich dachte, ich täte dir einen Gefallen.«
»Lieb von dir. Doch, doch, sehr lieb …«, murmelte er.
»Aber?«
»Ich habe kein Interesse daran, den Mann kennenzulernen. Nicht böse sein. Aber ich habe meine Gründe.«
»Die du mir nicht verraten willst?«
Wieder sah er sie so nachdenklich an, fast traurig, dass er ihr beinahe leidtat.
»Vielleicht irgendwann mal«, antwortete er. Nicolas rang sich ein Lächeln ab. »Aber noch kennen wir uns nicht gut genug.«
In ihrem Leben, dachte Isabelle, gab es gerade hinreichend Rätsel. Dass ihr jetzt auch Nicolas eines aufgab, wäre nicht nötig gewesen.
»Wie, glaubst du, werde ich reagieren, wenn du mir mal deine Gründe verraten solltest, sofern ich sie dann überhaupt noch wissen will. Werde ich entsetzt sein?«
Nicolas' Lächeln wurde offener, er wirkte fast befreit.
»Entsetzt? Nein, das glaube ich nicht.«
Isabelle trank ihre *menthe à l'eau* aus und war schon im Begriff aufzustehen, da fiel ihr Rouvens Serviette ein.
»Ach so, fast hätte ich es vergessen. Rouven hat geahnt, dass du ihn nicht sehen möchtest.«

Nicolas runzelte die Stirn. »Hat er? Verstehe ich nicht.«
Sie zog die Serviette aus der Tasche, auf die Rouven dieses seltsame Symbol gemalt hatte. Sie strich die Serviette glatt und legte sie vor Nicolas auf den Tisch. »Das soll ich dir geben. Er meinte, du würdest es dir dann vielleicht anders überlegen. Und wenn nicht, dann habe er sich getäuscht.«
Nicolas starrte auf die Serviette und auf Rouvens Zeichnung. »Was hast du ihm von mir erzählt?«, fragte er leise.
»Nicht viel, ich weiß ja fast nichts von dir. Nur, dass du Nicolas de Sausquebord heißt, dich in Fragolin in einer halb verfallenen Bastide eingemietet hast und unglaublich große Bilder malst, die du nicht herzeigen willst und die keiner kauft.«
»Das ist alles? Erstaunlich.«
»Was ist das für ein komisches Symbol?«, fragte sie. »Kennst du es?«
Eigentlich hätte sie sich die Frage sparen können, denn es war offensichtlich, dass er es kannte.
Er nickte geistesabwesend. »Ja, kenne ich. Ganz gut sogar.«
»Und?«
Er hob seinen Kopf. »Was heißt und?«
»Hatte Rouven recht und du willst ihn jetzt doch kennenlernen?«
Er kratzte sich verlegen am Kinn. »Könnte sein, muss ich mir noch überlegen.«
Isabelle ließ sich von der Bedienung einen Stift geben und schrieb Rouvens Handynummer auf die Serviette.
»Falls du willst, kannst du ihn ja anrufen. So, jetzt muss ich weiter.«
Nicolas faltete die Serviette zusammen und steckte sie ein. »Tut mir leid, wenn dich meine Reaktion enttäuscht hat«, sagte er. »Du kannst nichts dafür.«

35

Als sie wenig später auf ihrer kleinen Dachterrasse saß, um einmal mehr in Thierrys Buch über die Exilliteraten in Sanary zu lesen, fiel es ihr schwer, sich zu konzentrieren. Ihre Gedanken kreisten immer noch um Nicolas und um sein rätselhaftes Verhalten. Ob er Rouven wohl anrufen würde? Sie hatte keine Ahnung.

Sie blätterte im Buch hin und her, las einige Absätze, schlug es dann wieder zu, starrte in die Gegend, machte es wieder auf, irgendwo, um es erneut zu schließen. Das brachte nichts.

In der Vergangenheit hatte sie das Phänomen kennengelernt, dass allzu viel Konzentration den Blick trübte. Wenn man verzweifelt nach etwas suchte, und sei es nur einen Alltagsgegenstand, war es oft besser, einfach aufzugeben und an etwas anderes zu denken. Wenn man Glück hatte, drehte sich der Prozess um. Die Devise lautete: Es findet mich! Dumm nur, dass man sich darauf nicht verlassen konnte. Aber gelegentlich passierte es, ganz unversehens – so wie heute, auf ihrer kleinen Terrasse, im Schatten eines Sonnenschirms, den ihr mal Thierry geschenkt hatte.

Isabelle schaute geistesabwesend auf die Titelseite des Buches. Den Autorennamen hatte sie schon x-mal gelesen. Aber nicht besonders darauf geachtet, schließlich ging es um den Inhalt, nicht um den Verfasser. Der Autor hieß Jean-Baptiste Dubois. Im Klappentext hatte sie gelesen, dass er ein emeritierter Professor für Literaturgeschichte war. Jean-Baptiste Dubois ... Es traf sie wie der sprichwörtliche Blitz, aus heiterem Himmel,

völlig unerwartet. Jean-Baptiste Dubois … Die Anfangsbuchstaben? JBD!!! Die Einträge in Thierrys Terminkalender … Ihre Gedanken überschlugen sich. Hatte er sich mit dem Autor dieses Buches getroffen? Ja, das machte Sinn. Nein, die Übereinstimmung konnte ein Zufall sein. Ja, natürlich hatte er, schließlich beschäftigte ihn das Thema. Nein, der Autor war längst tot …
Sie sah im Impressum auf das Erscheinungsdatum. Das Buch gab es erst seit einem halben Jahr, damit stieg die Chance, dass der emeritierte Professor noch lebte. Isabelle rannte in die Wohnung, holte ihren Tabletcomputer und gab seinen Namen als Suchbegriff ein. Sie fand ihn sofort, auch sein Geburtsdatum. Er war tatsächlich steinalt, aber ein Todesdatum war nicht vermerkt. Nächste Frage: Wo lebte der gute Mann? Fieberhaft suchte sie in Adressverzeichnissen. Sie war nicht geübt darin. Isabelle griff zum Telefon und bat Apollinaire, den Wohnort eines gewissen Jean-Baptiste Dubois herauszufinden, er sei Professor für Literaturgeschichte. Apollinaire ließ sich den Namen buchstabieren. Er sagte, dass sie dranbleiben solle. Das habe er gleich.
Isabelle kam zur Ruhe. In wenigen Augenblicken würde sie wissen …
»Sanary-sur-Mer«, rief Apollinaire.
Noch so ein Blitz aus heiterem Himmel.
»Wie bitte?«
»Madame, Sie haben richtig gehört. Der gute Mann lebt in Sanary. Ich habe hier seine Adresse und seine Telefonnummer.«
Sie atmete tief durch. Das war der Durchbruch, das musste er sein. Obwohl ein Greis wie Dubois als Mörder nicht infrage kam, das nicht. Aber er war das fehlende Glied in der Kette. Einer Kette, die mit etwas Glück zum Täter führte.
Isabelle notierte sich die Adresse und die Telefonnummer. Natürlich wollte Apollinaire wissen, was es mit dem Mann auf

sich habe. Für Erklärungen habe sie gerade keine Zeit. Sie bat ihn, sich zu gedulden. Sie komme gleich ins Kommissariat.
Am Computer rief sie das Straßenverzeichnis von Sanary auf. Bingo! Der Professor wohnte genau richtig, nämlich in Fortsetzung des Boulevard Courbet in westlicher Richtung. Dorthin war Thierry aus dem Blickfeld der Videoüberwachung verschwunden. Und von dort war er zurückgekommen.
Zufall? Nein, das waren Fakten.
Sie nahm das Telefon und wählte Dubois' Nummer. Es dauerte eine Weile, bis abgehoben wurde.
»*Bonjour,* Monsieur, spreche ich mit Professeur Jean-Baptiste Dubois?«
»Ja, das tun Sie. Wer ist am Apparat?«
»Isabelle Bonnet, Kommissarin der *Police nationale.* Ich leite die Ermittlungen im Falle Thierry Blès.«
Die Leitung blieb kurz tot. Offenbar brauchte er Zeit, um sich zu sammeln.
»Wie war gleich Ihr Name?«
»Isabelle Bonnet.«
»Und Sie sind von der Polizei?«
»Sagte ich doch gerade.«
»Natürlich, ich wollte nur sichergehen. Was kann ich für Sie tun?«
»Zunächst können Sie mir eine einfache Frage beantworten. Kannten Sie Thierry Blès?«
Dubois zögerte.
»*C'est juste,* ich kannte ihn«, gab er zu. »Warum?«
»War Monsieur Blès am Abend seines Todes bei Ihnen?«
Wieder zögerte er, diesmal etwas länger.
»Ja, das war er. Wir haben zusammen zu Abend gegessen.«
»Warum haben Sie sich nicht bei der Polizei gemeldet? Sie waren wahrscheinlich der letzte Mensch, der ihn lebend gesehen hat.«

»Ich hatte meine Gründe«, antwortete er mit zittriger Stimme.
»Monsieur Dubois, ich muss Sie bitten, nicht aus dem Haus zu gehen.«
»Wäre schwierig, ich sitze im Rollstuhl.«
»Tut mir leid. Ich bin in einer guten Stunde bei Ihnen.«
»Ich habe mit seinem Tod nichts zu tun.«
»Davon gehe ich aus, trotzdem müssen wir uns unterhalten. Unter vier Augen. Und zwar dringend.«
»Haben Sie meine Adresse?«
»Ja, habe ich. Bin schon unterwegs.«
»Fahren Sie vorsichtig.«
Das war rührend. Als ob er gerade keine anderen Sorgen hätte.

Im Kommissariat hielt sie sich nicht länger auf. Gerade so lange, wie es brauchte, um Apollinaire ins Bild zu setzen. Dann begab sie sich zum Polizeiwagen und raste los. Objektiv gab es keinen Grund zur Eile. Subjektiv aber schon. Denn erstens kamen ihre Ermittlungen endlich in Schwung, auch wenn im Moment nicht erkennbar war, was Dubois und das Buch über die Exilliteraten mit Thierrys Ermordung zu tun haben könnten. Und zweitens wollte sie Dubois nicht zu viel Zeit zum Nachdenken geben. Sonst kam er noch auf dumme Gedanken – auf welche auch immer.
Sie überlegte, ob sie Capitaine Morel von der Gendarmerie bitten sollte, bis zu ihrem Eintreffen Dubois' Haus zu überwachen. Sie kam zum Schluss, dass das nicht nötig war. Sie glaubte nicht, dass sie der Professor mit dem Rollstuhl angelogen hatte. Außerdem war es besser, Morel aus dem Spiel zu lassen. Apropos Morel, sie würde ihn später eventuell aufsuchen, um sich genauer über den Todessturz von Gustave zu informieren. Aber alles der Reihe nach.

Immer wenn der Verkehr dichter wurde und es einen Stau gab, machte sie Blaulicht und Sirene an. Aber nur dann. Sie kam zügig voran.
Sie ahnte, warum sich Thierry mit dem Autor des Sanary-Buches getroffen hatte, offensichtlich schon häufiger. Weil er von ihm alles erfahren wollte, was auf einen Aufenthalt prominenter Intellektueller in Fragolin hindeutete. Deshalb hatte er in der *Auberge des Maures* nach dem Gästebuch gefragt. Und die dreißigtausend Euro? Das war eine der Fragen, die sie dem alten Herrn stellen wollte.
Weil sie im Unterschied zu Apollinaire auch bei zügiger Fahrweise gleichzeitig telefonieren konnte, nahm sie einen Anruf von Rouven entgegen. Der wollte wissen, ob sie mit Sausquebord gesprochen habe. Sie wunderte sich über sein Interesse. Auf ihre Frage lachte er nur. Dann berichtete sie ihm kurz vom Verlauf ihres Gesprächs mit Nicolas. Dass er unerklärlicherweise sehr zurückhaltend und abweisend reagiert habe. Bis sie ihm die Serviette mit dem aufgezeichneten Symbol gezeigt habe. Diese habe ihre Wirkung nicht verfehlt.
»Ich habe ihm deine Handynummer aufgeschrieben«, sagte sie. »Vielleicht meldet er sich.«
»Das wird er«, entgegnete Rouven in seiner wie üblich unaufgeregten Art. »Das wird er, darauf möchte ich wetten.«
»Bevor ich es vergesse, du darfst ihm keinesfalls sagen, dass ich dir mein heimlich aufgenommenes Foto von seinem Atelier gezeigt habe. Das würde er mir nie verzeihen.«
»Würde dich das stören?«
»Was?«
»Du weißt genau, was ich meine. Aber du kannst beruhigt sein, ich sage kein Wort. Wird allerdings schwierig sein, ihm zu erklären, wie ich ohne Foto draufgekommen bin.«
»Worauf bist du gekommen? Kannst du mir mal bitte verra-

ten, worum es geht? Hat Sausquebord Dreck am Stecken? Ist er ein Psychopath? Muss ich mich vor ihm in Acht nehmen?«
Wieder ließ Rouven sein sonores Lachen hören. »Letzteres musst du ganz sicher. Am besten, du gehst ihm in Zukunft aus dem Weg.«
Das hatte er im Spaß gesagt, so gut kannte sie ihn. Isabelle machte Blaulicht und Sirene an und begann eine längere Kolonne zu überholen.
»Bist du im Einsatz?«
»Nein, ich habe nur eine Verabredung mit einem Verehrer, da will ich nicht zu spät kommen.«
»Gut gekontert. Fahr vorsichtig.«
Das hatte sie doch gerade schon einmal gehört? Natürlich fuhr sie vorsichtig. Was nicht bedeutete, dass man langsam fahren musste. Geschwindigkeit und Vorsicht schlossen einander nicht aus. Sie erinnerte sich an ihr früheres Leben. Beim Fahrsicherheitstraining war es ihr größter Ehrgeiz gewesen, den Männern auf der Rennstrecke entscheidende Sekunden abzunehmen. Fast immer war es ihr gelungen. Und grundsätzlich ohne Crash.
Sie hatte schon Toulon hinter sich, als sie Docteur Franell von der Rechtsmedizin anrief, um sich nach der Obduktion von Gustaves Leichnam zu erkundigen. Franell konnte ihr noch nicht viel sagen, da er den Korpus erst seit Kurzem auf dem Tisch hatte. Bisher deute allerdings nichts auf ein Fremdeinwirken hin. Außerdem sei Gustave tatsächlich sturzbetrunken gewesen, was den Sturz plausibel erkläre. Mit drei Promille im Blut komme es zwangsweise zu Gleichgewichtsstörungen und Muskelerschlaffung, selbst bei Gewohnheitstrinkern. Sie erinnerte ihn an die Sicherstellung möglicher DNA-Spuren. Er hätte das sowieso gemacht, erwiderte Franell fast beleidigt, auch den Abgleich mit Thierrys Leichnam. Das sei ja wohl logisch. Er versprach, sich wieder zu melden, sobald er Genaueres wisse.

36

Dubois' Haus befand sich in unmittelbarer Nähe des Kreuzweges, den Isabelle bereits kannte, in einer Querstraße, die kurz vor der Kapelle *Notre-Dame de Pitié* abzweigte. Mit dem Auto musste man von oben über den Rond-Point René Cassin fahren. Sie fand sofort hin, auch ohne Navi. Sie schmunzelte. Nicht nur Apollinaire war in der Lage, sich einen Stadtplan einzuprägen. Sie schaute auf die Uhr. Seit ihrem Anruf war kaum mehr als eine Stunde vergangen. Jetzt war sie gespannt. Nach dem Läuten musste sie nicht lange warten. Eine ältere, aber robust wirkende Frau öffnete ihr. Sie hatte eine Schürze umgebunden und stellte sich als Marie vor. Sie sei die Haushälterin des Professors, der sie im Salon erwarte.

Jean-Baptiste Dubois, emeritierter Professor für Literaturgeschichte, saß im Rollstuhl, mit einer Decke über dem Schoß, obwohl es dafür viel zu warm war, und blickte Isabelle durch eine runde Nickelbrille mit einem schwer zu deutenden Gesichtsausdruck entgegen. Erfreut war er nicht über ihren Besuch, das war ihm anzumerken. Aber er war auch nicht verschüchtert oder gar verängstigt.

Sie folgte seiner Aufforderung, ihm gegenüber in einem Sessel Platz zu nehmen. Marie reichte ihr ein Glas Wasser, dann ließ die Haushälterin sie alleine.

»Marie ist ein Schatz«, sagte Dubois, »ohne sie käme ich nicht zurecht.«

»Kocht sie auch für Sie?«, begann Isabelle mit einer unverfänglichen Frage.

»Ja, sogar ausgezeichnet. Das ist in meinem Alter wichtig. Außer Lesen und Essen und einem gelegentlichen Glas Wein bleiben mir nicht mehr viele Vergnügen.«

»Mögen Sie Bouillabaisse?«

Er sah sie erstaunt an. »Woher wissen Sie …?«

»Dass Sie mit Monsieur Blès am besagten Abend Bouillabaisse gegessen haben? Stimmt doch, oder?«

»Ja, das ist zutreffend. Marie hat die Bouillabaisse nicht selber gemacht, sondern sich von einem nahe gelegenen Fischlokal liefern lassen. Es gibt nirgends eine bessere.«

Die Ermittlungsbeamten aus Toulon, dachte Isabelle, hatten in den Lokalen wohl nach den Gästen gefragt, aber nicht danach, ob eine Bouillabaisse nach Hause geliefert wurde. Auf die eigentlich naheliegende Idee war sie selbst auch nicht gekommen.

»Ich habe Ihr Buch gelesen«, näherte sie sich dem Grund ihres Besuchs.

»Welches?«

»Jenes über Sanary und die deutschen Exilliteraten.«

»Hätte ich mir denken können.«

»Monsieur Blès scheint über den Absatz gestolpert zu sein, dass sich einige dieser Emigranten nicht nur in Sanary, sondern auch in Fragolin aufgehalten haben.«

»Stimmt, das hat ihn sehr interessiert. Deshalb hat er vor einigen Wochen zu mir Kontakt aufgenommen. Er hat mich mehrfach besucht, und wir haben darüber geredet.«

»In seinem Kalender stehen Sie aber erst für den Tag nach seiner Ermordung drin. Warum?«

»So hatten wir das geplant. Aber mir ist ein wichtiger Arztbesuch dazwischengekommen, deshalb habe ich ihn angerufen und gebeten, einen Tag früher zu kommen.«

»Sie haben ihn angerufen?«

»Nein, Sie haben recht. Ich habe ihm am Vormittag eine Textnachricht aufs Handy geschickt. Das haben wir immer so gemacht. Er hat sofort geantwortet und die Terminänderung bestätigt.«

Isabelle sah den Professor nachdenklich an. Der Mann schien aufrichtig zu sein, und er war sichtlich bemüht, alles korrekt wiederzugeben. Umso weniger verstand sie sein Schweigen nach Thierrys Ermordung.

»Ich hatte Sie am Telefon gefragt, warum Sie sich nicht bei der Polizei gemeldet haben. Ihre Antwort war …«

»Dass ich meine Gründe habe, ich weiß.«

»Die würde ich gerne erfahren.«

»Mein Verhalten muss Ihnen befremdlich erscheinen. Aber ich habe mit seinem Tod nichts zu tun, das müssen Sie mir glauben. Ich habe keine Ahnung, wer ihn umgebracht haben könnte und aus welchem Anlass. Wir kannten uns ja kaum. Ich habe mit ihm fast nur über das Thema der deutschen Emigranten gesprochen. Als ich von seinem Tod erfahren habe, war ich zutiefst geschockt. Ich bin es noch immer.«

»Deshalb hätten Sie sich trotzdem melden können. Es muss Ihnen doch klar gewesen sein, dass wir alles daransetzen, seine letzten Stunden zu rekonstruieren.«

Dubois räusperte sich verlegen. »*Madame le Commissaire*, meine Altersbezüge sind sehr überschaubar, wenn Sie verstehen, was ich meine. Vor diesem Hintergrund war ich über den Auftrag sehr erfreut, für Monsieur Blès eine kleine Chronik zu verfassen, in der die Bedeutung Fragolins für einige Exilliteraten beschrieben wird, die sich dort in den Dreißigerjahren des vorigen Jahrhunderts, wenn auch nur für kurze Zeit, aufgehalten haben.«

»Ist die Chronik schon fertig?«

Dubois kratzte sich verschämt hinter dem Ohr. »Nein, aber darum geht es nicht.«

Isabelle ahnte, was der springende Punkt war.
»Monsieur Blès hat Ihnen für Ihre Arbeit einen Vorschuss bezahlt, richtig?«
Er nickte. »Ja, das hat er.«
»Und diese dreißigtausend Euro wollen Sie behalten, steuerfrei? Ohne den Auftrag zu Ende zu bringen?«
»Nicht dreißig-, sondern zwanzigtausend Euro. Aber ansonsten haben Sie recht. Monsieur Blès hat mir absolute Diskretion zugesichert, was die Geldzuwendung betrifft. Soviel ich weiß, wollte er mein Honorar aus eigener Tasche begleichen. Das war es ihm wert, ihm bedeutete unser Projekt sehr viel.«
Dubois' Begründung, dachte Isabelle, war nachvollziehbar. Er wollte nicht in Erscheinung treten, damit er keine Erklärungen abgeben musste und niemand auf die Idee käme, ihm das Geld wieder wegzunehmen. Schließlich war Thierrys Auftrag hinfällig. So weit, so einleuchtend, blieb nur eine Merkwürdigkeit.
»Monsieur Dubois, wegen mir können Sie das Geld behalten, ich bin nur daran interessiert, Thierry Blès' Mörder zu finden. Deshalb können Sie auch ehrlich zu mir sein. Sind Sie sich sicher, dass er Ihnen keine dreißigtausend Euro gegeben hat? So viel hat er nämlich auf seiner Bank abgehoben.«
Die Aussicht, das Geld behalten zu können, entspannte ihn sichtlich. »Ja, ganz sicher«, antwortete er. »Denn zwanzigtausend hatten wir als Vorschuss vereinbart. Er hat mir das Geld an jenem Abend in bar ausgehändigt.«
Sie glaubte ihm. Aber damit fehlten zehntausend Euro. Was sie zur nächsten, entscheidenden Frage brachte.
»Wie lange ist Monsieur Blès geblieben? Und wissen Sie, ob er danach noch etwas vorhatte?«
»Ich glaube, er ist kurz nach elf gegangen, so ungefähr jedenfalls. Ob er was vorhatte? Ja, er hatte wohl noch eine Verabre-

dung. Deshalb ist er so lange geblieben, weil diese offenbar sehr spät war. Er hat am Abend einige Textnachrichten auf seinem Handy bekommen. Vielleicht hatten die was damit zu tun?« Er hob hilflos die Hände. »Aber fragen Sie mich nicht, mit wem er sich treffen wollte, ich habe keine Ahnung.«
»Hat er einen besorgten Eindruck gemacht?«
»Nein, im Gegenteil. Er schien sich auf den Termin zu freuen.«
»Könnte das Treffen was mit Ihrer Chronik zu tun haben?«
Dubois dachte nach. »Kann ich mir nicht vorstellen. Außerdem hätte er mir in diesem Fall davon erzählt.«
Oder auch nicht, dachte Isabelle. Thierry fuhr gerne zweigleisig. Später hätte er den Professor wahrscheinlich eingeweiht. Wenn es denn so gewesen wäre. Denn sie kam nicht darauf, wieso sich Thierry mit einem Informanten zu nächtlicher Stunde auf einem einsamen Kai hätte treffen sollen. Mit zehntausend Euro in der Tasche, die später nicht mehr da waren. Ein konspiratives Treffen, das hundert Jahre zu spät kam. Damals, in den Dreißigerjahren, hatte es geheime Begegnungen dieser Art sicherlich häufig gegeben. Zwischen Flüchtlingen, Vertretern der Résistance, Agenten des Vichy-Regimes, Kollaborateuren, Nazis … Gewiss ist dabei auch der eine oder andere zu Tode gekommen. Aber doch nicht mehr heute. Die alten Fronten gab es nicht mehr. *Les temps sont finis!* Die Zeiten waren gottlob Geschichte.
»Falls Ihnen doch noch eine Idee kommen sollte, rufen Sie mich bitte an. Versprochen?«
»Selbstverständlich.« Er sah sie verunsichert an. »Und jetzt?«
»Jetzt gehe ich«, sagte Isabelle.
Dubois atmete erleichtert durch. »Tut mir leid, dass ich Ihnen nicht weiterhelfen konnte.«
»Ja, schade. Was passiert nun mit der Chronik?«

»Meinen Sie, ich sollte sie fertigschreiben?«
»Vielleicht eine Kurzform«, schlug sie vor. »Außer dem Vorschuss gibt's ja kein Honorar mehr.«
»Das könnte ich machen. Doch wem sollte ich sie dann geben?«
»Am besten mir. Ich werde mit dem Vizebürgermeister darüber sprechen und gemeinsam mit ihm überlegen, was wir draus machen. Thierry Blès hätte es sich so gewünscht.«
Dubois nickte. »Ja, das hätte er. Ich greife Ihren Vorschlag gerne auf und schreibe eine Kurzform, in der aber alle Fakten enthalten sind, die mir zur Verfügung stehen.«
Isabelle lächelte vieldeutig. »Sehr schön. Und Sie machen das ehrenamtlich. Das ist ein netter Zug von Ihnen.«
»Ehrenamtlich? Wie meinen Sie das?« Er brauchte ein paar Sekunden, dann huschte ein Lächeln über sein Gesicht. »Ach so, ich habe verstanden, natürlich.«

37

Nach ihrem Besuch bei Dubois fuhr sie das kurze Stück hinunter zum Hafen, stellte den Wagen im absoluten Halteverbot ab und lief zur Brasserie *La Marine*. Sie brauchte Zeit zum Nachdenken, und sie hatte Hunger. In der zweiten Reihe war ein Tisch frei. Fast fühlte sie sich hier schon zu Hause – wie vor knapp hundert Jahren die deutschsprachigen Emigranten. Sogar die Bedienung erkannte sie wieder. Nun ja, das letzte Mal hatte sie sich hier mit Capitaine Morel getroffen, das blieb im Gedächtnis haften.
Sie überflog die Speisekarte. *Soupe de poissons de roche, Tartare de saumon, Poêlée de seiches …* Isabelle entschied sich für ein *Risotto au saumon frais et safran.* Dazu ein Glas Bandol und stilles Wasser.
Sie lehnte sich zurück und ließ ihr Gespräch mit Jean-Baptiste Dubois Revue passieren. Fast euphorisch war sie zu ihm hingefahren, überzeugt davon, dass die Entschlüsselung des Kürzels JBD der Durchbruch war. Und jetzt? Jetzt war sie ernüchtert. Zwar hatten sich einige Puzzlesteine zusammengefügt. Sie hatte herausgefunden, warum Thierry nach Sanary gefahren war. Und sie hatte in Erfahrung gebracht, mit wem er die letzten Stunden vor seiner Ermordung verbracht hatte. Doch die entscheidende Frage, mit wem er die letzten *Minuten* verbracht hatte – war unbeantwortet geblieben. Immerhin hatte sich die Vermutung bestätigt, dass Thierry noch eine späte Verabredung gehabt hatte. Und dass er dieser laut Dubois durchaus freudig entgegengesehen hatte. Offenbar hatte

er die Situation völlig falsch eingeschätzt, war sich keiner Gefahr bewusst gewesen. Wie konnte das sein? Weil zum Treffen jemand anders gekommen war, als er erwartet hatte? Oder weil er sich in der Person seiner Verabredung dramatisch getäuscht hatte? Gab es einen Zusammenhang mit der geplanten Chronik? Welcher könnte das sein? Oder hatte es mit der Chronik überhaupt nichts zu tun? Warum dann aber ausgerechnet Sanary? Und was war mit den verbliebenen zehntausend Euro geschehen?

Isabelle gestand sich ein, dass sie nicht nur ernüchtert war, sondern geradezu enttäuscht. Es war frustrierend, bei den Ermittlungen ein großes Stück weitergekommen zu sein – und dennoch mit leeren Händen dazustehen. Dabei hatte sie das Gefühl gehabt, dass jetzt Schwung in ihre Ermittlungen kam, dass sich die Ereignisse im positiven Sinne überschlagen könnten. Vielleicht taten sie das auch, aber es kam nichts dabei heraus. Sie nahm ein Schluck vom Bandol und nahm sich vor, optimistisch zu bleiben. Auch wenn das gerade nicht leichtfiel.

Eine Stunde später stand sie auf der Mauer, von der Gustave beim Angeln in die Tiefe gestürzt war. Zuvor war sie dem Gendarmen begegnet, den sie bereits kannte und der sie zum Unglücksort geführt hatte. Unglücksort? Oder Tatort? Laut Franell gab es keine Anhaltspunkte für ein Tötungsdelikt. Isabelle sah hinunter auf die Felsen, auf die Gustave aufgeschlagen war. Besser hätte er von dort geangelt, aber wahrscheinlich war es ihm im volltrunkenen Zustand unmöglich gewesen, dorthin zu gelangen. Also hatte er von hier oben seinen Köder mit weitem Schwung ins Meer geworfen. Sie konnte sich gut vorstellen, dass man dabei die Balance verlor, sogar ohne Alkohol im Blut. Dennoch blieb sie misstrauisch. Aus einem einfachen Grund: Sie tat sich grundsätzlich schwer, an

Zufälle zu glauben. Und es war ein großer Zufall, dass ein möglicher Zeuge wenige Tage nach der Tat bei einem Sturz ums Leben kam. Einige Wochen später, okay, einverstanden. Aber ausgerechnet jetzt? Möglich war es, doch wie wahrscheinlich war das?

Auf der Fahrt zurück nach Fragolin tat sie das, was sie das letzte Mal aus Gründen der Diskretion unterlassen hatte. Diesmal war sie nicht in Begleitung von Apollinaire, weshalb nichts dagegensprach, bei ihrem Lieblingsstrand zu halten und ins Meer zu springen. Danach lag sie auf ihrer Badematte und ließ sich von der Sonne trocknen. Sich für diese kleinen Freuden Zeit zu nehmen, hatte sie von Thierry gelernt. *Vivre le moment présent!* Den Augenblick genießen. Die provenzalische Leichtigkeit des Seins hatte ihm im Blut gelegen. Dennoch hatte er gleichzeitig sehr zielstrebig seine Ziele verfolgt. Das eine schloss das andere nicht aus.

Thierry, Thierry … Warum sprach er nicht zu ihr? Ein kleiner Hinweis würde genügen. Ein einziger Name. Meinetwegen nur ein Vorname. Warum sprach er nicht zu ihr? Weil Tote ein Schweigegelübde abgelegt hatten? Stimmen aus dem Jenseits drangen nicht einmal dann zu einem durch, wenn man mit geschlossenen Augen am Strand auf einer Bastmatte lag und sich in einen Zustand meditativer Entspannung versetzte. Isabelle hörte nur die Brandung des Meeres und den Wind in den Pinien …

38

Apollinaire war großartig. Er fand es fantastisch, dass sie Dubois aufgespürt hatte. Er sah darüber hinweg, dass sich daraus keine weiterführenden Erkenntnisse ergeben hatten. Er sprach vom Momentum, das unübersehbar war. Die Dinge nähmen ihren Lauf. Sie werde schon sehen. Wie zum Beweis läutete das Telefon. Roger war dran, der die Abhöraktion in der Villa von Claude Clement-Gauthier leitete.

Isabelle schaltete den Lautsprecher ein, damit Apollinaire mithören konnte.

»Ich hab ja versprochen, Sie zu informieren, wenn über was geredet wird, was Sie interessieren könnte«, begann er. »Um es gleich vorwegzuschicken, Ihr toter Bürgermeister findet in den Gesprächen nicht statt. Nur unmittelbar nach Ihrem Besuch hat sich der Hausherr abfällig über ihn geäußert.«

»Inwiefern?«

»Das werden Sie nicht hören wollen.«

»Jetzt erst recht.«

»Er hat zu Roux gesagt, man hätte Thierry Blès die Eier abschneiden sollen. Offenbar geht er davon aus, dass seine Frau Faduma mit Thierry Blès ein Verhältnis hatte. Stimmt das?«

»Ja, ich denke schon«, antwortete sie.

»Aber deshalb rufe ich Sie nicht an. Sie deuteten ja an, dass Sie auch am Schicksal von Faduma interessiert wären. Nun, ihr Zustand hat sich offenbar verschlechtert. Ihr Gatte hat sie in einem Privatsanatorium angemeldet. Roux hat Faduma vor einer Stunde ins Auto verfrachtet und hingebracht.«

»Wurde sie zuvor von einem Arzt untersucht?«
»Nein, das ist ja das Merkwürdige. Clement-Gauthier hat sich nicht viel um sie gekümmert. Er hat Roux nur immer wieder daran erinnert, ihr die Tabletten zu geben. Welche, weiß ich natürlich nicht. Ein Arzt wurde nie konsultiert, auch nicht telefonisch. Aber sie haben dreimal die Dosis erhöht. Als Roux Faduma zum Auto geführt hat, konnte ich sie lallen hören. Und sie ist einige Male hingefallen, was Roux anscheinend amüsiert hat.«
»Wirklich? Roux war mir gar nicht mal so unsympathisch.«
»Das können Sie revidieren. Er ist auch sonst sehr speziell.«
Sehr speziell? Das konnte viel bedeuten, aber nett klang es nicht.
»Wie kommen Sie mit Ihrem eigentlichen Anliegen voran?«, fragte Isabelle. »Balancourt meinte, dass sich die Schlinge um Clement-Gauthiers Hals immer enger zusammenzieht.«
»Ja, sieht ganz so aus. Wir bekommen fortwährend Hinweise, denen wir nachgehen. Aber ob das alles für eine Anklage reicht, kann ich nicht beurteilen.«
»Hoffen wir es. Um noch mal auf Faduma zurückzukommen. Wissen Sie, in welches Sanatorium sie eingeliefert wurde?«
»Ja, der Name ist gefallen. Die Klinik heißt *Maison de santé à bon rivage*. Kann nicht weit weg sein, denn Roux ist vor fünf Minuten zurückgekommen.«
»Noch eine abschließende Frage. Ist in den Gesprächen je der Ort Sanary-sur-Mer erwähnt worden?«
»Wo man Monsieur Blès' Leiche gefunden hat? Nein, kein einziges Mal, da bin ich mir absolut sicher.«
»Roger, vielen Dank für Ihren Anruf. Ich wünsche Ihnen weiter viel Erfolg.«
»Danke, vor allem brauchen wir schnelle Erfolge, denn die Batterien in den Wanzen haben nur eine begrenzte Lebensdauer.«

Sie lachte. »Kommen Sie nur nicht auf die Idee, dass ich die Batterien auswechseln soll.«
Kaum hatte sie aufgelegt, konnte ihr Apollinaire bereits die Adresse des Sanatoriums nennen. Es lag in der Nähe von Gassin, offenbar abgeschieden in einem Wald. Und es war auf die Unterbringung von psychisch Kranken spezialisiert.
Isabelle legte die Stirn in Falten. Demnach war Faduma psychisch krank? Und zwar so schlimm, dass sie stationär in ein Sanatorium musste? Jene Faduma, die sich noch vor Kurzem mit einem strahlenden Lächeln auf einem roten Teppich vor den Kameras der Pressefotografen gezeigt hatte? Isabelle wusste nicht viel von ihr, aber darauf wäre sie nicht gekommen.
Apollinaire hatte wieder sein geliebtes Lineal in der Hand und fuchtelte damit in der Luft herum.
»Das mit Faduma ist wirklich erstaunlich«, konstatierte er. »Wie besprochen habe ich ein wenig recherchiert …«
Hatten sie das besprochen? Ach ja, sie hatte ihm erlaubt, in »Phasen des Müßiggangs« Nachforschungen anzustellen.
»Es gibt in den Medien viele Berichte über das Glamourpaar Claude und Faduma Clement-Gauthier. Dass sie krank ist, wurde nirgends erwähnt.«
»Mit psychischen Erkrankungen wie etwa einer Depression geht man nicht gerne an die Öffentlichkeit«, suchte Isabelle nach einer Erklärung.
»Tja, ist wohl so. Auch nicht mit Fußpilz und chronischen Blähungen.«
Apollinaires Vergleiche waren wie so häufig wenig hilfreich.
»Wie gesagt habe ich ein wenig recherchiert …«
»Das sagten Sie bereits.«
»Deshalb kann ich Rogers Aussage bestätigen, dass dieser Roux ein sehr spezieller Zeitgenosse ist.«

»Inwiefern?«

»Pépin Roux hat uns gegenüber erwähnt, dass er früher selber bei der Polizei gewesen sei und sich der Truppe immer noch zugehörig fühle. Können Sie sich erinnern?«

Isabelle war heute nicht so geduldig wie sonst. Sie machte eine auffordernde Handbewegung.

»Natürlich erinnere ich mich.«

»Es stimmt, dass er früher bei der Polizei war, sogar bei unserem Verein, also bei der *Police nationale,* und zwar in der Drogenfahndung. Aber ich glaube nicht, dass er sich der Truppe noch zugehörig fühlt, denn Roux wurde vor einigen Jahren hochkant rausgeschmissen. Was genau der Anlass war, geht aus seiner Personalakte nicht hervor. Irgendwas Unappetitliches. Aber das kriege ich noch raus.«

»Ja, wäre vielleicht interessant zu wissen«, erwiderte Isabelle. »Aber aktuell interessiert mich mehr, was mit Faduma los ist … obwohl es mich nichts angeht.«

Es ging sie nichts an, das stimmte. Doch ihr fiel ein, worüber sie mit Balancourt gesprochen hatte, dass nämlich Faduma einiges von den krummen Geschäften ihres Mannes mitbekommen haben könnte, dass sie ihn belasten könnte und dass er sie deshalb aus dem Verkehr zog. Auch mochte Eifersucht eine Rolle spielen, sofern er erst vor Kurzem von ihrer Affäre mit Thierry erfahren haben sollte. Auf dem Weg aus dem Haus hatte sie gelallt. Und sie war mehrfach gestürzt. Das hörte sich nicht gut an.

»Soll ich mal im Sanatorium nachfragen?«

»Ich schätze, dass man Ihnen keine Auskunft geben wird. Außerdem würde ein Anruf der Polizei sofort Clement-Gauthier gemeldet werden.«

»Ich kann mich ja am Telefon für ihren Bruder ausgeben und Französisch mit arabischem Akzent sprechen«, schlug er vor.

Apollinaire hatte mit Shayana eine tunesische Freundin. Französisch mit arabischem Akzent? Wahrscheinlich brachte er das sogar hin. Aber sie wollte sich nicht ausmalen, was dabei alles schieflaufen könnte.

»Lassen Sie mal sein. Ich werde im Sanatorium vorbeifahren und ihr einen Krankenbesuch abstatten.«

Er sah sie zweifelnd an. »Als was wollen Sie sich ausgeben? Als Fadumas Schwester würden Sie nicht durchkommen.«

Isabelle musste lächeln. Da hatte er recht. Aber ihr würde was einfallen.

39

Die Spur der Exilliteraten … die Entdeckung des greisen Autors Dubois … ihr aufschlussreicher Besuch … und die gleichzeitige Enttäuschung … der Vorschuss, den Thierry bezahlt hatte … die zehntausend Euro, die fehlten … die Mauer, von der Gustave beim Angeln runtergefallen war … Clement-Gauthier, der Thierry am liebsten die Eier abgeschnitten hätte … eine lallende Faduma, die in eine Psychoklinik eingeliefert wurde … ein Pépin Roux, der mal Drogenfahnder war und Mist gebaut hatte … und noch so einiges mehr …
Isabelle fand, dass der Tag genug Abwechslung geboten hatte. Entsprechend erschöpft fühlte sie sich. Weniger körperlich, denn da hatte das Bad im Meer Wunder bewirkt, sondern mental – zu viele Gedanken gingen ihr gleichzeitig durch den Kopf. Sie brauchte dringend Zeit für sich alleine, um diese ungestört zu verarbeiten und um zu überlegen, welche Schlussfolgerungen sich daraus ergaben.
Mit diesem Vorhaben also machte sich Isabelle vom Kommissariat auf den Weg nach Hause. Sie wählte einen »Schleichweg« durch Seitengassen, auf dem sie hoffte niemandem zu begegnen. Der Plan war gut – wurde aber von Clodine durchkreuzt, die ihr aus unerfindlichen Gründen genau hier entgegenkam. Fluchtmöglichkeiten gab es keine, also konnte Isabelle nicht umhin, sich von ihr umarmen zu lassen. Damit hatte sie keine Probleme, denn Clodine hatte sie schon als kleines Mädchen umarmt, doch ahnte Isabelle, was gleich kommen würde.

»Isabelle, mein Schatz, was bin ich froh, dich hier zu treffen. Ich muss dich was fragen …«

»Nur zu!«

»Täusche ich mich, oder gehst du mir momentan aus dem Weg?«

Genau diesen Vorwurf hatte sie erwartet. Isabelle konnte ihn sogar nachvollziehen, denn tatsächlich hatte sie in der letzten Zeit einen Bogen um ihren Laden gemacht. Eher unbewusst, denn Clodine hatte ihr keinen Anlass gegeben. Warum also dann? Die Erklärung war einfach: Clodine redete zu viel! Normalerweise ertrug sie ihren Wortschwall mit Fassung, oft hörte sie gar nicht richtig zu, oder sie fand ihre geistigen Kapriolen sogar amüsant. Doch in ihrer aktuellen Verfassung fehlte ihr der Sinn dafür. Sollte sie ihr das in aller Offenheit sagen? Aber das brachte nichts.

»Nein, wie kommst du darauf?«, schwindelte sie. »Mir geht nur gerade so viel durch den Kopf …«

»O ja, das kann ich mir denken«, fiel ihr Clodine ins Wort. »Allein die Mordermittlungen, *mon Dieu*. Wenn das der Grund ist, nehme ich es nicht persönlich.«

Clodine hatte es fertiggebracht, ihren eigenen Vorwurf zu entkräften und Isabelles Verhalten im gleichen Atemzug zu entschuldigen. So etwas schaffte nur eine talentierte Schnellrednerin.

»Schön, dass du es verstehst«, erwiderte Isabelle.

»Aber natürlich, mein Schatz, trotzdem wäre ich dir jetzt wirklich böse, wenn du meine Einladung zu einem Glas Wein ausschlägst.«

Auch das hatte Isabelle erwartet. Ihr Plan war ein anderer gewesen.

»Ich muss zu Hause noch arbeiten …«, begann sie einen schüchternen Abwehrversuch.

»Dafür hast du hinterher immer noch Zeit. Komm, wir gehen ins *Café des Arts*.«
Isabelle gab sich geschlagen.
»Einverstanden. Aber nur ein Glas.«
Clodine kicherte. »Oder zwei.«
»Hast du deinen Laden schon zugesperrt?«, fragte Isabelle.
»Nein, das könnte ich mir nicht leisten. Aber Jasmin hält die Stellung. Sie macht das gut, ich mag sie.«

Eines musste man Clodine lassen, sie konnte einen rasch auf andere Gedanken bringen. Halt auf ihre eigenen. Und es lag an einem selbst, wie aufmerksam man ihr dabei folgte. Im Schnellgang und fast übergangslos absolvierte sie den aktuellen Tratsch im Ort. Sie berichtete von der allgemein noch großen Bestürzung wegen Thierrys Tod. Und sie stellte die Frage, ob sie zur Trauerfeier ein schwarzes Kleid anziehen solle oder einen grauen Hosenanzug. Natürlich erwartete sie keine Antwort, weshalb sich Isabelle wortlos eine Olive in den Mund schob.
Clodine fiel ein, dass sie Isabelle mit Nicolas Sausquebord gesehen hatte. Beruhigt nahm sie zur Kenntnis, dass sich Isabelle nur aus ermittlungstechnischen Gründen mit ihm getroffen hatte. Das sei gut so, sagte sie, denn erstens sei er wohl wirklich schwul, zweitens eine gescheiterte Existenz, und drittens interessiere sie sich im Zweifelsfall selber für ihn. Mit ihren Talenten müsse es doch möglich sein, einen schwulen Maler zu bekehren, überlegte sie. Doch, davon sei sie felsenfest überzeugt, bisher habe sie noch jeden Mann rumgekriegt.
Isabelle lächelte leise vor sich hin – und enthielt sich jedes Kommentars.
Weil Clodine gerade schon beim Thema war, wechselte sie geschmeidig zu Jasmin und ihrer neu entflammten Liebe zum

Vizebürgermeister Marcel Perrin. Sie freue sich für beide, und zwar ganz ehrlich. Jasmin habe es verdient, glücklich zu sein. Und für Marcel sei es ohnehin höchste Zeit. Isabelle wisse ja sicherlich, dass seine Ehe vor einigen Jahren in die Brüche gegangen sei …

»Davon habe ich gehört, aber das war vor meiner Zeit«, sagte Isabelle, »ich kenne Perrin nur alleine.«

»Stimmt, das war vor deiner Zeit. O Gott, wie schnell die Zeit vergeht. Und du hast recht, seitdem hat er ein trostloses Dasein als Junggeselle gefristet.« Clodine machte ein verträumtes Gesicht. »Sieht man mal von den wenigen Wochen ab, in denen ich ihm Trost gespendet habe.«

»Hast du?«

»Ja, habe ich. Wenn du so willst, aus Nächstenliebe. Er hat immer so traurig geschaut. Na ja, war ganz nett, ist aber kein Mann für mich.«

»Und jetzt darf ihn Jasmin haben?«

»Na klar, warum nicht.« Clodine nahm einen Schluck vom Wein. »Willst du wissen, warum ihn damals seine Frau verlassen hat?«

Das, dachte Isabelle, interessierte sie nun ganz und gar nicht. Aber sie wusste auch, dass Clodine nur gerade Luft holte, um in jedem Fall eine Antwort auf diese von ihr selbst gestellte Frage zu geben.

»Also, es gibt eine offizielle Version. Nach der hat Beatrice unseren Vizebürgermeister verlassen, weil ihr Fragolin zu spießig war und zu weltabgeschieden. Sie hat die Koffer gepackt und ist nach Paris gezogen.«

»Ja, da ist mehr los«, stellte Isabelle fest. Auch wenn sie sich selbst keine Sekunde danach zurücksehnte.

»Aber die Wahrheit ist natürlich eine andere. Beatrice hatte eine Affäre mit einem Mann. Marcel hat es rausbekommen, sie

hochkant rausgeschmissen und die Scheidung eingereicht. So schnell kann's gehen.«
Clodine war auf dem besten Weg, sich immer tiefer in Klatsch und Tratsch zu verstricken, und so war es höchste Zeit, die Flucht anzutreten, dachte Isabelle. Sie leerte ihr Glas und bedankte sich bei ihrer Freundin für die Einladung. Aber nun müsse sie wirklich nach Hause. Clodine war es noch ein Bedürfnis, ihr den Namen des Mannes zu verraten, mit dem Beatrice ihren Gatten betrogen hatte. Das sei wie gesagt vor vielen Jahren gewesen, da habe Isabelle noch in Paris gelebt. Dann gab sie ihr zwei Küsschen auf die Wangen und wünschte, dass sie sich wieder häufiger träfen, um ein wenig zu plaudern. Isabelle lächelte. Miteinander zu plaudern? Sie hatte während der ganzen Zeit kaum gesprochen.

Warum hatte sie nach Hause gewollt? Um auf ihrer kleinen Terrasse den langen Tag Revue passieren zu lassen und um nachzudenken! Dabei kam es darauf an, das Wichtige vom Bedeutungslosen zu trennen. Das war wie beim Computer, da konnte man Dateien markieren und in den Papierkorb verschieben. Dann waren sie weg und schafften Platz fürs Wesentliche. Dumm nur, wenn man aus Versehen Dinge aus dem Gedächtnis löschte, die dennoch Aufmerksamkeit verdient hätten. Folglich ging Isabelle sehr langsam vor und versuchte alles zu bedenken. Selbst bei Clodines oberflächlichem Gerede lohnte es sich, kurz innezuhalten – bevor man auf »Entfernen« drückte. Die meiste Zeit verbrachte Isabelle bei ihrem Gespräch mit dem alten Professor. Es hatte so hoffnungsvoll begonnen und dann doch keinen Hinweis auf einen Täter oder ein Motiv ergeben. Oder hatte sie was übersehen? Seltsamerweise kam es ihr so vor, dass genau das der Fall war. Irgendeine Kleinigkeit war ihr entgangen. Das spürte sie. Bei Dubois

in Sanary oder in den Stunden danach? Claude Clement-Gauthier und Faduma?
Das intensive Nachdenken brachte nichts, sie kam nicht drauf. Aber vielleicht später, in der Nacht, oder morgen früh in der Aufwachphase? Sie durfte nur nicht den Fehler begehen, diese wichtige Unwichtigkeit aus ihrem Gedächtnis zu löschen. Das wäre fatal. Oder auch nicht, nämlich dann, wenn es sie gar nicht gab.

Es machte nichts, dass zu späterer Stunde Rouven anrief. Sie hatte ohnehin gerade vorgehabt, alle »Dateien« im Kopf zu schließen und ins Bett zu gehen. Rouven machte es auch ganz kurz.
»Ich bin morgen in Fragolin. Wollen wir uns sehen?«
Rouven kam nach Fragolin? Eigentlich widersprach das ihrer Vereinbarung, denn sie hatte immer darauf geachtet, die beiden Leben, die sie führte, auseinanderzuhalten. Fragolin war Thierrys Territorium, auch sein Fischerboot unten am Meer. Rouvens Revier war der Rest der Welt. Isabelle schluckte. Doch Thierry war tot. Sie hatte keine zwei Leben mehr, die sie voneinander trennen musste. Leben oder Lieben? Beides war richtig. Trotzdem überraschte es sie, dass Rouven nach Fragolin kommen wollte. Aber nur für wenige Sekunden, dann fiel der Groschen.
»Hat sich demnach Nicolas bei dir gemeldet?«, fragte sie.
»*Mais oui,* das überrascht dich, oder?«
»Ja, schon. Seine Begeisterung schien sich in Grenzen zu halten.«
»Das tut sie immer noch, aber ich habe ihn überredet. Ich besuche ihn morgen Mittag in seinem Atelier. Vielleicht gehen wir hinterher was essen, dann könntest du uns Gesellschaft leisten. Du hast uns ja quasi zusammengebracht.«

Zusammengebracht? Ja, das stimmte wohl. Und wahrscheinlich war das ein Fehler gewesen.

»Ich hoffe, du erwartest dir nichts von Nicolas«, erwiderte sie. »Ich glaube kaum, dass er für dich als Künstler interessant ist.«

»*On verra,* man wird sehen. Also, was ist? Lust auf ein spätes Mittagessen im *Terrasse Provençale.* Ich reserviere einen Tisch.«

Das Restaurant lag außerhalb von Fragolin und hatte einen Michelin-Stern. Sie ging nur selten dorthin. Wenigstens würden ihr dort weder Clodine über den Weg laufen noch die anderen üblichen Verdächtigen aus dem *Café des Arts* oder von Jacques' Bistro.

»Ich kann's versuchen. Am Vormittag habe ich einen wichtigen Termin in der Nähe von Gassin. Falls ich rechtzeitig zurück bin, stoße ich gerne dazu.«

»Würde mich freuen. Und dein Freund Nicolas hätte gewiss auch nichts dagegen ...«

»Ist nicht mein Freund«, korrigierte Isabelle.

Rouven lachte. »Pardon, falsche Wortwahl. Ich meinte natürlich deinen Nachbarn.«

»Genau, jetzt hast du es getroffen. Wie gesagt, ich versuche zu kommen.«

»Ich umarme dich. Schlaf gut. *Dors bien et bonne nuit.*«

40

Am nächsten Tag war sie sehr viel früher im Kommissariat als üblich. Sie hatte aufs Joggen verzichtet und das Croissant im Gehen gegessen. Für ihre Eile gab es keinen Grund – nur den, dass sie in der unruhigen und von vielen Wachphasen geprägten Nacht eine Hypothese entwickelt hatte. Und Varianten von derselben, die mindestens genauso interessant waren. Jetzt galt es, nach weiteren Anhaltspunkten zu suchen.
Apollinaire war noch nicht da. Sie machte sich einen Kaffee und schaltete den Computer ein. Sie führte erste Recherchen durch, die sie aber nicht wirklich weiterbrachten.
Apollinaires Kommen kündigte sich durch seinen hartnäckigen Versuch an, die Eingangstür zum Büro aufzuschließen. Das klappte natürlich nicht, denn sie war ja bereits offen. Eine Möglichkeit, die Apollinaire, der üblicherweise als Erster im Büro war, offensichtlich nicht in Betracht zog. Sie hörte, wie er mit dem Schlüssel im Schloss herumstocherte und leise vor sich hin fluchte. Isabelle hatte ein Erbarmen. *»Entrez!«*, rief sie laut und vernehmlich. »Ist offen.«
Eine kurze Pause des Erstaunens, dann trat er ein.
»Madame, Sie sind schon hier?«
»Falls das eine Frage sein sollte, kann ich mein Hiersein bestätigen«, antwortete sie im Spaß.
Er sah sie irritiert an. »Das war natürlich keine Frage«, stellte er schließlich fest.
»Dachte ich mir«, erwiderte sie schmunzelnd. »Der Kaffee ist fertig, und ich hätte noch ein frisches Croissant im Angebot.«

Er kontrollierte seine Armbanduhr. »Ich bin nicht zu spät, oder?«
»Nein, sind Sie nicht. Ich bin etwas früher gekommen, weil ich einige Dinge überprüfen wollte. Und vom Bürocomputer geht's schneller.«
Apollinaire stellte seine Aktentasche auf den Schreibtisch, zog seine Uniformjacke aus und hängte sie auf einen Kleiderbügel, nicht ohne den Stoff zwischen den Händen glatt zu streichen und die obersten Knöpfe zu schließen.
»Kann ich Ihnen bei den Recherchen helfen?«, fragte er.
»Gerade nicht, danke. Checken Sie erst mal Ihre Mails, dann können wir weitersehen.«
Minuten später las Apollinaire eine kurze Nachricht von Franell aus der Rechtsmedizin vor. Sie sagte im Wesentlichen aus, dass der Angler Gustave mit an Sicherheit grenzender Wahrscheinlichkeit ohne Fremdeinwirken zu Tode gekommen war. Auch gab es keine DNA-Spuren, die mit jenen an Thierrys Leichnam übereinstimmten.
Isabelle zuckte mit den Schultern. »Gut, dann wissen wir das auch.«
Apollinaire dagegen war sichtbar enttäuscht. »Ich habe mir so schön ausgemalt, dass Gustave den Mörder gesehen hat und irgendwie identifizieren konnte. Vielleicht durch das Kennzeichen an seinem Auto. Dann hat er ihn erpresst und wurde deshalb umgebracht. So oder so ähnlich habe ich mir das gedacht.«
»Hätte sein können, da haben Sie recht, ist aber nicht.«
»So ein Pech aber auch.«
»Übrigens werde ich später in die Klinik zu Faduma fahren und nach ihr sehen.«
»Weil Sie sich um sie sorgen?«
»Nicht nur deshalb.«
»Also doch. Sie halten demnach an der Theorie fest, dass Clement-Gauthier irgendwas mit Thierrys Tod zu tun haben könnte?«

»Das war zu keinem Zeitpunkt eine Theorie von mir, nur eine vage Möglichkeit, die sich nicht gänzlich ausschließen lässt.«

»Mit dem Problem, dass es dieser neureiche Drecksack nicht gewesen sein kann.«

Sie warf ihm einen vorwurfsvollen Blick zu. »Apollinaire, bitte mäßigen Sie Ihre Ausdrucksweise.«

»Ist doch wahr«, grummelte er. Von irgendwoher hielt Apollinaire plötzlich sein geliebtes Lineal in der Hand. Er verwendete es wie einen Taktstock. »Leider, leider waren sie zur Tatzeit alle in Paris.« Das Lineal fuhr durch die Luft. »Damit sind dieser Claude Clement-Gauthier nebst seiner Entourage aus dem Schneider.«

Entourage? Ein schönes Wort. Apollinaire meinte also Clement-Gauthiers Gefolgschaft. Wer gehörte alles dazu? In erster Linie wohl sein Chauffeur und Leibwächter Pépin Roux.

Isabelle reichte Apollinaire die *Paris Match* mit dem Bericht über den Galaempfang.

»Schauen Sie sich mal die Fotos an!«

»Habe ich bereits, ich kenne die Bilder. Clement-Gauthier und seine Faduma befanden sich definitiv in Paris.«

»Schauen Sie genauer hin! Fällt Ihnen nichts auf?«

Apollinaire legte die Stirn in Falten. »Ob mir was auffällt?«, murmelte er. »Genauer hinschauen ... dudeldi, dudeldu ... Ha, ich hab's.« Sein Lineal krachte auf den Schreibtisch. »Aber natürlich. Warum habe ich das nicht gleich bemerkt?«

Die Frage hatte sie sich selber auch schon gestellt. Es war allzu offensichtlich.

»An dem Abend hatte Clement-Gauthier einen anderen Chauffeur«, stellte Apollinaire fest. »Dieser Pépin Roux ist auf keinem Foto zu sehen.«

»Ganz genau.«

»Was die ebenso theoretische wie praktische Möglichkeit eröffnet, dass sich Roux an diesem Abend ganz woanders befunden hat …«
»So ist es. Aber er kann überall gewesen sein, zum Beispiel mit Kumpels beim Fußballspielen. Oder mit seiner Freundin bei einer Grillparty. Auch ein Vierundzwanzigstunden-Leibwächter hat mal einen freien Tag.«
»Das schon, aber doch nicht ausgerechnet …«
»Warum nicht?«
»Ja, warum nicht. Aber weshalb haben Sie mich auf Roux' Abwesenheit aufmerksam gemacht, wenn Sie an das Gute im Menschen glauben? Dieser Roux ist ein schlimmer Finger, das kann ich Ihnen versichern. Er hatte zu seiner Zeit als Polizist mehrere Dienstaufsichtsbeschwerden wegen Körperverletzung an der Backe. Diesem Roux kann man alles zutrauen.«
»Denke ich auch. Aber das Szenario macht keinen Sinn. Und es passt nicht zusammen. Außerdem ist es unlogisch. Woher sollte Roux von Thierrys Aufenthalt in Sanary wissen? Wie sollte er ihn nachts auf die Mole locken? Warum sollte er ihm die Kehle durchschneiden?«
»Weil ihm sein Chef den Auftrag erteilt hat?«, spekulierte Apollinaire.
»Das liegt auf der Hand. Aber auch Clement-Gauthier konnte nichts von Thierrys Verabredung mit einem emeritierten Professor wissen, der sich mit dem Exil von Literaten vor bald hundert Jahren beschäftigt. Ganz abgesehen vom Motiv.«
»Wie wäre es mit Eifersucht?«, schlug Apollinaire vor. »Schließlich hat ihn Faduma mit Thierry betrogen.«
Isabelle schüttelte den Kopf. »Ein Clement-Gauthier lässt niemand aus Eifersucht umbringen. Nicht mal sein untreues Eheweib, die steckt er im Zweifelsfall in die Klapsmühle.«

»Ich finde die Vorstellung dennoch faszinierend. Nur weil wir es nicht verstehen, muss es nicht falsch sein. Wie schon Albert Einstein sagte ...«
Isabelle winkte ab. »Ich fahre in einer halben Stunde zu Faduma in die Klinik *Maison de santé à bon rivage*«, unterbrach sie ihn. »Dann sehen wir weiter.«
»Wir müssten wissen, ob Roux ein Alibi hat.«
»Ja, aber noch sind wir nicht so weit. Ich will keine Pferde scheu machen.«
»Okay, bin gespannt, was Sie von Faduma erfahren.«
»Sofern ich überhaupt zu ihr vordringe.«
»Sie schaffen das, da bin ich mir sicher.«
»Hoffen wir es.«
Apollinaire hob sein Lineal. »Man muss die Welt nicht verstehen, man muss sich nur in ihr zurechtfinden.«
Sie sah ihn verständnislos an.
»Wie bitte?«
»Das Zitat von Einstein!«

Vor ihrer Abfahrt eilte Isabelle noch hinauf ins Bürgermeisterbüro zu Angélie. Eigentlich nur deshalb, weil sie wissen wollte, wie die morgige Trauerfeier ablief. Und ob sich viele Pressevertreter angemeldet hätten, denn diesen würde sie gerne aus dem Weg gehen. Sicherheitshalber wollte sie Chantal bitten, nach Fragolin zu kommen, um ihr den Rücken frei zu halten. Sie traf Angélie am Besprechungstisch zusammen mit Marcel Perrin an. Der Arbeitstag hatte kaum begonnen, aber beide sahen schon jetzt total geschafft aus. Perrin zündete sich gerade eine neue Zigarette an. Angélie stärkte sich aus einer Schachtel mit *biscuits aux amandes,* mit Mandelplätzchen.
»Puh, bin ich froh, wenn morgen alles vorbei ist«, stöhnte sie.

»Ich auch«, sagte Perrin. »Irgendwann müsste ich noch meine Rede schreiben.«
»Ich will nicht stören«, sagte Isabelle. »Besser, ich komme am Nachmittag noch mal vorbei.«
»Sie stören nicht, bei uns geht sowieso alles drunter und drüber.« Perrin sah auf die Uhr. »*Merde,* ich muss dringend zum Pfarrer, der hat noch einige Fragen an mich.«
Er drückte seine Zigarette aus, verabschiedete sich eilig und stürmte davon.
Angélie sah ihm hinterher. »Er engagiert sich sehr«, sagte sie. »Er hat es verdient, dass er unser nächster Bürgermeister wird.«
»Tatsächlich? Ist das schon entschieden?«
»Gestern im Gemeinderat. Bei aller Trauer um Thierry können wir ja nicht ohne Bürgermeister sein. Aber Perrin hat darum gebeten, dass die Amtsnachfolge erst in den nächsten Tagen bekannt gegeben wird. Erst gehe es darum, Thierry würdevoll zu verabschieden. Er wolle seine Person nicht in den Vordergrund stellen.«
Das, dachte Isabelle, war eine gute, vor allem eine respektvolle Entscheidung.
Angélie ging in die Küche, um sich ein Glas Wasser zu holen. Isabelle blieb kurz alleine und folgte einer spontanen Eingebung, ging dann aber Angélie hinterher und sagte, dass sie tatsächlich am Nachmittag noch mal vorbeischauen werde. Sie wünschte ihr gutes Gelingen bei all den Vorbereitungen. Falls ihr Apollinaire bei irgendetwas helfen könne, solle sie ihn fragen. Der mache das sicher gerne. Ach so, sie habe noch eine ungewöhnliche Bitte. Ob Angélie ihr vielleicht bis heute Nachmittag ihren Ausweis leihen könne, fragte sie. Sie verspreche, unter ihrem Namen keine Straftat zu begehen.
Angélie zögerte kurz, gab ihr dann aber ihre *Carte nationale d'identité.*

41

Sie war mit ihrem privaten Renault unterwegs. Noch wusste sie nicht, wie sie im Hospital mit dem wohlklingenden Namen *Maison de santé à bon rivage* auftreten würde, aber ganz sicher nicht als Kommissarin der *Police nationale*. Unterwegs erreichte sie ein Anruf von Nicolas de Sausquebord. Offenbar hatte er ihr vergeben, dass sie Rouven von ihm erzählt hatte.

»Ich nehme an, du weißt es schon?«, fragte er.

»Dass du Rouven Mardrinac in dein Atelier eingeladen hast? Ja, das weiß ich. Soll ich mich darüber freuen?«

»Kann ich noch nicht sagen. Bin mir ja selber nicht im Klaren, was ich von seinem Besuch halten soll.«

»Wahrscheinlich wäre es hilfreich, wenn du deine Bilder umdrehst. Er wird sie sehen wollen.«

Nicolas lachte. »Guter Vorschlag. Aber genau das werde ich nicht tun.«

Aus dem Mann, dachte sie, wurde sie einfach nicht schlau.

»Aber dann macht doch der ganze Atelierbesuch keinen Sinn, oder?«

»*On verra*, wir werden sehen.«

Er hatte soeben fast dieselben Worte gewählt wie Rouven. Was spielten die beiden für ein Spiel?

»Rouven hat vorgeschlagen, dass ich mich euch zum späten Mittagessen im Restaurant *Terrasse Provençale* anschließe. Wäre das okay für dich?«

»Sogar sehr okay, deshalb rufe ich an. Wäre schön, wenn du es einrichten könntest.«

Das war lieb. Es passierte ja nicht so häufig, dass einen gleich zwei Männer gerne dabeihaben wollten.
»Ich versuche es. Sobald ihr wisst, wann ihr dort seid, schickt mir bitte eine kurze Nachricht. Ich bin gerade unterwegs zu einem heiklen Termin. Sollte bis dahin aber vorbei sein.«
»Hat der Termin etwas mit deinen Mordermittlungen zu tun?«
Gute Frage. Hatte er das?
»Nein, wohl eher nicht, ist aber trotzdem wichtig.«

Isabelle fuhr auf den Besucherparkplatz. Großartig, sie hatte immer noch keinen Plan. Apollinaire meinte, dass sie sich wohl kaum als Fadumas Schwester ausgeben könne. Warum eigentlich nicht? Nur weil sie völlig anders aussah und eine andere Hautfarbe hatte? Wunder gab es immer wieder. Man musste sich nur eine plausible Erklärung ausdenken.
Das Sanatorium war von einem hohen Zaun umgeben. Es sah nicht so aus, als ob man hier einfach rein- und rausspazieren könnte. Isabelle hatte einen Blumenstrauß dabei. An der Rezeption gab sie sich als Angélie Racasse aus. Sie zeigte der Empfangsdame kurz Angélies Personalausweis, nahm ihn aber so schnell wieder weg, dass sie ihn nicht genauer studieren konnte. Mit viel Fantasie sah ihr das Foto sogar ähnlich. Nun ja, eigentlich nicht, aber immerhin stimmte die Haarfarbe und so ungefähr auch das Alter.
»Ich möchte meine Schwester besuchen«, sagte Isabelle. »Faduma Subeeda, verheiratete Clement-Gauthier.«
Erwartungsgemäß sah die Rezeptionistin sie verwirrt an.
Isabelle lächelte verständnisvoll. »Ach so, Sie meinen, das kann nicht sein. Vielleicht sollten Sie wissen, dass Faduma meine Adoptivschwester ist. Sie kam als Flüchtling aus Somalia nach Frankreich und wurde von meinen Eltern in die Familie aufgenommen. So, und jetzt würde ich meine Faduma ger-

ne sehen. Meine Eltern machen sich große Sorge um sie. Manchmal glaube ich, sie mögen Faduma mehr als mich. Können Sie das verstehen?«

»Nein, das glaube ich nicht. So was dürfen Sie gar nicht denken.«

Wie schön. In einer Psychoklinik zeigten sogar die Damen am Empfang Verständnis für die seelischen Nöte ihrer Mitmenschen.

Die Rezeptionistin suchte am Bildschirm die Zimmernummer.

»Erster Stock, letztes Zimmer links. Eine Pflegekraft ist bei ihr. Ich hoffe, dass Ihre Schwester ansprechbar ist.«

Offenbar hatte es Clement-Gauthier versäumt, eine Besuchersperre zu verhängen. Warum auch? Es wusste ja niemand, dass Faduma hier war.

»Das würde mich glücklich machen. Ich will auch gar nicht lange bleiben. Bekomme ich auf der Station eine Blumenvase?«

»Natürlich, sogar mit Wasser.«

Na bitte, Humor hatte sie auch.

Oben angelangt, klopfte Isabelle am Zimmer. Die »Pflegekraft«, die ihr aufmachte, hatte die Figur einer Ringkämpferin und den Charme eines Schubkarrens. Aber auch sie ließ sich von Isabelles Lügengeschichte einwickeln. Sie sah keine Notwendigkeit, sich eine neue auszudenken, denn Faduma lag regungslos im Bett, mit geschlossenen Augen und einer Atemmaske über Mund und Nase. Selbst in dieser Situation sah sie gut aus. Doch war nicht damit zu rechnen, dass sie was sagen würde. Das war gut, was ihre Tarnung betraf. Aber superschlecht, wenn es darum ging, etwas von ihr zu erfahren. An eine Befragung war nicht zu denken.

Die »Ringkämpferin« hatte offenbar gerade Blutproben von Faduma genommen und sie in mehreren Röhrchen neben dem

Krankenbett auf einem Tablett aufgereiht. Einige waren noch leer, offenbar war sie nicht fertig.
Isabelle hob ihren Blumenstrauß in die Höhe und bat um eine Vase.
Die Pflegekraft schaute gequält, ging dann aber kurz aus dem Zimmer, um eine zu holen. Isabelle nahm ein mit Blut gefülltes Röhrchen, sah, dass es ordentlich mit Namen beschriftet war, und steckte es ein. Die anderen Röhrchen richtete sie so aus, dass sich keine Lücke auftat.
Sie beugte sich über das Krankenbett. »Hallo, meine liebe Faduma. Kannst du mich hören?«
»Das können Sie vergessen«, kam von hinten die Reibeisenstimme der Schwester. »Madame Clement-Gauthier wurde sediert, damit sie sich optimal erholen und wieder zu Kräften kommen kann.«
Sediert? Laut Roger hatte sie im Haus von Clement-Gauthier wenigstens noch gelallt. Jetzt lag sie da wie im Koma.
»Ich hoffe, die Therapie schlägt an«, sagte Isabelle.
»Natürlich, dafür sind wir da.«
Dafür? Isabelle hatte einen ganz anderen Eindruck.
»Sobald Faduma aufwacht, richten Sie ihr bitte herzliche Grüße von ihrer Schwester Angélie aus. Ich wünsche ihr eine baldige Genesung und melde mich in den nächsten Tagen wieder.«
»Ja, tun Sie das.«
Die Krankenschwester schob Isabelle aus dem Zimmer.
»Tausend Dank. Und passen Sie bitte gut auf meine Schwester auf.«
»Davon können Sie ausgehen«, erwiderte sie. »Sogar sehr gut. Dafür bin ich ausgebildet.«
Diesmal glaubte ihr Isabelle aufs Wort.
Unten angekommen, verabschiedete sie sich von der Rezeptionistin. Die ließ sich ihren Namen buchstabieren, fürs Besu-

cherprotokoll. Den Ausweis wollte sie nicht noch mal sehen. Also variierte Isabelle Angélies Nachnamen. Aus Racasse machte sie Rabiasse. So, jetzt waren alle Spuren verwischt.
Isabelle ging aus dem Haus und setzte ihre Sonnenbrille auf. Da sah sie, dass auf dem Parkplatz gerade ein Mann seinen Motorradhelm abnahm: Pépin Roux. Seine Maschine stand zufällig direkt neben ihrem Auto. Schnell suchte sie Deckung hinter einer Säule. Als er in die Empfangshalle trat, rannte Isabelle los. Sie schnappte sich seinen Helm, den er über die Lenkstange gehängt hatte, sprang in ihr Auto und machte, dass sie davonkam.
Im Rückspiegel sah sie Roux wieder aus dem Haus treten und sich umsehen. Wahrscheinlich hatte er gerade vom Besuch einer Schwester erfahren, von der er wusste, dass es sie nicht gab. Zu spät. Ihr war versagt geblieben, mit Faduma zu sprechen. Aber sie hatte alles, was sie brauchte. Jetzt musste sie nur noch Gas geben und sicherstellen, dass sie von keinem Motorrad verfolgt wurde.

42

Vom »Krankenbesuch« bei Gassin war sie schneller zurück als erwartet. Im doppelten Sinne, denn unterwegs wurde sie von der Polizei wegen überhöhter Geschwindigkeit angehalten. Ihre einzige Sorge dabei war, dass plötzlich Roux auf seinem Motorrad auftauchen könnte. Aber die Kollegen von der *Police municipale* hatten ein Einsehen und ließen sie rasch weiterfahren. Verbunden mit der Ermahnung, bei ihrem nächsten Einsatz nicht ihren Privatwagen zu verwenden.
In Fragolin angekommen, überraschte sie Apollinaire mit ihren »Trophäen«. Vor allem der Motorradhelm brachte ihn kurzfristig aus dem Konzept. Seit wann hatte sie ein Motorrad? Und das Röhrchen mit der Blutprobe? Dass er beides so schnell wie möglich nach Toulon ins Labor von Franell bringen sollte, zauberte ein kindliches Strahlen auf sein Gesicht. Denn aus dieser Anweisung ergab sich als logische Konsequenz, dass er in Stausituationen Blaulicht und Sirene einschalten durfte. Nach Isabelles Einschätzung würde er diese Notwendigkeit unmittelbar nach dem Ortsende von Fragolin schon auf menschenleerer Landstraße als gegeben ansehen.
Apollinaire klatschte sich auf die Schenkel, als er erfuhr, dass Isabelle Roux' Helm geklaut hatte. Er schaltete schnell, dass es darum ging, einen gentechnischen Vergleich durchzuführen. Im Helm waren genug Partikel und Haarreste von Roux' verschwitztem Schädel, sodass Franell die DNA bestimmen und mit den Spuren an Thierrys Leichnam abgleichen konnte.

Apollinaire bot Isabelle eine Wette an, dass sie diesmal einen Treffer landen würden. Hundert zu eins. Auch wenn es dafür keinen logischen Grund gebe, nur sein Bauchgefühl. Sie winkte ab. Eine Mordermittlung sei kein Pferderennen. Und das Thema zu ernst für eine Wette.

Was die Blutprobe betraf, war sie sich mit Apollinaire ohnehin einig. Franell würde ganz sicher feststellen, dass man Faduma mit Beruhigungsmitteln oder anderen Psychopharmaka vollgestopft hatte. Blieb nur die Frage, mit welchen und ob sie dadurch in einen lebensbedrohlichen Zustand geraten könnte – oder vielleicht schon war.

Apollinaire nahm seine Uniformjacke vom Kleiderbügel, schnappte sich den Autoschlüssel und war schon im Aufbruch begriffen, da bat sie ihn noch einen Moment zu warten. In einem sterilen Beutelchen übergab sie ihm das Beweisstück 054. Auch hier solle er einen eiligen Genabgleich veranlassen.

Er sah sie ratlos an. 054? So viele »Beweisstücke« hätten sie bislang doch gar nicht? Oder verberge sich dahinter eine Bedeutung, die sich ihm nicht erschloss?

Isabelle musste lächeln. Sie hatte die Ziffernfolge gerade willkürlich gewählt. Ohne Sinn oder Hintergedanken. Apollinaire würde sich daran die Zähne ausbeißen.

Isabelle blieb im Büro und setzte ihre Internetrecherchen fort, die sie am Morgen unterbrochen hatte. Ihr waren noch einige Punkte eingefallen, die sie interessierten. Viel fand sie nicht heraus, aber einiges doch. Es waren kaum mehr als Bruchstücke, die sich womöglich zu einem Puzzle zusammenfügen ließen. Oder auch nicht – das war das Problem.

Sie zog die Sandalen aus und lief im Kommissariat auf und ab. Sie blickte aus dem Fenster und entdeckte auf dem Parkplatz

des Rathauses ein Auto, das sie hier noch nie gesehen hatte. Ein SUV einer italienischen Sportwagenschmiede. In Fragolin fuhr keiner eine solche Nobelkarosse.
Isabelle fiel ein, dass sie noch Angélies Ausweis hatte. Ein guter Grund, hinauf ins Bürgermeisterbüro zu gehen, um ihn zurückzugeben. Auf der Treppe kamen ihr zwei Besucher entgegen, die sie erstens kannte und die zweitens zum geparkten Auto passten: Stephane Mathieu und Didier Fabron, die beiden Immobilienheinis aus Cannes. Was hatten sie hier zu suchen? Mathieu und Fabron blieben stehen und begrüßten sie. Durchaus höflich – allerdings mit einem dümmlichen Grinsen. Apollinaire hatte nicht so falschgelegen, als er sie als »gelackte Pappnasen« bezeichnet hatte.
Auf ihre Frage, was sie denn nach Fragolin ins Rathaus verschlagen habe, antworteten sie, dass der Gemeinderat in einer Sondersitzung seinen Widerstand gegen die Umwidmung des früheren Naturschutzgebietes in Bauland aufgegeben habe. Sie hätten gerade die erforderlichen Papiere unterschrieben.
Isabelle staunte. Das war wirklich schnell gegangen. Thierry war noch nicht unter der Erde und damit der größte Gegner dieses Projekts aus dem Spiel, schon erhielten die beiden die erforderliche Mehrheit. Damit stand fest, dass zumindest Mathieu und Fabron von Thierrys Tod profitiert hatten. Und Profitstreben war schon immer ein Motiv für Straftaten gewesen, auch für Gewaltverbrechen. Doch musste der Umkehrschluss nicht stimmen: Nur weil sie einen ökonomischen Vorteil aus seinem Tod zogen, mussten sie dafür nicht verantwortlich sein. DNA-mäßig waren sie sowieso entlastet. Isabelle musterte die beiden gestylten Anzugträger auf der Treppe. Sahen so Menschen aus, die einen Mord in Auftrag gaben? Nach dem Aussehen konnte man nicht gehen, das wusste sie.

Nicht einmal nach dem Bauchgefühl. Dennoch zog sie in Zweifel, dass sie dazu in der Lage waren. Außerdem hätten sie dann nicht den Mut besessen, noch vor der Beerdigung freudestrahlend im Rathaus ihres toten Widersachers aufzutauchen. Als Auftraggeber eines Mordes wären sie vorsichtshalber eine Weile in Deckung geblieben und hätten bis zu ihrem Triumph etwas Zeit verstreichen lassen.

Isabelle gratulierte ihnen zu ihrem Erfolg. Durchaus mit einem spöttischen Unterton, den Mathieu und Fabron aber nicht herauszuhören schienen. Isabelle schloss die Bemerkung an, dass sie sich weiterhin zur Verfügung halten sollten, schließlich seien die Mordermittlungen noch im Gange. Mathieu und Fabron warfen sich einen kurzen Blick zu. Dann nickten sie und versicherten ihr, dass sie in den nächsten Wochen keine Auslandsreisen geplant hätten. *Madame le Commissaire* könne sie jederzeit in Cannes erreichen. Obgleich sie nicht wüssten, was es noch zu besprechen gebe.

Isabelle verabschiedete sich mit einem kurzen Gruß und setzte ihren Weg in den ersten Stock fort. Dort traf sie im Sekretariat Angélie an. Mit einem Dankeschön retournierte sie ihren Ausweis und sagte, dass sie ihn gar nicht benötigt habe, sie könne also beruhigt sein. Die Tür zum Bürgermeisterbüro ging auf, und Marcel Perrin kam heraus. Er sah ziemlich geschafft aus und rieb sich die Augen.

»Bin ich froh, wenn alles vorbei ist. Jetzt ist auch noch der Trompeter krank geworden, der morgen am Grab das Ave-Maria spielen sollte. Die Probleme werden immer mehr statt weniger.«

Isabelle deutete zum Ausgang. »Hinzu kommen noch Amtsgeschäfte wie gerade mit Mathieu und Fabron. Konnten Sie dieses Treffen nicht auf nächste Woche schieben?«

»Hätte ich gerne, aber den heutigen Termin hatte bereits Thierry vereinbart …«

»Aber wohl kaum, um das Projekt zu genehmigen, oder?«
»Nein, da haben Sie recht. Er war strikt dagegen. Doch gestern hat der Gemeinderat mit einer Stimme Mehrheit seine Zustimmung erteilt.« Er zuckte mit den Schultern. »Das ist der Lauf der Dinge.«
»Und Sie? Haben Sie dafür oder dagegen gestimmt?«
Marcel Perrin lächelte verlegen. »Wie individuell abgestimmt wurde, wird laut unseren Statuten nicht verlautbart. Aber ich sage es Ihnen dennoch: Ich habe zugestimmt, denn ich glaube, dass es sich um ein für Fragolin interessantes Zukunftsprojekt handelt, allen ökologischen Bedenken zum Trotz. Da war ich mit Thierry ausnahmsweise mal nicht einer Meinung.« Er sah auf die Uhr. »*Je m'excuse*, ich muss los. Es gibt Unstimmigkeiten beim Blumenschmuck. Nicht zu fassen, um was man sich alles kümmern muss.« In der Tür blieb er kurz stehen und drehte sich um. »Fast hätte ich es vergessen, was machen Ihre Ermittlungen? Kommen Sie voran?«
Isabelle zögerte kurz. »Ja, ich denke schon«, sagte sie. »Aber leider wird Ihr Wunsch nicht in Erfüllung gehen, dass der Mord bis zur Trauerfeier aufgeklärt ist.«
Ihr ging durch den Kopf, dass das gar nicht mal so sicher war. Vielleicht schaffte sie es sogar.
»Darauf kommt es ja auch nicht an«, erwiderte er. »Hauptsache, Sie kriegen das Schwein.«
Genau das hatte sie vor.
»Ach so, noch was«, fiel ihm ein. »Thierry hat bei einem befreundeten Notar in Marseille sein Testament hinterlegt. Der hat sich heute gemeldet, um für nächste Woche einen Termin zu vereinbaren. Als Vertreter Fragolins bin ich hinzugeladen. Offenbar hat Thierry in seinem Testament unsere Gemeinde bedacht.«
»Wie schön, das passt zu ihm.«

»Ja, und auch Sie sollen dabei sein. Ein Schreiben ist an Sie unterwegs.«
Isabelle sah ihn erstaunt an. »Ich, warum denn das?«
Perrin lächelte. »Nun, der Grund liegt nahe, oder?«

In einer Stunde wurde sie von Rouven und Nicolas im *Terrasse Provençale* erwartet. Sie hatte gleich von beiden eine SMS erhalten. Das war irgendwie charmant – und ein Indiz dafür, dass ihr Gespräch nicht völlig disharmonisch verlaufen war.
Gerade wollte sie im Kommissariat aufbrechen, um sich zu Hause noch etwas frisch zu machen, da erreichte sie ein Anruf von Roger. Der Abhörspezialist berichtete ihr von einem merkwürdigen Gespräch. Pépin Roux sei von Fadumas Klinik zurückgekommen und habe Clement-Gauthier aufgeregt von einem beunruhigenden Vorfall erzählt. Eine Frau namens Angélie Rabiasse habe Faduma besucht und sich als ihre Adoptivschwester ausgegeben. Das sei natürlich eine dreiste Lüge gewesen. Prompt habe Clement-Gauthier einen Wutanfall bekommen und davon gefaselt, dass ihnen gerade alles entgleite. Roux habe ihn beruhigt. Laut Krankenpflegerin habe die Person nicht mit Faduma reden können, weil sich diese im Dämmerschlaf befunden habe.
Clement-Gauthier habe diese Information mit einem herzhaften Rülpser zur Kenntnis genommen. Dann aber Roux den Vorwurf gemacht, dass er Faduma nicht richtig abgeschirmt habe. So etwas dürfe nicht passieren. Faduma sei eine potenzielle Gefahrenquelle. Wahrscheinlich sei die Besucherin von der Presse gewesen.
Das sei möglich, habe Roux geantwortet. Leider habe er sie knapp verpasst, sonst hätte er sich die Tussi zur Brust genommen. Außerdem habe irgendein *crétin* seinen Motorradhelm geklaut, aber das sei eine andere Geschichte.

Clement-Gauthier habe Roux angewiesen, dem Sanatorium Feuer unter dem Arsch zu machen. Sie bekämen viel Geld dafür, ihre Patienten vor der Öffentlichkeit zu schützen. Wenn sie das nicht schaffen würden, sorge er dafür, dass dem *Maison de santé à bon rivage* die Betriebserlaubnis entzogen werde. Das sei ihm ein Leichtes.

»Können Sie mit diesen Gesprächsfetzen etwas anfangen?«, fragte Roger. »Von der Unterbringung Fadumas in diesem Sanatorium wusste doch niemand. Wer könnte sie dort besucht haben? Und warum ist Faduma eine potenzielle Gefahrenquelle?«

»Diese Angélie Rabiasse war ganz sicher nicht von der Presse«, antwortete Isabelle, »sondern von der *Police nationale*.«

»Äh, ach so, ich verstehe, Sie waren das?«

Isabelle lachte. »Nein, selbstverständlich nicht. Wie käme ich dazu, mir unter einem falschen Namen Zugang zu Fadumas Zimmer zu verschaffen? So was würde mir nicht im Traum einfallen.«

»Nicht im Traum, natürlich …«

»Und warum Faduma eine potenzielle Gefahrenquelle ist, lässt sich nur so erklären, dass sie etwas weiß, was sie nicht wissen sollte.«

»Was könnte das sein?«

»Keine Ahnung«, antwortete Isabelle.

Das war geschwindelt, denn eine Ahnung hatte sie sehr wohl, sogar mehrere. Aber ihre Vermutungen gingen Roger nichts an.

»Danke, dass Sie mich informiert haben«, fügte sie noch an. *»Bonne journée!«*

43

Die *Terrasse Provençale* war weit und breit das beste Restaurant und verteidigte seit Jahren ihren Michelin-Stern. Sie lag etwas außerhalb auf einer Anhöhe, mit schönem Blick über die bewaldeten Hügel des *Massif des Maures* bis hinunter ans Meer. Das Lokal war den meisten Einheimischen zu teuer und zu fein. Allenfalls wurden dort besondere Anlässe wie Hochzeiten oder Geburtstage gefeiert. Als Isabelle auf den gekiesten Parkplatz fuhr, entdeckte sie gleich zwei Autos, die sie kannte. Im Schatten eines großen Kastanienbaums stand Rouvens altehrwürdiger Bentley. Die Scheiben waren heruntergedreht. Im Fond lag sein Chauffeur und schlief. Das andere Fahrzeug war ein schwerer italienischer SUV. Sie hatte ihn erst vor Kurzem vor dem Rathaus gesehen. Also feierten Mathieu und Fabron ausgerechnet hier ihren geschäftlichen Erfolg. Sie würden sich wundern, dass ihnen schon wieder die lästige Kommissarin aus Fragolin über den Weg lief. Vielleicht erkannten sie sie auch gar nicht, denn Isabelle hatte sich umgezogen und zudem ihre vom Duschen noch nassen Haare nach hinten gegelt. Dass man dadurch die Narbe auf ihrer Schläfe sah, störte sie nicht. Die Verletzung gehörte zu ihrer Persönlichkeit. Rouven behauptete, dass ihr die Narbe einen verwegenen Ausdruck verleihe. Nun, darauf hätte sie gerne verzichtet – die Bombenexplosion, die bei ihr noch viel mehr Spuren als nur eine Narbe hinterlassen hatte, würde sie nie vergessen. Auch nicht die Schmerzen danach.

Mathieu und Fabron saßen ganz links auf der Terrasse. Und natürlich schauten sie zu ihr hin. Wie sie das wohl bei jeder nicht ganz hässlichen Frau machen würden. So waren sie programmiert. Ziemlich simpel und leicht ausrechenbar. Fabron gab seinem Partner einen Rempler und tuschelte mit ihm. Nicht ohne sie aus den Augen zu lassen. Jetzt kannten sie sich gar nicht mehr aus. Wie sollten sie eine Kommissarin einordnen, die in Cannes mit einer Kollegin aufkreuzte, die nach dem letzten Pariser Schick gekleidet war, und die heute mal soeben zum Mittagessen ins teuerste Restaurant der Gegend ging?

Es erheiterte Isabelle, sich deren Gedanken vorzustellen, aber sie verwendete darauf keine Sekunde mehr, als sie Rouven und Nicolas entdeckte. Natürlich am besten Tisch, der separiert in einer kleinen Ausbuchtung ganz vorne stand. Beide sahen ihr lächelnd entgegen. Rouven machte seine Zigarre aus. Nicolas stellte das Weinglas zur Seite. Nein, kein Weinglas. Im Kühler ahnte sie Rouvens Lieblingschampagner. Rouven und Nicolas standen auf, fast synchron. Isabelle fand die Situation amüsant. Einerseits. Andererseits aber auch irritierend. Seltsamerweise schloss das eine Gefühl das andere nicht aus. Rouven und Nicolas waren beide sehr groß. Aber Rouven hatte die Statur eines Kleiderschranks, während Nicolas schlank und schlaksig war. Mit seinen langen Haaren und im weißen Schlabberhemd wirkte er fast wie ein existenzialistischer Gegenentwurf. So gesehen entsprachen beide dem Klischee ihrer Rollen. Hier der extravertierte Bonvivant und Kunstsammler Rouven Mardrinac und dort der introvertierte, verarmt-aristokratische Künstler Nicolas de Sausquebord.

All das ging Isabelle während der wenigen Schritte über die Terrasse durch den Kopf. Sogar noch einiges mehr. Es war erstaunlich, was einem in kürzester Zeit so alles einfallen konnte.

Rouven nahm für sich das Privileg in Anspruch, sie als Erster zu umarmen. Aber er hielt sich dabei zurück. Offenbar wollte er, dass es so aussah wie unter Freunden. Dafür war sie ihm dankbar. Auch Nicolas nahm sie kurz in den Arm, aber wie es seine Art war, fast schüchtern. Die obligatorischen Wangenküsschen vollzog er ohne Hautkontakt.
Rouven schob ihr einen Sessel hin. Er nahm die Flasche Champagner und goss ihr ein.
»Worauf stoßen wir an?«, fragte sie. »Dass ihr euer Zusammentreffen nicht bereut habt?«
»Ich für meinen Teil habe es nicht«, antwortete Rouven.
Nicolas lächelte, enthielt sich aber eines Kommentars.
»Da bin ich aber froh. Wie gefallen dir die Bilder in seinem Atelier?«
Rouven hob schulterzuckend die Hände. »Keine Ahnung, er hat sie mir nicht gezeigt.«
Isabelle, die nur selten das Gefühl hatte, begriffsstutzig zu sein, verstand kein Wort. Sie hatte sich schon mal gefragt, was für ein Spiel die beiden spielten. Jedenfalls eines, das sie nicht begriff. Vielleicht lag es daran, dass ihre Aufmerksamkeit derzeit getrübt war, weil sie Wichtigeres beschäftigte, nämlich ein Mord. Da war ein albernes Geplänkel um Bilder, die man nicht sehen konnte, von geringer Bedeutung. Und doch wollte sie wissen, was hier gerade ablief. Warum hatte ein einfaches Symbol, das Rouven auf eine Serviette gestrichelt hatte, Nicolas dazu gebracht, ihn zu empfangen? Und warum hatte sich dieser zuvor dagegen gesträubt, obwohl das doch die Chance seines Lebens sein könnte?
Sie sah ratlos zwischen Nicolas und Rouven hin und her.
»Wir haben uns gut unterhalten«, sagte Nicolas. »Über die Kunst und über das Leben.«
»Ja, das haben wir, sogar sehr gut«, bestätigte Rouven.

»Ist ja toll. Und jetzt?«

Rouven deutete auf die Speisekarte. »Und jetzt? Jetzt sollten wir bestellen. Ich schlage das viergängige Menü *Les Jardins de Provence* vor. Beginnend mit *Langoustines avec le caviar* …«

»Einverstanden«, unterbrach sie ihn, »aber lieber drei als vier Gänge. Und falls es ein Dessert gibt, steige ich vorher aus. Ich muss noch mal ins Kommissariat.«

»Hast du schon eine Ahnung?«

»Eine Ahnung?«

»Wer Thierry umgebracht hat?«

Isabelle nahm einen Schluck vom Champagner. Es war tatsächlich Rouvens Lieblingsmarke. Benannt nach einem Mönch.

»Ja, eine Ahnung habe ich«, bestätigte sie. »Aber noch keine Gewissheit.«

»Wie wäre es mit einer Andeutung?«

»Ganz sicher nicht«, antwortete sie lächelnd. »Ich möchte sowieso viel lieber auf unser Ausgangsthema zurückkommen. Die Kunst und das Leben. Darüber habt ihr also geredet.« Sie wandte sich Rouven zu. »Hat sich dafür der Aufwand gelohnt, nach Fragolin zu kommen? Und wie kannst du Nicolas helfen, wenn du seine Bilder nicht einmal kennst?«

Rouven blickte Nicolas fragend an. Isabelle sah ihn kurz nicken. Jetzt war sie gespannt.

»Sagen wir so«, erklärte Rouven, »erstens hat sich der Aufwand sehr wohl gelohnt.« Er grinste. »Schon deshalb, weil wir in deiner Gesellschaft speisen dürfen. Zweitens kann ich unserem Freund sowieso nicht helfen, drittens habe ich eine Vorstellung von seinen Bildern … und viertens haben wir einen Deal.«

»Einen Deal?«

»Ja, Nicolas verkauft mir das Bild, an dem er gerade arbeitet. Und ich behalte sein kleines Geheimnis für mich. Das ist unser Deal.«

»Von dem angefangenen Bild ist doch noch gar nichts zu sehen?«

Rouven lachte. »Stimmt, das ist mein Risiko. Aber ich bin sehr zuversichtlich.«

»Was ist das für ein ›kleines‹ Geheimnis?«

Rouven schüttelte den Kopf und verschloss mit den Fingern symbolisch seinen Mund.

Isabelle richtete sich an Nicolas.

»Nun sag schon!«, forderte sie ihn auf.

»Fragst du als Kommissarin oder als Freundin?«

»Macht das einen Unterschied?«

»Einer Freundin würde ich mich womöglich anvertrauen.«

An dem Gespräch, dachte Isabelle, verlor sie langsam, aber sicher die Lust. Entweder weihten die beiden sie ein, oder sie ließen es sein. Es konnte nicht die Bedingung sein, dass sie sich als Freundin outete. Außerdem wusste sie nicht, ob sie eine war. Und wenn ihr das »Geheimnis« nicht gefiel, war sie es ganz sicher nicht mehr. Also, was sollte der Blödsinn?

»CLAC«, sagte Nicolas unvermittelt. »CLAC!«

CLAC? Vier Buchstaben, die wenig Sinn machten. *Clic-clac*? Oder war das ein Akronym? Eine Abkürzung für irgendwas?

»Was soll das?«, fragte sie. »CLAC ... was willst du mir damit sagen?«

»CLAC, das ist mein Geheimnis«, sagte er leise.

Sie hob die Augenbrauen. »Muss ich das verstehen?«

»Nein, musst du nicht. Aber jetzt weißt du es. Als meine Freundin. Hoffe ich jedenfalls.«

Isabelle machte Anstalten aufzustehen. Sie war wahrlich nicht in der Stimmung für Rätselraten.

Rouven legte ihr eine Hand auf den Unterarm.
»Bleib sitzen, *chérie*«, sagte er mit seiner wohlig brummigen Stimme. Unaufgeregt wie immer. »Ich erkläre es dir. Erinnerst du dich an unseren Trip nach Amsterdam? Da hast du mich in eine Banksy-Ausstellung im Moco begleitet.«
Natürlich erinnerte sie sich an Amsterdam. Das war einer von Rouvens Spontantrips gewesen. Ein Wochenende in seinem Privatjet. Mit unbekanntem Ziel. Eigentlich mochte sie solche Überraschungen nicht. Letztlich gefielen ihr diese Ausflüge dann aber doch fast immer. Banksy? Selbstverständlich erinnerte sie sich an die Ausstellung. Banksy, das war ein geheimnisumwitterter Streetart-Künstler, dessen Graffiti plötzlich irgendwo an Wänden entdeckt werden. In London, in New York, in Hamburg, in Paris … Verbunden mit politischen und gesellschaftskritischen Botschaften. Seine Identität war unbekannt, seinen bürgerlichen Namen hielt er geheim. Und doch war er weltberühmt.
»Klar erinnere ich mich an die Ausstellung. Auch an den Skandal, als sich ein Bild von ihm bei einer Auktion selbst zerstört hat. Aber Banksy ist ein Graffiti-Sprayer, wo ist da der Zusammenhang?«
»Es gibt keinen Zusammenhang«, antwortete Rouven. »Nur eine Parallele. Denn auch in der zeitgenössischen Malerei gibt es einen berühmten Künstler, dessen wahre Identität niemand kennt. Seine großformatigen Bilder haben einen unverwechselbaren Stil, sie sind handwerklich unheimlich kompliziert und zeichnen sich durch eine intensive Suggestion aus. Wie aus dem Nichts tauchen diese Meisterwerke plötzlich auf großen Auktionen auf, wo sie Höchstpreise erzielen. Die Bilder hängen in den renommiertesten Kunstmuseen. Bislang ist es mir nicht gelungen, eines dieser raren Gemälde zu ersteigern.« Rouven machte eine dramatische Pause. »Jetzt bekomme ich

eines. Nicht gerade zu einem Vorzugspreis, das muss ich zugeben. Aber immerhin.« Lächelnd hob er sein Glas und prostete Nicolas zu. *»Merci, mon ami.«*

Nicolas lächelte verlegen.

»Ach so«, ergänzte Rouven, »ich habe vergessen zu erwähnen, dass der Maler ein Pseudonym hat: CLAC. Und sein Signet ist ein merkwürdiges Dreieck. Eigentlich sind es nur zwei Ecken, mit einer geschwungenen Linie darüber. Halt so wie auf meiner Serviette. Mit viel Fantasie erinnert es an einen Hut von Napoleon Bonaparte.«

44

Nach der *Terrasse Provençale* und dem denkwürdigen Mittagessen wäre Isabelle am liebsten nach Hause gefahren, um in aller Ruhe über einen Maler nachzudenken, der in der Kunstwelt als CLAC bekannt war. Plötzlich passte alles zusammen. Die Bastide, die er sich leisten konnte, der alte Jaguar in der Scheune, der viel zu teure Wein im Putzkübel, das Geheimnis, das er um seine Bilder machte, sein entspanntes Auftreten, das keine finanziellen Zukunftsängste erkennen ließ, seine schüchterne Art, die gleichzeitig selbstbewusst war …

Doch Isabelle fehlte die Ruhe für eine Auszeit. Das Essen hatte länger gedauert als von ihr geplant. Schließlich hatte sie sich sogar zum Dessert überreden lassen: *Symphonie de chocolat et de poires caramélisées.* Eine Symphonie von Schokolade mit karamellisierten Birnen. In Jacques' Bistro hätte es so was nicht gegeben. Bestellt hätte es dort auch keiner – erst recht nicht zu diesem Preis.

Im Kommissariat angekommen, traf sie auf einen Apollinaire, der irgendwie aufgeregt wirkte. Waren die roten Backen Nachwirkungen seiner rasanten Autofahrt zur Rechtsmedizin in Toulon?

Er berichtete, dass er die *Corpora Delicti* in Rekordzeit bei Franell abgegeben habe. Isabelle wunderte sich weder über den lateinischen Plural, den sie so nicht gewusst hätte, der aber sicherlich stimmte, noch überraschte sie, dass er schon wieder zurück war. Ganz bestimmt hatte er sich von keinem Stau aufhalten lassen.

»Madame, ich soll Ihnen herzliche Grüße von Docteur Franell ausrichten. Er verspricht, eine Nachtschicht einzulegen, damit wir bis morgen früh die Laboranalysen vorliegen haben.«
»Das ist gut, das ist sogar sehr gut«, murmelte Isabelle.
Apollinaire schnappte sich sein Lineal und hob es theatralisch in die Höhe.
»Madame, ich habe mir meine Gedanken gemacht und eine Theorie entwickelt, die ich Ihnen gerne vortragen möchte.«
Das konnte dauern. Isabelle zog ihre Sandalen aus, setzte sich mit übereinandergeschlagenen Beinen auf ihren Schreibtisch und sah Apollinaire erwartungsvoll an.
»Nur zu, legen Sie los!«
»Sicherlich sind wir uns einig, dass Clement-Gauthier und sein treuer Vasall Pépin Roux in höchstem Maße verdächtig sind, etwas mit dem Mord an Thierry zu tun zu haben. Richtig?«
»In höchstem Maße verdächtig? Ja, da sind wir uns einig.«
»Da stellt sich nun erstens die Frage nach einem Motiv und zweitens die Frage nach einem möglichen Tathergang.«
Ganz genau. Apollinaire traf den Nagel auf den Kopf. Isabelle hatte sich dazu ihre eigenen Gedanken gemacht. Jetzt war sie gespannt auf seine Hypothesen.
»Wenn Sie gestatten, würde ich gerne mit dem zweiten Punkt beginnen. Dabei knüpfe ich an Ihre Beobachtung an, dass Pépin Roux ausgerechnet in der Mordnacht nicht an der Seite seines Chefs weilte, will sagen, er war absent. Nach meinem Szenario hatte er von seinem Chef einzig aus einem Grund freibekommen ...«
Apollinaire fuhr mit seinem Lineal durch die Luft und ließ es auf seinen Schreibtisch krachen. Isabelle hatte gute Nerven. Sie musste nicht einmal zucken.
»Er hatte nämlich den Auftrag, unseren ehrenwerten und geliebten Bürgermeister Thierry Blès zu ermorden. Dass Roux

dazu fähig war, geht aus seinem Profil hervor, das ich mittlerweile recht umfänglich recherchiert habe. Ersparen Sie mir die Details, aber Roux ist ein gewaltbereiter und skrupelloser Mann mit Nahkampfausbildung. Ein Schnitt durch die Kehle ist ihm ohne Weiteres zuzutrauen. Nun fragen Sie sich, wie Roux Thierry in Sanary aufgespürt hat …«
Nun, das fragte sie sich nicht. Es gab sogar mehrere Möglichkeiten. Auf welche wohl Apollinaire gekommen war?
»Ganz einfach«, erklärte er. »Ursprünglich wollte Roux Thierry in Fragolin auflauern. Einen Plan hatte er vermutlich nicht. Aber er hoffte auf eine günstige Gelegenheit. Plötzlich aber hat sich Thierry in sein Auto gesetzt und ist weggefahren. Wie wir wissen, hat Pépin Roux ein Motorrad, er ist ihm hinterher.
»Könnte sein«, bestätigte Isabelle. »Auf der Landstraße ist mir Thierry begegnet und kurz darauf ein Motorrad.«
»Das war Roux, ist doch sonnenklar. Er hat Thierry bis nach Sanary verfolgt, dort sein Motorrad abgestellt und ist ihm nachgelaufen. Dabei muss er ihn aus den Augen verloren haben. Jetzt hatte er ein Problem. Sogar ein großes Problem. Natürlich hätte er auf Thierry bei seinem abgestellten Auto warten können. Aber dort befanden sich gleich mehrere Überwachungskameras. Was tun?« Apollinaire klopfte sich mit dem Lineal gegen die Stirn. »Die Lösung hat mir Kopfzerbrechen bereitet, dabei ist die Erklärung ganz einfach.«
Isabelle nickte. »Zum Beispiel könnte er bei Clement-Gauthier in Paris angerufen haben«, sagte sie. »Der hat Faduma ihr Handy weggenommen und Thierry eine Textnachricht geschickt, in ihrem Namen.«
Apollinaire riss die Augen auf.
»Genau. Sagen Sie bloß, da sind Sie auch schon draufgekommen?«

Isabelle musste schmunzeln. »Sieht ganz so aus, oder? Aber machen Sie weiter!«
»Deshalb musste Thierrys Handy verschwinden, sonst hätte man darauf lesen können, dass er in eine Falle gelockt wurde. Clement-Gauthier und Roux wussten ja von Fadumas Affäre mit Thierry. Also konnten sie ihn irgendwie ködern. Vielleicht haben sie Thierry vorgeflunkert, dass Faduma gegen Mitternacht auf ihn auf der Mole warten würde.«
»Ziemlich weit hergeholt, aber möglich wäre es. Wir wissen, dass Thierry während seines Besuchs beim Professor mehrere Textnachrichten bekommen und beantwortet hat. Das würde also passen.«
»*Exactement,* sagen Sie bloß, das haben Sie sich auch schon überlegt?«
Sie lachte. »Gleiche Frage, gleiche Antwort. Sieht ganz so aus, oder? Dazu würde passen, dass sich Thierry laut Dubois über die Nachrichten gefreut hat. Nur ist schwer zu erklären, wie Clement-Gauthier Fadumas zufällige Anwesenheit in Sanary begründet hat. Es musste ja irgendwie plausibel sein.«
Apollinaire beschrieb mit dem Lineal einige Kreise.
»Plausibel, plausibel ... Madame, bitte verzeihen Sie mir meine Direktheit, aber ein verliebter Gockel denkt nicht logisch. Um Oscar Wilde zu zitieren: Liebe macht blind!«
Jetzt hatte sie ihn erwischt. »Dieser Spruch ist nie und nimmer von Oscar Wilde.«
»Stimmt, da habe ich mich vertan«, gab er zu. »Aber Sie wissen, wie ich das meine. Faduma könnte behauptet haben, mit ihrem Ehemann in Sanary zu sein. Dort habe sie Thierry zufällig gesehen. Gegen Mitternacht schleiche sie sich aus dem Hotel, um Thierry zu einem kurzen Tête-à-Tête auf der Mole zu treffen.«
Isabelle dachte über Apollinaires Einschätzung nach, dass Thierry ein »verliebter Gockel« gewesen sein könnte. Warum hatte sie

Schwierigkeiten, sich das vorzustellen? Gleichwohl war es möglich. Fragte sich, wie eng ihre Beziehung gewesen war.

»Ich präzisiere meine Aussage«, fuhr Apollinaire fort. »Natürlich hätte nicht Faduma behauptet, Thierry gesehen zu haben, sondern ihr hinterhältiger Göttergatte, aber in ihrem Namen. Sollte er dazu irgendwelche vertrauten Kosenamen benötigt haben, wären sie sicherlich im Chat auf ihrem Handy zu finden gewesen. Nichts ist leichter, als einen Chat fortzuschreiben.«

Vertraute Kosenamen? Apollinaire hatte sich wirklich alles bis ins Detail überlegt. Dabei war er einen Schritt weiter gegangen als sie selbst. Kein Wunder, im Unterschied zu ihr war er ja auch nie Thierrys Freundin gewesen, da fiel das leichter.

»Nach Thierrys Bestätigung hat Clement-Gauthier Pépin Roux informiert. Der hat dann auf der Mole auf sein Opfer gewartet.« Apollinaire fuhr sich mit dem Lineal über die Kehle. »Das war's dann. Auftrag ausgeführt.«

Isabelle warf einen langen Blick auf ihren Assistenten. Abgesehen davon, dass sie ihm nicht in allen Punkten folgte, waren seine Überlegungen schlüssig. Und sie zeugten von einem Maß an Fantasie, das sie ihm so nicht zugetraut hätte.

Er sah sie triumphierend an. »Jetzt brauchen wir nur noch von Franell die Bestätigung, dass sich die DNA von Pépin Roux an Thierrys Leichnam nachweisen lässt, dann wäre der Fall aufgeklärt. *Quod erat demonstrandum!*«

»Zumindest wäre der Mörder überführt«, relativierte Isabelle. »Dass Roux im Auftrag von Clement-Gauthier gehandelt hat, dürfte schwerer nachzuweisen sein.«

»Wenn Sie erlauben, würde ich gerne auf meinen ersten Punkt zurückkommen, den ich vorläufig zurückgestellt habe, also auf die Frage nach dem Motiv für die Tat. Darf ich?«

»Natürlich. Schießen Sie los.«

Apollinaire legte zweifelnd den Kopf zur Seite. »Ich hoffe nur, dass Sie sich nicht schon wieder alles selbst überlegt haben.«
»Wäre doch nicht so schlimm«, erwiderte sie lächelnd.
»Für mich ist Faduma der Schlüssel. Claude Clement-Gauthier ist ein Macho von altem Schlag. Wahrscheinlich hat er herausbekommen, dass ihn seine wunderschöne Gattin, die wie eine Trophäe als großes Ölgemälde in seinem Haus hängt, mit Thierry betrogen hat. Das war für ihn schwer zu ertragen. Nun hatte er zwei Optionen. Er könnte Faduma bestrafen – oder den Liebhaber aus der Welt schaffen.«
»Oder beides zugleich«, merkte Isabelle leise an.
»Richtig. Aber er hat mit Thierry angefangen. Roux erledigt für Clement-Gauthier die schmutzigen Geschäfte. Also hat er ihm den Auftrag erteilt, seinen Rivalen umzubringen. Gegen eine angemessene ›Erfolgsprämie‹, versteht sich.« Apollinaire sah Isabelle fragend an. »So haben Sie sich das wohl auch schon überlegt, richtig?«
»Das Motiv liegt auf der Hand. Ich frage mich nur, ob es ausreicht.«
»Eifersucht ist eines der stärksten Motive überhaupt. Denken Sie nur an Shakespeares Othello ...«
»Aber hat Othello nicht seine vermeintlich untreue Desdemona umgebracht?«, wandte sie ein. »Und danach sich selbst?«
Apollinaire runzelte die Stirn. »Kann sein. Doch, Sie haben recht. Dann wäre Faduma unsere Desdemona. Wir sollten auf sie aufpassen.«
»Vorläufig hat er sie mit Medikamenten vollgepumpt und in ein Sanatorium abgeschoben. Ich bin auf Franells Auswertung ihrer Blutwerte gespannt.«
»Ich auch. Wenn das stimmt, müssen wir sie dort rausholen.«
Den Gedanken hatte Isabelle auch schon gehabt. Seltsam, sie machte sich Sorgen um eine Frau, mit der Thierry eine Affäre

hatte. Damit reagierte sie völlig konträr zu Othello. Okay, der Vergleich hinkte hinten und vorn. Sie hatte ihre Beziehung zu Thierry beendet, was Othello mit Desdemona nie in den Sinn gekommen wäre. Sie empfand keine Eifersucht, weil sie Thierry die gleichen Rechte zubilligte, wie sie sie für sich selber in Anspruch nahm. In der Liebe gab es keine Besitzansprüche. Nur legte sie Wert auf Vertrauen und Ehrlichkeit – in diesem Punkt war ihr Thierry nicht gefolgt.

»Man könnte noch einen Schritt weiter gehen«, sagte sie. »Ich meine, über die Eifersucht hinaus. Roger hat mir von einem abgehörten Gespräch berichtet, in dem Clement-Gauthier seine Frau ›als potenzielle Gefahrenquelle‹ bezeichnet hat, weshalb man sie abschirmen müsse.«

»Na klar, wahrscheinlich hat sie was mitbekommen.«

»Das glaube ich auch. Muss aber nichts mit dem Mord an Thierry zu tun haben. Gegen Clement-Gauthier läuft eine Untersuchung wegen des Verdachts auf Korruption und Geldwäsche. Vielleicht hat Faduma von seinen krummen Geschäften einiges mitbekommen und könnte ihn belasten. Damit wäre sie nun wirklich eine ›potenzielle Gefahrenquelle‹ für ihn.«

Apollinaire strich sich mit dem Lineal nachdenklich über die Nase. *»Cela semble logique«*, sagte er. »Klingt logisch. Bleibt aber als Mordmotiv immer noch die Eifersucht.«

»Muss nicht sein. Jedenfalls nicht nur. Thierry war Jurist, und er war Politiker. Und nach allem, was ich weiß, war er in seinem Beruf aufrichtig und hatte hohe Moralvorstellungen. Clement-Gauthier könnte es als ausgesprochen beunruhigend empfunden haben, dass seine Frau ein Verhältnis ausgerechnet mit einem solchen Mann hatte. Vielleicht hatten sich die beiden in der letzten Zeit häufiger gesehen? Und womöglich hatte sie ihm Dinge erzählt, die sie besser für sich behalten hätte.«

»*Parbleu,* das wäre denkbar. Schlimm genug, wenn Clement-Gauthier diesen Verdacht hätte.«
Ja, schlimm genug, da hatte er recht.
»Wir warten die morgigen Untersuchungsergebnisse ab«, entschied sie. »Nach der Trauerfeier werde ich mit Balancourt in Paris telefonieren.«
Apollinaire stand auf und streckte sich.
»*Voilà,* ich denke, wir sind einen riesigen Schritt weiter. Fast hätten wir es also geschafft und den Fall bis zu Thierrys Beerdigung aufgeklärt.«
Sie sah ihn grüblerisch an. Es gab keinen Grund, ihm zu widersprechen. Vermutlich hatte er sogar recht. Hoffentlich, denn alles hing von der DNA-Analyse ab. Bei negativem Ausgang würde Apollinaires schöne Theorie in sich zusammenfallen wie ein Kartenhaus – und auch ihre eigene, die aber in entscheidenden Punkten eine andere war.

45

Vieles ging Isabelle durch den Kopf, als sie nach diesem ereignisreichen Tag vom *Hôtel de ville* nach Hause lief: Ihr beunruhigender »Krankenbesuch« bei Faduma … Die entwendete Blutprobe im Sanatorium und Roux' Motorradhelm … Das Beweisstück 054 … Die zwielichtigen Immobilienspekulanten Mathieu und Fabron … Die Eillieferung der Laborproben nach Toulon … Das verspätete Mittagessen mit Rouven und Nicolas … Die Offenlegung eines Pseudonyms namens CLAC … Apollinaires schlüssige Beschreibung des Tathergangs … Mit Pépin Roux als Thierrys Mörder … Und Claude Clement-Gauthier als Auftraggeber … Und einem Motiv, das über reine Eifersucht hinausging …

Clodines Laden *Aux saveurs de Provence* hatte längst geschlossen, weshalb sie keinen Umweg in Betracht zog. Gedankenverloren sah sie viel zu spät, dass vor dem Geschäft ein kleiner Tisch auf dem Gehweg stand – mit Clodine, Jasmin und Marcel Perrin.

Clodine winkte ihr zu. »Komm, setz dich und trink mit uns ein Glas Wein auf unseren armen Thierry. Ich habe Käse aufgeschnitten, einen *Brousse du Rove,* den mochte er besonders gern.

Was Clodine alles zu wissen glaubte? Isabelle konnte sich nicht erinnern, dass Thierry diesen Ziegenkäse je erwähnt, geschweige denn gegessen hätte.

»Fünf Minuten, aber dann muss ich heim.«

»Ich auch«, sagte Perrin. »Ich muss noch die Trauerrede fertig schreiben. Außerdem bin ich völlig geschafft. Bin froh, wenn alles vorbei ist.«
»Kommen morgen viele Gäste von auswärts?«, fragte Clodine.
Perrin nickte. »Wir sind auf alles vorbereitet. Sicherheitshalber haben wir die große Wiese neben der alten Mühle als zusätzlichen Parkplatz ausgewiesen. Auch haben sich einige Fernsehteams angekündigt. Aber der ganz große Medienrummel scheint wohl auszubleiben. Wir leben in einer schnelllebigen Zeit, da erlahmt das öffentliche Interesse innerhalb von wenigen Tagen.«
Perrin hatte nur zum Teil recht, dachte Isabelle. Die Beerdigung eines Bürgermeisters in einem Provinzdorf wie Fragolin war natürlich kein Thema für die großen Abendnachrichten im Fernsehen. Aber aufgrund der Schlagzeilen nach seiner Ermordung eben doch. Und wie sie von Chantal wusste, blieb die Presse an dem Fall dran und nervte sie zunehmend. Apropos Chantal: Auch die Pressereferentin hatte für morgen ihre Teilnahme an den Trauerfeierlichkeiten angekündigt. Gut so, denn auf diese Weise blieb es ihr erspart, selber mit den Medien zu reden. Wenn alles so lief, wie sie sich das vorstellte, könnte sie Chantal sogar das heiß ersehnte »Futter« für die Raubtierfütterung liefern – aber gewiss erst nach Beendigung der Trauerfeier. Und mit einer angemessenen Sperrfrist.
»In Fragolin wird Thierry so schnell keiner vergessen«, sagte Clodine. »Wir behalten ihn für immer im Herzen.«
»Ich werde in der nächsten Gemeinderatssitzung beantragen, dass ihm die Ehre eines *Citoyen d'honneur* verliehen wird. Thierry hat die Ehrenbürgerschaft wie kaum ein anderer verdient. Er hat sich in herausragender Weise um die Entwicklung und den guten Ruf Fragolins verdient gemacht.«

»Das solltest du genau so in deiner Trauerrede formulieren«, regte Clodine an. »Das klingt sehr würdevoll.«
»Finde ich auch«, bestätigte Jasmin. »Schade, dass Thierry das nicht mehr hören kann.«
Obwohl sie erst seit Kurzem in Fragolin lebte, hörte sie sich schon wie eine Einheimische an. Nun ja, mit Clodine an der Seite fiel die Integration leichter. Und eine Liaison mit dem Vizebürgermeister tat ihr Übriges.
Isabelle brach ein Stück Baguette ab und bestrich es mit dem Ziegenkäse *Brousse du Rove.* Nach dem ausgiebigen Mittagessen mit Rouven und Nicolas würde ihr das für den Abend reichen.
Aus den fünf Minuten wurden knapp zwanzig. Dann verabschiedete sich Isabelle mit Küsschen – und mit gemischten Gefühlen.

46

Gab es einen Grund? Nein, gab es nicht. Aber am nächsten Morgen erwachte Isabelle mit bohrenden Kopfschmerzen. Sie löste zwei Tabletten auf. Morgengymnastik und Joggen fielen aus. Sie durfte gar nicht daran denken. Dafür bügelte sie ein schwarzes Kleid. Das allein könnte sie depressiv stimmen. Ein schwarzes Kleid zur Beerdigung von Thierry Blès. Das hätte sie sich in ihren dunkelsten Träumen nicht vorstellen können. Thierry, Thierry … Sie hatten schöne Zeiten miteinander verbracht, sie hatten sich zusammen wohlgefühlt, sie hatten sich gemocht, vielleicht sogar geliebt. Dann war es zur Trennung gekommen, die nunmehr endgültig war – weil er nicht mehr lebte. Hätten sie ansonsten wieder zusammengefunden? Warum fragte sie sich das immer wieder? Das war eine sentimentale Überlegung, die an der Realität vorbeiging. Außerdem hatte sich ihr Bild von ihm in den letzten Tagen ein wenig gewandelt. Sie sah ihn aus kritischerer Distanz. Auch wenn das meiste von ihm weiterhin einnehmend war. Er hatte sich für die richtigen Sachen eingesetzt, zum Beispiel für den Erhalt der Natur – und gegen Spekulationsobjekte, die diese zerstörten. Kaum lebte er nicht mehr, hatten Menschen wie Mathieu und Fabron freie Bahn. Thierry hatte sein Bürgermeisteramt ernst genommen und sich für Fragolin ins Zeug gelegt. Er hatte mit Leidenschaft in der Geschichte Fragolins nach prestigeträchtigen Ereignissen geforscht. Er war auf die Geschichte der Rosalie Grasson gestoßen, die für Henri Matisse Modell gestanden hatte. Heute erinnerte ein kleines Museum daran. Dank Rouven hing als Leihgabe sogar ein echter Matisse im roten Salon. Aktuell hatte sich Thierry voller Enthusiasmus auf die deutschen Exilliteraten gestürzt, in der Hoffnung, dass sich auf der Flucht vor den Nazis einige von ihnen nicht nur in Sanary, sondern zuvor auch in Fragolin aufgehalten hatten. Nur haperte es mit der Beweislage, weil es aus jener Zeit in der *Auberge des Maures* keine Gästebücher mehr gab. Doch hatte er mit dem emeritierten Professor Dubois einen ausgewiesenen Experten aufgetan, der, basierend auf seinem Archiv, eine Dokumentation zusammenstellen sollte. Weil es für ein solches Projekt kein Budget gab, wollte Thierry aus eigener Tasche für das Autorenhonorar aufkommen. Den Vorschuss hatte er bereits bezahlt. Das war ehrenwert und sehr spendabel. Thierry wäre nie auf die Idee gekommen, sich an Fragolin zu bereichern, vielmehr schoss er privates Geld zu, wenn es nötig war – oder wenn er wie bei den Literaten auch einer persönlichen Passion frönte.

Isabelle nahm ihr Kleid vom Bügelbrett und begutachtete es kritisch. Sie beherrschte viel, zum Beispiel konnte sie sich aus einem Helikopter abseilen oder einem flüchtenden Auto in die Reifen schießen, aber Bügeln war ganz sicher keine Stärke von ihr. Thierry würde ihr die kleinen Falten verzeihen. Und die anderen Menschen waren ihr egal.

Woran hatte sie gerade gedacht? An das Honorar, das Thierry privat bezahlt hatte. An die zwanzigtausend Euro, die er Dubois an jenem schicksalhaften Abend gegeben hatte. Was war mit den verbliebenen zehntausend Euro? Wo waren sie abgeblieben? Sie hatte eine Theorie, sogar eine ziemlich plausible.

Isabelle hing das Kleid auf einen Bügel und ging ins Bad. Eine kalte Dusche, dann würde es ihr besser gehen.

Der Beginn der Trauerfeier war auf elf Uhr angesetzt. Isabelle war schon um neun Uhr in ihrem Büro im Rathaus, vor dem die Fahnen auf halbmast wehten. Im Foyer trugen sich gerade die letzten Bürger ins Kondolenzbuch ein. Sie hatte mit Angélie vereinbart, dass sie morgen Gelegenheit bekam, ihre Beileidsbekundung nachzutragen. Sie wollte Thierry ihren letzten Gruß erst entrichten, wenn ihn nicht mehr halb Fragolin lesen würde.
Apollinaire war noch nicht da. Sie checkte ihre E-Mails. Keine Nachricht von Franell. Isabelle nahm das Telefon und rief ihn an. Der Leiter der Touloner Rechtsmedizin war sofort dran. Er sei gerade dabei, den Bericht zu schreiben. Aber so könne er ihr schon am Telefon sagen, was bei den Untersuchungen Sensationelles herausgekommen sei. Er beglückwünschte sie zum Erfolg. Die DNA sei identisch. Es gebe keinen Zweifel, die gentechnischen Spuren am Leichnam würden nicht nur übereinstimmen, sondern seien auch in einer Weise mit den Blutspuren vermengt und überlagert, dass sie definitiv nur vom Täter und nicht von einem früheren Kontakt stammen könnten. Das alles werde sie gleich schriftlich bekommen, *en detail* und sozusagen rechtsverbindlich. Was nun die Blutprobe im Röhrchen betreffe, die sei auch hochinteressant. Sie enthalte einen Cocktail aus Beruhigungs- und Betäubungsmitteln, mit dem man ein Pferd in den Tiefschlaf versetzen könne. Warum konnte er sich nicht klarer ausdrücken? Ob für die Frau Lebensgefahr bestehe, fragte sie.
Nicht akut, aber besorgniserregend sei es schon, vor allem, wenn es sich um eine Frau handle.
Isabelle bedankte sich für die prompte und schnelle Arbeit. Den Bericht solle er vorläufig nur an ihre E-Mail-Adresse schicken, und auch sonst bitte sie fürs Erste um Diskretion. Also auch kein Wort zu Richeloin.

Franell lachte. Der tue ohnehin so, als ob ihn der Fall nichts anginge. Außerdem sei er derzeit nicht erreichbar. Er habe sich abgemeldet und sei unterwegs zur Trauerfeier in Fragolin. Auch das noch.

Apollinaire, der zu seiner sorgfältig geglätteten Uniform eine schwarze Krawatte trug, mit einer Trauerschleife am Revers, und zwei identische schwarze Strümpfe, sah Isabelle erstaunt an. »Habe ich Sie gerade richtig verstanden, der Gentest ist positiv ausgefallen?«
»Ganz genau. Laut Franell liegt die Fehlerwahrscheinlichkeit im Promillebereich, hinter dem Komma.«
Apollinaire klatschte in die Hände und versuchte sich an einem Freudensprung.
»Dann haben wir ihn. *Merveilleux, magnifique*. Madame, ich gratuliere.«
Es fiel ihr schwer, seine ausgelassene Freude zu teilen. Was nicht nur an der bevorstehenden Trauerfeier lag. Andererseits hatte er recht, sie könnte sich glücklich schätzen, Thierrys Mörder am Haken zu haben.
Apollinaire sah auf die Uhr. »Wie machen wir das mit der Verhaftung? Brauchen wir dafür den Staatsanwalt? Und wie wollen wir das alles vor elf Uhr schaffen?«
»Alles nacheinander, erst die Trauerfeier, dann sehen wir weiter. Der DNA-Nachweis reicht mir nicht, ich hätte gerne ein Geständnis.«
»Das wird nicht so einfach sein.«
»Nein, ganz sicher nicht.«
»Und wenn Roux in der Zwischenzeit abhaut? Dann schauen wir blöd aus.«
Sie blickte ihn nachdenklich an. »Ich sehe keine Fluchtgefahr«, entgegnete sie.

»Hoffentlich täuschen Sie sich nicht.«
Ein Lächeln huschte über ihr Gesicht. »Ich täusche mich nur selten, das wissen Sie doch.«
»Tja, da kann ich Ihnen leider nicht widersprechen.«
Isabelle reichte ihm einen Zettel mit einer aufgeschriebenen Handynummer.
»Ich habe noch eine Bitte. Können Sie herausfinden, in welche Funkzelle dieses Handy in der Mordnacht eingeloggt war?«
»Klar kann ich das. Jetzt gleich?«
»Das wäre super.«
»Dauert aber etwas. Ich kann beim Provider die Anfrage starten. Vielleicht bekomme ich die Rückmeldung bis nach der Trauerfeier.«
»*Très bien,* machen Sie das.«
Er sah grübelnd auf die Telefonnummer. »Wessen *portable* ist das?«, fragte er.
»Sie müssen doch nicht alles wissen.«
Er sah sie in gespielter Empörung an.
»Warum nicht? Alles zu wissen ist mein Minimalanspruch.«

47

Wenn Marcel Perrin geglaubt hatte, dass die Wiese neben der alten Mühle als Notparkplatz ausreichen würde, hatte er sich getäuscht. In Fragolin ging es fast zu wie bei der *Fête des Fontaines* im August. Nur weniger ausgelassen und ohne Kinder. Dabei kamen ja alle Dorfbewohner zu Fuß. Allerdings waren wegen des Trauerzuges einige Straßen gesperrt, was die Gendarmerie vor ein fast unlösbares Problem stellte. Da sich die Gäste vor dem Rathaus versammelten, konnte Isabelle aus dem Fenster still und leise alles beobachten. Apollinaire war schon aufgebrochen, um seine Shayana zu holen. Unter den Platanen parkte ein Übertragungswagen eines lokalen Fernsehsenders. Einige Fotografen liefen herum, und ein TV-Team machte Interviews. Auch in diesem Punkt hatte sich Perrin geirrt. Von wegen, dass der Medienrummel ausbleiben und das öffentliche Interesse erlahmen würde. Nun, das mochte schon sein. Aber heute noch nicht. Und morgen wohl auch nicht, denn wenn Thierrys Mörder hinter Gittern saß und die *Police nationale* damit an die Presse ging, würde das erneut wie eine Bombe einschlagen. Aber dann, spätestens dann würde hoffentlich wieder Ruhe einkehren und Fragolin in seinen verschlafenen Rhythmus zurückfinden. Spätestens dann? Nein, frühestens, und selbst das würde dauern, weil Fragolin nicht mehr der gleiche Ort sein würde wie früher. Es klang vielleicht pathetisch, aber Fragolin hatte seine Unschuld verloren. So etwas passierte, sogar in den abgelegenen *Alpes des Maures*. Genau genommen hatte der Ort schon in der Ver-

gangenheit einige Schicksalsschläge einstecken müssen. Aber noch nie hatte es etwas Vergleichbares gegeben wie den Mord am Bürgermeister.
Isabelle sah, wie ein alter Bentley vorfuhr. Der Chauffeur ließ Rouven aussteigen und brachte anschließend den Wagen weg. Mit allem hatte sie gerechnet, aber nicht, dass Rouven Mardrinac zur Trauerfeier kam – und einen gedeckten Anzug trug. Sie kannte ihn nur kanarienbunt. Es rührte sie ein wenig. Er gesellte sich zu Nicolas de Sausquebord, der auch schon da war. Stimmt, die beiden waren jetzt ja beste Freunde. Oder so ähnlich. Clodine hatte sich bei Jasmin eingehakt. Beide trugen dunkle Sonnenbrillen. Sie sahen gut aus, die beiden. Thierry hätte seine Freude an ihnen. Alle Boule-Kumpels waren auch schon da. Keiner fehlte. Auch die gesamte Belegschaft von Jacques' Bistro. Natürlich ebenso vom *Café des Arts*. Der Platz wurde immer voller. Commandant Richeloin hatte seinen Auftritt. Neben ihm Chantal Lefèvre, die ihm vorsichtshalber nicht von der Seite wich. Isabelle wunderte sich, dass er nicht zu ihr ins Kommissariat kam. Aber wahrscheinlich hatte er keine Lust, sie zu sehen – außerdem konnte er nicht ahnen, dass sie im Büro war und von hier alles beobachtete.
Das aufgebaute Rednerpult war noch verwaist. Als Erstes würde Vizebürgermeister Marcel Perrin seine Ansprache halten. Danach hatten sich einige Honoratioren aus Politik und Wirtschaft angemeldet. Sie entdeckte den Bürgermeister von Saint-Tropez. Er war im Gespräch mit der Vorsitzenden der Touristeninformation Provence-Alpes-Côte-d'Azur. Die Musikkapelle der freiwilligen Feuerwehr stand bereit. Dirigiert von Alain, dem Chef der *pompiers volontaires*. Im Anschluss würde der Trauerzug durch Fragolin zum Friedhof ziehen. Dort würde dann unter freiem Himmel ein Gedenkgottesdienst stattfinden. Gehalten von keinem Geringeren als dem

Prior ihrer altehrwürdigen Chartreuse. Im Anschluss käme dann die eigentliche Beerdigung.
In wenigen Minuten würde es losgehen. Im Treppenhaus hörte sie, wie der Gemeinderat herunterkam, der sich zuvor im Bürgermeisterbüro versammelt hatte. Langsam wurde es auch für sie Zeit, ihre Deckung aufzugeben und sich der Situation zu stellen. Gerade wollte sie ihren Fensterplatz räumen, da sah sie, wie ein alter Mann im Rollstuhl auftauchte. Professeur Jean-Baptiste Dubois, geschoben von seiner Haushälterin Marie. Wie rührend war das? Isabelle musste mit den Tränen kämpfen. Dabei staunte sie über sich selbst, denn das passierte ihr nur selten. Vielleicht war es besser, sie blieb dem allen fern? Sie konnte Thierry auch von hier gedenken. Sogar viel besser als unter all den Menschen.
Es klopfte an der Tür. Sie reagierte nicht. Die Tür wurde trotzdem aufgemacht. Rouven trat herein. Er sah sie mit ernstem Gesicht an, ging dann still auf sie zu und umarmte sie. Anschließend nahm er sie an der Hand und führte sie zum Ausgang.
»Kneifen gilt nicht«, sagte er.
Das waren seine einzigen Worte. Den Rest sagte er ihr, ohne zu sprechen. Und sie verstand ihn.

48

Zwei Stunden später war alles vorbei. Marcel Perrin hatte eine bewegende Rede gehalten. Sogar Thierrys aktuelles Interesse für die Exilliteraten aus Sanary hatte er erwähnt. Und dass Thierrys Porträt schon in Arbeit sei und bald seinen Ehrenplatz neben den anderen Bürgermeistern Fragolins im Foyer des Rathauses einnehmen werde. Für Isabelle ein bewegender Gedanke, denn dort hing ja auch das Gemälde ihres Vaters, der einst ebenfalls *Maire* des Orts gewesen war. Damals, vor einer kleinen Ewigkeit.

Die Trauergemeinde zerstreute sich. Jene, die von auswärts kamen, hatten entweder bei Jacques oder im *Café des Arts* reserviert, natürlich waren beide Lokale schon wieder geöffnet, oder sie nahmen an den langen Tischen und Bänken Platz, die unter den Platanen an der Place Général de Gaulle aufgestellt waren. Die Versorgung mit Getränken und kleinen provenzalischen Köstlichkeiten hatte eine Bürgerinitiative übernommen. Sausquebord hatte sich von Isabelle verabschiedet und in seine Bastide zurückgezogen. Auch Rouven Mardrinac hatte sich abgesetzt, nicht ohne ihr zum Abschied alles Gute zu wünschen und gute Nerven. Er sei noch einige Tage in der Gegend, genauer gesagt in Saint-Tropez auf seiner Jacht Dora Maar, sie könne ihn jederzeit erreichen. Er sei immer für sie da.

Isabelle war zuversichtlich, dass sie seine starke Schulter nicht brauchte, auch wenn es ein gutes Gefühl war, dass er sie anbot. Vorläufig hatte sie sowieso keine Zeit für Sentimentalitäten. Es gab viel zu tun. Sie bat Chantal, in einer halben Stunde ins Kommissariat zu kommen.

Sie schnappte sich Apollinaire und eilte los.

Im Büro angekommen, fand sie in ihrer Mailbox Franells Bericht zu den Genanalysen und Fadumas Blutprobe. Sie versuchte umgehend, Balancourt zu erreichen. Weil der in einer Besprechung war, bat sie Jacqueline, ihm auszurichten, dass Faduma Clement-Gauthier dringend aus dem Sanatorium geholt werden müsse, in das sie ihr Mann abgeschoben habe. Sie sei in lebensbedrohlicher Weise mit Betäubungs- und Beruhigungsmitteln ruhiggestellt worden. Vom Labor in Toulon liege ein Laborbericht vor, den sie sofort an Jacqueline weiterleiten werde. Details zum Sanatorium wisse Roger, der die Abhöraktion in Clement-Gauthiers Villa leite. Darüber hinaus stehe Thierrys Ermordung kurz vor der Aufklärung. Dazu werde sie sich am Nachmittag noch mal melden.

Fast gleichzeitig beendete Apollinaire ein Telefonat. Er warf ihr einen schiefen Blick zu. »Jetzt verstehe ich gar nichts mehr«, sagte er.

»Demnach haben Sie rausgefunden, wo das Handy in der Mordnacht eingeloggt war. Richtig?«

»Ja, ich habe es gerade vom Netzbetreiber mitgeteilt bekommen.«

»Und?«

»In Sanary-sur-Mer.«

Genau das hatte Isabelle erwartet. Entsprechend wenig war sie überrascht.

»Habe ich mir gedacht. Warum schauen Sie so komisch?«

»Weil ich gleichzeitig ermittelt habe, wem das Handy gehört.«

»Tja, jetzt haben Sie was zum Nachdenken.«

Als Chantal im Kommissariat eintraf, sprach Isabelle nur kurz mit ihr. Die wesentlichen Informationen behielt sie für sich. Apollinaire sagte kein Wort. Ihm hatte es offenbar die Sprache verschlagen.
»Aber du kannst mich begleiten, wir machen einen Bummel durch Fragolin«, schlug Isabelle vor.
»Einen Bummel, jetzt? Das meinst du nicht ernst?«
»Nein, nicht wirklich. Kommst du?«
Mit Chantal an ihrer Seite steuerte Isabelle das Ortszentrum an. Wie sie wusste, war bei Jacques ein Tisch reserviert. An diesem saßen Clodine und Jasmin, außerdem Alain, der Chef der freiwilligen Feuerwehr – und Marcel Perrin, der Vizebürgermeister. Letzterer war sichtlich erleichtert, dass das offizielle Programm vorbei war. Er hatte schon ein oder zwei Gläschen getrunken und war in gelöster Stimmung. Überhaupt war im Bistro von der vorangegangenen Trauer und Betroffenheit nicht mehr viel zu spüren. Isabelle kannte das Phänomen. Trauerfeiern kippten oft ins Fröhliche. Thierry hätte nichts dagegen gehabt. Im konkreten Fall aber vielleicht doch.
»Sollen wir noch zwei Stühle organisieren?«, fragte Perrin.
Isabelle schüttelte den Kopf. »Geht gerade nicht, wir müssen uns dringend unterhalten. Aber nicht hier.«
Perrin sah sie fragend an. »Mit wem wollen Sie sich unterhalten? Mit mir?«
»Ja, mit Ihnen.«
»Hat das nicht Zeit bis morgen?«
»Tut mir leid, hat es nicht. Ich muss wirklich dringend mit Ihnen sprechen.«
Marcel Perrin legte die Serviette auf den Tisch und stand mit gequältem Grinsen auf.
»Da seht ihr mal, als Bürgermeister hat man keine ruhige Minute.«

»Unser Gespräch wird etwas länger dauern. Wollen wir ins Rathaus gehen, da sind wir ungestört.«

»Ins Rathaus? Meinetwegen. Ist ja mein neues Zuhause.«

Er gab Jasmin einen Kuss. »Lasst mir noch etwas Wein übrig, bin bald wieder da.«

Hatte er nicht zugehört? Sie hatte doch gerade laut und deutlich gesagt, dass es länger dauern würde.

Auf dem Weg zum *Hôtel de ville* fragte er nach dem Grund ihres ach so dringenden Gesprächs.

Isabelle hielt ihn hin. Er würde es noch früh genug erfahren.

»Bei Ihnen oben oder bei mir im Kommissariat?«, fragte sie.

»Sparen wir uns die Treppe. Gerne auch bei Ihnen. Vorausgesetzt, es gibt einen trinkbaren Kaffee.«

Apollinaire rückte Stühle an den Besprechungstisch und goss Wasser in die Kaffeemaschine.

»Chantal Lefèvre kennen Sie ja bereits«, sagte Isabelle. »Sie ist Pressereferentin der *Police nationale* und vorübergehend in Toulon tätig.«

»Schön, dass Sie zur Trauerfeier nach Fragolin gekommen sind«, sagte er. »Richeloin, der alte Griesgram, hat sich ja gleich wieder vom Acker gemacht.«

»Immerhin war er da.«

»Stimmt. Ich bin sowieso überwältigt von der riesigen Anteilnahme.«

Fast schien es, als ob er das als persönliches Verdienst ansehen würde. Dabei hatte die überwältigende Teilnahme an der Trauerfeier einzig und allein mit der Person des ermordeten Thierry Blès zu tun.

Perrin ließ sich auf einem Stuhl nieder, legte die Hände auf den Tisch und faltete sie.

Isabelle konnte nicht anders. Sie starrte auf seine Hände.

»So, worum geht es, und was kann ich für Sie tun?«, fragte er.

»Haben Sie was dagegen, wenn wir unser Gespräch aufnehmen?«
Er lachte. »Wird's so kompliziert, dass Sie sich nicht alles merken können? Nein, ich hab natürlich nichts dagegen.«
Chantal legte ihr Handy auf den Tisch und schaltete auf Aufnahme. Apollinaire, der ein Sicherheitsfanatiker war, legte seines daneben.
»Wo soll ich anfangen?«, begann Isabelle. »Vielleicht mit Ihrer Rede, die mir sehr gut gefallen hat.«
»Das freut mich.«
»Ich bin nur darüber gestolpert, dass Sie Thierrys Interesse an den Exilliteraten in Sanary erwähnt haben. Woher wussten Sie davon?«
Perrin sah sie verständnislos an. »Ganz einfach, er hat mir mal davon erzählt. Warum sind Sie darüber gestolpert?«
»Erinnern Sie sich an unser Gespräch im Bürgermeisterbüro, zusammen mit Angélie am Morgen nach Thierrys Tod? Da habe ich nach Sanary-sur-Mer gefragt und was Thierry dort gewollt haben könnte. Da haben Sie ratlos mit dem Kopf geschüttelt und gesagt, dass Sie keine Ahnung hätten. Auch haben Sie mir damals bestätigt, dass Thierry Ihnen gegenüber Sanary nie erwähnt hätte, in keinem Zusammenhang.«
Er kniff die Augen zusammen. »So, habe ich das?«
»Ja, das haben Sie. Sogar später noch einmal, als wir uns auf der Straße getroffen haben.«
»Na und?«
»Das steht im Widerspruch zu Ihrer Aussage von gerade eben, nämlich dass Thierry Ihnen von Sanary und den Exilliteraten erzählt hat. Warum haben Sie mir das nicht gesagt? Das hätte uns viel Arbeit erspart.«
Perrin zuckte mit den Schultern. »Muss ich wohl vergessen haben. Wir standen ja alle unter Schock, da kann so was passieren. Tut mir leid.«

»Irgendwann muss es Ihnen ja wieder eingefallen sein?«
»Dafür habe ich jetzt keine Erklärung. Sagen Sie bloß, dass Sie mich wegen dieser Lappalie hergebeten haben? Da hätte ich genauso gut im Bistro sitzen bleiben können.«
»In meinen Augen ist das alles andere als eine Lappalie, sondern eine bewusste Irreführung der Polizei. Aber Sie haben recht, deshalb habe ich Sie nicht zu diesem Gespräch gebeten. Das hatte ich schon vor der Trauerfeier vorgehabt.«
»Machen Sie es nicht so spannend.«
»Hat Ihnen Thierry vom Gästebuch der *Auberge des Maures* erzählt, in dem er einige Namen der Literaten zu finden hoffte?«
Perrin bekam einen roten Kopf. »Jetzt geht das schon wieder los. Die Literaten nerven, hätte ich sie nur nicht erwähnt. Damit Sie mich aber nicht wieder der Vergesslichkeit bezichtigen: Ja, vom Gästebuch hat er erzählt und dass es zu seiner großen Enttäuschung unauffindbar sei. So, sind Sie jetzt zufrieden?«
»Nein, ganz und gar nicht.« Sie beugte sich nach vorne und sah ihn konzentriert an. »Doch, natürlich bin ich zufrieden, sehr sogar«, korrigierte sie sich.
»Was denn nun?«
»Sie haben mal den Wunsch geäußert, ich solle Thierrys Mörder bis zu seiner Beerdigung finden. Sie erinnern sich?«
»Ja, das hätte ich mir gewünscht.« Er grinste schief. »Hat aber wohl nicht geklappt.«
Isabelle dachte daran, dass sie nach Thierrys Tod den Wunsch verspürt hatte, seinen Mörder zu lynchen. Und an ihre Hoffnung, dass es dazu nicht kommen würde.
»Doch, hat es«, sagte sie. »Wir haben den Mörder!«
Durch Chantal ging ein Ruck. Mit den Knien stieß sie gegen den Tisch. Apollinaire verzog keine Miene. Marcel Perrin zeigte einige nervöse Zuckungen, dann hatte er sich wieder im Griff.
»Sehr schön. Ich gratuliere. Darf ich fragen, wer es ist?«

»Dürfen Sie. Aber die Antwort erspare ich mir, stattdessen möchte ich Ihnen eine Geschichte erzählen. Hören Sie gut zu. Also, es war einmal ein kleiner Ort namens Fragolin, da gab es einen charmanten Bürgermeister, der bei seinen Wählern so beliebt war, dass er wohl über lange Zeit immer wieder gewählt würde. Das missfiel dem ehrgeizigen Vizebürgermeister, der gerne selber das höchste Amt im Ort ergattert hätte, aber zu Lebzeiten wohl nie an seinem Rivalen vorbeigekommen wäre. Der Bürgermeister arbeitete auch als Anwalt, und zwar so erfolgreich, dass er dem Vizebürgermeister, der ebenfalls Anwalt war, immer wieder Mandanten abspenstig machte. Auch das missfiel dem Vize sehr …«

»Hören Sie bitte auf. Den Scheiß muss ich mir nicht anhören.«

»Doch, das müssen Sie. Aber wenn an meiner Geschichte was falsch sein sollte, können Sie jederzeit Einspruch einlegen und den Sachverhalt richtigstellen. Das würde ich sogar sehr begrüßen. So, wo war ich stehen geblieben …?«

»Dass es Monsieur Perrin nicht mochte, wenn ihm Thierry Mandanten abspenstig machte«, half Apollinaire weiter.

»Ganz genau. Außerdem hat Apollinaire recht, wir können in der Geschichte ruhig die richtigen Namen nennen. Der Vizebürgermeister heißt Marcel Perrin, so viel sollte klar sein. Perrin hatte aber durchaus selber Klienten, für die er sich ins Zeug legte. Zwei von ihnen hießen Stephane Mathieu und Didier Fabron. Die wollten ein Naturschutzgebiet in Bebauungsland umwidmen. Schon wieder kam der Bürgermeister in die Quere. Er war strikt dagegen. Da fügte es sich trefflich, dass er plötzlich verstarb. Wenige Tage später war der Deal in trockenen Tüchern, und Marcel Perrin darf mit einer satten Erfolgsprämie rechnen.«

»Das können Sie gar nicht wissen.«

»Nein, kann ich nicht. Aber ein Marcel Perrin arbeitet nicht *pro bono*. Warum sollte er?«

»Mir reicht's. Ich geh jetzt.« Perrin schob den Stuhl zurück und stand auf.
Isabelle hatte was dagegen. Sie rammte ihm den Tisch gegen die Weichteile. Sein Pech, dass sie eine besonders schmerzempfindliche Zone traf.
Apollinaire fing die Handys auf und platzierte sie wieder in der Tischmitte.
»Ich hab den Kaffee vergessen«, fiel ihm ein. »Wer mag eine Tasse?«
»Niemand«, entschied Isabelle.
Perrin, der wieder auf seinem Stuhl saß, schnappte nach Luft. »Sind Sie verrückt? Sie haben mich verletzt. Ich werde Sie anzeigen.«
»Aber erst möchte ich meine Geschichte weitererzählen«, fuhr Isabelle ungerührt fort. »Wir sind doch erst am Anfang. Jetzt kommt, was in keiner Geschichte fehlen darf: die Liebe. Ich will mich darüber nicht lustig machen. Die Liebe ist eine gewaltige Kraft, sie kann wunderschön sein, und sie kann einen in große Verzweiflung stürzen. Liebe und Hass liegen nah beieinander, es gibt keine stärkeren Emotionen.«
Chantal, die als Psychologin zu dem Thema sicher was zu sagen hätte, nickte bestätigend. Aber aus dem Gespräch hielt sie sich heraus. War auch besser so, denn Isabelle wollte nicht ihren Faden verlieren.
»Marcel Perrin war mit einer Frau verheiratet, die hieß Beatrice …«
»Aufhören!«
»Sie müssen sich das anhören, tut mir leid. Diese Beatrice hat ihn mit einem Mann betrogen. Mit keinem anderen als mit Thierry Blès, der damals noch kein Bürgermeister war.«
Das hatte ihr Clodine erzählt. Manches Mal zahlte es sich aus, dass ihre Freundin keine Geheimnisse für sich behalten konn-

te. Isabelle hatte es nicht gestört, als sie von Thierrys damaliger Liebesbeziehung erfahren hatte. Das war lange vor ihrer Ankunft in Fragolin passiert. Und jeder hatte ein Vorleben, auch sie selbst.

»Dafür habe ich die Schlampe rausgeschmissen«, sagte Perrin mit überschnappender Stimme.

Isabelle schüttelte den Kopf. »Thierry, immer wieder Thierry. Der Mann kam Ihnen immer wieder in die Quere. Jetzt hat er sogar mit Ihrer Frau gevögelt.«

Das war ordinär, ganz bewusst. Sie wollte Perrin provozieren.

»Das Schwein …«

»Kommen wir zur Gegenwart«, unterbrach Isabelle ihn. »Fast wäre Ihnen das Gleiche erneut passiert. Diesmal ist Ihnen Thierry bei Jasmin in die Quere gekommen. Thierry steht auf dunkelhäutige Frauen. Und nach unserer Trennung war er auf der Pirsch. Dumm nur, dass gleichzeitig auch Sie sich für Jasmin interessiert haben. Kann ich übrigens verstehen, sie ist eine ebenso hübsche wie liebenswerte Person. Wie wäre der Zweikampf ausgegangen? Hätten Sie wieder den Kürzeren gezogen? Wir werden es nie erfahren, denn dem Rivalen wurde die Gurgel durchgeschnitten.«

Perrin sah sie mit flackernden Augen an.

»Irgendwelche Einwände? Stimmt meine Geschichte bis hierher?«, fragte sie.

»Und wenn schon. Thierry habe ich gehasst, das gebe ich sogar zu. Das ist aber nicht strafbar. Wenn Sie mich für seinen Tod verantwortlich machen wollen, sind Sie auf dem Holzweg.«

»Bin ich das? Ganz sicher nicht. Soll ich erzählen, wie es abgelaufen ist?«

»Hören Sie mit Ihrem blöden Märchen auf. Wenn Sie Beweise haben, legen Sie sie auf den Tisch. Wenn nicht, dann können Sie mich am Arsch lecken.«

Isabelle freute sich über seine Ausdrucksweise. Langsam nahm ihre Unterhaltung Fahrt auf.

»Die Motive hätten wir bereits abgehandelt. Ich stimme Ihnen zu, jetzt wären Beweise nicht schlecht.«

»Na und, haben Sie welche?« Er lachte hämisch. »*Rien du tout*. Sie können mir doch keinen Mord anhängen, das haben Sie nicht drauf.«

Ups, jetzt wurde er persönlich.

Apollinaire meldete sich mit einem Räuspern zu Wort. »Ihr Handy war zur Tatzeit in der Funkzelle Sanary eingeloggt.«

Perrin biss sich auf die Unterlippe. »Das ist kein Beweis. Vielleicht war ich dort zum Abendessen? Oder nein, ich erinnere mich, mir wurde das Handy zuvor gestohlen.«

»Aber jetzt haben Sie es wieder, es steckt in Ihrer Jackentasche.«

»Das ist ein anderes ...«

»Unsinn«, konstatierte Apollinaire.

»Egal, Sie kommen uns sowieso nicht aus«, fuhr Isabelle fort. »Ich habe mir erlaubt, eine von Ihnen gerauchte Zigarette aus dem Bürgermeisterbüro zu entwenden und einem gentechnischen Vergleich zu unterziehen.«

»Das Beweisstück 054«, murmelte Apollinaire.

Perrins gerade noch gerötetes Gesicht wurde aschfahl. »Das war illegal.«

»Kann sein, aber das spielt keine Rolle, denn den Test können wir jederzeit ganz legal wiederholen. Fakt ist, dass Ihre DNA laut Rechtsmedizin in Toulon mit jener des Täters identisch ist. So, jetzt haben Sie Ihren Beweis.«

Spätestens jetzt kapierte er. Das Spiel war aus.

»Gerade wird Ihr Auto von der Spurensicherung untersucht«, fuhr sie fort. »Ganz sicher finden wir dort Blut von Thierry. Ein Kehlschnitt ist sehr blutrünstig. Ihre Kleider haben Sie be-

stimmt entsorgt, aber vorher mussten Sie mit dem Auto fahren.«
Nach einer kurzen Schockstarre machte er einen erneuten, diesmal von Panik geprägten Versuch aufzustehen.
»Das würde ich bleiben lassen«, sagte Isabelle, die eine Hand schon die ganze Zeit unter dem Tisch hielt. »Meine Pistole zielt direkt auf Ihren Unterleib.« Ihre Augen wurden ganz eng. »Und ich zögere nicht abzudrücken. Ganz im Gegenteil. Ich muss mich beherrschen, es nicht zu tun. Sie haben Thierry die Kehle durchgeschnitten. Dafür sollte ich Ihnen das ganze Magazin in die Eingeweide jagen.«
Perrin erstarrte. Langsam ließ er sich wieder auf den Stuhl sinken.
»Doch, ich glaube, ich werde es tun«, fuhr sie fort. »Ich schieße Sie jetzt über den Haufen und behaupte, Sie wollten fliehen.«
»Das können Sie doch nicht machen, Sie sind Polizistin«, sagte er mit bebender Stimme.
»Ich scheiß drauf. Sie haben Thierry umgebracht. Jetzt sind Sie fällig.«
Er deutete auf Apollinaire und Chantal. »Hier sind zwei Zeugen, die würden bestätigen, dass Sie mich ohne Grund niedergeschossen haben.«
»Kann gut sein, aber was haben Sie davon?«, erwiderte sie.
Apollinaire räusperte sich. »Ich würde bestätigen, dass Sie fliehen wollten«, stellte er fest. »Definitiv!«
Perrin versuchte, unter den Tisch zu schielen. »Sie bluffen, Sie haben gar keine Pistole auf mich gerichtet.«
»Meinen Sie?«
Isabelle hatte tatsächlich die Neigung zu pokern. Aber nicht heute. Ohne nachzudenken, drückte sie ab. Der Schuss war ohrenbetäubend. Die Kugel schlug einen halben Meter neben

Perrin in die Wand. Isabelle war eine exzellente Schützin. Sie hatte nicht die Absicht gehabt, Perrin zu treffen, nicht einmal im Unterbewusstsein.

Perrin saß da wie paralysiert.

Apollinaire war schreckensbleich. »Madame, *mon Dieu …*«

Auch Chantal war unfähig zu reagieren.

»Letzte Chance«, sagte Isabelle. »Geben Sie zu, dass Sie Thierry umgebracht haben, dann lasse ich Sie am Leben. Sie haben genau zehn Sekunden.«

Natürlich wusste sie, dass ein dermaßen erzwungenes Geständnis vor Gericht keine Anerkennung finden würde. Das war ihr egal, Perrin war sowieso überführt. Aber sie wollte es aus seinem Mund hören. Wenigstens ein Mal.

»Fünf Sekunden …«

»Ja, ich war's«, stammelte Perrin. »Ich habe ihn …« Seine Stimme versagte.

»Reißen Sie sich zusammen! Zwei Sekunden. Laut und deutlich!«

»Ja, verdammt noch mal, ich gebe es zu. Ich habe Thierry umgebracht. Aber ich hatte meine Gründe …«

Die Tür zum Kommissariat wurde aufgestoßen. Zwei Polizeibeamte stürzten mit gezogenen Pistolen herein. Isabelle hatte sie aus Toulon herbestellt, aber gebeten, im Foyer des Rathauses zu warten.

»Alles in Ordnung«, sagte sie. »Es ist nichts passiert.«

»Wer hat geschossen?«

Isabelle hielt ihre Waffe noch immer unter dem Tisch. Die Situation im Büro musste auf verwirrende Weise harmlos wirken. Außer dass alle Beteiligten – mit Ausnahme von ihr – wie betäubt wirkten. Und abgesehen vom Pulvergeruch in der Luft.

»Das war ich. Ein Warnschuss, damit der Herr zur Besinnung kommt. Sie können Monsieur Perrin festnehmen und wie ver-

einbart nach Toulon bringen. Dort wartet bereits der Staatsanwalt.«
Die Beamten forderten Perrin auf, mitzukommen. Weil er sich nicht rührte, packten sie ihn unter den Achseln und zogen ihn hoch.
»Die Handschellen legen wir ihm im Auto an.«
»Meinetwegen, aber passen Sie gut auf ihn auf.«
Perrin wurde abgeführt. *Ich gebe es zu. Ich habe Thierry umgebracht ...* Er hatte es ausgesprochen. Am Tag von Thierrys Beerdigung. Sie atmete tief durch.
»Isabelle, was hast du mir für einen Schrecken eingejagt«, sagte Chantal.
»Tut mir leid. Der Schuss war überflüssig, ich weiß. Aber ich musste mich abreagieren. Jetzt geht es mir besser.« Isabelle rang sich ein Lächeln ab. »Das kannst du als Psychologin vielleicht verstehen.«
»Ja, kann ich. Aber du bist mir noch einige Erklärungen schuldig. Seit wann weißt du, dass Perrin Thierry Blès' Mörder ist?«
»Ja, das würde mich auch interessieren«, sagte Apollinaire. »Wir hatten doch Pépin Roux im Verdacht?«
»*Sie* hatten ihn im Verdacht. Ich weniger, aber Roux hätte es sein können, das stimmt. Seit wann ich es weiß? Die Bestätigung habe ich heute Morgen von Franell aus der Rechtsmedizin bekommen, aber gedacht habe ich es mir schon länger. War nur schwierig, mir über den Ablauf klar zu werden.«
»Den verstehe ich auch nicht«, sagte Chantal. »Wie hat es Perrin geschafft, Thierry Blès kurz vor Mitternacht in Sanary auf die Mole zu locken?«
»Dort hat er wohl länger auf ihn gewartet«, sagte Apollinaire. »Laut Bericht der Rechtsmedizin stammten auch einige Zigarettenkippen, die wir aus den Fugen zwischen den großen Steinen geborgen haben, von ihm.«

»Rauchen ist ungesund«, rutschte es Isabelle heraus. »Also, ich erkläre es euch in aller Kürze …«
Aber daraus wurde nichts, denn draußen auf dem Platz vor dem Rathaus war plötzlich wildes Geschrei zu hören.
Sie eilten ans Fenster. Von dort sahen sie einen davonrennenden Marcel Perrin, der sich offenbar losgerissen hatte. Ein Polizeibeamter rappelte sich gerade vom Boden auf. Aber anscheinend hatte er sich verletzt. Der andere war außer Sichtweite. Hoffentlich war ihm nichts passiert.
Isabelle riss kurz entschlossen das Fenster auf und kletterte auf den Sims, um von dort hinunter auf den Vorplatz zu springen. Das Kommissariat lag im Hochparterre, dennoch war der Sprung ein Wagnis – nach einer Rückenoperation, die noch nicht so lange zurücklag, und der anschließenden Reha, zu der sie am Anfang nur an Krücken laufen konnte. Doch Isabelle hatte den Verstand ausgeschaltet und sprang. Sie rollte sich am Boden ab, fast wie zu ihren besten Tagen.
»Er hat meine Pistole«, rief ihr der angeschlagene Polizist zu. Das hörte sich nicht gut an.
Sie war fest entschlossen, Marcel Perrins Flucht zu verhindern. Jetzt gäbe es sogar einen Grund, auf ihn zu schießen. Doch erstens konnte sich Isabelle beherrschen, und zweitens lag ihre Pistole auf dem Tisch im Kommissariat. Sie rannte ihm hinterher.
»Arrêtez! Haut les mains!«, rief sie. Stehen bleiben! Hände hoch!
Perrin machte keine Anstalten, ihrer Aufforderung zu folgen. Im Gegenteil legte er noch einen Zahn zu.
Erst hielt er sich links, dann bog er plötzlich nach rechts ab, dann wieder in die nächste Gasse auf der anderen Seite. Wie ein Haken schlagendes Kaninchen. Offenbar wusste er nicht, wo er hinwollte. Nach Hause konnte er nicht, zu seinem Auto, das

hinter dem Rathaus stand, auch nicht. Außerdem war dort die Spurensicherung. Er war in Panik. Er hatte eine Pistole. Nicht gut, gar nicht gut. Die Gassen von Fragolin waren voller Menschen. Nicht auszudenken, wenn er plötzlich um sich schoss.

Isabelle, die ihm zwar einige Schritte näher gekommen war, verlangsamte ihr Tempo und blieb schließlich stehen. Sie versuchte, sich in ihn hineinzuversetzen. Ihr fiel nur ein Ort ein, wo er sich kurzfristig verstecken konnte. Er musste zu Puste kommen und die Optionen überdenken.

Isabelle machte kehrt und eilte auf direktem Weg zu Jasmins kleiner Wohnung, die in einer Sackgasse lag. Perrin musste einen Bogen laufen und konnte noch nicht da sein. Isabelle läutete, aber niemand machte auf. Sie vermutete, dass Perrin einen Schlüssel hatte. Und wenn nicht, würde er Jasmin, die wahrscheinlich noch bei Jacques auf ihn wartete, eine Nachricht aufs Handy schicken. Die Haustür war unverschlossen. Isabelle schlüpfte ins Treppenhaus und lehnte sich im Halbdunkel gegen die Wand. Sie schnaufte einige Male tief durch. Durch ein kleines rundes Fenster, dessen Scheibe matt angelaufen war, konnte sie hinaus in die Gasse spähen. Gleich würde sie wissen, ob sie richtig spekuliert hatte.

Es dauerte keine Minute, da hörte sie, wie sich auf dem alten Pflaster eilige Schritte näherten. Durch die Scheibe erkannte sie Perrin. Ihr fiel die Fabel vom Hasen und dem Igel ein. In diesem Fall war sie der Igel. Und sie war schon da!

Perrin schob die Haustür auf, die sich nach innen öffnete. Dort aber stand Isabelle, was er weder ahnen noch sehen konnte. Sie riss ihm die massive Tür aus der Hand – um sie sogleich mit großer Wucht zurückzuschlagen. Es gab nicht einmal einen Schreckensschrei, nur einen dumpfen Knall.

Isabelle öffnete die Tür und peilte hinaus. Von Perrin ging keine Gefahr mehr aus. Die Tür hatte ihn wohl am Kopf getroffen. Er lag rücklings am Boden – regungslos und ohne Pistole. Diese entdeckte sie einige Meter weiter auf der anderen Seite der Gasse. Sie sah, dass er noch atmete. Auch gab es auf dem Pflaster keine Blutlache. Er würde es überleben. Der menschliche Schädel hielt mehr aus, als manche glaubten.

Isabelle hob seine Pistole auf. Dann rief sie Apollinaire an und gab ihm die Anweisung, schnell herzukommen, mit oder ohne den Kollegen aus Toulon – aber mit Handschellen. Bei der Gelegenheit erfuhr sie, dass sich ein Polizist die Schulter ausgekugelt hatte. Der andere war unglücklich gestürzt und hatte sich dabei den Knöchel verstaucht. Schwer verletzt war keiner von ihnen. Perrin hatte sie überrumpelt.

Isabelle hoffte, dass nicht plötzlich Jasmin daherkam. Die Situation wollte sie ihr ersparen. Die junge Frau tat ihr leid. Nach all den Schicksalsschlägen hatte sie gehofft, in Fragolin zur Ruhe zu kommen. Mit Marcel Perrin hatte sich die Hoffnung auf eine glücklichere und sorgenfreie Zukunft eröffnet. Und jetzt? Jetzt wurde Jasmin erneut mit einer Katastrophe konfrontiert. Aber Isabelle konnte es ihr nicht ersparen. Vor ihr lag Thierrys Mörder auf dem Boden. Sie hatte ihn zur Strecke gebracht. Sie hatte ihr Versprechen gehalten. Und sie hatte ihn am Leben gelassen.

Perrin begann sich zu bewegen. Isabelle sah ihm emotionslos zu. Er hatte ihr Mitleid nicht verdient. Der Mann hatte Thierry die Kehle durchgeschnitten.

Perrin schlug die Augen auf. Ungläubig starrte er in den blauen Himmel über den Häusern von Fragolin. Er hob eine Hand, hielt sich die Stirn und versuchte, sich aufzurichten.

»Das würde ich bleiben lassen«, sagte Isabelle. »Sonst haben Sie am Ende des Tages doch noch ein Loch im Kopf.«

Erst jetzt entdeckte er sie. Und langsam schien er zu begreifen, was gerade geschehen war.

Apollinaire kam um die Ecke geschnauft. Hinter ihm humpelnd einer der Polizisten aus Toulon. Sie fackelten nicht lange und legten Perrin Handschellen an. Das wäre mal besser schon im Rathaus erfolgt.

»Ist das Ihre Pistole?«, fragte sie den Polizisten.

»Ja«, gab dieser mit Büßermiene zu.

»Hier haben Sie sie wieder. Wegen mir können Sie im Bericht den vorübergehenden Verlust Ihrer Dienstwaffe unerwähnt lassen. Wurde ja nicht daraus geschossen. Aber passen Sie in Zukunft besser auf!«

»Das passiert mir nicht noch mal.«

»Wollen es hoffen. Wie geht's der Schulter Ihres Kollegen?«

»Hat eine alte Frau eingerenkt, die zufällig vorbeikam. Sie war wohl im früheren Leben Ärztin.«

Isabelle musste schmunzeln. Zweifellos Marie-Claire, ihre Nachbarin. Über Jahrzehnte war sie die einzige niedergelassene Ärztin in Fragolin gewesen. Eine Schulter einzurenken zählte zu ihren leichtesten Übungen.

»Okay, dann verfrachten Sie Monsieur Perrin in Ihr Auto, Apollinaire wird Ihnen dabei helfen, und dann ab nach Toulon. Ich werde den Staatsanwalt anrufen und ihm sagen, dass Sie sich etwas verspäten.«

»*Merci,* Madame.«

»Wofür?«

»Sie wissen schon.«

Er schob die Pistole in sein Holster und sicherte diese. Erst dann half er Perrin auf die Beine.

49

Auf dem Rückweg ins Kommissariat lief Isabelle bei Jacques' Bistro vorbei. Der Tisch von Clodine und Jasmin war verwaist. Sie rief Clodine auf ihrem Handy an. Ihre Freundin wusste schon alles, jedenfalls, dass sie Marcel Perrin wegen des Mordes an Thierry Blés verhaftet hatte. Jasmin sei bei ihr. Das arme Mädchen könne und wolle es nicht glauben. Marcel sei unschuldig, ganz bestimmt, beteure sie unentwegt. Isabelle bat Clodine, auf Jasmin aufzupassen. Sie komme später vorbei, um mit ihr zu sprechen.

Chantal wartete im Büro auf sie. Sie hatte ihren Laptop dabei und schrieb bereits die ersten Pressetexte. Außerdem hatte sie eine Pressekonferenz in Toulon anberaumt. Für morgen Vormittag um elf Uhr.

Isabelle schüttelte den Kopf. Nein, sie werde ganz sicher nicht dabei sein. Chantal könne doch Richeloin aus der Versenkung holen. Dann könne sich der Commandant mit einer Erfolgsmeldung rehabilitieren.

Nicht nur sich, sagte Chantal, sondern vor allem die *Police nationale,* die nach seiner ersten Pressekonferenz viel Spott geerntet habe. Zuvor habe sie aber noch einige Fragen, auf die sie von Isabelle dringend Antworten brauche. Meist bezogen sie sich auf den Ablauf der Tat, der Chantal noch nicht klar war.

Isabelle konnte das Geschehen in wenigen Sätzen darlegen. Marcel Perrin habe im Bürgermeisterbüro mitbekommen, dass Thierry abends in Sanary sei. Also sei er ihm nachgefahren und habe ihm dort aufgelauert. Er habe ein zweites, anonymes Handy gehabt, von dem er mit Thierry via Textnachrichten kommuniziert habe. Isabelle räumte ein, dass sie sich ab jetzt im spekulativen Bereich bewege. Sicher gebe es auch andere Möglichkeiten, aber sie könne sich vorstellen, dass Perrin schon seit Tagen Thierry mit dem verschwundenen Gästebuch von der *Auberge des Maures* zu ködern versucht habe. Natürlich inkognito und unter einem falschen Namen. Thierry sei ganz heiß darauf gewesen, und Perrin habe das gewusst. Er habe also nur behaupten müssen, im Besitz desselben zu sein. Schon habe er ihn an der Angel gehabt. Er könnte Thierry noch am Vormittag eine Nachricht geschickt haben, dass er ihm das Gästebuch für zehntausend Euro verkaufen wolle. Das erkläre, warum Thierry dreißigtausend abgehoben und nur zwanzigtausend an Professor Dubois bezahlt habe. Perrin habe ihm angeboten, sich kurz vor Mitternacht auf der Mole zu treffen.

Warum diese heimliche Zusammenkunft?, fragte Chantal. Da müsse Thierry doch stutzig geworden sein?

Nicht unbedingt, antwortete Isabelle. Zum Beispiel könne Perrin so getan haben, als ob er illegal in den Besitz des Gästebuchs gekommen wäre. Dann habe er Thierry im Laufe des Abends mehrere Textnachrichten geschickt, um ihn bei Laune zu halten. Vom anonymen Handy, versteht sich. Aber sein richtiges habe er unvorsichtigerweise auch dabeigehabt, das habe sich dann nachweislich in Sanary eingeloggt.

»Es spielte keine Rolle, dass es das Gästebuch gar nicht gab«, setzte Isabelle ihre Schilderung fort. »Jedenfalls hat Perrin auf der Mole gewartet und dabei einige Zigaretten geraucht.«

»Aber was dann passiert ist, kann ich immer noch nicht glauben. Jemanden umzubringen ist eine Sache, aber einem gleich die Kehle durchzuschneiden eine andere. Dazu ist nicht jeder in der Lage. Einem biederen Anwalt und Vizebürgermeister hätte ich eine solche Tatausführung nicht zugetraut.«

»Ich auch nicht«, bestätigte Isabelle. »Deshalb hatte ich anfänglich Probleme, mir Maurice Perrin als Mörder vorzustellen. Doch dann habe ich herausgefunden, dass er bei seinen Großeltern auf einem Bauernhof mit Viehwirtschaft aufgewachsen war. Dort wurden fast täglich Tiere geschlachtet. Die Durchtrennung der Halsschlagadern hat er also schon in jungen Jahren kennengelernt. Da ist die Barriere nicht mehr so groß. Kommt noch ein psychologischer Aspekt hinzu.«

»Jetzt bin ich aber neugierig.«

»Docteur Franell von der Rechtsmedizin hat mich darauf gebracht …«

»O ja, jetzt komme ich selber drauf. Marcel Perrin hat Thierry Blès gut gekannt. Weshalb es ihm leichter gefallen ist, ihn von hinten umzubringen, ihm dabei also nicht in die Augen zu schauen.«

»Richtig, so hat auch Franell argumentiert. Ein Schnitt durch die Kehle ist von hinten schnell ausgeführt.«

»Trotzdem barbarisch.«

Isabelle versuchte, sich das Bild nicht vorzustellen. Schnell sprach sie weiter.

»Dann hat Perrin Thierrys Handy an sich genommen und die zehntausend Euro, die er in einem Umschlag bei sich hatte. Das Geld war zwar nicht das Motiv, aber darauf verzichten wollte er auch nicht. Die Brieftasche hat er nicht angerührt.«

»Was für eine schreckliche Geschichte«, stellte Chantal fest. »Aber plausibel, das muss ich zugeben.«

»Ob es sich genau so zugetragen hat oder nur so ähnlich, muss das Verhör ergeben. Im Grunde tut es nichts zur Sache. Entscheidend ist, dass Marcel Perrin der Tat überführt wurde. Seine komplexe Motivlage haben wir mit ihm durchgesprochen …«

»Du hast sie ihm haarklein dargelegt, das war sehr überzeugend. Und er hat nicht dementiert.«
»Genau. Das Gegenteil eines Dementis ist die stillschweigende Bestätigung.«
»Außerdem hat er selber gesagt, dass er Thierry gehasst hat.«
»Stimmt, das musste ich ihm nicht mal in den Mund legen.«
»Aggressive Handlungen sind sehr häufig auf Hass zurückzuführen«, überlegte Chantal laut. »Oft werden diese logisch verbrämt, sind aber pure Emotion, verbunden mit einer Kränkung des eigenen Selbstwertgefühls. Aber das ist nicht mein Fachgebiet, da kenne ich mich nicht aus.« Sie sah Isabelle nachdenklich an. »Gegenfrage. Was ist mit dir? Empfindest du gegenüber Marcel Perrin Hass?«
Isabelle dachte nach. »Kann ich dir nicht beantworten, aber ich glaube nicht. Ich verachte ihn, das schon. Und ich gebe ihm die Schuld an einem grausamen Verbrechen. Ein Verbrechen, das mich unmittelbar betroffen hat. Aber grundsätzlich habe ich meine Emotionen ziemlich unter Kontrolle. Das habe ich in meinem früheren Job gelernt, sonst hätte ich ihn nicht durchgestanden.«
»Die Emotionen unter Kontrolle? Wenn dir nicht gerade unter dem Tisch ein Schuss auskommt.«
Isabelle lächelte. »Kleine Entgleisung. Dafür möchte ich mich entschuldigen.«
»Musst du nicht. Mir ist nur der Schrecken in die Glieder gefahren.«
»Ich konnte dich ja kaum vorwarnen. Bin ja selber von mir überrascht worden.«

Zwanzig Minuten später hatte sich Chantal verabschiedet und war unterwegs nach Toulon. Isabelle erledigte diverse Telefonate. Unter anderem sprach sie mit dem zuständigen *procu-*

reur, mit dem Staatsanwalt in Toulon. Dann kam Balancourt an die Reihe. Zunächst berichtete sie ihm, dass der Mörder von Thierry überführt und in Haft sei. Er verkniff sich die Bemerkung, dass er das längst wisse. Dabei war es sicher so, denn Chantal hatte ihn bestimmt schon informiert.
»Ich muss mich loben«, sagte Balancourt stattdessen.
Wofür wollte sich der Alte loben?
»Es war wieder einmal die einzig richtige Entscheidung«, fuhr er fort, »dir den Fall zu übertragen. Dafür muss ich mich ausdrücklich loben, macht ja sonst keiner.«
Balancourts Räuspern steigerte sich zu einem Hustenanfall. Isabelle wartete geduldig ab.
»Na ja, du hast auch Lob verdient«, konstatierte er schließlich. »Gute Arbeit, *chérie.* Und was Clement-Gauthier betrifft, sind wir dank der von dir installierten Wanzen einen großen Schritt weitergekommen. Verzeih mir die Ausdrucksweise, aber ich würde sagen, wir haben ihn an den Eiern. Seine Frau Faduma haben wir bereits aus dem Sanatorium befreit. War gar nicht leicht, aber meine Leute hatten alle erforderlichen Papiere dabei, um Eindruck zu schinden. Jetzt müssen wir sie erst mal wieder fit kriegen, und wenn wir Glück haben, sagt sie danach als Kronzeugin gegen ihren eigenen Mann aus.«
»Wie kommst du darauf?«
»Faduma stammt aus Somalia. Clement-Gauthier ist auch dort in schmutzige Geschäfte verwickelt, unter denen die Bevölkerung leidet, nicht zuletzt Kinder.«
»Das wird ihr nicht gefallen.«
»Exactement!«
»Was ist mit Pépin Roux?«
»Der treue Diener seines Herrn? Der hat auch Dreck am Stecken, so viel steht fest. Aber Roux ist die Ameise auf dem Rü-

cken des Elefanten. Wir müssen Clement-Gauthier drankriegen.«

»Viel Glück dabei.«

»Was machst du als Nächstes?«, fragte Balancourt. »Jetzt, da alles vorbei ist.«

Gute Frage, dachte sie. Wahrscheinlich war sie erschöpfter, als sie es bislang wahrgenommen hatte. Seit dem letzten Kriminalfall, bei dem es um eine tote Nonne gegangen war, seit der nachfolgenden Operation und der Reha in Saint-Rémy waren erst wenige Wochen vergangen. Dann der Schock mit Thierry …

»Ruh dich aus«, sagte er. »Erhol dich von den Strapazen. Fahr irgendwohin und mach Urlaub.«

Sie lachte. »Wo sollte ich hinfahren? Andere Leute kommen in die Provence, um *hier* Urlaub zu machen. Ich bin schon da.«

»Ja, zum Urlaubmachen ist Südfrankreich vielleicht ganz nett, aber doch nicht zum Leben. Deshalb wäre mein Vorschlag …«

»Fang nicht schon wieder damit an. Ich bleib hier unten. Alle Versuche, mich zurück nach Paris zu locken, sind zum Scheitern verurteilt.«

»Du warst schon immer eigensinnig. Aber um ehrlich zu sein, das mag ich an dir. Nun ja, dann muss ich mir halt wieder was überlegen, damit dir da unten nicht die Füße einschlafen.«

»Bitte nicht. Ich brauch jetzt wirklich Zeit, um wieder in die Spur zu kommen. Ich will auch um Thierry trauern. Dazu hatte ich noch keine Gelegenheit.«

»Das verstehe ich. Ich lass dich in Ruhe.«

»Danke, Maurice.«

»Aber nicht zu lange. Ich kenne dich. Du brauchst Abwechslung, sonst wirst du depressiv.«

»Nicht depressiv, mein lieber Maurice, höchstens lebensfroh.«

»Um Himmels willen, das hört sich ja noch schlimmer an.«

Am späten Abend saß Isabelle auf ihrer kleinen Dachterrasse und dachte nach. Über das, was Maurice Balancourt gesagt hatte, über das Leben – und über sich selbst. Und sie gedachte Thierrys, der ihr Leben in den letzten Jahren begleitet und ihr das provenzalische Savoir-vivre nähergebracht hatte. Auch wenn ihre Beziehung am Ende gescheitert war, verband sie vor allem schöne Erinnerungen mit ihm. Jetzt war er nicht mehr da. Sie vermisste ihn. Weniger als Lebensgefährten, aber als Freund. Und als liebenswerten Menschen – trotz mancher Schattenseiten.

Sie nahm ihr Weinglas und prostete den Sternen zu. »Au revoir, mon ami. Ich werde dich nie vergessen.«

War das gerade kitschig? Oder nur sentimental? Wie auch immer, sie meinte es ehrlich.

Sie trank das Glas aus und stellte es auf den Boden. Und jetzt? Jetzt war sie müde und würde bald zu Bett gehen. Und morgen? Morgen war ein anderer Tag. Das Leben ging weiter, so oder so. Sie würde sich erneut mit Jasmin treffen und versuchen, sie aufzurichten. Sie hoffte, dass die junge Frau in Fragolin bleiben würde. Marcel Perrin war für sie eine Affäre gewesen, vielleicht auch ein Hoffnungsschimmer, aber das war kein Grund, ihm mehr als eine Träne nachzuweinen. Clodine würde ihr helfen. Sie war eine Expertin im Abhaken alter Liebschaften. Um sie musste man sich nie Sorgen machen, jedenfalls nicht deshalb.

Es interessierte sie, was aus Faduma wurde. Von ihrer Freundin Jacqueline würde sie es erfahren. Und Clement-Gau-

thier? Über sein Schicksal würden im Zweifel die Medien berichten.

Blieb Marcel Perrin. Er war in Polizeigewahrsam. Sie weigerte sich, allzu viele Gedanken an ihn zu verschwenden. Er hatte Thierry umgebracht. Ihm würde der Prozess gemacht. Sie hoffte, ihn nie wieder zu sehen.

Was noch? Isabelle beschloss, keine Pläne zu machen. Vielleicht nahm sie Rouvens Einladung an, sich einige Tage auf seiner Jacht Dora Maar verwöhnen zu lassen. In jedem Fall würde sie Apollinaire für die nächste Woche freigeben. Was stand noch an? Ach ja, der Notar in Marseille, der sie zur Testamentseröffnung sehen wollte. Das von Perrin bereits angekündigte Schreiben hatte sie im Briefkasten vorgefunden. Konnte es wirklich sein, dass Thierry sie in seinem Testament bedacht hatte? Ein verstörendes Gefühl. Isabelle stand auf und ging die schmale Eisentreppe hinunter in ihre Wohnung.

Wenig später im Bett fiel ihr ein, dass sie noch eine Landpartie in einem alten Jaguar guthatte. Mit einem Maler, der seine Bilder mit CLAC signierte und mit einem merkwürdigen Dreieck, das laut Rouven an die Kopfbedeckung von Napoleon Bonaparte erinnerte. Isabelle fand, dass das Zeichen mehr einem Piratenhut ähnelte. Passte ja auch viel besser zu einem Mann, der wie ein Pirat unter falscher Flagge segelte. Sie könnte Nicolas fragen, warum er aus seinem Künstlerleben ein solches Geheimnis machte. Sie erinnerte sich, dass sie ihm verwehrt hatte, Isa zu ihr zu sagen. Wenn er sich weiterhin von seiner netten Seite zeigen sollte, könnte sie es ihm irgendwann gestatten. Doch, das wäre möglich. Mit diesem Gedanken schlief sie ein.

Die handelnden Personen im Roman sind frei erfunden. Jede Ähnlichkeit und Namensgleichheit mit lebenden (oder toten) Personen wäre rein zufällig und unbeabsichtigt.

Mord à la provençale – Madame le Commissaire ermittelt

Madame le Commissaire und der verschwundene Engländer

KRIMINALROMAN

Isabelle Bonnet, hochdekorierte Leiterin einer geheimen Spezialeinheit in Paris, wäre bei einem Sprengstoffattentat fast ums Leben gekommen. Um sich zu erholen, reist sie in ihren beschaulichen Geburtsort Fragolin im Hinterland der Côte d'Azur. Doch aus der ersehnten Ruhe wird nichts: In einer Villa wird eine halb nackte Frauenleiche gefunden, und der Hausherr, ein mysteriöser Engländer, ist spurlos verschwunden. Isabelle Bonnet lässt sich überreden, den Fall zu übernehmen – was bei den Kollegen vor Ort nicht gerade Begeisterung auslöst …

Madame le Commissaire und die späte Rache

EIN PROVENCE-KRIMI

Der Duft von Lavendel, die Sonne und liebenswerte Nachbarn – kein Wunder, dass sich Kommissarin Isabelle Bonnet gegen die große Karriere in Paris entschieden hat und lieber im beschaulichen Dörfchen Fragolin geblieben ist. Doch hinter der Idylle lauert auch hier das Verbrechen. Beim Durchforsten alter Akten stößt Isabelles Assistent, der schrullige Apollinaire, auf einen nie aufgeklärten Mord. Sofort erwacht der Jagdeifer der Kommissarin – vor allem als sie bei ihren Untersuchungen über ein anderes Verbrechen stolpert. Bald entdeckt sie Gemeinsamkeiten zwischen den beiden Fällen, die alle übersehen haben …

Madame le Commissaire und der Tod des Polizeichefs

EIN PROVENCE-KRIMI

Das Sirren der Zikaden, der würzige Duft von Lavendel und hinter sanft geschwungenen Hügeln das azurblaue Meer. Das Dörfchen Fragolin im Hinterland der Côte d'Azur wäre der ideale Ort, um die Seele baumeln zu lassen – doch dazu fehlt Kommissarin Isabelle Bonnet mal wieder die Zeit. Der angebliche Selbstmord eines hohen Polizeibeamten, der Besuch eines exzentrischen Bekannten und ein Überfall auf ein Juweliergeschäft an der Croisette in Cannes halten Madame le Commissaire und ihren schrulligen Assistenten Apollinaire in Atem.

Mehr von Bestsellerautor Pierre Martin

Madame le Commissaire und das geheimnisvolle Bild

EIN PROVENCE-KRIMI

Im Dörfchen Fragolin in der Provence herrscht Urlaubsstimmung, Kommissarin Isabelle Bonnet genießt das süße Nichtstun und das ein oder andere Glas Rosé zur lauen Abendstunde. Ein Besuch in einer Galerie, zu der sie den Kunstsammler Rouven Mardrinac begleitet, könnte das Sahnehäubchen auf der Aprikosen-Tarte sein. Doch Rouven brüskiert den Galeriebesitzer schon nach wenigen Minuten mit der Behauptung, der stolz zur Schau gestellte Matisse sei eine Fälschung. Ein eilig herbeigerufener Sachverständiger macht eine schockierende Entdeckung: Unter der Oberfläche des Bildes verbirgt sich ein verzweifelter Hilferuf – und schon befindet sich Madame le Commissaire in ihrem nächsten Fall …

Madame le Commissaire und die tote Nonne

EIN PROVENCE-KRIMI

Vom Rand einer steil abfallenden Klippe, wo man eigentlich unter hohen Aleppo-Kiefern wunderbar den Sonnenuntergang genießen könnte, bietet sich Isabelle Bonnet ein alles andere als idyllischer Anblick: Unten auf den Felsen liegt eine Leiche, unverkennbar in Ordenstracht gewandet.

Madame le Commissaire misstraut der ersten Schlussfolgerung ihrer Kollegen, die Nonne sei abgestürzt – und sie behält recht. Sie nimmt ihre Ermittlungen auf, die sie zu einem einsam, aber malerisch gelegenen Kloster im Massif des Maures führen. Bald hat sie mehr als einen Verdächtigen.

Doch wer würde schon so weit gehen, eine Nonne zu ermorden?